楊照談

# 川端康成

日本文學名家十講

04

# 壯美的餘生

楊照

著

目次

總序

# 用文學探究「日本是什麼」

文／楊照

就像吉朋（Edward Gibbon）在羅馬古蹟廢墟間，黃昏時刻聽到附近修道院傳來的晚禱聲，而起心動念要寫《羅馬帝國衰亡史》，我也是在一個清楚記得的時刻，有了寫這樣一套解讀日本現代經典小說作家作品的想法。

時間是二〇一七年的春天，地點是京都清涼寺雨聲淅瀝的庭園裡。不過會坐在庭園廊下百感交集，前面有一段稍微曲折的過程。

那是在我長期主持節目的「台中古典音樂台」邀約下，我帶了一群台中的朋友去京都賞櫻。按照我排的行程，這一天去嵐山和嵯峨野，從天龍寺開始，然後一路到竹林道、大河內山莊、野宮神社、常寂光寺、二尊院，最後走到清涼寺。然而從出門我就心情緊繃，因為天公不作美，下起雨來，氣溫陡降，而且有幾個團員前天晚上逛街走了很多路，明顯腳力不濟。我平常習慣自己在京都遊逛，合理的做法應該是改變行程，例如改去有很多塔頭的妙心寺或東福寺，可以不必一直撐傘走路，密集拜訪多個不同院落，中午還可以在寺裡吃精進料理，舒舒服服坐著看雨、聽雨。但配合我、協助我的領隊林桑告訴我帶團沒有這種隨機調整空間，我們給團員的行程表等於是合約，沒有照行程走就是違約，即使當場所有的團員都同意更改，也無法確保回台灣後不會有人去觀光局投訴，那麼林桑他們旅行社可就吃不完兜著走了。

好吧，只好在天候條件最差的情況下走這一天大部分都在戶外的行程。下午到常寂光寺時，我知道有一、兩位團員其實體力接近極限，只是盡量優雅地保持正常的外表。這不是我心目中應該要提供心靈豐富美好經驗的旅遊，使我心情沮喪。更糟的是再往下走，到了門口才知道二尊院因為有重要法事，這一天臨時不對遊客開放。在當時的情況下，這意味著本來可以稍微躲雨休息的機會被取消了，別無辦法，大家只好拖著又冷又疲累的身子繼續走向清涼寺。

清涼寺不是觀光重點，我們去到時更是完全沒有其他訪客。也許是驚訝於這種天氣還有人來到寺裡拜觀吧？連住持都出來招呼我們。我們脫下了鞋走上木頭階梯，幾乎每個人都留下了溼答答的腳印，因為連鞋子裡的襪子也不可能是乾的。住持趕緊要人找來了好多毛巾，讓我們入寺之前可以先踩踏將腳弄乾。過程中，住持知道我們遠從台灣來，明顯地更意外且感動了。

入寺內在蒲團上坐下來後，住持原本要為我們介紹，但我擔心在沒有暖氣仍然極度陰寒的空間裡，住持說一句領隊還要翻譯一句，不管住持講多久都必須耗費近乎加倍的時間，對大家反而是折磨。我只好很失禮地請領隊跟住持說，由我用中文來對團員介紹即可。住持很寬容地接受了，但接著他就很好奇我這位領隊口中的「せんせい」會對他的寺廟做出什麼樣的「修學說明」。

我對團員簡介清涼寺時，住持就在旁邊，央求領隊將我說的內容大致翻譯給他聽，說老實話，壓力很大啊！我盡量保持一貫的方式，先說文殊菩薩仁慈賜予「清涼石」的故事，解釋「清涼寺」寺名由來，接著提及五台山清涼寺相傳是清朝順治皇帝出家的地方，是金庸小說《鹿鼎記》中的重要場景，再聯繫到《源氏物語》中光源氏的「嵯峨野御堂」就在今天清涼寺之處。然後告訴大家這是一座淨土宗寺院，所以本堂的布置明顯和臨濟禪宗寺院很不一樣，而這座寺廟最難能寶貴的是有著絹絲材質製造、象徵內臟的木雕佛像，相傳是從中國浮海而來的。著名的佛教藝術史學者塚本善隆晚年在此出家。最後我順口說了，寺院只有本堂開放參觀，很遺憾我多次到此造訪，從來不曾看過裡面的庭園。

說完了，讓團員自行拜觀，住持前來向我再三道謝，竟然對於清涼寺了解得如此準確；接著轉而向我再三致歉，我一時不知道他如此懇切道歉的原因，靠領隊居中協助，才弄清楚了，住持的意思是讓我抱持多年的遺憾，他今天一定要予以補償，所以找了人要為我們打開往庭園的內門，並且準備拖鞋，破例讓我們參觀庭園。

於是，我看著原未預期能看到的素雅庭園，知道了如此細密修整的地方從來沒打算要對外客開放，那樣的景致突然透出了一份神祕的精神特質。這美不是為了讓人觀賞的，不是提供人享受的手段，其自身就是目的，寺裡的人多少年來，幾十年甚至幾百年，日復一日毫不懈怠地打掃、修剪、維護，他們服務的不是前來觀賞庭園的人，而是庭園之美自身，以及人和美之間的一種敬謹的關係。那一絲不苟的敬意既是修行，同時又構成了另一種心靈之美。

坐在被微雨水氣籠罩的廊下，心裡有一種不真實感。為什麼我這樣一個台灣人，能在日本受到尊重，取得特權進入凝視、感受著這座庭園？為什麼我真的可以感覺到庭園裡的形與色，動中之靜、靜中之動，直接觸動我，對我說話？我如何走到這一步，成為這個奇特經驗的感受主體？

在那當下，我想起了最早教我認識日語、閱讀日文，卻自己一輩子沒有到過日本的父親。我想起了三十年前在美國遇到的岩崎春子教授，彷彿又看到了她那經常閃現不信任、懷疑的眼神，在我身上掃出複雜的反應。

我在哈佛大學上岩崎老師的高級日文閱讀課，是她遇到的第一個台灣研究生。我跟她的互動既親近又緊張。親近是因她很早就對我另眼看待，課堂上她最早給我們的教材都立即被我看出來處。一段來自村上春樹的《聽風的歌》，另一段來自海明威《在我們的時代》小說集的日文翻譯。她要我們將教材翻譯成英文，我帶點惡作劇意味地將海明威的原文抄了上去。她有點惱怒地在課堂上點名問我，剛發下來的幾段還有我能辨別出處的嗎？不巧，一段是川端康成的掌上小說，另一段是吉行淳之介的極短篇，又被我認出來了。

從此之後岩崎老師當然就認得我了，不時和我在教室走廊或大樓的咖啡廳說說聊聊。她很意外一個從台灣來的學生讀過那麼多日文小說，但另一方面，她又總不免表現出一種不可置信的態度，認為以我一個台灣人的身分，就算讀了，也不可能真正理解這些日本小說。

每次和岩崎老師談話我都會不自主地緊繃著。沒辦法，對於必須在她面前費力地證明自己，就是令我備感壓力。她明知道我來修這門課，是為了不要耗費時間在低年級日語的聽說練習上，我的日語會話能力和我的日文閱讀能力有很大的落差，但她還是不時會嘲笑我的日語，特別喜歡說：「你講的是台灣話而不是日語吧！」因此我會盡量避免在她面前說太多日語，但又堅持用英語與她討論許多日本現代作家與作品。

她不是故意的，但是一個台灣學生在她面前侃侃而談日本文學，往往還是讓她無法接受。愈是感覺到她的這種態度，我就愈是覺得自己不能放鬆、不能輸，這不是我自己的事了，對她來說，我就代表台灣，我必須替台灣爭一口氣，改變她認為台灣人不可能進入幽微深邃日本文學心靈世界的看法。

那一年間，我們談了很多。每次談話都像是變相的考試或競賽。她會刻意提一位知名的作家，我相對提出我讀過的這位作家作品，然後她像是教學般解說這部作品，我卻刻意地鑽找縫隙，非得說出和她不同，卻要能說服她接受的意見。

這麼多年後回想起來，都還是覺得好累，在寒風裡從記憶中引發了汗意。不過我明白了，是那一年的經驗，在日本殖民史的曲折延長線上，我得以培養了這樣接近日本文化的能力。我不想浪費殖民歷史在我父親身上留下，再傳給我的日文能力，更重要的，我拒絕因為台灣人的身分，而被視為在日本文化吸收體會上，必然是次等的、膚淺的。

於是那一刻，我得到了這樣的念頭，要透過小說作家及作品，來探究日本，如此之美，卻又蘊含如此暴烈力量，同時還曾發動侵略戰爭的複雜國度。這不是一個單純的「外國」，而是盤旋在台灣歷史上空超過百年，幽靈般的存在，一直到今天，台灣都還依照看待日本的不同態度而劃分著不同的族群、世代與政治立場。

在清涼寺中，彷彿聽到自己內心的如此召喚：「來吧，來將那一行行的文字，一個個角色，一幕幕情節，一段段靈光閃耀的體認，整理出意義來吧。不見得能得到『日本是什麼』的答案，但至少得以整理出如何叩問『日本如何進入台灣集體意識』的途徑吧。」我知道，毋寧是我相信，我曾經付出的工夫，讓我有這麼一點能力可以承擔這樣的任務。

回到台北之後，我從兩個方向有系統地以行動呼應內在的召喚。一是和麥田出版合作，選書主編了「幡」書系，那是帶著清楚的日本近代文學史概念，針對台灣引介日本文學作品的混亂偏食狀況，特別找出具備有日本近代文學史上的思想、理論代表性的作品，希望讓讀者在閱讀中藉此逐漸鋪畫出日本文學的歷史地圖。

另外，先後在「誠品講堂」和「藝集講堂」連續開設解讀現代日本小說作品的課程。必須誠實地說，我對台灣一般流通的現代日本小說譯本，以及大部分國人所寫的解說，不得不抱持保留態度。最嚴重的問題顯現在：第一，完全不顧作品的時代、社會背景，將小說架空地用自己主觀的心情來閱讀。最誇張的，例如翻譯、解說遠藤周作小說，可以對基督教神學完全無知，也不去查對《聖經》和天主教會固定譯名，而出於自己望文生義臆測。這樣一來，讀者讀到的怎麼可能還是虔信中與信仰掙扎的遠藤周作作品呢？

第二，翻譯者、解說者無法察覺自己的知識或感性敏銳度，和原作者到底有多大的差異。這在川端康成的作品中表現得最明顯，光從字面上去翻譯、閱讀，不能找到方式試圖進入從極度纖細神經中傳遞出來的時序與情懷交錯境界，那就錯失了川端康成文學能帶給我們的最重要感動了。

第三，讀者囿於一些通俗的標籤，產生了想當然耳，而非認真細究的閱讀印象。例如台灣有一陣子突然流行太宰治的「失格」、「無賴」文學；一陣子又轉而流行谷崎潤一郎的「奇情」文學，但對於「無賴」或「奇情」到底是什麼意思沒有認識，對於太宰治與谷崎潤一郎的完整文學風貌也沒有進一步的興趣。如此讀來讀去，都只停留在感受「無賴」或「奇情」而已，無從讓太宰治或谷崎潤一郎的作品豐富讀者自身的人生感知。

在「誠品講堂」與「藝集講堂」的課程中，我有意識地採取了一種思想史的方式來面對這些作家與作品。簡而言之，我將每一本經典小說都看作是這位多思多感的作家，在自己所處的時代中遭遇了問題或困惑，因而提出來的答案。我一方面將這本小說放回他一生前後的處境來比對，另一方面提供當時日本社會、時代脈絡來進一步探詢那原始的問題或困惑。如此我們不只看到、知道了作者寫了什麼、表現了什麼，還可以從他為什麼寫以及如何表現的人生、社會、文學抉擇，受到更深刻的刺激與啟發。

另外我極度看重小說寫作上的原創性，必定要找出一位經典作家獨特的聲音與風格。要綜觀作家大部分的主要作品，整理排列其變化軌跡，才能找出那條貫串的主體關懷，將各部小說視為這主體關懷或終極關懷的某種探測、某種注解。

在解讀中，我還盡量維持作品的中心地位，意思是小心避免喧賓奪主，以堆積許多外圍材料、高深的說法為滿足。解讀必須始終依附於作品存在，作品是第一序、首要的，目的是藉由解讀，讓讀者對更多作品產生好奇，並取得閱讀吸收的信心，從而在小說裡得到更廣遠或更深湛的收穫。

我企圖呈現從日本近代小說成形到當今的變化發展，考慮自己進行思想史式探究可能面臨的障礙，最後選擇了十位生平、創作能夠涵蓋這時期，而且我還有把握自己能進入他們感官、心靈世界的重要作家，組構起相對完整的日本現代小說系列課程。

這十位小說家，依照時代先後分別是：夏目漱石、谷崎潤一郎、芥川龍之介、川端康成、太宰治、三島由紀夫、遠藤周作、大江健三郎、宮本輝和村上春樹。

這套書就是以這組課程授課內容整理而成的，每位作者我有把握能解讀的作品多寡不一，因而成書的篇幅也相應會有頗大的差距。川端康成和村上春樹兩本篇幅最大，其次是三島由紀夫，當然這也清楚反映了我自己文學品味上的偏倚所在。

雖然每本書有一位主題作家，但論及時代與社會背景，乃至作家間互動關係，難免有些內容在各書間必須重複出現，還請通讀全套解讀的讀者包涵。另外因為源自課堂講授，有些延伸的討論或戲說，我還是保留在書裡，乍看下似乎無關主旨，然而在認識日本精神的總目標上，或是對比台灣今天的文學現象，應該還是有其一定的參考價值。

從十五歲因閱讀《山之音》而有了認真學習日文、深入日本文學的動機開始，超過四十年時間浸淫其間，得此十冊套書，藉以作為台灣從殖民到後殖民，甚至是超越殖民而多元建構自身文化的一段歷史見證。

前言

# 解開文字之結——川端小說裡層層開展的豐美風景

文／楊照

舉世滔滔幾乎一致認為電影能夠吸引觀眾最重要的是視覺元素，因而大家紛紛強調動畫技術效果時，日本導演濱口龍介卻在《偶然與想像》中為我們示範了語言的作用，讓觀眾體會那幾乎消失、被遺忘的語言力量。

電影的第一個故事中有一長段視覺畫面幾乎完全無用武之地的車上對話。從頭到尾只有三個最理所當然的鏡位——後座兩人全景，加上繼美和芽衣子個別的特寫鏡頭，如此而已。不可能有任何視覺特效的這一段，卻讓許多觀眾留下了最深刻的印象。這是電影創造的第一個「魔法」，由語言構成的魔法。

繼美用語言對芽衣子轉述了與和明之間原本長達十五小時的神奇初遇，我們看電影時深深被她的話語吸引了，雖然畫面簡單到貧乏的地步，卻足以讓我們感到那份奇特經驗的撞擊。一個平常在男女關係上「慢熱」的女人，突然墜入了覺得立即和這個男人上床也可以的狀態中，但最後兩個人交換了最纏綿的心思，卻完全沒有身體接觸，只在分開前輕輕握了握手。

為什麼能有這樣的效果？因為語言。而且是雙重的語言效果，和明與繼美的纏綿都在語言的交換上，對繼美產生了比最貼近的肉體慾望更強烈的誘惑；更不能忽略的，是繼美將這原本花了十五小時才形成的奇幻魔法般體驗，化為語言，在計程車上說給芽衣子，也就是說給觀眾聽。

那是只有語言才能做到的效果。十五小時的高光時刻，如何在電影裡表現？如果要透過視覺將那十五小時呈現出來、演出來，要如何寫劇本、如何拍攝？同一個場景，兩個人情緒流盪以致遺忘了時間，從原本的陌生到後來將自己從不跟別人講的話都向對方和盤托出，這樣的過程要如何呈現？

坦白說，不可能。唯有靠語言，將十五小時濃縮為十分鐘的描述、形容，十分鐘的描述、形容不只是取代了十五小時的經驗，更是存取和表達十五小時經驗的唯一方式。只有通過繼美的語言轉述我們才能進入她所經歷的神奇一見鍾情狀態，那是就算將他們兩人十五小時互動全部拍攝重現，我們都不可能得到的一種深刻理解。

如果真的目睹耳聞他們兩人的十五小時對話，我們必然只會感到無聊吧！這就是語言無可取代的作用——將現實經驗予以精煉，並且賦予意義。這也是為什麼語言文字的能力如此重要，缺乏這種能力的人，甚至無法掌握自己的生活，經歷經驗的都是一團混亂，無從為自己整理出頭緒來，也無從和別人溝通。

這是現在台灣大部分的人失去了的能力，而且甚至連自己失去了這樣的能力都不自知。因為不重視語言，尤其是對精煉語言，與如何有效整理形成經驗關係最密切的文學、小說徹底無感，那就不只是遇到那樣的動心時刻，無法像繼美那樣臉上閃著迷人幸福光彩轉述給密友聽，甚至在隨時都是一團混亂的生活中，根本不會有機會得到一見鍾情的感動，也不會有將關係握在自己手中，不被權力或利益壓垮的基本能力。

正在這點上，川端康成的小說是最驚人、無可取代的示範與教導。他的小說極度重視文字，但並不是那種多樣變化動詞、堆砌形容詞、扭折句法的重視，而是持續追求用文字創造出離開了文字就無法表達的主觀形影、表情、互動與內在的情緒變化。他的文字從來不會是單層面的，閱讀其文字的經驗因而必然是遞進的。乍然接觸時形成一個模糊印象，但印象中必定有一個主觀在進行感知的人，然後我們累積了對這個人的認識，回過頭來原本的內容似乎重新被塗染上特殊的人格色彩，接著再對照這個人與他的體會間，我們又抵達第三層——意識到敘述中有著令人好奇的缺口、漏洞，甚至像是刻意的掩藏、隱瞞，於是我們自然地動用了想像力去追蹤、解釋，那沒有被表現出來的是什麼，缺口中或許透顯出什麼樣的人世靈光。

川端康成精於「以短為長」，他的小說基本上都是由小小的片段組構而成的，但那樣的「小」不是真正的「小」，而是一個個靈光召喚，類似陶淵明《桃花源記》中所描述的「山有小口，彷彿若有光」。「小口」如此之小，以至於連那光都是迷濛模糊、若有若無，讓人不能停留在外面旁觀接受訊息，必須靠近並走進去，藉由辨認出表面平順的文字其實是由多重的結密密連打而成的。耐心細心解開一個一個的結，文字就承載了愈來愈多的內容，還要投入我們自身的情緒感知，因而開展出「初極狹，才通人，復行數十步，豁然開朗」的一片由人情、藝術、時間、傳統交織的廣大豐美風景。

這本書主要的篇幅就是花在為大家解開川端康成文字中打得密密實實的結上。全書總字數超過二十萬字，幾乎是前面解讀夏目漱石、谷崎潤一郎、芥川龍之介三本書的總和。這一方面源自於這種解結讀法的特性，另一方面反映了我對於川端康成能夠在作品中持續翻新開創運用這種手法的由衷佩服之感。儘管維持、貫串了一致的風格，但從掌中小說到〈伊豆的舞孃〉、《雪國》、《舞姬》、《東京人》、《山之音》，再到《美麗與哀愁》、《古都》，每一部都放入了不同的巧思，值得一再反覆咀嚼玩味。

希望耐心讀完全書的朋友能夠從我這裡接到另外一份邀請，願意欣然將川端康成的小說當作是自己終生的情感教育與美學教育指引，不時重讀川端康成的各部小說，維持自我和世界之間的一份特殊美學關係，並永遠不要失去了細膩看待人情的可貴生命態度。

# 第一章
# 餘生意識——川端康成的時代背景

## 翻譯川端康成

川端康成是我的恩人，我今天在閱讀日文上可以有一點能力，那是川端康成賜給我的。

我很小就接觸日語，但從來沒有打算要好好學。一直到我讀了李永熾老師翻譯的《山之音》——信吾和菊子的故事。李永熾譯過〈伊豆的舞孃〉、《雪國》、《千羽鶴》等多部川端康成的小說作品，他的譯本之所以好，是因為他清楚了解古日語和現代日語間的異同關係，所以翻譯川端康成時，他會很不放心地加了很多別的譯者不見得會重視的補充注解。

我讀《山之音》愈讀愈覺得不對勁。因為大概平均每兩頁就會有一條譯者補注，告訴讀者他自己的中文譯法不夠好，無法精確傳達川端康成日文中的複雜訊息。從媳婦菊子對信吾的稱呼與相應的敬語用法，到信吾內心獨白時的句型，到描寫景物時句子的順序是否倒裝，到使用雙重否定甚至三重否定時的不同意涵。

閱讀時，我不得不感到困惑又飢渴：那我究竟從中文裡讀到了什麼呢？這樣的文章顯然和川端康成原本寫出來的，有很大的差距，那麼我將整本《山之音》譯文讀完了，仍然不等於我就讀過了這本小說？

現在回頭想，自己都不知道一個十幾歲的中學生，怎麼會迷上《山之音》這樣的小說？但事實是，我極度喜愛《山之音》，因而刺激我衝動地立志要能夠得到原汁原味，不用轉手中文的小說完整內容。那就只有一種方法可以達成這個願望，我必須認真學習日文，一心一意為了能讀川端康成而學習日文。

我手上留著一本自從立志要好好閱讀川端康成之後，就一直在手邊的書，用上下兩欄字印得密密麻麻的《川端康成文集》。那是當年在舊書攤找到的，應該是台灣盜版，上面沒有版權頁，後來我在日本找到過這個版本，原版最早是一九五七年出版的，而台灣盜版年份沒有顯示，只有販賣的書店蓋了一個印章在上面，印章上有一個五碼的電話號碼，回推那應該是六〇年代中期之前，也就是差不多我出生那幾年在台灣印行的。

川端康成的日文很難讀。難處不在於川端康成使用少見、複雜的詞語，而在於他創造了一種介於古典日語和現代日語之間的特殊風格。他在一九六八年，獲得了諾貝爾文學獎，成為日本第一位得到這個國際殊榮的作家。

## 世代的革命

有興趣理解二十世紀歷史的人，一定要記得一九六八這一年。一九六八年是二十世紀後半期最令人興奮的一年。用英國史家霍布斯邦（Eric Hobsbawm）的標準，將二十世紀視為從一九一八年，第一次世界大戰結束後才真正開始的話，那一九六八年出現了二十世紀唯一的一場革命——「六八革命」。

「六八革命」很複雜，最像十九世紀的「四八革命」。「六八革命」和一八四八年的「四八革命」有什麼共通點？從政治政權的移轉來看，「六八革命」和「四八革命」一樣毫無成就，沒有催生任何新的政權。可是看人在社會中生活的基本價值概念改變的話，這兩次革命的作用非常巨大，到了驚人的地步。

一九六八年的「六八革命」以法國為核心。法國的「五月學運」，後來演變成學運與工運的混合，但這絕對不是另一次的「法國大革命」，而是快速感染掀動整個西方世界，衝擊遠遠超越政治領域的大騷動。

以西歐作為舞台的「六八革命」，首先帶有強烈的世代性質，是一場青年革命，也就是年輕人起來反抗、推翻年長者的權威，從而在西方刺激出連綿許久，無法得到平息解決的高度尖銳世代對抗。

那時流傳的革命名言，喜歡以三十歲作為殘酷的分界點，後來就連我在台灣長大時，都曾有過無法想像自己過了三十歲還活著要幹嘛的疑惑。世代的尖銳對抗，強調的是年輕人有年輕人的世界觀，面對之前的世代所構築的體制，他們要起而奪權，起而推翻。

另外一項使得這場革命如此具有感染力的特性，來自於世代尖銳對立中，年輕人宣揚的革命解放力量一部分來自於情欲。不只是要藉被禁閉、禁錮的情欲力量來鬆脫制約，來解放社會而已，甚至主張情欲的解放和社會的解放兩者根本就是同一回事。

那個年代的革命青年必讀「聖經」之一，是馬庫色（Herbert Marcuse）的《愛欲與文明》。馬庫色的書，從很複雜的佛洛伊德精神分析概念開始、然後提出反佛洛伊德的論點，最後從馬克思主義的角度切入，再講回愛欲。

騷動不安尋找世代立場的年輕人在這本書中讀到一個毋寧是高度簡化的結論：過去整個文明建立在情欲的壓抑上，而現代的壓抑又連繫上了資本主義的不平等發展，要將欲望導往物質性的，對少數資產階級有利的方向。如果繼續遵守這樣一套舊式道德律，就成了資本主義不公不義的共犯。因而今天要想像一個新的社會，追求一種新的公平與正義，就要從打破這種很多人認為絕對不可打破的道德律開始。

在現代環境中為資本主義當走狗的道德律，最核心的內容便是對於人類、尤其是對於中下階層的欲望壓抑。沒有社會地位，就沒有權利擁有欲望、沒有權利去開發並滿足欲望，這是最大的不公平與最可怕的約束。所以要從解放愛欲開始建構新的文明。得到這個結論讓年輕人樂翻了，他們從未想到原來只需談戀愛、做愛，就能創建新文明，沒有比這個更迷人、更簡單的公式了。加了這個公式，讓之前醞釀已久的世代對抗，得到了新鮮、龐大的支持力量。

## 反共的麥卡錫主義

二〇一五年美國有一部電影，原來的片名是"Trumbo"，中文翻譯為《好萊塢的黑名單》；另外更早一點，二〇〇五年有一部喬治克隆尼自編自導的電影"Good Night, And Good Luck"，中文片名是《晚安，祝你好運》。這兩部電影設定的是同樣的背景，美國五〇年代盛行「麥卡錫主義」時的恐怖氣氛。

一九四五年第二次世界大戰結束，才第二年，邱吉爾就在訪問美國時，特別選擇了當時美國總統杜魯門的家鄉密蘇里州發表重要演說，提到了「鐵幕正在歐洲緩緩落下」，強調蘇聯共產政權對於歐洲的威脅，如此揭示了熱戰才了、冷戰又起的世局變化。

美國和蘇聯隨後的長期敵對，是會引發戰爭衝突的強烈等級的，之所以維持「冷戰」的對峙，沒有形成「熱戰」，那是因為雙方都握有最新的核子武器，先是足以彼此毀滅，後來甚至足以毀滅整個世界，在「大滅絕」的兩敗俱傷威脅下，仗不能打，勉強沒有打起來，卻也因此長期維持緊繃。

長期對立的理由，不單純是利益衝突，還有意識形態差異。一邊強調「自由民主」，另一邊強調「社會主義平等」，不只互相批評互相攻擊，而且激烈搶奪其他國家的認同，擴張自身的陣營。在那樣情況下，製造出奇特、高度扭曲的美國社會。

一方面，二戰時期美國高度發展的重工業此時轉向民生工業，釋放了驚人的生產力，加上美國本土未曾遭受戰爭破壞，經濟上繁榮成長，產生了空前富裕；但另一方面，這個富裕社會卻時時恐慌，擔心害怕動用核武的第三次世界大戰會帶來世界末日。

物質上新增許多享受，釋放更多欲望，精神上卻極度緊繃，感到朝不保夕的巨大威脅，如此背景下而有了扭曲畸形的「麥卡錫主義」。「麥卡錫主義」本質上是一種集體恐慌，受到美蘇強烈敵對影響，感覺到自己的社會中似乎處處潛伏著不懷好意要進行滲透、破壞的間諜或內奸。所以在約瑟夫．麥卡錫（Joseph McCarthy）那樣的野心政客操弄下，到處看見鬼影幢幢，四處去糾舉所謂的「共產黨同路人」，美國文化界、藝術界、影視圈那些社會能見度甚高的公眾人物尤其飽受調查騷擾，才會在那麼多年後，仍然出現《好萊塢的黑名單》和《晚安，祝你好運》這樣痛切反省的呈現。

「麥卡錫主義」是反共的白色恐怖。任何被懷疑可能和蘇聯或中共有關係，或可能傾向相信馬克思主義的人，都會被傳喚到聽證會上，實質上接受關於是否有「非美國」思想與行為的審問，許多美國頂尖的科學家、音樂家、藝人等菁英分子，就這樣被麥卡錫羞辱、迫害。

五〇年代成長的美國小孩，生活中印象最深刻的事之一是應對核武攻擊的防空演習。所有的學校和社區都必須參與嚴加訓練，因為當時相信：美蘇終極核戰一旦爆發，兩邊各還能剩下多少人，可能就決定了戰爭的勝負。那樣的演習氣氛因而帶著非常強烈的末世之感。

不過十幾年後，長期的恐懼沒有變成現實，原本的驚悚氣氛就成了荒謬鬧劇。「麥卡錫主義」一倒台，大家才發現，只要利用這麼簡單的恐嚇心理，就可以製造出如此非理性的國家。核子大戰並沒有爆發，人們回頭去看，更覺得這之間的許多作為都是荒謬的。

是什麼因素使得生活如此荒謬？——因為冷戰。冷戰雙方各自堅持不同的意識形態，因而造成了無法和平共存的緊張局面，不斷累積已經足可以毀滅世界、毀滅所有文明成就的核子武器，卻停不下來，找不到解決的辦法。

「六八革命」的大背景是反對如此荒謬的冷戰結構，另外還有一個比較聚焦的小背景則是反對越戰。前前後後有五十萬美軍進入越南去打一場看起來絕對不會輸，卻在現實上遲遲贏不了的戰爭。越南原本是法國的屬地，現在南方建立了獨立國家，北方有親近蘇聯的共產政權，這樣的局勢卻引來美國人軍事介入，怎麼看都有點奇怪。

更奇怪的是美國在越南遇到的敵人。仗打得愈久，美國軍隊愈沒有把握弄清楚到底敵人在哪裡，無法明確分別哪些人是「越共」，哪些人只是越南人。「越共」混在越南人之間，甚至「越共」根本就只是越南人其中的一部分，本來是越南人都可能因為美國人的介入反而讓他們轉身變成了敵對的「越共」。

你的敵人和你要保護的人混雜在一起無法分辨，這樣的仗要怎麼打？更別說要怎麼打贏？有的時候你將一些越南人誤認為「越共」殺了，結果激起了仇恨讓活下來的其他越南人真的變成了「越共」；有的時候你誤以為「越共」是越南人，結果就遭遇埋伏付出慘痛的傷亡代價。

美國人沒有打過這種仗，恐怕世界上也沒有多少人打過這種仗。越戰產生的影響不只是戰場上的勝負，更進一步觸動了美國清教傳統中的道德神經，在一部分人心中激起宗教式的使命感，在另一部分人心中激起強烈的罪惡感，彼此對抗。

一九六八年西方世界的價值信念陷入高度危機中。人們被迫去摸索重新了解生命是什麼，活著有什麼樣的意義，從根本上尋找答案。在意識危機中，既有的體制被質疑、被推翻，也就空出了地方來容納、接受外來的思想與價值觀。

## 尋找生命意義的「六八革命」

「六八革命」是一場尋找生命意義的思想運動。

最早開端於一群家境良好，念名校，但也同時深受集體恐慌獵巫情緒傷害的猶太青年們，集結發表了「休倫港宣言」（Port Huron Statement），那是一份很正式的行動號召，其主要作用在於引領了之後的大學校園行動意識，開展了各種串連活動。

但很快地，青年運動的方向轉變了，轉為摸索、實驗不同生活型態，主張從生活上徹底反對既有社會規範的新革命，於是這一代的青年格外積極地到處去尋找不一樣的價值觀與信念，來充實、建構自己的「反文化」。

他們找到了、抓住了法國沙特、卡謬的「存在主義」，他們找到了、創造了搖滾樂。搖滾樂從來都不是一般的、另一種不同風格的歌曲而已。搖滾樂始源的動機就是挑釁的，要用音樂讓大人不安、讓大人感到無法忍受，如此來凸顯青年世代，在演出的舞台上下團結青年世代。

對於搖滾樂早期崛起有著絕對影響的，是英國的「披頭四」（The Beatles）樂團。而他們從開始單純唱歌、表演，到後來成了青年反文化的象徵代表。他們後期的音樂凸顯了兩項新的因素，一是迷幻藥的作用，另一是從拉維・香卡（Ravi Shankar）那裡學來的印度西塔琴音樂啟發。

這鮮明地顯現了「披頭四」和當時潮流密切結合的程度。以迷幻藥誘發潛意識，擺脫原來的「超我」控制，是那個時候年輕人的冒險；而東方文化，則指涉了另外一條擺脫西方理性與科學主義態度的道路。

搖滾樂與迷幻藥的結合，誕生了一九六九年經典的「胡士托音樂節」（The Woodstock）。在那個象徵離開城市、重返自然的大草地上，吸引了四十萬美國青年前往，不只是去聽音樂，而且要體驗不受拘束的野性生活，男男女女躺在那裡，只披著一件毛毯便公然親吻、愛撫，並且反覆頌唱「Make love, don't make war」的口號。

音樂會其中的一個高潮，是吉米．罕醉克斯（Jimi Hendrix）以電吉他演奏美國國歌，剛開始有清楚的旋律，有熟悉的莊嚴，但很快地，琴音就轉為淒厲，最後聽來簡直是一連串恐怖的機關槍掃射聲音，以音樂對美國在越南的戰爭提出了嚴厲批判，讓聽過的人都難以忘懷。而那樣的演奏，也遠離所有的音樂道理，像是從黑暗的暴力潛意識中釋放出來的發洩。

## 唯一不變的是變化本身

馬庫色的《愛欲與文明》被閱讀與推崇的方式，既反映了這個潮流，同時又助長了這個潮流。這本書不能算是馬庫色最傑出的作品，他寫的另外一本《單向度的人》（*One Dimensional Men*）有更堅實的哲學論證，也有在新馬克思主義中的獨特思想地位。

《愛欲與文明》書中主要的觀念來自於佛洛伊德。佛洛伊德主張：人必須將強大的「原欲」（libido），也就是動物性的生殖欲望予以限縮、壓抑，才能創造出文明來，因而文明相應的一項特性、功能，就是進一步創造了各種集體儀式與藉口來取消原欲、壓抑原欲。人類的精力不再耗費在滿足原欲上，才能夠轉而用在文明的不斷精進改造上。

從佛洛伊德那裡取來這個概念，馬庫色進一步結合馬克思主義的階級理論。統治階級創造、控制「上層結構」，包括了意識形態、思想文化、社會組織和政治制度等等，用來支撐、加強、保護自身的階級利益，於是現代社會壓抑原欲的道德觀，必然是符合統治階級利益的。馬庫色從而提出了一套社會分析，並且將社會分析又連繫上革命行動的號召。

六〇年代的青年在馬庫色的書中讀到了簡化卻具有高度誘惑性的訊息：這個社會充滿了虛偽與扭曲，而要反抗這個社會，包括反抗其階級不公，最根本也最有效的方法，是解放自己的原欲，一方面得到個人的自由，另一方面摧毀了資產階級用來壓迫、剝削勞動者與其他人的上層結構。

於是欲望的解放和革命、社會改造結合在一起，才會有「胡士托音樂節」的歷史性現象，在那裡的男男女女，他們自認為不只是要做社會不允許的「放蕩行為」，更要去實踐他們認定的一種社會革命。

和《愛欲與文明》同等流行、同等重要的，還有另外兩本必備的「革命聖經」。一本是《毛語錄》，他們崇拜毛澤東，因為他在中國發動了人類歷史上空前最徹底的革命，「文化大革命」，他完全不相信、不接受組織，連自己共產黨的黨官僚他都要予以摧毀。而且他鼓吹整個中國社會顛倒過來，鄙視成人、信任年輕人，甚至信任由青少年所組成的「紅衛兵」，讓「紅衛兵」橫衝直撞，把所有舊的、保守的事物都砸毀，讓路給下一代、給新鮮的未來。

至少那時候他們在《毛語錄》裡讀到的，是毛作為「不斷革命論」真正的實踐者，毛是個鼓吹人人都能擺脫約束、創建自由自在天堂的夢想家，而且竟然願意運用自己掌握的國家權力來實現這樣的天堂。

一群人熱中閱讀《毛語錄》，積極背誦、引用《毛語錄》，另外一群青年則選擇了鈴木大拙為他們的革命思想導師。鈴木大拙和毛澤東截然不同，他是禪學大師，他用英文寫的著作，讓「禪」成為六〇年代西方青年間的另一個流行語詞。這就是為什麼今天在西方世界講到「禪」，他們用的都是來自日語的**Zen**，而不是中文形式的**Chan**。

鈴木大拙是位高僧，更重要的是他英文極好，擅長於將禪宗的種種故事用生動活潑的英文轉述解說。「禪」怎麼和毛澤東連在一起？共通之處在他們都反對任何表面上看起來固定的東西，他們都要打破固定的假象，將事物還原為不斷流動變化的狀態。「唯一不變的是變化本身」，因而打倒僵化的道德、體制、既得利益，是趨向真理的必要行動。

鈴木大拙給了一套理論——如何讓你的生命流動，如何在流動當中尋找、生發新的意義，而不讓意義和規則固定下來。毛澤東則提供了榜樣。即使已經取得了政權，都還勇於打破政權所倚賴的基礎，只因為他討厭固定。這兩位英雄在當時造成了莫大的影響。

## 東京奧運與諾貝爾文學獎

一九六八年還是奧運年，那年的奧運在墨西哥市舉行。一九六八年的墨西哥奧運，很奇特地符合了人類要打破自己命運、文明的氣氛。一直到一九八〇年代之前，世界運動的主流還是田徑。因為希臘的奧林匹克是從田徑開始的，跑得更快、跳得更高、擲得更遠的田徑項目是最簡單、最原始的人類體能競賽。人類史上許多田徑紀錄，頻頻在一九六八年的墨西哥奧運被刷新。例如說一九六八年奧運出現的一項紀錄，當時看到的人都以為是寫錯了。一位叫貝蒙（Bob Beamon）的跳遠選手，在墨西哥跳出了八米九〇。這個紀錄後來被稱作「貝蒙障礙」，因為很多人相信，這個紀錄從此不可能突破了。

「貝蒙障礙」就是墨西哥奧運的精神象徵，人好像突然之間長大了、變能幹了、變厲害了，可以不用再去守很多舊規則了。其實墨西哥奧運的驚人成績，很容易用科學來解釋——這是有史以來比賽場地海拔最高的一次奧運會。墨西哥城的高海拔，使得地心引力作用變小了。

一九六八年的奧運，不禁讓我們再往前看到一九六四年，另一次意義非凡的奧運——一九六四年東京奧運。它之所以意義非凡，因為象徵、代表了一九四五年戰敗時幾乎失去生存資格，縮在一角當小媳婦、小苦力的日本，重返國際舞台。一九六四年是日本史上重大的突破和轉捩點。有能力辦東京奧運標示日本經濟確確實實從戰後的廢墟中重新昂然站起。日本興起，重新回到國際舞台，再加上六〇年代熱鬧的學生運動背後，有鈴木大拙、禪學與打坐冥想的風潮，於是那個被忽略已久的東方國家，突然之間回到了西方意識中。

從一九四五年之後，過了將近二十年，竟然能夠爭取到擔任夏季奧運的主辦國，對日本來說意義深遠，表示國際社會願意重新接納他們，認為他們部分洗刷了第二次世界大戰的罪刑責任。而日本能夠脫胎換骨，當然不可能再靠軍事或外交的力量，轉而依靠這十幾年內的經濟復甦成長。在經濟領域勤勞努力為日本贏回一部分的地位。

這也是日本再度爭取二〇二〇年奧運在東京舉行，具有的歷史性對比意義。安倍政府原先興奮地要以這次奧運來象徵終結九〇年代泡沫經濟之後所陷入的困境。就像一九六四年奧運終結了日本戰後的掙扎，代表日本進入新發展階段一樣，二〇二〇年奧運也將代表日本離開了泡沫經濟的陰影，迎向新的未來。

因為疫情關係，東京奧運無法順利舉行，從這樣的歷史對比角度看，是個糟糕的預兆，更糟的是後來延期一年，以沒有現場觀眾的方式舉辦，日本非但無法得到奧運帶來的經濟刺激成長效果，還付出了極高的公共財政代價，無從複製一九六四年的成功經驗了。

一九六四年東京奧運及其象徵意義，是川端康成得到諾貝爾文學獎的重要背景。

決定諾貝爾文學獎的瑞典皇家學會院士中，有一位精通中文的馬悅然（Malmqvist）先生，他曾經在接受台灣作家向陽訪問時，透露了當年選出川端康成為得獎人的過程。馬悅然在訪問中提到這件事，是為了顯示諾貝爾文學獎在考慮得主，尤其是院士們大都陌生的語言中要選出得主，是很謹慎的。然而他也因而回憶、揭示了那幾年間諾貝爾文學獎已經先確認了要頒給一位日本作家，進而去徵詢意見看看哪位作家最適合成為得獎人。

他們向三位專家徵詢意見，這三個人第一位是在美國哈佛大學教授日本文學的希貝特

（Howard S. Hibbett）；第二位是唐納德・基恩（Donald Keene），曾經在日本待過很長時間，後來到美國哥倫比亞大學教書，是非常廣博的日本通，還能用日文在日本刊物上寫關於日本文學的專欄；第三位是伊藤整，具備優異英文能力的日本文學研究專家。

他們請這三位推薦心目中最優秀、最適合得諾貝爾獎的日本作家。希貝特推薦了谷崎潤一郎和川端康成；基恩推薦了三島由紀夫和川端康成；伊藤整被徵詢的時間比較晚，那時候谷崎潤一郎已經去世了，所以他的回答是：「既然谷崎潤一郎失去了資格，那我的名單上就只有一個名字——川端康成。」

就這樣，意見非常集中，三位專家一共只提出了三個人選，而其中川端康成是交集所在。馬悅然的回憶清楚顯示了，至少在那個時候，諾貝爾文學獎的評選方式與考量因素。他們並不是每年從一群提名作家中去選出「最好」的一個，諾貝爾獎之所以長期那麼有影響力，正因為評選過程中考慮了許多其他外在的，包括國際局勢的因素。當日本逐漸崛起時，他們就決定要選出日本作家來得獎，以便反映這樣的變化以及所引發的關切，然後才進行徵詢選定是哪一位日本作家應該得獎。

諾貝爾文學獎當然是一個在政治上高度敏感的獎項，意謂著他們一直在觀察這個時代，看國際間的勢力變化，從中衡量今年最適合由哪一個國家的哪一位作家得獎。

讓我們再回到伊藤整回覆徵詢時所給的意見。他完整的說法是：「如果你們要我推薦日本作家給西方讀者或學界，我心中有很多不同人選，然而如果講到諾貝爾文學獎，也就是要代表日本的話，既然谷崎潤一郎失去了資格，那我的名單上就只有一個名字——川端康成。」

伊藤整很清楚地點出了諾貝爾文學獎的意義，第一位受獎的日本作家，必然讓人家覺得他就是代表日本的，他不可能以單純的文學家身分去領獎，所有的人都會以其人其作來認識日本、理解日本、甚至評價日本。

## 戰敗與失去摯友

我們可以從兩個面向來理解川端康成如何能夠代表日本。第一，他是一位在戰後有意識地重建「日本美」的作家。

川端康成出生於一八九九年，十九世紀的最後一年，距離一九〇四年日俄戰爭爆發五年前。那是日本明治維新帶來最樂觀氣氛的時代，一八九五年，日本在中日戰爭取得大勝，證明了維新的神奇富國強兵效果，加強了社會上「脫亞入歐」能夠躋身列強，和歐洲國家平起平坐的信心。

然而在川端康成長大的過程中，這樣的氣氛逐漸改變了。接下來日俄戰爭的結果就不再那麼一面倒了，日本雖然戰勝，卻只能算是「慘勝」，不只是戰爭投入的代價很高，而且戰爭結束後並沒有從俄羅斯那裡得到什麼實質的補償。戰爭的負債進而使得長期快速變化發展所累積的種種社會問題，逐漸在明治後期爆發出來，動盪的情勢使得人們無法再天真地保持樂觀。

到了第一次世界大戰後，日本得到了另一次 wake up call，必須從原來的迷夢中醒來。那就是雖然興致勃勃地參與了世界大戰，然而在重整戰後秩序的巴黎和會上，卻發現由美國、法國、英國主導，日本不只還是被放在邊緣上，甚至連要取得德國原先在中國利權，遭到中國抗拒挑戰時，也沒有得到歐洲國家的重視、聲援。

另外，第一次世界大戰之後的歐洲，瀰漫著悲觀的情緒，歐洲人自己對於西方文明的前途極不看好，徹底失去了十九世紀時的進步衝動。再加上民族主義高漲，「民族自決」成為最響亮的口號，多重因素作用下，使得日本逆轉了原先要親近西方、加入歐洲的國家目標，轉而回歸自身的民族主義立場，強調日本文化的優越性，追求將日本建立為領導亞洲的新勢力。

從「大正」進入「昭和」，日本有了新的國家目標。那就是打造後來稱之為「大東亞共榮圈」的統治區域。軍國主義興起，一九三一年占領滿洲，一九三二年建立傀儡的「滿洲國」，一九三七年發動對中國的全面戰爭，一九四一年又擴大為太平洋戰爭。

這一番大肆擴張，最後以一九四五年的無條件投降收場。到投降之前，日本軍部都還在宣傳「一億玉碎」，表現出極為堅決的意志，卻因此逼得美國動用剛試爆成功的原子彈，連續毀滅了日本廣島、長崎兩座城市，日本的意志一夕瓦解。

原本最驕傲、最霸氣的一個民族，卻在戰後成為最屈辱、最怯懦的。日本這樣戲劇性的集體心理轉折，至今仍然是一個令人好奇的歷史研究題目，更是川端康成親身經歷，主導了他創作動機激烈轉向的特殊背景。

川端康成有一個創作上的好友，差不多同年齡的橫光利一。一九二一年年底，兩個人在前輩菊池寬家中認識，從此成為莫逆之交。不論在個性或作品風格上，橫光利一和川端康成都形成了強烈的對照互補。最普遍的看法，就是兩個人一陽一陰，自然地彼此深深吸引。

在兩人的友誼和文學創作關係上，很明顯地，橫光是「陽」而川端是「陰」。川端參與的許多活動，其實都是由橫光帶領的。有人將他們這兩人一組的文學搭檔，拿來和芥川龍之介與菊池寬相提並論，也就是其中一個以光燦耀目創作呈現在世人眼前，另外一個則扮演了稱職的陪伴與支持角色。在這樣的對照中，一般是將橫光比為芥川，川端比為菊池，也就是說，橫光的創作成就要高於川端。

然而這樣一個光耀的創作者橫光利一，卻沒有活過五十歲，在一九四七年年底去世了。哀痛的川端康成發表了一篇悼文，在文章裡明白宣告：「從此就是餘生……」

餘生，意味著已經失去了原本活著的理由，勉強苟存下去。讓川端產生如此強烈「餘生」感受的，除了好友橫光突然去世之外，更普遍更無可逃躲的因素，必然還有戰爭以及日本戰敗的事實。

## 戰後川端康成創作的轉向

川端在「大正民主」時代成長，經歷了從「大正」到「昭和」日本社會氣氛的劇變，西方式的自由風氣讓渡給法西斯的軍國主義，然後又見證了從戰爭爆發時的群情激昂到終戰帶來的極度恥辱。他不可能不受時代變化影響，一九四六年時他還特地前往旁聽東京戰犯審判，更不可能不思考戰爭。

他反省戰爭，表現受到戰爭衝擊的幽微方式，就在這份「餘生意識」中。「餘生」意味著本來應該死去了，卻還苟活著，所以必須找到一份勉強活下去的理由。川端康成的「餘生意識」，不是單純個人的感受、個人的選擇，而是牽涉到日本戰敗的集體命運。被全世界視為侵略戰犯，又以如此屈辱方式敗戰的日本，在這個世界上還有什麼資格繼續存在下去呢？

不得不面對橫光利一去世事實之後，以川端自己的話說，那就「要凝視故國的殘山剩水」。經歷了戰爭，尤其是經歷了恥辱的敗戰，日本已經不再是川端出生成長的那個日本了。最大的差異，在於這樣一個日本，在世人眼光中失去了繼續存在下去的合法性。作為一個國家，作為一個社會，日本人自身都無法辯護日本的存在，就算要日本從地球上消失，都讓人提不出什麼理由來反對吧？

應該消失卻還繼續存在，應該死去卻還苟活餘生，憑的是什麼？川端找尋並確定了他自己的答案，那就是要從近乎絕望的「殘山剩水」中找出讓日本可以、應該繼續存在的理由，抵抗敗戰所帶來的終極恥辱。

對應戰爭那麼鮮明的破壞與悲劇，承擔東京大審判所彰顯的戰爭責任，還能找到什麼理由為日本辯護？還是至少呈現戰爭之外，戰敗與責任之外，另外的日本面貌？

在這點上，川端有著特殊的經驗與長處。相較於橫光利一的「陽」，川端的「陰」一般就被認定為是接近日本傳統之美的，無論在美的品味標準或表達上，川端的美都和日本傳統有著密切的連結。

這不是川端年輕時創作的本意。剛開始在文壇闖蕩時，川端和其他年輕人一樣，不會一開始就要背負老氣橫秋的傳統重擔。和其他年輕人一樣，川端的創作養分與靈感啟發，許多都來自西方，快速、飢渴地吸收西方流行的文學風潮，或引介或仿習。不論是「新感覺派」的美學意念，還是「掌中小說」的特殊形式，都表現為來自歐洲的外來刺激產物。也和其他年輕人一樣，對於自己的文學風格，會要強調獨特性與開創性，而掩蔽和傳統之間的連繫接續。

然而在戰後的「餘生思考」中，川端逆轉了年輕時的態度。他反過來收藏起自己身上所有外來文化的影響，不再突出個體個性，改寫了自己的文學創作故事，將自己的文學重新解釋為日本傳統之美的代表。

如此逆轉的立場，在諾貝爾文學獎受獎演說中，有了極致展現。講詞〈日本之美與我〉要訴說的，是一個謙虛無我的故事。援引各種日本詩歌、宗教、美術，乃至於山水典故，川端的潛文本是：「你們在我的小說中讀到的所有、任何美好事物或感官領悟，其實都來自日本傳統，我只是這美好傳統的一個承載者與轉述者，如此而已。」

換句話說，川端自我選擇的「餘生」使命，是要以「美」來重建日本的形象，藉由「美」來讓人遺忘日本的戰爭與敗戰可恥事實。川端要說、要為他的日本主張的，是日本的美具備獨特、永恆的價值，放在人類歷史文明的圖譜上，有著無可取代的意義。因此，即使背負著戰爭與敗戰的恥辱，是的，日本仍然應該繼續存在，日本人仍然可以做為傳統之美的承載者而繼續活下去。

這樣的「餘生意識」，毋寧是高貴令人動容的。換另一個角度看，這樣的「餘生意識」也是一份艱難到近乎執迷夢想的自我折磨。或許就是覺得必須承擔足夠的折磨，才能對得起戰爭之後早早謝世的好友，文學成就與前途都還勝過自己的橫光利一吧。

## 被踐踏的民族自尊

戰爭結束那一年，川端康成四十六歲，一個中年的日本人，應該是國家的骨幹，應該承擔國家各方面的主要責任，是站在第一線上的一代人。因而這代人也就背負了最深刻的戰爭罪孽。這一代追隨前行代發動戰爭，製造出恐怖的災難，最終反噬了日本。這一代的人應該為贖罪而死吧，不是個人的選擇，而是國家命運將個人吞滅了。

橫光利一在兩年後去世，到這個時候，川端康成又已經看到了戰後美軍占領的情況。比川端康成小一個世代，一九三五年出生的大江健三郎曾經回憶，戰爭結束時他十歲，很快就產生了無論如何不願意去學校上學的強烈抗拒。因為學校的師長們，之前還咬牙切齒教他們該如何仇視美國人，訓誡他們要信奉天皇，保有堅持「一億玉碎」的「國民精神」，突然之間轉而要大家和美軍親善，並且在遇到美國人，甚至只是講起美國時，露出敬畏、諂媚的態度。大江健三郎的天真少年心靈中無法接受如此徹底自我矛盾、自我否定改變，油然生出了對於師長的鄙視。

確實，美國之所以決定動用原子彈，也是評估日本堅決抵抗的決心將使登陸戰爭傷亡代價太高。回顧一九四五年六月結束的沖繩島戰役，日本人硬是抵抗了八十天，造成美軍高達一萬兩千人陣亡。那麼登陸日本本土可能的傷亡代價，將更是高到難以想像了。

美國憑藉著新發明的末日武器，終於使得日本投降，然而仍然戰戰兢兢任命了領導、執行太平洋戰爭的麥克阿瑟將軍帶領軍隊前往建立占領指揮部，預期會有一段艱辛平服日本社會的過程。出乎所有人的預料，麥克阿瑟將軍靠著主張保留天皇，很快就得到日本人的崇敬，美軍則靠著豐富的資源提供給飢餓的日本百姓，也立即得到英雄式的歡迎。連美國人自己都大感意外。

對於川端康成這一代人來說，尤其是從來沒有認同過軍國主義的人，這是加倍的恥辱。整個昭和時代建立起來的國家價值徹底瓦解，而且這些參與喊口號喊得最大聲的右翼分子與一般大眾，竟然瞬間就放棄了自己原先信誓旦旦的立場，一下子轉去崇拜麥帥、諂媚美軍了。不只是情何以堪，更是尷尬到自我懷疑日本還有根本的立國尊嚴嗎？

以人類學家露絲・潘乃德（Ruth Benedict）在經典名著《菊與刀》中揭示的研究洞見來說，相較於西方的 Guilt Culture，「罪感的文化」，日本是 Shame Culture，「恥感的文化」。罪感是自己內心有一種警戒，如果做了不對的事那警報就會響起而讓你無法安心正常過日子；恥感則是來自於別人眼中看見你做出了不應做的事，你在別人面前丟臉了。前者的根本是「人在做，天在看」的普遍壓力，後者卻是「人在做，人在看」，最在意、最受不了被別人發現、指摘犯錯。

如此重視恥感的日本，卻在敗戰後陷入了最深的恥辱，全世界都看到了日本發動侵略又徹底失敗的過程，又都看到了敗戰後日本對美國諂媚卑屈的一百八十度態度轉變。用魯迅發明的語言來說的話，那是「應該被從地球上開除球籍了」，還有什麼能夠在這個現實世界繼續存在下去的理由？依照恥感文化的制約反應，那不是應該集體切腹自殺了嗎？

川端康成以寫作者、藝術家的身分，面對這個問題，而做了這樣的決定——他要用「餘生」去存留、去證明日本文化的一些根本價值。在美學的領域中，他要做一個純粹的日本人，將自己從一九二七年在〈伊豆的舞孃〉就已經創造出的一種特殊語言再加淬鍊，成為足以傳達「日本之美」讓人信服的工具，證明日本不只是發動戰爭，必須接受審判的罪犯，不只是戰敗了就完全沒有骨氣全盤向美國屈膝的乞丐，而有其文化上，特別是美學上足以讓世界肯定的資產。

川端康成的諾貝爾文學獎演說詞是用日文寫成的，再由翻譯家賽登史迪克（**Edward Seidensticker**）譯為英文。賽登史迪克是川端康成能夠得到諾貝爾獎另外一位關鍵功臣，川端康成的重要作品幾乎都是由他擔任英譯。除了翻譯川端康成之外，賽登史迪克也曾經翻譯過《源氏物語》，證明了他在日文上，包括古日語上的深厚功力。他的譯文掌握了川端康成作品中的獨特纖細敏銳，保留了日語的複雜綿延特性，沒有將作品譯成流暢、現代的英語，適度傳遞了古老的異國情調，才能夠在英語世界裡吸引那麼多專業讀者與評論家的注意、重視。

川端康成的講詞是在前往瑞典的旅途上寫的，顯示這些內容他嫻熟於心，甚至不需要書房裡的參考資料。但也給了譯者很大的壓力，只剩下很短的時間將講詞譯成英文。因而賽登史迪克在匆忙譯成交給典禮主辦單位的初稿之後，對成果很不滿意，決定再進行修改。這一修改，即使以他的功力，竟然也要花三個月的時間才得以完成。這番講詞比川端康成平常寫的小說更日本、更傳統，他從虛玄、道元開始講起，接下來講明惠上人、西行、良寬、一休宗純、芥川龍之介、太宰治，然後引用《古今和歌集》、《伊勢物語》、《源氏物語》以及《枕草子》。每一個名字對在斯德哥爾摩現場聽他演講的來賓，應該都是陌生的吧！

他為什麼要用這種方式寫講詞？整篇演講雖然語氣溫柔，但他實際上表達了一個堅決、強硬的態度。他要對這個世界說，謝謝你們如此肯定我，但我希望你們能夠了解——在我身上、在我的文學中所有美好的性質全都來自日本，來自日本的傳統，除此別無其他。你們欣賞我的作品，就應該同時了解我的來歷。

二十幾年後在同一個場合中發表講詞的另一位日本作家，大江健三郎，顯然最清楚川端康成的這份宣言、這個立場。大江健三郎獲獎演說的標題是〈曖昧的日本與我〉，非常明顯是對應〈日本之美與我〉而來的。而且大江健三郎也不掩飾他對於川端康成的不滿、批判之意。

藉由在川端康成之後獲獎，大江健三郎要修正川端康成給人的印象。他要告訴世人，不要被川端康成給迷惑給騙了，日本不是單一的文化，更不存在著一種純粹、單一的「日本之美」讓大家可以欣賞、可以擁抱。大江健三郎要強調的，相對是日本的複雜性、曖昧性，日本有其美好的一面，卻也有其平庸、邪惡、自我懷疑乃至自我矛盾的更多面向。這些加在一起才是日本，而文學作品——對大江健三郎來說——正是去面對、去揭露如此多樣曖昧的人間面貌。

## 童年生涯與《源氏物語》

川端康成特別凸顯自己和日本傳統之間的關係，尤其是平安朝文學美學對他的影響。他和平安朝文學確實結緣甚早，《源氏物語》以一種奇特的方式進入他的生命，在他的青少年成長中占據了奇特的重要位置。

川端康成曾寫過一篇文章描寫他的幼年經驗。文章有個悲哀的標題，叫做〈參加葬禮的名人〉。他說有一段時間左鄰右舍看到他，都叫他「參加葬禮的名人」。因為他小小年紀已經參加過太多葬禮了。

兩歲的時候他父親去世，兩歲半的時候母親又死了。在川端康成早期寫的掌中小說，有一篇〈母親〉，那是取材自家人長輩告訴他父親與母親的故事改寫而成的。

小說中有一段，妻子正在用酒精替生病的丈夫擦拭身體，丈夫清瘦的肋骨間浮現了一層汗垢。丈夫跟妻子說：「我得的是胸部的毛病（肺結核），心臟附近已經快被病蟲蝕光了。」妻子哀怨地回應：「現在病菌比我更接近你的心了。自從你生病之後，就不讓人親近，惡意關閉了那扇和人溝通的門，把我都擋在外面了。我也知道，如果你現在還有力氣，你大概會拋棄我離家出走，讓我找不到你吧。」

丈夫無奈地說：「那我們就三位一體，我、妳和病菌一起殉情吧！」妻子的反應是：「能夠一起死了倒好，你既然病得不想活了，我也不願意自己偷生。」

在真實的人生中，川端康成的母親因為照顧得了肺結核的丈夫被感染了，以至於丈夫病逝後沒多久她也同樣死於肺結核，使得兒子年紀很小就成了孤兒。在小說中，川端康成想像，母親其實是抱持著殉情般的意念，明知道會被感染而刻意不避開的，如此使得父母的故事增添了一份悲懷。

小說中丈夫還是勸妻子，畢竟生了小孩，必須考慮還需要照顧的孩子。他以自己的童年為例，說：「我自幼生母便去世了，很了解這種感覺，妳不要讓我們的小孩未來也承受這樣的痛苦。」然而妻子聽到這裡卻激動起來，一面叫著一面撲向丈夫的嘴唇，丈夫必須緊緊抓住妻子的衣領阻止她。妻子邊掙扎邊叫著：「讓我吃吧，讓我吃吧！」丈夫雖然已經很瘦了，卻還是使盡力氣制止了妻子。

接著出現了詭麗奇豔的畫面。因為衣領被拉住，妻子豐滿的乳房從敞開的衣襟間露了出來，丈夫太用力了吧，以至於吐出一口鮮血，豔紅色的血正巧染在雪白的圓乳上。丈夫驚慌地提醒：「那個乳房可不能再讓孩子吃了！」

川端康成用這種方式，賦予父母之死，自己成為孤兒的緣由一份強烈的傳奇性，作為一種對於孤兒痛苦經驗的慰藉與救贖。

父母過世之後，留下了兩個小孩——川端康成和姊姊。姊姊住到阿姨家裡，但到川端康成七歲時，祖母死了，三年後，姊姊也死了。十三、四歲時，祖父生了重病，經常臥床，到他十五歲，祖父也去世了。才到青少年階段，他已經參加那麼多次親人的葬禮了。

二十六歲時，川端康成發表了自己十六歲守著即將過世的祖父所寫下來的日記。他是由祖父母帶大的，老人家不放心，總是將他關在家裡不讓他隨便出門，如此養成了內向而脆弱的性格。祖父重病時，他沒有事做，也沒有什麼朋友，於是就守在祖父的病床邊讀《源氏物語》。《源氏物語》是用古日語寫成的，現代日本人無法直接讀懂，然而少年川端康成就這樣半懂不懂地一直讀下去，彷彿靠著那樣的閱讀，讓自己離開現實，穿越時空去到一個既陌生又美麗的平安朝世界裡。

## 川端美學的核心——物之哀

那個世界有一種特別的精神，記錄、保留在《源氏物語》中，進而貫串了日本傳統文學，透過這樣的經驗，深深感染了川端康成，成為他文學美學的核心。那就是「物之哀」。

日本的歷史與文化中，「物之哀」無所不在，但這個觀念很難明確地說清楚。可感而不可說。勉強要用理性語言解釋的話，「物之哀」大致可以分成三個層次。第一個層次是「萬物皆有其哀」，因為萬物都在時間之中，時間帶來變化，時間更帶來必然的毀壞，沒有任何事物能夠抵抗時間保持不變，人能想像永恆，然而圍繞著人生的一切卻都不可能永恆，因而顯露其「哀」。萬物難道沒有其樂嗎？對於平安朝的人來說，萬物在不斷地老化、衰頹，所以樂是短暫的，哀是必然的，哀是長遠的。

第二層意義是，人類所有的情感之中，以「哀」——哀傷、哀愁為最深刻、最寶貴。川端康成有一本名著中文翻譯為《美麗與哀愁》，日文原文是《美しさと哀しみと》，中文譯不出來的是兩個「と」，文法上，這是「同位格」，不只表示「美麗」與「哀愁」，而且有著「美麗即哀愁」、「哀愁即美麗」的意思。美麗與哀愁永遠在一起，哀愁最美，美中必有哀愁。

關於這層意義，基恩（Donald Keene）曾經引用希臘悲劇理論來說明。亞里斯多德解釋戲劇時說的，喜劇來自於現實，喜劇之所以令人發笑，因為在劇中反映了現實的混亂、無序。相對地，悲劇的位階高於喜劇，因為悲劇比較純粹，在哀傷痛苦中，現實裡的種種瑣碎、混亂無法入心，被排除出去了，使得生命純淨，得到了昇華的效果。那種昇華之美，只能存在於

「哀」裡。

什麼時候我們可以感受到美？什麼時候我們可以超越有限的、凡俗的生命，而進入到美的境界？那就是當我們沉浸在哀愁裡的時候。哀愁使我們認知到自我的限制，哀愁也使我們理解到我們和外界一種深刻的關係。所以最純粹的感情，來自於哀愁。唯有描寫哀愁、捕捉哀愁，我們才能了解人間之美。

「物之哀」的第三層意義，扣回第一層意義，但凸顯了人的特殊性。萬物皆有其哀，然而人卻不只感受自身被時間不斷沖刷改變之哀，還能感受到其他事物的變化衰敗，因而有所哀。甚至因為人的這種共感體會，萬物之哀才能被表達出來，存留在人所創作的文學、藝術作品中。

人和物之間，沒有決然的分別，人會產生與物同一之感。人什麼時候會覺得和萬事萬物，和周遭的自然最為接近？西方浪漫主義傳統選擇的情境可能是孤寂、寧靜，而日本平安朝所認定的卻是：人感到悲哀時——悲哀使人特別意識到時間的無情，於是為自己悲哀，也同時憐憫那些河川裡被沖刷的石頭，在那個時候人和石頭有了一種因為「哀」而產生的連繫關係。

第二章
# 瞬間的切片——川端康成的掌中小說

## 〈燕子〉中季節的聯想

川端康成寫過一篇介於散文與小說間的作品，文章從敘述者「我」和一位鄉村裡的年輕教師對話開始。年輕教師說他帶學生去外面寫生繪畫，隨便孩子想畫什麼就畫什麼，結果交來的三十四幅畫中，有二十二幅畫了富士山。有意思的是，另外十二個小孩都畫了燕子。

「燕子？」

「是啊，出乎我意料之外，我根本沒有注意到燕子來了。」鄉村教師說：「去畫畫時是四月底，孩子們看到了燕子來，感受到季節的藝術。」

「咦……我有一個關於溫泉燕子的故事。」

於是敘述者「我」開始講這個故事：

有一個朋友，學生時代就有了情人，過了幾年，那個女生變成了電影明星。女孩愈來愈有名之後，難免受到環境影響，有了想要離開這個男友的念頭。就在感情生變不穩定的時候，兩個人一起去看了女孩主演的電影首映。電影中女孩打扮得像山上的小女生般清純天真，獨自走下山坡。此時在鏡頭中有燕子從銀幕的一角飛過，「啊！燕子！」電影院裡女孩不由得叫了出來，然後和身邊的男友彼此對望。

拍電影的時候，導演、攝影可能也都沒有注意到有燕子飛入鏡頭中吧！電影演完了，女孩重複對男生說：「燕子、燕子。」那隻燕子飛入女孩的心靈裡了，說完「燕子」之後，女孩軟弱地投入男生的懷中，靜靜地哭了。

文章的結尾是敘述者「我」說：「後來我的朋友告訴我，鏡頭裡拍的地方，就是這溫泉的山坡。」

那麼短，卻那麼精巧，更重要的，捕捉、反映了複雜、幽微的「物之哀」。日本傳統文學裡的俳句與俳文都規定必須有「季語」，也就是關於季節的表達、提示，這裡「燕子」顯然就扮演了「季語」的功能，一方面確定前後兩件事都發生在春天，另一方面給予了人時間感，一年過去又一年新來了。

燕子來了，燕子飛過去，一部分的小孩注意到了，大人卻和其他小孩一樣只看到永遠不變的富士山，從這些小孩圖畫的畫面上才被提醒了，就像那個沉浸在自己人生新景的女孩，原先也沒有特別意識到拍電影的場景和季節、時間的關係。不預期地在銀幕上看到燕子飛過去，驚訝的不只是有燕子，還進而被提醒了時間飛逝，時間會改變一切，會使得自己不再是那個天真的小女孩了，原先和男朋友比較單純的關係也不一樣了。她痛心自己被改變了，卻又頓時覺得如此無奈，無從挽回過去的情感。

這是對作品勉強的解釋，因為作品本身實在是可感而不可說的。因為那麼短的作品裡並沒有嚴密、結實的象徵、比喻手法，似乎隨手拈來，由燕子的聯想將兩件完全不相干的事放在一起，簡單的筆記。然而讀者卻能夠感受到一種不尋常（不見得說得清楚）的心情悸動。

## 〈茱萸盜賊〉濃縮時間的藝術

川端康成善於在小說中將時間濃縮，集中在一個瞬間創造爆發的感官效果。用這種方式他提醒我們：有多少現象與刺激，其實都在我們沒有注意的情況下，一瞬即逝，消失無蹤了。那是人生的現實，很多人甚至連自己究竟錯失了多少這種靈光的瞬間都不知道，一直到透過小說而產生一份對於周遭時空更警覺的敏銳，能夠體認、掌握瞬間的感動、瞬間的迷離、瞬間的美。

人生實難，面對時間我們無可奈何，但是用這種方式寫小說記錄瞬間，川端康成得以將許多原本在現實中必然消逝無蹤的瞬間拉住，保留在文字裡。而那既是瞬間，又是被凝結固定住的恆常，兩者之間產生了巨大的衝突張力，本身就有一種難以言喻的美。

川端康成寫過一篇掌中小說，短短的篇幅，標題叫〈茱萸盜賊〉，即盜取茱萸的小偷。應該每個人都讀過「遍插茱萸少一人」這句詩，也知道這是描寫重陽節的。茱萸是日本山間鄉下常見的植物，秋天時會結鮮紅色的果實，熟了可以吃，但並不是很好吃，酸酸澀澀的。

小說的開頭是「清風婆娑，吹紅深秋」，然後展開第一個畫面，那是一群小學女生邊唱著歌邊走經山路要回家。

接著快速跳到第二個畫面，有一間老舊的小食堂，樓上的門敞開著。為什麼不怕秋風還讓門開著呢？原來是有一群工人在那裡賭博，他們或許是來施工的，或許是齊聚到食堂吃過飯了的。

還有第三個畫面，出現了一名在走廊上等人的郵差。他正在等剛剛收下包裹的女人再度走出來。那顯示了郵差和女人的特殊交情，包裹已經送到了郵差還不肯走。兩人交情不淺到郵差甚至可以猜到包裹裡是什麼東西，對走出來的女人問：「是那件衣服吧？」因為季節變化，郵差想到了應該是媽媽替女人寄衣服來了。女人對郵差表現得格外親近的態度有點不滿，就說：「少來了，好像我的一切事情你都瞭若指掌似的。」但郵差特別等著就是要把握機會和她說幾句調情的話，故意說：「因為妳這裡所有的信，包括妳寄出去的，都經過我，我都看過了。」女人不甘示弱回應說：「我是做生意的人，我寫的話你還都當真啊？」郵差說：「喔，我和妳不一樣，當然以為那些都是真話啊，我可不會拿謊話來做生意。」

兩人各有心機。女人的意思是：我阻止不了你經手、甚至偷看我來往的信，你盡量看啊，但別以為這樣你就知道了我的隱私。郵差則虧她：妳竟然自己承認，原來做生意都不老實啊！

再下來，女人還有更狠的一招。她突然問：「今天有我的信嗎？」其實如果有，郵差應該早就和包裹一起給了吧，答案當然是沒有。她就刺他：「連沒貼郵票的也沒有嗎？」怎麼會有沒貼郵票的信呢？郵差此時有些尷尬地回覆：「沒有啦。」女人說：「我欠你很多人情啊，等你有一天當了大官要訂一條法律，規定情書不用貼郵票。」

從女人的話中，我們知道了，原來郵差會假公濟私，自己送來寫給女人的情書，所以女人開玩笑威脅要去告發他違反規定，除非他將送來情書應付的郵資交給她。郵差趕緊叫她別那麼大聲嚷嚷，後來還真的從口袋裡拿出一塊硬幣，丟在走廊上，才提起郵袋離開了。

這時候接回了第二個畫面。樓上的一個工人故意假裝襯衫掉了下來，對女人說：「妳的錢在那裡啊，借我五毛吧！」女人趕緊將硬幣撿起來，收進到腰帶裡。

此時又呼應了第一個畫面——孩子們推著鐵環唱著秋天的歌。小說的第一段就結束了。

## 〈茱萸盜賊〉女孩與女人交會

小說的第二段出現了一個小女孩，家裡是燒木炭的，她背了一簍木炭走著。重點是她走路有一份特殊的神氣，像是要出發去攻打鬼島的桃太郎。為什麼會這樣呢？因為除了木炭之外，她還在肩上扛著好大的一支茱萸樹枝，乍看像是長著綠葉的珊瑚。

我們眼中還看著神氣模樣的小女孩，小說卻交代了她其實是要去村裡的醫生家。在此之前，她在家裡和生病臥床的爸爸說話，因為曾麻煩過村裡的醫生過來看病，所以現在要去送謝禮。女孩對爸爸說：「只有木炭不太好吧？」表示他們家裡很窮，除了木炭沒有別的可以送。

心思細密的小女孩還多顧慮了：爸爸生病了也不能燒炭，現在能送去的都還是她自己燒的、品質比較差的木炭，那豈不是更失禮了嗎？

她很懂事地跟爸爸說：「那就還是送這一簍木炭去，但要跟醫生說明是我燒的，等醫生把爸爸的病治好了，爸爸會另外燒比較好的炭送過來。」爸爸意識到送小孩燒的炭的確不太像話，就多吩咐了一聲：「那妳隨便到山上找一些柿子帶過去吧。」小女孩聽了覺得有道理，就答應說：「那也好、那也好。」

小說用很平淡的語氣寫，但其實內在有深沉的悲哀。女孩後來並沒有去摘柿子，因為爸爸的意思是要她去偷一些人家種的，深秋在樹頭正成熟的柿子去當禮物。她雖然答應了爸爸，但應該心裡會覺得不好意思，也就沒有真的去做。沒有柿子，那該怎麼辦呢？走過一片稻田時，她看到田邊道路上有茱萸的鮮紅果實，她的心情放鬆了。

路邊大樹上結的果子不需要偷。她要摘茱萸果實去送給醫生，用手攀住樹枝，樹枝彎曲下來了，她繼續用力往下拉，用了全身的重量，沒想到竟然拉斷了好大一根枝子，她自己也砰地在路上摔了個四腳朝天。

但小孩很開心、很得意，本來只是要摘一些茱萸的果實，沒想到變成了扛著一大條長滿果實的樹枝一邊走一邊吃。吃到澀味讓舌頭似乎都變得不靈活了，此時小女孩遇見了小說開頭描述的那些小學生，她們興奮地圍著看那把了不起的茱萸，小女孩微笑著將自己的戰利品伸到他們面前，將果子分給大家。

在山上鄉間，仍然有著階級差異，能去上學的女生，家境一定比較好，這次卻換成是最窮的窮小孩慷慨地送果實給她們，她得到了一份不一樣的、難得的滿足。

小女孩進到村中，遇到了前面和郵差說話的那個女人。女人當然也注意到了那麼漂亮的茱萸樹枝，所以主動跟小女孩攀談。知道小女孩要去醫生那裡，女人馬上想到了：「前兩天用山轎子（類似滑竿那樣的簡陋交通工具）來接醫生的，就是你們家吧？」顯然小村裡沒有祕密，女人知道了小女孩是燒木炭家的。接著她又對小女孩說：「茱萸果實看起來比紅軟糖還漂亮，可以給我一顆嗎？」

小女孩突然就將一整枝茱萸都遞到女人面前，女人開玩笑說：「整枝都要給我嗎？」小女孩就說：「好。」將整枝茱萸交給女人。小女孩還是很慷慨，完全不會拒絕別人。接著小女孩被女人身上穿的新外套，郵差剛剛送來的錦衣吸引了，她突然紅著臉離開了。

川端康成沒有多做解釋，但我們能心疼地體會小女孩的感受。她看到女人身上值得羨慕的新衣，意識到自己和人家的差距，因而覺得那樣好像很氣派地將茱萸枝送過去，其實人家根本不需要，她就不好意思、尷尬地匆忙離開了。

女人看著放在自己身上，比她的雙膝都還要寬兩倍半的茱萸樹枝，有點驚訝，摘了一顆果實放進嘴裡，那樣酸酸涼涼的味道，讓她想起了故鄉。她一定是為了什麼理由大老遠跑到這山村裡來的，每到深秋母親才會都要寄新的外套來讓她禦寒過冬。但她接著又想：現在連寄冬衣來的母親都不在故鄉了。

小說的最後，又傳來了小孩們推鐵環嬉戲唱歌的聲音，女人突然從「珊瑚枝」——其實是那茱萸枝，但川端康成在這裡特別從女人的主觀稱之為「珊瑚枝」——底下，腰帶之中掏出了那枚硬幣，等待燒炭家的小女孩等一下走回來。

仍然沒有明說，但我們知道女人做了決定，等一下要將這枚從郵差那裡要來的硬幣送給小女孩。那份心情很複雜。她想起了母親，想起了自己被迫遠離家鄉，離開相依為命的母親，連帶投射同情小女孩的家庭背景，而且又感受到這麼窮的小女孩卻那麼慷慨，將一整枝華麗的茱萸毫不猶豫地就送給她，她應該要有所回報。

開頭的第一段回來了，「清風婆娑，吹紅深秋」，結束了這短短的一篇小說。

## 極短篇的掌中小說

掌中小說的極短篇幅在川端康成筆下取得了特殊的形式內涵。因為超短，所以小說不可能循線性發展，不可能交代來龍去脈。也因為超短，所以沒有空間讓作者多解釋什麼，必須由讀者自己去體會。〈茱萸盜賊〉先分頭快速素描女人和小女孩，然後讓她們相遇互動，兩人一起說話只有幾分鐘，卻刺激出特殊的真情。

小說敘述的時間開始於郵差在等著，省略了前面郵差將包裹送來交給女人，女人進去開包裹拿出新衣又將新衣穿上的過程。這是打破線性不要從頭說起的減省示範，而且像電影畫面一樣，讓時間分隔開來，看完了女人撿起硬幣放進腰帶裡，沒有交代什麼，直接轉換鏡頭去看小女孩那邊。順著小女孩的腳步，然後才回到村中，讓小女孩的時間對上郵差走後還坐在門口的女人的時間。

用這種方式省掉了很多說明文字，更重要的，讓讀者自己去體會，因而得到更深的感動。讀者不再是旁觀者，旁觀小說中的角色行為，得到作者傳送過來的情感，而是讀者發自內心地理解女人為何要將從郵差那裡訛詐來的，多的一枚硬幣轉送給小女孩，發自內心地喜歡那個帶有豪氣卻又心思細膩的窮人家小女孩。

扛著一根茱萸樹枝的小女孩，原本完全不在女人預期中，但她出現時，女人剛好從郵差那裡得到了每年一度和母親感覺最親近的時刻，穿上了母親特別關心寄來的外套，那樣的茱萸果子又讓她想起故鄉，刺激了她自己都沒有想到的強烈情感。

遇到女人也不在小女孩預期中。她不好意思去偷柿子，看到路邊的茱萸樹鬆了一口氣，抱著那樣的心情豪邁地扛著樹枝走來，卻遇到了被紅果實吸引的小學女生，在家境比較好的女學生面前她當然要更大方、更慷慨。抱持著這樣的心情，她幾乎忘掉了本來要將茱萸果子當禮物送去醫生家，女人開玩笑向她索取，她就慷慨到送出整枝了。

在生命中徹底偶然，絕對不可能安排的瞬間，這個女人產生了對於小女孩的感情，一種自己都不知道會有的深刻感情。工人逗弄她時，女人趕緊撿起硬幣，表示她在意錢，或許也是為了賺錢才來到這小山村，但此刻她被刺激出了慷慨，她要幫助小女孩，這件事再重要不過，而這樣一份突如其來的感情，即時的決定，我們能夠體會，也能感受到其中的純真誠摯。

## 散文詩與俳句

「掌中小說」是來自法文的名稱，一九二〇年代傳入日本，一度非常流行。在第一次世界大戰之前，歐洲國家中和日本關係最密切的是德國，在作為後進國家努力迎頭趕上這項性質上，日本高度認同德國，並積極向一八七〇年代才統一的德國學習。然而第一次世界大戰帶來轉變，日本選擇了站在德國的對立面，參加了英國、法國的這一邊，而能夠以戰勝國的姿態去參加一九一九年的巴黎和會。

於是在一九二〇年代掀起了法國熱。這時候日本已經不需要積極學習法律或政治制度了，他們從法國人那裡吸收的是文化、文學、藝術，尤其是那樣一種特殊的美學敏感性。

在這波潮流中連帶引進了「掌中小說」。「掌中小說」在法國是從貝特朗（Aloysius Bertrand）、波特萊爾發展出的「散文詩」所延展的，追求以短小的篇幅呈現瞬間意象與感受，等於是將小說的虛構敘事成分加入散文詩中，讓文本更緊密更濃稠。

川端康成選擇的「新感覺派」風格與意念，也是來自法國，因而他會在很年輕時就投入創作掌中小說，一點也不意外。他寫過的掌中小說一共有一百多篇，一九七一年新潮文庫本書名叫《掌之小說百篇》，實際上收錄了一百一十一篇，後來改版、增訂，維持原來的書名，但增加到一百二十二篇作品。這應該是收錄最完整的版本。

川端康成自己如何看待掌中小說，留下了一些紀錄。一九三八年，他已經藉著《雪國》在文壇上得到了相當肯定，改造社推出一套《川端康成選集》，第一卷主要內容是掌中小說，他在「後記」中說：

這一卷的作品都是掌中小說，大半是二〇年代所寫的。許多文學家在年輕的時候喜歡寫詩，而我則是以寫掌中小說代替寫詩，其中有一些是勉強寫的，但是自然寫成的作品也不少，把這一卷當作我的標本，也就是那個時代的代表作，有一些不滿意，但可以表達年輕人寫詩的精神吧。

這樣的說明一方面連繫上掌中小說的法國淵源，另一方面點出了這批小說和傳統和歌間的相似性。

和歌中，甚至是全世界所有詩歌形式中最為短小的，是俳句。平安朝流行俳諧的演出與寫作，後來將俳諧中第一句抽離獨立出來，在松尾芭蕉的手中形成了俳句這樣的特殊文體。

俳句很短卻又很嚴格，從頭到尾只有十七個音，必須按照「五—七—五」的三句排列，而且其中一定要有表現季節的「季語」，於是使得俳句的內容通常和季節有關，也就和時間的流逝或追懷有關。

〈茱萸盜賊〉充分反映了俳句的影響。開頭和結尾都是「清風婆娑，吹紅深秋」，那就是不折不扣的「季語」，而且故事中的兩項關鍵物品——長滿了鮮紅果實的茱萸樹枝，和初初披上的新外套——都和深秋季節密切相關，規範了這個故事只可能發生在特定的季節裡。

川端康成以傳統俳句精神來寫掌中小說，並不完全因為他是日本人，他和平安朝的歷史、文化另有密切關聯。他小時候在鄰居間得到了「參加葬禮的名人」的稱號，因為小小年紀就遭遇了親人接二連三的死亡，常常在葬禮上出現。

到十四、五歲，他生命中僅存的親人，他的祖父也生病了，很長一段時間他都必須照顧祖父，那時候他養成了在祖父病榻旁閱讀《源氏物語》的習慣。祖父纏綿病榻多久，他就讀了多久的《源氏物語》，這是他文學養成中的第一個段落，當然留下了無法磨滅的記憶與影響。

## 小林一茶的俳句

在他生命的第一段時光，正值一般人的成長期，川端康成在親人接連去世中內化了深刻、難以排解的「孤兒意識」。帶著這樣的內心傷痕，他去了東京，開始參與文學活動，清楚地受到西方現代文學影響，並且和橫光利一成了好朋友。在這第二階段中，他從「新感覺派」的美學觀念找到了自己的文學歸屬，從而部分緩解了「孤兒意識」，迎來創作上的高峰，包括完成了大部分的掌中小說，讓這個原本舶來的形式脫胎換骨，變成了他的獨特風格表現手法。

掌中小說是他連結第一階段與第二階段生命歷程的產物。將平安朝的纖細敏銳和法國散文詩的濃縮文本精神有效地混合在一起，寫出了極其獨特，幾乎沒有其他人能模仿的小說作品。

川端康成掌中小說對於短小篇幅的運用，又不完全是俳句式的。在一個意義上，法國散文詩的濃縮，比較接近中國的絕句。雖然同樣都是短詩，但日本的俳句和中國的絕句在表現原則上有很大的差異。最通俗、大家都會背的五言絕句：「床前明月光，疑是地上霜，舉頭望明月，低頭思故鄉。」因為太熟悉了，以至於很少人認真好好理解這首詩的寫法。前面的「床前明月光，疑是地上霜」含藏了時間上的錯雜。「床前明月光」並不是真正敘述時間的開端。最先其實是看到了床前一片白亮亮，因為意識到季節，以為是降霜了、凝霜了才在夜裡突然顯現一片奇異的白色。或許是半夜睡醒的迷糊狀態，必須再等一下，更清醒些了，才明白那不是霜，而是月光投射進來造成的結果。

從錯覺到發現答案，於是刺激了順著月光去看光源的動作。於是原本低頭看地上，轉而換成抬頭看月亮，並且在動作變化之際，更驚覺天上有如何的「明月」。但立刻，舉頭的視線又轉回低頭，因為在那個時代，當人遠離家鄉時，唯一能和遠方家人明確有共感的，就是大家在夜裡能夠看見同一個月亮。這是中國韻文中已經固定下來的情感，所以乍然地被月光挑起了離鄉之人對於家鄉、家人的想念，又黯然地低下頭了。

進而詩結尾提供的解釋，又扣回詩的開頭，提供了我們剛開始讀這首詩時不會意識到更前面所發生的事。為什麼會將月光誤認為是霜呢？應該就是因為離鄉在外夜裡睡不好，迷濛張眼，又在不熟悉的環境裡，產生了這樣的錯覺吧！

那麼短，卻在時間意識上有了多層流轉，甚至正因為只用那麼短的字句，一定要濃縮製造出這種流轉挪移，才能讓詩有層次、有內在空間，又有餘韻。這是中國絕句的美學表現方式，特別是不遵從單一、線性時間先後，結尾往往扣回開頭的寫法，也經常出現在川端康成的掌中小說裡。

至於日本的俳句，典型的寫法是選擇一個剎那，提供一個小小的切片，那是線索、暗示，讓讀者自己再去想像追蹤，自己將後面的情節或意義補上。例如最有名的一首俳句，小林一茶的作品：「已知世上如露水」，就這樣，不過我們立即能體會，這句詩的後面應該要接上刪節號，成為「已知世上如露水……」

是的，那麼多現實的經驗讓人充分理解、甚至被迫認知，人世在時間中，時間過得好快，活著就像偶而凝結的露水，在清晨的特殊條件下形成，然而太陽必然要出來，白天氣溫必然要升高，接著露水也就消失了。

我們誰不知道呢？但是即使知道，卻還是會做出許許多多和這項知識矛盾、相反的事。至於那是什麼樣的事，就讓讀者自己去挖掘自己的人生、自行觀察歸納，自行填充回答吧！

正因為點出了普遍的現象，打中了每個人的心，卻又留著後面的空白讓每個人填上不同的內容，所以如此短小簡單的詩可以成為俳句的典範。

這種切片方式也會出現在川端康成的小說中，他善於混用不同的技法，使得他的掌中小說如此耐人尋味，值得認真端詳。

## 所謂的「新感覺派」

要如何理解「新感覺派」？首先要確定將這個稱號讀對了，這四個字正確的讀法是「新感覺—派」，而不是「新—感覺派」。意思是並不是先有了一個「感覺派」在前面，才有了對應於那個派別強調自己比較「新」的「新—感覺派」。

「新感覺派」的核心觀念來自於區分理性與感性，並且堅決主張感性比理性更重要。從寫實主義到自然主義，文學上的價值觀重視客觀，要求文學向科學理性靠攏去呈現經得起理性歸納、分析的事實。在那樣的價值判斷中，為了呈現客觀，就必須盡量排除主觀，至少要讓不同的主觀彼此補足、彼此更正，如此形成接近客觀的相對主觀。

但從浪漫主義再到現代主義，有了很不一樣的態度——愈來愈不相信客觀，愈來愈重視主觀。如果客觀意指的是排除了所有人的主觀，不屬於任何個人，是所有人共有的經驗或感受，那豈不是很膚淺很無聊？排除了個別性，只剩下共相，那能有什麼深度，又如何反映作者的主體，如何感動讀者或觀者？

我們要知道、要得到如此平板乏味的描述與體會做什麼？從這樣的反向批判出發，連繫到更廣泛的「人之所以為人」的根本認識。新的潮流中凸顯了：人之所以為人的基礎，是人有主觀，人藉由個別主觀和世界發生關係，創造出對於世界不同的認識。我們每個人從主觀上所看到、所體認、所感受的世界都不一樣，而且都對自我來說最真實。這才是人活著的方式。

一張桌子、一張椅子，一個人拿著一本書坐在桌前的椅子上，這是客觀的景象，然而這樣的景象通過不同人的主觀，卻可以產生不一樣的感受、不一樣的意義。只有動用主觀，我們才會和這個景象真正發生關係。有人會感覺在吵鬧的環境中這個人竟然還能安靜地讀書；有人會注意到他的眼睛很靠近書頁，好像是書具有強烈的磁性，快要把他吸進去了。甚至進而那個畫面變成好像是書有著主動的魔力，讀書的人反而是被動地要陷進去，如同掉入一個不可知的坑洞或隧道裡。

這種情境並不存在於客觀的景象，只存在於某個人的主觀感受裡，換句話說，藉由他的主觀，將原本固定、平庸的畫面創造出新鮮的感覺來。不只是感覺必定比客觀現象來得精采、有趣，而且是感覺才得以化腐朽為神奇般創造出新鮮來。

主觀可以創造出客觀事實並不具備的感受與意義。「新感覺派」這個名字指向有意識的努力探尋，去建立我們和外在世界間不同的、「新的」關係，而這種關係只能透過「感覺」來形成。即使是最平凡的一支筆、一隻手錶放在你眼前，你都可以、甚至都應該保持感官的敏銳，去建立不同的意義關係。

排除了客觀的認知，也就是舊的、一般的感覺，手錶提醒了你時間如何從抽象變得具象，手錶戴在你手上形成了如同手銬般的存在，雖然是你所擁有的，卻反過來下限制了你的行動，於是手錶在這「新感覺」中變成了另一種東西。

這就是「新感覺」的重要性，「新感覺」應該在文學、藝術中具有核心地位，文學、藝術創造、提供「新感覺」，等於隨時在打造新的世界。客觀的世界是不變的、無聊的，主觀中的「新感覺」世界才能是常新的、充滿變化的。

雖然後來川端康成不再以「新感覺派」指稱自己的作品，不再認為自己屬於「新感覺派」，甚至講過否定自己早期「新感覺派」作品價值的話，然而貫串他的小說，不只是掌中小說，而是所有的小說，這樣一份根本的信念，描述主觀、從主觀中得到新鮮內容，從來沒有真正失去作用。

## 捕捉剎那的「新感覺」

在運用「新感覺」創造新意義上，尤其是要以極小篇幅、掌握瞬間片刻來顯現特殊感受上，川端康成明顯受益於傳統日本文學，特別是和歌與俳句。

舉幾個有名的俳句或許可以幫助大家建立領會川端康成掌中小說所需要的感性。有一句詩是「牽牛花，一片深淵的顏色」。這可以說是最精簡也最典型的「新感覺」作用。客觀上牽牛花開出了紫色的花，我們每個人都看得到。在日文中，牽牛花寫成「朝顏」，是早晨開花的，很容易就會從名字產生和早晨的種種連結。然而詩人卻帶我們離開了那樣通俗的「舊感覺」，從紫色聯想到臨視最深的深淵的感覺，從高處危顫地、近乎暈眩地看那彷彿無底的水潭，在光線作用下，突然顯示出一種神祕的紫色。那麼原本平常的一朵朵小花，就吸引我們近距離凝視，從裡面看到了一座象徵性的深淵，象徵了在日常生活中，藏在表面無害的活動、現象中，人世的種種折磨、災難。

相關聯的，有一首俳句是：「在這世上，一邊看繁花，一邊朝著地獄走。」地獄在人生命終結的那一端，然而時間的作用，必然讓我們每分每秒都愈來愈靠近那死亡的情境。這個鐵的事實不會因為任何的遭遇、任何的努力而改變。當春光明媚繁花盛開，也就意味著一年又開始了，必然是前面一年結束，我們的人生少了一年。「舊感覺」讓我們欣喜於繁花帶來的視覺之美，然而通過俳句突兀的「新感覺」，春天不再是原來的春天了。

還有一首說：「故鄉，故鄉，遇到的都是帶刺的花。」人會對故鄉有特殊的情感，會思念故鄉，因為那裡有你的成長記憶，對你來說是最熟悉的。我們抱持著這樣的心情回到故鄉，必然期待重溫那樣的熟悉記憶。然而普遍的時間作用，尤其是現代環境的快速變動，真正回到故鄉的感覺不是那麼樣的熟悉熨貼。那是什麼樣的感覺呢？就像在春天看到花開了，心裡高興，忍不住想靠近這些花去嗅聞花香，或想採摘下一、兩朵，但一靠近卻發現，每一朵花上面竟然都帶著刺，不能聞也不能摘。遠看是自己熟悉的花，但不能再靠近了，靠得太近那花就變質了，顯露出陌生、甚至敵意來。

多麼短小卻又精確的描述！心裡的那個故鄉只能以記憶的近似印象存留著，不再能在現實中找到，如果你不信邪，硬要在現在的景況中去尋找過去，能夠得到的往往只是刺痛或驚嚇吧！

這幾首俳句也顯示了：要在如此短小的篇幅中製造出感覺與意義來，必須有效地利用既有的習慣，也就是憑藉著逆反、挑戰一般人惰性抱持的「舊感覺」，往往能夠最有效產生「新感覺」。

對於自然最常有的假定認為那是恆常的、循環的，於是俳句反其道而行，去捕捉剎那。明明每天早上都會在院子裡看到攀藤在牆上的朝顏開花，看過了幾千次花的紫色，不會再有任何感覺，然而俳句在那一瞬間讓你聯想起深淵，創造了「新感覺」，之前看過的幾千次瞬間都沒有意義了，或說都被改變了，牽牛花和深淵併合在一起的新感覺才值得此刻被體會、被記取。

## 化為風景的人——〈蟋蟀與鈴蟲〉

現代環境提供了另一種創造「新感覺」的可能性與必要性。以往傳統社會中，人與人之間最重要的是固定的關係，我們藉由各種關係來處理人與人的互動。母子關係、同學關係、雇主薪勞關係等等。然而在現代都會中，我們會遇到愈來愈多的人，多到一定程度，這些人大部分都和我們沒有固定關係了。從數量上看，他們成了多數，無法以原先的方式進入我們的意識中安放，卻又不可能單純被忽略不理會。

於是產生了一種新的範疇、新的意識，用柄谷行人在《日本近代文學的起源》書中創造的說法是「將人化為風景」，改以對待風景的方式來感知這些人，無法找到一種關係將這種人安放進我們的生命，卻又不可能不讓他們進來，於是形成了對他們的特殊印象，他們在我們生命成了沒有道理要記得卻又無法忘懷的人。

我們可以從這樣的角度來讀川端康成另一篇掌中小說〈蟋蟀與鈴蟲〉，一群小孩形成了風景，因而觸動了一個人深刻的反應。

蟋蟀和鈴蟲都是鳴蟲，日本小孩喜歡抓這兩種蟲來聽牠們的叫聲，不過大家都認為鈴蟲的聲音比蟋蟀好聽多了。小說開始於一個日常的畫面，夜裡沿著大學的一面紅磚牆，通過了一所高中的門口，在櫻樹底下的草叢裡傳來一陣一陣蟲鳴，敘述者「我」聽到聲音不由得停下了腳步，在校園中轉了轉，眼前出現一個土堤，土堤下亮著各式各樣可愛的燈籠，像是在舉行什麼儀式般。

遠一點只看到燈籠的亮光，走近一點才看到了拿著燈籠要在草叢裡抓蟲的小孩。這些小孩手上有大約二十盞燈籠，紅的、橘的、藍的、紫的……各種顏色。夏末會有鳴蟲，小孩在夜裡舉著燈籠去抓蟲，是日常景象，但眼前很不一樣的，是燈籠上的五花八門彩繪。

原來是街上有一個小孩買了一個紅燈籠來這裡尋找蟲聲來源，過了一天，另一個孩子來了，但他沒有錢去買燈籠，就找了一個小紙箱將上下兩面剪掉，再另外用紙貼成底座，插上蠟燭，並在箱子上綁繩子，成了一支自製的燈籠。

聚集過來抓蟲的小孩愈來愈多了，發現自己做燈籠很有趣。為了讓光能夠透出多一點、照亮一點，又有小孩在紙箱上換貼各種比較薄的紙，而且在上面畫了圖案。於是大家在圖案上變換花樣，有圓形的、三角形的、菱形的、樹葉形的……再添加更多色彩。到後來原先去店裡買燈籠的小孩也覺得自己的紅燈籠太無趣了，反而丟了買來的燈籠，自己另外手工做一個。

小孩們進入了一種熱切競爭的狀態，白天用箱子、紙、畫筆、剪刀、小刀、糨糊創造出比前一天更漂亮、更特別的新燈籠，晚上炫耀地提著燈籠說：「我的燈籠！我的燈籠！」

所以產生了這樣一個看似日常卻不尋常的畫面，吸引了「我」走過去，進而吸引了「我」仔細觀察小孩之間的互動。

## 〈蟋蟀與鈴蟲〉帶來的「新感覺」

在這裡，小說提供了一個特別的細節——有小孩在燈籠上寫了自己的名字，而且是鏤空的，讓光可以透出去，於是燈籠照到哪裡，那裡就會出現亮亮的自己的名字，這真是巧思啊！

此時，有小孩找到蟲了，高喊：「有誰要？有誰要？」其他小孩當然馬上圍過來說：「我要！我要！」一個小女孩在抓到蟲的男孩後面說：「給我啦！」男孩將燈籠換到左手，用右手去草叢裡抓，說：「這裡有一隻蟋蟀。」然後他站起來，將拳頭伸向小女孩，小女孩趕緊將燈籠的繩子掛在手腕上，用兩隻手小心翼翼地包住男孩的拳頭。男孩靜靜地將拳頭打開，蟲從他的拇指和食指間進入了小女孩的手掌中。

小女孩專心看著，眼睛發亮，說：「不是蟋蟀，不是蟋蟀，是鈴蟲哪！」聽她這麼一喊，其他孩子都羨慕地呼應：「鈴蟲！鈴蟲！」小女孩太開心了，感動地看著給她鈴蟲的那個男孩。

她將鈴蟲放進腰上的蟲籠，忍不住又說了一次：「是鈴蟲啊！」那個男孩也說：「沒錯，是鈴蟲。」然後男孩將自己的燈籠舉高，光映照出來，剛剛好讓燈籠上他的名字「不二夫」照在女孩的胸前，而小女孩的燈籠垂著，所以她的名字「きよこ」則照在男孩的腰間。形成了一幅有趣的畫面。

這是細膩的感情瞬間，在日常間突然迸發，不可能有任何的安排，在即興互動中產生了特殊的情境。在這篇早期的作品中，年輕的川端康成還擔心讀者沒有完全領會所發生的事，藉由敘事者「我」的一番議論進行了解說。

「我」看到的、感受到的，是男孩的心機。他明明知道抓到的是鈴蟲，但因為要送給他喜歡的小女孩，故意先說是蟋蟀。預期可以有蟋蟀已經很開心的小女孩發現手掌裡是更難得的鈴蟲，當然驚喜萬分，也引來了其他小孩的羨慕反應。於是男孩得意地將燈籠舉起來，將自己的名字用光印在小女孩的胸口，像是標記著：「妳是屬於不二夫的。」

本來只是一連串的動作與景象，如此理解了就產生特殊的「新感覺」，一種雜混著天真純情與世故心機的感覺，我們不可能在其他地方會有的感覺，在小說中浮現出來，讓讀者無法用慣常的方式反應，不知該欣羨、讚嘆，還是感慨男孩的想法與做法。

敘述者「我」的反應是：「你這個不二夫啊！等你長大以後，又故意將鈴蟲當作蟋蟀去騙取女人驚喜的表情，我知道你有本事，能找到別人找不到的鈴蟲，但世事不像你以為的可以永遠在你掌控中，我替你擔心，如此下去你會弄不清楚什麼是真的珍貴、什麼是沒有價值的，到底鈴蟲和蟋蟀間有什麼根本差別。」

「我」看到了男孩能夠讓小女孩如何歡欣，但倒過來如果將蟋蟀假裝為鈴蟲也就能讓女生失望的操控狡獪，加上比別人更早能找到鳴蟲的本事，將這樣的條件朝未來投射，「我」看到的是：這個孩子長大後，習慣了用這種方式騙女生的感情，那麼原本愛情中最珍貴的——真實的、直接的悲歡感動——他就不可能體會了。

他會變成一個自我中心的人，在意的只是自己能夠如何得到一個女人，將自己的名字印記在人家的身上、生命上，如此而讓「我」感到痛心。

因為是早期作品，所以川端康成動用了一個「我」來進行描述，並且刻意在結尾處表達了和一般讀者不一樣的感懷。後來的作品中，他會採取更精簡的、更放手讓讀者自己去尋找意義的敘述方式。不過這篇小說已經齊備了川端康成掌中小說的基本要素：一個日常場景，其中一個瞬間即逝的非常情境，只存在於那個瞬間，由複雜的偶然因素湊泊才得以形成的，因而一旦逝去了再也不會重現，在其間產生了一種帶有特殊感情力量的深刻之美。

## 〈金絲雀〉的殉葬

接著來讀〈金絲雀〉。這篇比〈蟋蟀與鈴蟲〉更短，川端康成對於敘述的精簡掌握更純熟了，全篇就是一封信。

川端康成的小說不會採用「從頭說起」的敘事時間。他喜歡，甚至是必定要，創造出時間的迂迴效果，從中間開始，往前發生了什麼事，從這事回溯過去的緣由，再回到時間的前進方向，然而事情的進展又可能影響了我們對於過去回憶的認知，如此盤旋迴繞，既複雜又迷人。

如果「從頭說起」，那麼〈金絲雀〉的故事是一個男人有過一段外遇，和有夫之婦發生了不倫之戀，外遇無法維持下去，女方要分手，並送給他一對金絲雀作為紀念品。

這不是什麼太特別的事，很容易激發「舊感覺」，以成雙成對的金絲雀表達兩人無法廝守的遺憾，同時讓鳥來提醒對方毋忘曾有過的感情。然而川端康成不會只要傳達這種「舊感覺」。首先有一份增加的「新感覺」是，女方告訴男人，這對金絲雀是在鳥店裡臨時抓的兩隻公鳥和母鳥放入籠子裡湊成一對的。或許是象徵著人究竟會和誰成為一對，能夠和誰一起關入婚姻的明確架構中，其實沒那麼有道理啊！也可能是象徵你我兩人在人世間偶然遭遇成為一對，中間沒有必然、也沒有保障啊！

再來就牽涉到男人寫這封信的特殊時間與特殊理由了。男人將金絲雀帶回家，鳥成了家中固定的一部分，餵鳥也理所當然成了家務的一部分，而家務當然不是男人負責的。餵鳥的工作都是由他太太做的，也就是外遇事件中被背叛的那個女人，卻弔詭地每天辛勤打理丈夫外遇的紀念品。再下來，現在他太太死了，男人沒有能力照顧如此嬌貴的鳥，他知道鳥兒大概也活不下去了。

他一度想將金絲雀放掉，但看著籠中的鳥自從他太太死後愈來愈衰弱，他有了不同的決定，也才需要寫這封信。信中他請求對方同意讓這對金絲雀陪著他太太殉葬。同樣的一對金絲雀，經過了時間，又取得了完全不同的意義。這已經不是外遇對象的金絲雀，也不是他的金絲雀，不是為了紀念外遇的金絲雀，而成了他太太的金絲雀了。是靠著他太太的照顧，金絲雀才能活著。更進一步，金絲雀也代表了他自己，他又何嘗不是靠著太太在家裡的操持，才得以活著，也才得以和這個女人發展出那樣的外遇關係嗎？

所以這時候，他的信非但不是因為妻子死了，要來和外遇對象再續前緣，反而是必須用這種方式，痛心、哀傷地在妻子死後，發洩出對妻子最強烈的感激。那段外遇其實是以妻子的存在為必要條件的。

「妻子讓我忘卻了生活上的艱苦面，讓我能夠不去面對人生的另一面，因此我在夫人妳這樣的女人面前，才不會躲避不前或失去分寸啊！」這是糾結的「新感覺」。「舊感覺」中理所當然將妻子與外遇對象視為競爭敵體，但這個男人最真切的悲劇性領悟卻是：三角關係中，妻子和外遇是彼此依存的，如果沒有妻子替他照顧好生活，他不可能閒適優雅、深富魅力地去勾引人家的有夫之婦啊！如果他陷入在生活的瑣碎麻煩中，這種有夫之婦又怎麼可能看得上他？

所以他要將金絲雀放進妻子的墳墓裡，也就是要將外遇的記憶徹底埋葬。金絲雀此時紀念的，不再是那段外遇了，而是他和妻子剛剛結束的婚姻。於是這封信又是對這位「夫人」以及曾經有過的感情的終極告別。

## 被裁剪的〈相片〉

然後再讀篇幅又比〈金絲雀〉更短一點的〈相片〉。

小說的敘事者是一個自認長得很醜的詩人。顯然他一直對自己的長相有著自卑感，甚至他之所以專注於寫作，並以此得到成就，一部分都來自這種自卑感的刺激。

他當然不喜歡拍照，很少留下相片。極少數會拍照的一個場合，是四、五年前訂婚時，非得和訂婚對象拍的合照。他說：「我沒有自信在我一生當中還能不能再碰到一個像這樣的女人，直到現在，那照片仍然是我的美好回憶。」

然而小說精簡到這種地步，只告訴我們他訂婚了，卻沒有結婚，這個女人現在不在他身邊。他應該是不願意多說這段失去生命中重要對象的經過吧！

有一家雜誌社刊登他的作品時，跟他要照片。他找到的一張是和訂婚對象以及她的姊姊合拍的。他只好將其他兩個人剪下來，留著他自己那部分寄過去。過了一陣子，又遇到報社也要照片，他再也沒有別的照片了，只剩下那張訂婚照。所以他用同樣的方式，將未婚妻剪下來，把自己那部分寄過去，然後特別交代，照片使用完畢一定要還他。但後來人家沒有把照片送回來。

如此他失去了那張合照。突然之間，他看著那剩下來的一半，只有未婚妻的影像，心裡有了更深的遺憾與痛苦。這就是小說中最重要的「新感覺」——剩下來的這一半徹底變質了。過去看著兩個人的合影，會記得當時才十七歲、正墜入情網的女孩多麼耀眼、多麼出色。現在她身邊那個長得很醜的男人不見了，單獨看女孩的面貌形體，變得毫不起眼。

一方面是情人眼裡出西施的主觀作用，另一方面男人的醜發揮了對比襯托作用吧？相片中那個明明原來那麼好看的女孩，竟然就隨著相片另一半被剪掉而消失了！

他體會了，貴重的不是客觀的相片顯影，而是相片存留在我們主觀中的記憶。進而他痛悔了自己的錯誤，不只是不應該將相片剪開寄給報社，而且竟然沒有想到、沒有選擇另外一個可能的做法。

那就是直接將整張相片寄給報社刊登，那麼很可能現在已經變成女人的那個女孩，會驚訝地在報紙上看到自己從前的模樣，進而想到「雖然只和這個男人有過短短的一段戀情，他竟然一直都還記得啊！」如果不要去剪照片，那麼不只是心目中女孩的美麗影像不會被破壞，甚至還可能將不知去了哪裡的情人找回來，重回他懷抱。

在心裡浮現出想像中女孩從報上看到那張相片會有的反應：「這個人怎麼會這樣？怎麼連我的相片都登上去了呢？他難道不知道旁邊還有我嗎？」如此反應時，女人感動了。

這是掌中小說處理「瞬間」的另一次精采示範。關鍵瞬間的一念之差，然而是做決定時自己沒有意識到可能產生多大差異的這一念與那一念。剪開相片時無從意識到自己主觀裡看到的照片會就此被改變了。那女孩客觀的長相當然不會變，但自己眼中看到的從來不是客觀的，是透過和自卑醜陋形象對比產生的主觀印象，將自己剪掉，那個對比下顯得美麗的女孩也一併消失了。

如果改變那一念，將能找到的這張相片就寄過去，那麼小的一個決定，很可能會引發徹底改變自己人生的連環反應啊！女人在報上看到了自己，感到既害羞又驕傲，在衝擊中體會到——男人成為能夠在報紙發表作品的作家後也沒有忘掉自己，心飛回到了相片所顯現的兩人關係中……

人生其實是由這樣的片片段段產生的關鍵改變而組成的，瞬間往往比整體或大塊大塊的階段更為重要。

## 〈靈柩車〉的一瞥

還有一篇也牽涉到相片的掌中小說，標題是〈靈柩車〉，同樣是短短只有兩頁，像前面介紹的〈金絲雀〉一樣，從頭到尾是一封信。在角色關係上，這篇是〈金絲雀〉的某種逆轉，是一個丈夫在妻子死後寫給妻子曾有過的外遇對象。

最特別之處，丈夫以「義妹」稱呼剛死去的妻子，名分上是妻子，實質關係卻更接近像是妹妹，沒有詳細的解釋，但就讓我們知道他以一種對待妹妹的方式來對待身邊的這個女人。所以縱容她去愛別的男人。

書信中他為「義妹」忿忿不平，因為她過世前還拖著病軀特別要去見深愛的這位情人，但男方竟然不見她。這是多麼無情的舉動，一個多麼無情的人！因為對方如此無情，必定也不關心她的喪事，所以丈夫才刻意寫這封信要讓對方知道發生了什麼事。

和〈相片〉裡遇上一樣的麻煩，妻子死後卻找不到適合放在靈堂上的照片。她很久沒有拍照了，找來找去只找到一張和對方這個男人的合照。該怎麼辦呢？應該將相片中的男人裁剪掉吧！但那樣處理會使得照片看起來不完整，於是這個丈夫有了另外的想法。他將整張照片掛上去，再用黑絨布將妻子的情人遮蓋起來。

在這封信裡，他要明確地告訴那個男人，那張靈堂的照片就象徵了過去幾年你們的情況，讓你們依舊在陰暗之處、別人看不到的地方在一起。除此之外，還有更重要的，要讓來祭拜妻子的人，同時也祭拜你。你不在乎她死去，不在乎她的喪禮，我就故意拉你在這場喪禮中，你已經被當作死人，像是和她一起死去般，反覆接受別人的祭拜。

這是丈夫的復仇，為自己也為死去的妻子。多麼聰明的安排，一方面滿足了妻子一直到死前都還想見到這個男人和他在一起的心願，另一方面又象徵性地懲罰了讓妻子失望的無情，象徵性地強迫他殉死。

還不只如此，信中又描述了一段不是他安排的巧合事件。那是出殯時靈柩車必須通過一座陸橋下，但加了裝飾的車頂太高了，以至於被擋在陸橋下。就在這個時候，陸橋上有一列火車通過，寫信的丈夫坐在後面的車裡，抬頭看，列車車窗上出現了一副熟悉的面孔，就是妻子的情人啊！丈夫在信裡告訴對方：你在不知情的狀況下，也參與了這場喪禮，冥冥之間安排好了，讓你目睹愛你卻被你拋棄的這個女人的喪禮。

他具體地寫下：「三月十四日，從W車站，四點十三分發出的班車，你就在那班列車上吧？」

信的最後說：

> 我告訴你這些，你不要以為是為了要讓你不高興，我把你的照片供在佛壇上，並非我有意把你跟義妹的愛情一起葬送掉，或者認為你應該要隨著義妹一起埋入墓穴。不過，當我看著所有的人在遺像前流淚、合掌、燒香、念經的時候，忍不住覺得有點滑稽，沒有人知道在黑色的絨布下還蓋著一個活生生的你，而人們在對於死者的禮拜當中，無可避免，也在禮拜著生者，這正如同你在火車上向窗外不經意的一瞥，所看到的竟然是愛人的送殯行列一樣。

人生的偶然，坐在火車上向外看見一輛靈柩車的瞬間，自己以為毫無意義，卻在讀到這樣一封信後，回想起而感到毛骨悚然吧？再加上知道了自己的相片曾經在黑布後面全程參與了這個女人的喪禮，很可能徹底改變了原先所認知、理解自己和這個女人的關係吧？

發生在女人都已經死了之後的幾個瞬間的事，不只可以改變未來的人生，甚至還能回溯改變已經發生了，照理說應該已經固定了的事情。

## 〈阿信地藏王菩薩〉的菩薩傳說

再來讀一篇叫做〈阿信地藏王菩薩〉的掌中小說。

這篇小說的背景是山裡的溫泉旅館，是讓川端康成特別有感受的一個場景，他的名著〈伊豆的舞孃〉和《雪國》也都選擇將故事放在這樣的場景中。

小說開頭先描寫了溫泉旅館背後一棵高大的栗子樹，樹下有一座小神龕，是祭拜「阿信地藏菩薩」的。那不是我們會在其他廟裡看到的菩薩，源自當地的民間傳奇，依照《名勝觀光指南》上記載，阿信是這個地方的一個女人，一八七二年六十三歲時去世的。當然是去世後才被奉為「菩薩」，不是什麼古老的信仰。

那麼大家當然還知道、還記得這個女人做了什麼事而在死後被奉為菩薩。二十四歲那年，阿信的丈夫死了，成為寡婦，她沒有再嫁，卻從此和村子裡的每一個年輕男人都親近過，對山村裡的每個年輕男人都一視同仁地接受。年輕男人建立起彼此間的秩序，共同分享阿信。

用通俗的語言說，也就是村子裡有了一個和很多男人上床的寡婦。這樣的人怎麼會是菩薩呢？關鍵在於山村的環境極其偏僻，要走七里的山路才能到達最近的一個市街，在村裡長大的男人必須花那麼大的工夫才找得到外面的女人，所以當有需要的時候很可能就在村子裡想辦法解決。因為有了寡婦阿信，使得這些男人能夠明確地得到肉體欲望上的發洩，他們圍繞著阿信，建立了一套規矩。未婚的男人都可以去找阿信，一旦結婚了就必須離開。

是這套規矩長期維持、保障了村中家庭的安寧。結婚前的男子都和阿信有關係，也只會和阿信有關係，結婚之後又必然不會再和阿信有什麼糾葛，那麼女性不必擔心自己嫁的人之前有什麼亂七八糟的關係，也可以安心他婚後不會去找別的女人。

這是發揮很大善良作用的「菩薩行」啊！在那段時間中，山村裡的少女都很純潔，山村裡的妻子也都守婦道。山谷中所有的男人都會走過溪谷的吊橋去找阿信，又在結婚後全都不再走上吊橋，那是他們的成年禮，藉此讓村裡的人們能夠穩固地團結在一起。阿信還活著時，就已經有這樣的比喻：每個男子都是踏過阿信的身體而長大成人的。

阿信是「聖與罪」（**saint and sinner**）的奇異統合，甚至不是在妓院中當妓女，是最底層地將自己的身體出賣給村中男人來生活，卻在死後被供奉為菩薩，而且不能否認她真的大有貢獻於村中的所有家庭，大家有理由感激她、禮拜她。這種底層的生活，尤其是底層的女性，格外吸引川端康成，特別將她們寫入小說中，彰顯她們獨特的生命意義與力量。

掌中小說篇幅那麼短，最理所當然的寫法是集中寫一個短暫時光現象或突發事件，讓小說敘事在幾分鐘頂多幾十分鐘內閃過完成。但川端康成偏不採取這種理所當然的寫法，他甚至常常反其道而行，不要一氣呵成。那麼短的篇幅中他還要分段，讓各段有不同的時空背景。不過段與段之間省略了因果解釋，並列呈現，讓讀者自己去思考、想像段與段間可能有、應該有的關係。

解釋「阿信地藏菩薩」來歷是這篇小說的第一段。第二段出現了第三人稱的男性觀點，這個人覺得阿信菩薩的故事很美，卻也因此對那尊佛像很有意見。那只是用石頭大略刻出人形，模模糊糊地，絕對無從讓人聯想曾經活過的那個阿信。石頭上連眼睛、鼻子都不太分得清楚，頂上光光的，應該不是特別為了阿信地藏菩薩去找人刻的，說不定是撿來的。

在他心中，佛像和故事有相當落差，正因為這樣，住在溫泉旅館時，每經過那塊石頭，他就忍不住想像真實的阿信，那個曾經和這麼多年輕男人在一起的身體與形貌，究竟長什麼樣子。

他會來到山村，因為村子被改造成了溫泉區，街道上在栗樹的那一邊，距離溫泉旅館不遠的地方有了服務旅館住客的妓女院。他常常看到偷偷摸摸來往於旅館和妓院的浴客，每次經過栗子樹下都會順手在石頭佛阿信的光頭上摸一下。有一次，三、四個客人要冰水喝，一個客人喝了一口卻吐了出來，旅社女傭好奇問：「有什麼不對嗎？」客人指著妓院說：「是從那邊弄來的吧？」女傭點頭。客人說：「是那窯子裡的女人裝的吧？難道不覺得髒嗎？」女傭辯解：「怎麼會呢！況且是那邊的老闆娘裝給我的，我看著她裝的呢。」客人堅持嫌棄道：「可是茶杯跟杓子不也是那裡面的女人洗的？」隨後將茶杯丟棄在一旁，還跟著吐了一口口水。

妓院在他們眼中是純粹罪孽骯髒的存在，和阿信菩薩所代表的完全不同。這是第二段。

## 〈阿信地藏王菩薩〉少女出現

在第三段中描述他去看了瀑布，因為路程較遠，走去了不想再走回來，搭上了一輛往返於溫泉區和瀑布間的公共馬車。但一坐進馬車裡，身體不由得僵直了，原來是馬車上另外坐了一位美麗的少女。

少女對他產生了強烈的吸引力，受到環境的影響，他很自然地對少女有了欲望。在有著濃厚色情意味的溫泉區，還有阿信地藏菩薩的故事，以至於他覺得這裡的女孩好像三歲就了解人事，她們不像一般的少女帶著遠離肉體誘惑的清純。

少女渾圓的身子看起來柔弱無力，似乎就連腳底都應該同樣柔滑不會長出厚皮來。聯想到了腳底，在心裡刺激出一種近乎變態的衝動，要用自己的赤腳踩過那麼嬌嫩軀體的原始渴望，少女像是一張讓人沒有良心負擔的床墊，應該是為了讓男人們忘卻世俗良心而生的吧！

他將視線固定在少女的膝蓋上，然後轉向遠方浮現在山谷間的富士山，那樣一座帶著男性陽剛象徵卻又線條柔美的聖山。接著來回看著少女和富士山，感受到了久違了的「情色」奇妙之感。

這是從阿信菩薩故事延伸出來，他在這個地方的第二次情色覺醒。偶然和他坐在同一輛馬車上的少女形成情色的化身，去除了原本情色必定會帶來的罪惡感，激發了過去不知道自己會有的一種接近神聖的情色欲望。少女像富士山般的美，而且那美正是從做為欲望對象，而非排除了肉體欲望而透顯出來的。

然而少女和一個看起來像鄉下老太婆的人下了馬車，走過吊橋往山谷下走，竟然走進了栗樹那邊的房屋裡。他嚇了一跳，原先不是覺得那屋裡的女人都是骯髒的嗎？但真實的妓女竟然有著如此純粹的情欲力量。他被啟悟回答了原先的困惑——活著的阿信菩薩長什麼樣子呢？石頭無法顯示的阿信本質應該就是這樣吧！一種單純情色的化身，所以她能夠滿足所有村中的年輕人，並且取得了菩薩的神聖性。

這樣的女人無論和多少男人在一起都不會疲憊憔悴老去吧！她們具備永恆的情色之身，她們的脖子、她們的胸部、她們的腰永遠不會變化。

他將少女的形象和阿信菩薩疊合在一起，神化了在馬車上的那具身體，那當然不是客觀的身體，而是從主觀中創造出來，比客觀更神祕、更迷人的「新感覺」。

## 〈阿信地藏王菩薩〉結尾的體悟

小說還有結尾的第四段。時序進入了秋天，那是狩獵的季節，他又回到了山中的溫泉區，住回了那間旅館。秋天最有代表性的現象是栗子成熟了，一個廚師用木頭朝栗子樹上丟，敲擊栗子樹的樹枝，讓栗子掉下來。

因為要來打獵，他帶著獵槍，於是就拿出獵槍來，對著空中開槍，強烈的聲波在山谷中迴盪，有效地將樹上的栗子震了下來。於是在旁邊聚集了好多女人，有旅館的侍女，也有妓院的妓女，都好奇地跑來看這難得的奇觀。另外，獵犬聽見了槍聲也本能地跑了過來，好熱鬧又好有趣的一幅山中景象。

他看向栗子樹的另一邊，妓院的那邊，剛好看到了那個少女，馬車上遇到、被他主觀中視為情色化身、阿信菩薩化身的那個少女。少女細緻而美麗的肌膚顯得蒼白，他轉過頭去看認識的女侍，對方會意了就對他解釋：「她因為生病而長年臥床呢。」

突如其來地，他經歷了一陣難以言喻的失落幻滅感。他心目中的阿信菩薩化身非但不是恆常的，而且還年紀輕輕就衰敗臥病了。這是「物之哀」的侵擾，時間無所不在，沒有什麼能真正抵抗時間的改變。

原來情色必須依附於肉體，而肉體更容易被時間侵蝕。想像中阿信那樣不壞的菩薩肉體，無論和多少年輕男子在一起都不會疲勞、不會憔悴，是不會真的存在的。於是帶著一點賭氣的性質，他不顧應該將子彈留著打獵，持續開槍，槍聲劃破了山中的秋日，從樹上掉落了好多好多栗子，好像下起一場栗子雨般。

這時候獵犬又是依照本能，聽到槍聲又看到有東西掉下來，以為是被打到的鳥兒，趕了過去要將獵物叼回來，卻一咬就狂叫，頭抵在地上，伸著前肢一直去撥弄果實。

生病而蒼白的少女此時說話了：「連狗都會被栗子刺痛了。」栗子外面有一層長了刺的殼，狗一咬被刺弄痛了，所以生氣地一直用腳去撥，一邊撥一邊叫。看到狗那副樣子，大家都笑了。

他感覺到秋天的天空真的好高，像是被那麼高的天空誘惑了似的，他又開了一槍，「褐色的一滴秋雨」，不是真正的雨滴，而是又一顆落下的栗子，準準地落在阿信菩薩的光頭上，敲擊的力量使得栗子外殼爆裂開來，連剝都不用剝了。於是眾人都笑鬧叫好。

小說如此結束了。很短的小說又分成更短的四段，每一段都是意外、偶然。偶然知道了阿信地藏菩薩的故事，偶然遇到了對於底層女人的不屑鄙視表現，偶然遇到了美麗的少女，最後偶然看到了少女的病容。這些偶然如此並列起來，彼此間產生了微妙的連結，創造了這個人原本不具備、不知道自己可能具備的情感。

那樣「人盡可夫」的女人身體竟然會有一種神聖性，並不是因為她清純，不是因為她可能被我占有成為我的情人，所以讓我覺得美。明知道她是妓女，卻因為她能承擔那麼多人的欲望，使得她的身體超越了一般女人在歲月中流轉變化，會被時光、婚姻、生活消耗老化的狀況。

他將一份情色的永恆投射到這個少女身上，以至於後來理解到少女會蒼白、會生病而感到失望，那份永恆的錯覺，主觀意欲一直保存的錯覺，在秋日場景中被戳破了，雖然明知不該預期任何具體的肉體可能真的不壞不變，卻就是無法阻擋、解消悵惘的心緒。

小說最後回到阿信菩薩，留下了餘韻裊裊。有刺的栗子掉到阿信菩薩頭上，菩薩忍住了連狗都受不了的刺，還替人將栗子剝開了，仍然是菩薩行，化身為那麼簡陋不堪的石頭，還在做功德。扣回開場的故事，寡婦阿信獻出了她的身體，而且必然是充滿情色誘惑力的身體，忍住屈辱與痛苦，服務了全村子的家庭。

## 「白樺派」和「新感覺派」的抗衡

川端康成大部分的掌中小說寫成於年輕時期，那個時代，他所屬的「新感覺派」之外，日本文壇還有頗具氣勢的「白樺派」。「白樺派」名稱來自《白樺》這本雜誌，在台灣比較少受到注意，來自此派的經典作品，大概只有志賀直哉的《暗夜行路》有人知道並讀過。

明治維新時期引進了西方的寫實主義小說風格，在日本很快地更進一步流行起「自然主義」來。「白樺派」可以說是從寫實主義到自然主義中脫化而出的發展。和寫實主義、自然主義一樣，「白樺派」有著強烈的社會意識，主張文學應該為社會變動中的弱勢者、受害者發言，凝視、表現他們的現實苦痛。

「白樺派」在寫實主義、自然主義的基礎上，將那樣一份社會關懷賦予了一股浪漫的精神。寫實主義強調客觀，自然主義更進一步要朝科學靠近，然而「白樺派」卻是追求帶著同情的眼光，有情地、抒情地來接近、來呈現社會底層人物的生活。

寫實主義、自然主義帶著冷靜的分析態度，但到了「白樺派」卻要用具備高度感染性而非解剖式的文字來發抒貧窮、困苦、卑屈所帶來的種種痛苦與考驗。在為麥田出版策畫的「幡書系」中，我選入了一位「白樺派」作家高村光太郎的詩集《智惠子抄》，他以自己的生活為題材、為代表，表現了一個人淪落到社會底層近乎走投無路時的掙扎感受。那是主觀的感情，動用了許多浪漫手法，充滿了內在的衝動。

「白樺派」的代表性作家還有有島武郎及武者小路實篤，他們抱持著另外一種浪漫的觀念，主張文學家必須身體力行去關切社會，參與社會改造。武者小路實篤崇拜托爾斯泰，開創了「新村運動」，那是一個沒有貧富、階級差異的理想共同體，在戰前他積極地將這樣的想像試圖付諸實現。有島武郎也曾將自己貴族家庭背景加上寫作賺得的財富都捐出來進行社會救助。

在文學派別上，和自然主義分庭抗禮共聚主流的是「私小說」風格。「私小說」的「私」兼具「我」和「私密」的雙重意義，寫的是「我的私密、不可告人的故事」。不可告人，所以會專注於探索行為與思想上的黑暗面，平常絕對不願暴露在別人面前的私密悲哀、掙扎與痛苦，帶著一份近乎暴露狂的自我棄絕發洩。這樣的寫法帶有高度主觀內在性，因而一般將川端康成所屬的「新感覺派」視為是從「私小說」中脫化發展出來的。

所以也就是在那樣的時代氣氛下，「白樺派」和「新感覺派」各自承襲了自然主義與「私小說」，形成了新的對立抗衡態勢。不過這兩派當然不可能只是單純的對立關係，而有著更複雜的彼此互動影響。「白樺派」以浪漫情感壓倒了冷靜客觀描述，顯然添加了許多主觀的成分；另一方面，受到大環境以蘇聯革命成功為核心事件的左翼社會主義、共產主義運動，「新感覺派」不可能完全自外於其浩大波瀾的衝擊。

這樣的背景過去使得一般解讀川端康成作品時，會特別突出強調所呈現的細膩唯美主觀感受，相對地，導致了大家不太會去注意領受川端康成小說中的社會意識與社會性。

延續日本平安朝以降的傳統文學追求，再加上「私小說」與強調主觀「新感覺」的因素，抱持如此態度寫作的川端康成如何可能去描述社會底層人物？社會意識的起點是彰顯貧窮低賤帶來的物質與精神折磨，那幾乎必然是醜惡的，怎麼可能和川端康成作品中的唯美特質相容？中國的六朝和日本的平安朝都是唯美主義最發達的時代，也都是最發達的貴族社會。要在生活中講究，在講究中創造美，當然必須有錢有閒，另外還要有一種強調和平民區隔開來的階級意識。

但如果用這種刻板印象來看川端康成的小說，那我們將會錯失許多精采的內容，忽略了他如何回應時代議題獲致的成就。

## 回應時代的川端康成

希望大家知道、注意到：川端康成寫了許多底層人的生活與感情。他最愛寫、最擅長寫的對象，像是〈伊豆的舞孃〉裡的舞踊隊，或《雪國》裡的山村藝妓，那是他熟悉而且高度感興趣的背景環境。那樣的條件底下賣藝兼賣身的女子，她們能有多高的社會地位，多好的生活享受？從社會主義的角度看，這些不都是應該被同情的底層角色？

然而川端康成最不一樣的地方，在於不是用理所當然的同情態度看待她們、描述她們。社會派認為她們很可憐，試圖寫出她們值得被同情的生活狀況；川端康成卻看出了、顯現出了她們特殊之美。她們不是京都的藝妓太夫（たゆう），只有江湖賣藝的表演本事，然而川端康成仍然能從那樣的演出中，別人認為的粗俗裡，找到特殊之美。不是外貌或動作之美，毋寧是結合了內在人情，而在某些特定瞬間迸發出來，既自然又令人訝異的美。

川端康成藉由他的小說讓讀者暫時放開了先入為主的態度，創造了刻板印象還來不及籠罩我們意識的情境，沒有世俗眼光中介下，看見了、體會了她們身上的美。而這種表現方式，尤其和掌中小說的極短篇幅細密扣搭——美的瞬間片刻無法展開，因為如果展開了，現實間的種種底層生活惡行惡狀就被包納進來了，她們會像是過了午夜之後的公主變回了灰姑娘般，被送回汙穢不堪的環境裡。

左派要的社會寫實小說，要嘛帶著同情、要嘛帶著輕蔑看待這些人，畢竟總是一種由上往下關切的姿態。川端康成不是，他選擇了一些特定的瞬間，敘述者的眼光方向甚至是由下朝上的，被那份不預期的美或深摯驚訝、感動了。

川端康成精妙地選擇了她們生命中一縱即逝的、難得少見的幾分鐘、幾十分鐘，呈現出清潔明亮，甚至是華麗光采的一面。當然她們生命絕大部分時刻是黑暗、汙穢、沉陷在勞動的疲憊中的，但川端康成藉由他的小說提醒我們，不論一個人在社會上淪落到什麼地步，我們都不能、不應該否定他具備有至少在瞬間中迸發出美好性質的可能。因而文學的責任之一，便是去捕捉那短暫的靈光，保存在小小的，精品般的作品裡。

從這個角度，川端康成寫了許多關於社會底層人物的感人篇章。例如標題為〈萬歲〉，或可以譯作「歡呼」的掌中小說。日語中大家齊聲高喊「ばんざい」，雖然漢字寫成「万歳」，但和中文裡那種對權威者的崇拜口號性質很不一樣，比較接近興奮時集體起鬨歡呼的普遍狀況。

小說的重點，真的就是鋪陳描述了一群人在奇特的情境刺激下，大家齊聲高叫歡呼，讓我們看見、體會在那一瞬間她們非比尋常的集體精神亢奮。她們從平凡、陰暗的社會底層生活現實中，霎時被拉拔出來，得到了難以言喻卻如此真實的鼓舞振奮。

## 〈萬歲〉兩姊妹

很短的小說還是分成了三段。第一段登場的是一對姊妹，姊姊二十歲、妹妹十七歲，同在一個溫泉區裡工作，都在旅館幫傭。兩姊妹在不同的旅館裡服務，所以雖然明明離得很近，卻不常見面。只偶而在溫泉村中的小戲院會碰頭。大概每隔兩個月左右，遇到節日會有戲班來演出，大家都趕熱鬧去看戲。但兩姊妹在戲院遇到了，也不會一起坐，而是站著講幾句話，然後分頭回去自己的座位上。認識她們的人都覺得挺奇怪的，兩姊妹怎麼如此生疏？

只有不是看戲而是看電影時，才會看到她們相約一起去，而且坐在一起，等影片演完了燈光亮起，看見長得很像也都很漂亮的兩姊妹紅著臉低著頭。

如此結束了第一段。

第二段轉換視角去看，有一個住在姊姊服務的旅館中的男客人，認識了住在妹妹服務的旅館中的女客人。兩人見面說話，男人問女人：「妳從哪裡來？」女人說：「我沒有故鄉。」男人又問：「那要在這裡待多久？」「喔，我待了大概一個月。」男人再問：「之後要去哪裡呢？」

女人有了比較奇怪的回答：「我也不知道。就日本來說，從這裡以西的溫泉我都知道了，不過我想沒有其他地方像這裡那麼無聊，或許再過一個月我都走不了吧！」接著她對著男人一口氣說了二十來個她知道的溫泉。

透過這段話，進一步才透露了女人的背景與遭遇。她的父親是一個巡迴藝人，應該就是參加了像〈伊豆的舞孃〉中描述的那種舞踊隊、到處找溫泉旅館表演討生活的人吧，所以她很小就跟著父親到處走，和各地溫泉有特殊的淵源。她說：「我是這樣長大的一個孩子。」不過當然她現在已經不是女孩而是女人了。然後她欲言又止留了半句話：「如果成功的話……」開了頭卻就笑而不語了。

到和男人見過五、六次面之後，女人才終於完整表達了她的心思與願望。她問男人：「你能不能帶我到任何一個另外的溫泉地去？只要把我送到下一個溫泉區就好，你開始討厭我時，就離開我回家。」

以最精簡的方式，川端康成讓我們自己拼湊了解：這是一個流浪在溫泉區賣身的女人，但她有自己非常明確的計畫，近乎執念的追求。她是在南國溫泉地流浪的巡迴藝人的女兒，長大後成了既賣藝又賣身的女人，她憧憬著要有一趟明知艱難的溫泉旅程。從南到北，也是從西到東，她想要一路探訪溫泉，一直到最北方、最東方的北海道盡頭。但那不是一般的旅程，而是必須和她的工作結合在一起，每到一處溫泉，她就尋覓著、等待著，找到一個願意帶著她、陪著她去下一處溫泉的男人。如果找不到，她就繼續待在原來的溫泉地接客。

她有她的夢想，有她的人生追求，所以才會說這個溫泉地格外無聊，她耗了一個多月時間都還沒遇到對的客人，願意帶她到下一個溫泉去。和這個男人共度了五、六次之後，她對他有了好感，覺得他可能是對的人選，所以將這個夢想計畫說了出來。

她說的時候，內心帶著一點淒涼：「我真的很想一路這樣子走，走到北海道最北的溫泉，如果沒有去到，沒有完成我這樣一個計畫的夢想，我不會甘心，我也不知道從這裡去，還要有多少的溫泉。可是我一定要趁年輕……」因為只有年輕時才能賣身，一路找一個個男人這樣流浪走下去。

她找這個男人帶她到下一個溫泉，卻沒想到男人瀟灑地回應：「讓我買下妳的幻夢吧！」意思是他不只願意帶她去下一個溫泉，他還願意花錢陪著她一個接一個溫泉地往北海道去，看看兩個人可以一起走多遠。

這不能算是一般認知中的歸宿，但在一個意義上比找到一個男人嫁了，是更浪漫更好的結果吧！至少維持夢想朝北海道的終點推進一大段，更有希望趁年輕時就實現這項追求。

## 〈萬歲〉對未來的想望

然後進入第三段，是這對男女要出發的場景。那真是個有錢又有閒的男人，他開著一輛敞篷車，要帶著女人去下一個更北更東的溫泉了。因為兩個人住不同旅館，兩家旅館的侍女們都來相送，於是平常難得見面的那一對姊妹在敞篷車邊碰面了。

那個情景帶有高度喜慶意味，那女人手上還帶著花束，極度開心，忍不住大叫「ばんざい！ばんざい！」（萬歲！萬歲！）也許是被她的叫聲感染了吧，送行的侍女本來說著「さようなら」（再會），不禁改口也跟著喊「ばんざい！」那是歡呼加油，表示幹得好、太棒了的意思。

車子發動開行了，坐在車上的女人還回過頭來喊：「ばんざい！」笑得全身亂顫。此時第一段中描述的那兩姊妹竟然不知不覺中手拉著手，互相交換了一個想要擁抱、跳躍的眼神之後，高高地伸出相握的手，雖然送行的對象已經走遠了，這一對姊妹仍然對著彼此喊「ばんざい！ばんざい！」

短短的小說雖然在這裡結束了，但我們卻要回頭思考一下，才能體會究竟讀到了什麼。兩姊妹為什麼在戲院見面有兩種不同的情況？因為她們帶著底層女子的青春心思，當然不願意一直在溫泉旅館裡當女侍，而要能離開這樣的處境，最有可能的機會是遇到願意帶她們走的男人。

那不只是愛情的憧憬，更是期望改變命運的契機。去看電影時她們緊緊坐在一起，並且一起做著愛情的夢，所以散場時她們都入戲地紅著臉、低著頭。那為什麼看戲時卻不一樣，非得彼此分開坐得遠遠的呢？因為現實裡不可能姊妹兩人分享、共有一份愛情，愛情只能自己個別去追求。她們卑微的想望中，戲台上演戲的男人是她們主要的對象，看到一張漂亮的臉，看到那張臉對著自己笑，心中因而七上八下受到震動。說不定這個人可以將自己從旅館和無望的工作情境中帶走？

姊妹兩個人長得很像，如果又坐在一起，那男人從舞台看過來，有了意思微笑作態，哪能分清楚是針對姊姊還是妹妹呢？所以最好的辦法是兩人分開，好去除混淆的可能。

那樣來來去去的戲班子，裡面的每一個男演員，都可能是改變她們命運的僅有機會，她們要感覺到自己可以牢牢把握住機會，姊姊不妨礙妹妹，妹妹也不妨礙姊姊。

懷抱這樣的願望，她們多麼開心看到那個女人竟然遇到了用豪華敞篷車堂皇又招搖地載著她離開的男人啊！這遠遠超過她們有過的最大膽夢想。尤其這個女人的出身與條件，跟她們沒有那麼大的差距，同屬於寄生在溫泉旅館的底層女性，如此更鼓舞了她們。那女人給了自己特殊的夢想，要從最南邊的溫泉一路去到北海道最東邊的溫泉，依照社會現實，她哪有資格、條件作這種夢呢？但她不僅作了夢，竟然還有了可能成就美夢的機會。

這一對姊妹不會因位處社會底層就覺得自己不能作夢，那個女人對她們投來了如同慶典花火般的光亮，惹得她們興奮止不住地一直喊「ばんざい！ばんざい！」加油啊，幹得好啊，一定要成功啊！

不論將來她們在哪裡，即使過著再糟的生活，一直到三年五年後，都會記得這件事，在對別人訴說時，同時就燃起了溫暖與希望——不要放棄妳的追求，即使妳是一個流連在溫泉區賣藝賣身的人，在別人眼中如此卑微、不堪，都有夢想的權利，都有讓人對著妳高喊「ばんざい！」的可能。

## 〈謝謝〉高濃度小說的展現

再來看一篇曾經被清水宏導演改編成電影的掌中小說。掌中小說那麼短也能改編成電影嗎？如果大家能夠找到這部一九六三年的電影《謝謝先生》（有りがたうさん），和小說原著〈謝謝〉對照，會對於我前面說的，川端康成小說的高濃度與多重暗示有更明確、更深刻的體會。清水宏拍攝的方式，基本上就是將川端康成原著予以稀釋、展開，形成了一部精采感人的電影。

短短的小說還是分成了幾個段落。第一段向我們呈現了美好的秋天，在山裡柿子豐收。一個秋日，在伊豆半島南邊的港口，出現了一位身穿黃色紫領制服的司機，他從賣著廉價糖果的二樓候車室走下來，走向他要駕駛的紅色大型公車。他將和領子一樣是紫色的旗子插在車上，代表要開車了，此時有一個媽媽抓緊裝了廉價糖果的袋口，走向正在綁鞋帶的司機。

帶著女孩的媽媽問司機：「今天還是你當班吧？」顯然她常常搭這位司機開的車，所以又說：「先謝謝啊，能夠讓你載一程，你載我們一程，這個孩子也許會交好運呢。」

司機看了看媽媽身邊的少女，沒有說話。因為他從女人的那句話中，就知道了那是什麼情境、要發生什麼事。這是川端康成的寫法，讓一句看似平常的對話，鑲嵌在一個特定情境脈絡間，帶著豐富卻又明確的意涵。

這媽媽搭過很多次車了，為什麼這次要特別說女兒搭這趟車也許會交好運？女兒會需要什麼樣的好運？人家那麼熱情跟他打招呼，司機卻默不作聲，引發了這個媽媽自己後面說出了補充解釋。

「老是拖著也不成了，而且快要冬天了，想到要在那麼寒冷的時刻將孩子送到遠方，更是可憐，反正都要送走，不如還是找好氣候時吧！」

同樣的，這句話中也有好多訊息。司機之所以不說話，因為他已經知道這媽媽的家境與生活情況。她養了女兒，但女兒長到一定年紀，就要將女兒送走賣掉。為了面子，也是社會風俗要求，必須帶到較遠的地方去賣，送去半島山裡的溫泉區，最終畢竟是要在旅館裡賣身吧！

這當然也是社會底層的生活。做媽媽的最後僅能有的照顧，只剩下不要在冰天雪地的冬季將女兒送走，寧可早一點；還有，見到了認識的司機，期待這趟車能為即將要離家的女兒帶來些好運。

她對司機如此坦白，這也是底層人民的習慣，對於自己的窘境無從掩飾，也就不必掩飾了。司機聽了也只能點點頭，繼續敬業地走向駕駛座，上車後將座墊整理好，貼心地招呼母女兩人坐到最前面的位子上。母女要從南方的港口往北，去到有火車的城鎮，然後再轉搭火車，路程很遠，又是這麼一趟賣女兒的旅途，至少公車上能坐走山路比較不會晃顛的座位吧。

## 〈謝謝〉母親的提議

小說第二段描述車開了，在山路上搖搖晃晃，換成少女的眼光，她剛好看見司機端正的肩膀，黃色的制服落入她眼中，以至於行車間逐漸展開的山峰相連景象，像是從司機肩膀上飛出去似的，那個世界是以司機的黃制服為中心的。

那是二十世紀初，汽車還很少，路上走的主要是馬車，遇到汽車靠近時，速度較慢的馬車會讓到路邊去，如此交錯超車時，這位司機用清亮的聲音向對方道謝，同時果決「如同啄木鳥般」地低頭行禮。

所以一邊開車他會一邊不斷地說「ありがとう——ありがとう——」（謝謝、謝謝），這是小說篇名的由來。遇到了運貨的馬車、遇到了人力車、遇到了馬，短短十分鐘內，公車就超越了三十輛其他車，司機也說了三十次「ありがとう——」，他如此認真，沒有遺漏任何一次。車子如此往前走，司機頻頻對路上行禮，但他在方向盤前的坐姿維持端正，像一棵長在山上的大樹，筆直、質樸、自然。

下午三點多，秋日的白天快要結束了，點亮了車燈。此時司機又多了一項體貼的動作，遇到馬車時，為了避免驚嚇到馬，他會先將車燈熄掉，然後還是一樣禮貌地說「ありがとう——」。到此我們再清楚不過了，在這條道路上，他是大家都喜歡、都有好評的司機。

進入第三段。暮色中，公共汽車開到終點了，在山裡有火車經過的城鎮停車場。下車時，因為車子在山路上行駛了很久，少女覺得自己的身體還在搖晃，雙腳好像浮在空中，頭也暈暈的，不由得去抓住了媽媽的手。或許是這個動作引發了媽媽的不捨吧，媽媽對女兒說：「妳等著、妳等著……」然後去追上了司機，對司機說：「這個孩子說她喜歡你……」

女兒其實沒有說，但媽媽看出來了，她認為女兒抓她的手就是要告訴她：「這個司機是好人。」所以媽媽動了一個念頭，既然女兒要被賣掉，從明天開始成了陌生人的發洩物了，那麼不如在被賣掉的前一晚，能夠和自己喜歡的男人在一起，作為一點點的安慰。找到一個好人，將她的童貞取走，讓她獻身給這個男人。

這也是生活在底層的母親，最後能為女兒做的事，所以她大膽向司機提出要求。讓女兒的初夜可以和一個體貼、溫柔、有禮貌的男人在一起，而不是在完全不理解也沒有任何防備下去面對一個徹底陌生、可能粗暴無文的對象。

第三段非常短，這樣就結束了。完全減省了司機的反應，也沒有讓我們知道他是如何看待這樣突如其來的邀約。第四段時序直接跳到翌日清晨，司機從旅館的木造房子裡走出來，仍然維持著正直如士兵般的姿態走向他的車，後面跟著媽媽和女兒，她們顯然也是從旅館裡出來的。

看起來，司機同意了媽媽的提議，和少女共度了一夜。司機將代表要發車的紫色旗幟又插上車了，然後等待第一班火車到達後，搭載下火車要換車的旅客。但有意思的，接下來有了不太對勁的事情，少女上了公共汽車，仍然坐在司機後面的位子上，用手輕撫著駕駛座的黑色皮套。

咦，這車子應該是要返回港口的吧？少女不是該去搭火車前往更遠的北方被賣掉嗎？她怎麼會又上了車，而且以那麼樣幽微卻無疑是深清的動作撫摸司機的座椅呢？

然後媽媽也上車了，將雙手攏在袖子裡取暖。然後是媽媽對司機說話。保持極度減省的寫法，完全沒有任何描述，純粹藉著媽媽說的話讓我們知道，或說讓我們自己想像從昨天黃昏下車後到現在發生了什麼事。

媽媽說：「一定要將這孩子帶回去嗎？一大清早，她又哭又鬧，而且我還被你罵，唉，我這番心意有誰能夠了解呢？我可以把她帶回去，不過頂多也只能夠待到春天為止。在這麼冷的時候把她送走，也怪可憐的，所以可以忍耐一下。不過等天氣變好的季節，這個孩子仍然不能夠待在家裡。」

我們需要自己想像，前面發生了什麼事，才會讓媽媽說出這樣一番話，改變了原本秋天將女兒帶去賣掉的決定。女兒和司機過了一夜，到早上，女兒大哭大鬧，而且司機將媽媽訓了一頓，讓媽媽妥協了，不過她還是強調，即使現在將女兒帶回去，雖會回家過冬，但到了春天女兒還是要被賣掉的。

晚上到底發生了什麼事？我們當然會感到好奇，但小說中沒有說。清水宏拍攝的電影最重要就在於補上這一段，讓早上的逆轉劇情可信又感人，不過那就不是掌中小說的表現方式了。川端康成的寫法是接著火車到站了，有三個乘客上了公車，要回到南方港口去，司機又將駕駛座墊弄平整，少女的視線又盯著前面的黃色、溫暖的肩膀，秋天的晨風吹過肩膀的兩邊，趕上了前面的馬車，馬車靠向路邊，「ありがとう——」趕上了載貨車，「ありがとう——」遇到了馬，「ありがとう——」……這司機滿載著一路上的「ありがとう——」朝向半島南端的港口駛回。

整篇小說的最後一句話說：「今年的柿子豐收，山裡的秋天真美。」也正是小說開頭的第一句話。

## 〈謝謝〉獨特的社會關懷

從一個角度看，最後一段簡直是不可原諒的累贅，總共只有那麼一點篇幅的掌中小說，竟然將前面講過的幾乎原封不動抄過來再講一次。不過換另一個角度，我們會知道那不是真正的重複。路上的情況看起來一樣，但如同第二段換成少女的主觀視角感覺到前方的風景是從那件黃制服的兩肩上打開的，第四段時那一聲聲的「ありがとう——」表現的不再是司機的體貼禮貌，而是呼應著少女的滿懷感動感謝的心情。

這位司機真是好人，搭上他的車竟然真的如媽媽說的那樣能交上好運，不只讓少女暫時躲開了被賣掉的待遇，回家多待半年，更重要的，不管到春天之後會發生什麼事，少女的生命中多了希望。所以她當然在心中反覆地說著：「ありがとう——」對幫助她的司機，更是對冥冥中改變命運的那股力量，說再多次都不為過。

這個男人自己也是社會底層的工作者，卻明顯有著他的正直與光亮，甚至不得不說，高貴。他真心誠意地以感激之情看待自己遇到的人，平常不過就在伊豆半島窮鄉僻壤裡開車，能怎麼樣呢？但他身上有著一份感人的素質，吸引了即將要被賣掉的少女，希望能從他那裡得到比較好的回憶，然而這男人比她想像的還要好得多。

換做別的男人，應該是高興地接受這樣天上掉下來的好事，不用錢，或只付一點錢，就有少女陪過夜，還能取走她的童貞。但他不是，他維持著禮貌、體貼、充滿感激、珍惜的態度來對待，以至於他願意，他也能夠說服了那個媽媽，替少女爭得了多兩個季節的正常人生。

當然兩個季節之後，仍然要面對那樣的窘迫，甚至我們也不知道這兩個季節內還會發生什麼事。所以小說只能聚焦在這個瞬間，川端康成沒有要創造這樣一段經驗徹底改變了這對母女底層生活困境的神話，但他帶著我們看到了底層人民在無力與無奈中，仍然具備的生命光亮，透顯出一種奇特的唯美與浪漫氣氛。

他的小說其實帶有高度的社會性，但不是用左派式的關懷，更不是用社會主義教條去寫的。這種態度是他有意識選擇的，他自知和左派立場、態度上的差異，有時甚至自覺地和他們對話、隱隱地爭辯。

## 〈玻璃〉工廠光景

另外一篇掌中小說〈玻璃〉，從一個男性的角度介紹了他十五歲的未婚妻蓉子，讓我們看到她臉色蒼白地回家，抱怨著頭好痛。原來是她目睹了一件工廠的意外。做玻璃瓶的工廠裡有一個少年工人突然吐血，導致手上的玻璃將他嚴重灼傷，差點當場死掉。十五歲的少女說：「我親眼看到這一景，嚇了一跳，非常難過，所以頭好痛啊。」

她的未婚夫也知道那家玻璃工廠。工廠整天開著窗子，路人常常三三兩兩停在窗邊，好奇看裡面工人吹玻璃。路的對面有一條總是浮著油汙發亮，水似乎靜止不流的水溝。在陽光照不進去，又暗又陰又溼的工廠裡，工人拿著長棒搖滾著火球，他們的上衣和他們的臉都沾滿汗水，他們的臉也和他們的上衣一樣骯髒。

工作時，火球在長棒的一端延伸成瓶子的形狀，接著要浸到水裡，急速冷卻定形，再拿出來，「啪嗒」一聲從中間折斷，然後要有彎腰駝背像惡鬼般的童工用火鉗把剛剛燒出來、浸了水的玻璃瓶夾住，快速地送到整修部門的火爐那裡。因為還要一邊燒，趁熱一邊修整。

在那些搖滾的火球和玻璃聲的刺激下，站在那裡觀看工廠的人們，不用十分鐘，腦袋就像玻璃碎片一般亂成一片，而頭昏腦脹，那是非常緊張的工作環境，也就是社會主義寫實小說會特別關懷的勞動場所。這一段的描述其實很像社會主義寫實小說中會出現的。

蓉子和大家一樣好奇站在窗邊看時，一個運送瓶子的少年童工顯然生病了，剛好咳嗽吐血，他本能地用雙手去遮掩嘴巴，並跌倒在地，然而他手上的瓶子和旁邊被他干擾而飛出來的火球就燒在他身上，所以有了簡直像地獄般的畫面——那個孩子張大了染滿血的嘴巴，又叫又跳，一下子不支倒地。周圍出現了咒罵聲，其他工人趕緊將水潑在他身上，但那水浸過了玻璃，其實也不是冷的，是溫熱的，這時受傷的少年童工已經暈厥過去了。

回到家的蓉子忘不了那少年的慘狀，擔心他沒有錢可以住院。未婚夫贊同她送些東西去幫助那少年，不過提醒她：「可憐的工人不只有那孩子一個啊！」

蓉子聽到未婚夫同意去幫助那少年很開心。二十天後，少年前來拜訪，特地向幫助他的小姐道謝。少年沒有進門，蓉子走到玄關，站在院子裡的少年一看到就跪下來向她磕頭。蓉子趕緊問：「你都好了嗎？」少年這時蒼白的臉上露出了驚恐的神色，他沒有想到這麼高貴的小姐會和他說話。蓉子更同情他了，少年不只有可憐的遭遇，而且還如此自卑。

於是蓉子又多問了一聲：「燒傷的地方都痊癒了嗎？」少年慌亂中趕忙要打開上衣鈕釦給小姐看他的傷口，蓉子連忙制止了他，並且嚇得跑進門。未婚夫知道她的心意，交給她一筆錢，說：「給他吧！」但蓉子不敢再出去了，說：「讓傭人拿去就好了。」

接下來小說跳到十年後。原來的未婚夫妻現在結婚了，丈夫在一本文藝雜誌上讀到了一篇叫〈玻璃〉的小說，明顯就是以家鄉玻璃工廠的那件意外事件為題材的。油汙發亮靜止不動的水溝，有著飛搖火球的地獄，吐血灼傷的痛苦，都寫在小說裡。然後小說中出現了一項內容——「資產階級少女的施恩」。

這是一篇具有強烈階級意識的左翼作品。丈夫叫妻子趕緊過來看，小說顯然寫到她了。十年前妻子還在念女中一年級或二年級發生的事，當時幫助過的少年，現在成為一位小說家了。

丈夫站在妻子後面，兩人一起讀這篇小說，讀著讀著，丈夫後悔了，覺得不該叫妻子來。因為小說中寫了少年後來換到花瓶工廠工作，在那裡表現出對於色彩與造型的高度天分，升格為高等工匠，不再需要過度虐待自己孱弱的身體。他做出了精美的傑作，特意去送給曾經幫助過他的那位「資產階級少女」。

這顯然也是真實發生過的事。接下來，他的小說中有了像是「白樺派」作品中會有的段落，從階級意識中產生的反省告白：

我難道不是在這四、五年當中，不斷地以資產階級少女為對象而製造這個花瓶嗎？不是自覺於自身的階級是悲慘勞動者的生活經驗嗎？是對那個富有少女的愛慕嗎？自己在那個時候如果吐血而死，是不是才是最正確的呢？

敵人的施惠真像是詛咒啊！屈辱啊，古代的時候，城池被攻陷的武士他的誘餌，由於敵人的一念之仁而僥倖存活的話，那個孩子的面前，就有一條成為殺死父親的那個男人的世界的命運在等著他。

那個少女對我的第一個恩惠，就是救了我的生命。第二個恩惠是讓我有餘力去找新的職業。可是在這份新職業上，我是為了哪一個階級在製造花瓶的呢？我已經變成了敵人的妾。我明白那個少女為什麼可憐我，我也清楚自己因何而蒙受了恩惠，但是我在階級戰線上所立足的，歸根結柢也只是一塊玻璃板、一顆玻璃珠而已。現代對我等同志而言，就像一個背上沒有駝負玻璃的人罷了，必須要等敵人把我們背上的玻璃弄破才行，沒有辦法使自己和玻璃一起消失。

## 〈玻璃〉給讀者的提問

必須說，川端康成將那種左翼文學的口氣學得很像。具備了階級意識的作家反省：我為了要去感動這位和我屬於不同階級的資產階級少女而努力製造花瓶，沒有那個少女在心中，我不會發現自己在這方面的工匠潛力，然而在過程中，我也失去了自己的階級立場，變成了為資產階級服務的勞動者，竟然將資產階級的同情看得那麼重要。

但接下來小說聚焦在蓉子讀了小說的反應。丈夫原本很擔心妻子知道了當年幫助過的少年竟是用這種角度看待這件事，以階級立場進行批判，會很受傷；但妻子臉上卻顯現了丈夫從來未見的柔順表情，懷想地說：「那支花瓶不曉得放到哪裡去了……」然後又說：「唉，那時我也只是個小孩……」

川端康成重視的，毋寧是即便再深刻的階級意識，再強烈的階級劃分批判語言，無法取消那一刻真實的、天真直覺的柔情。蓉子衝動要去幫助少年時只是個孩子，少年一心一意希望造出花瓶來送她，又何嘗不是出自極度天真無邪的心情？長大之後運用了新的觀念與語彙來重述這件事，但寫作與閱讀的當事人，其實都在層層意識干擾下，仍然回到了那樣的清純狀態中，清純的同情，清純的愛慕，那是不會被階級意識與階級語言改變的。

少年長成了左派作家都不願意去否定、推翻自己曾有過的情感，所以才會在文章中表現得那麼迷離疑惑。而少女長成了資產階級少女也還是接收到了那份心意，以至於有了讓丈夫為之嫉妒的懷想。丈夫說：「即使要看別的階級戰鬥，或者是站在別的階級立場上，跟自己的階級戰鬥，必須要先覺悟到一點，要先把個人的自己完全消滅了才行啊。」意思是你無法改變靠我們資助才度過難關的事實，除非取消了你自己的經歷，你才能完全依照階級性來形成態度與立場。

但這時候妻子根本完全不在乎什麼階級了。她被帶回過去，重新化身小說中描寫的那個十年前楚楚動人的少女，而且是從少年眼中看去引發傾慕愛戀的那個少女角色。

丈夫更是嫉妒了，甚至產生了痛苦的困惑：和這個女人相處那麼久，作為她的情人、未婚夫、丈夫，為什麼我從來不曾讓她變得如此柔順，沒有看過她那麼動人的清新可愛模樣。卻是一個工人，當時彎腰駝背在工廠裡吐血，在她面前甚至還嚇得她不願意拿錢出去，反而是這樣的人能夠刺激出妻子最漂亮、最美好的一面？

這是川端康成投向讀者的問題。我們可以當作真正的問題，努力試著去找出答案來，在過程中，會因而整理出對於人生的重要體會。答案的線索在於：我們經常是因應別人對我們的認識與想像，美好的印象或投射，因而刺激變得更好，顯現出原本甚至不知道自己擁有的那種美好素質。

我們也可以當作這是rhetorical question（修辭性疑問），意思是用問句來表達明確的意念。答案已經在小說中：再多的社會現實，再怎麼無情殘酷，統統加在一起，無法完全取消在某些瞬間不受現實條件限制而激發出來的超越性美好。再現實的人生狀況也不可能完全壓抑、否定這種美好。

而掌中小說就是記錄這種美好的工具，那裡藏著這種特殊形式的內在精神。

## 〈夜市的微笑〉對底層生活的描寫

因為掛著「新感覺派」的名號，川端康成這時期小說中創造出對於底層生活的特殊呈現方式經常被忽略了。他用不同的角度去看他們的生活，連帶產生了不一樣的同情感受。

再來讀〈夜市的微笑〉。那看起來像是夜間市場的即景素描，畫面上出現的，是擺攤的小販，他們當然是在底層營生的人。小說以第一人稱敘事，帶我們去到東京上野公園旁廣小路的市場，鄰接的有兩攤，一攤賣眼鏡，另外一攤賣鞭炮煙火。兩攤擺在展示館的門前，此時展示館關門了，這個地方就不再有人來來往往，安靜了下來，人影稀落，以至於街道好像突然變寬了。難得的一個行人走過，使得地面更顯漆黑，飄落的紙屑則相反地使得地面襯托得明亮，對比中產生更強烈的夜的感覺。

街市裡有些攤打烊了，煙火攤還在營業，前面插了幾炷香，那是給客人點鞭炮煙火用的，另外排列了很多種不同鞭炮煙火的彩色包裝紙袋。每個紙袋上寫著煙火的名稱：吾妻牡丹、花車、地雷火，還有雪月花、三月松煙等等。

從名字上很容易聯想起點燃後在夜空中爆炸展現的熱鬧，不過此刻卻是展示館關門後兩小時，街道冷清。旁邊是擺放著近視眼鏡、太陽眼鏡、平光鏡等的眼鏡攤。攤上有各種鏡框，鍍金的、鍍銀的、鍍鐵的、玳瑁的。眼鏡之外，還有望遠鏡、潛水鏡、放大鏡。

敘事者「我」在這裡停下了腳步。但立即告訴我們，他可不是因為被貨品吸引而駐足的。是因為注意到兩個人的特異舉動。煙火攤和眼鏡攤間相隔三尺，當下兩攤前都沒有客人，於是兩攤的店家就一起蹲在中間的地方。但「我」立刻做了精確的修正，不是中間，而是離眼鏡攤遠一點，大約兩尺，也就是離煙火攤一尺的地方。

那應該是眼鏡攤的老闆過來煙火攤這邊。這區別有道理，因為煙火攤上看顧的是個女孩，眼鏡攤老闆則是男人。女孩將椅子移過來，男人也過去自己的攤後拉了椅子，男人張開雙腿坐下，用左肘壓在膝蓋上支撐全身重量，拿著一根短竹竿，從雙腿中間專心地在地上寫字，女孩坐在椅子上專心地看。

敘述者「我」描述：女孩的重心使得她腳上穿的木屐陷入土中，小腿直擺著，膝蓋微微張開，圍裙裙襬拉到雙腿間垂著，膝蓋被乳房壓著，那是極度專心的模樣，並且帶著一點女性的誘惑。

她穿著陳舊的衣服，線條粗大的單衣，這顯然是下層人民的穿著，而且沒有大家閨秀的矜持，舉止相當隨意。這是主要吸引「我」駐足的視覺畫面，「我」看不見男人在地上寫的字，他寫了一次並沒有塗掉，直接又寫下一次在上面，所以字跡是重重疊疊錯綜複雜的，但從女孩的表情可以知道她都看得懂，過一會兒應該是寫到了兩人都同意的，他們一起略微點了點頭。

兩人也不時對看微笑一下，然後繼續寫、繼續看。「我」也繼續觀察，從畫面上引發了想像，女孩應該來自窮人家，腰很細，手指也很細，感覺上吃得不好，有點營養不良，然而她的姿態和表情卻和這樣的外觀不同，雖然窮，卻絕不潦倒，反而洋溢著一份喜氣，讓人會聯想到幸福，而非悲慘。

眼鏡攤的男人又寫了三、四個字，女孩本來抱著膝的姿勢突然改變了，挺直腰桿，伸出左手要去搶男人的竹竿，男人趕緊閃躲，兩個人雙目交接一句話都沒說，臉上的表情也沒有變。從這樣的動作，我們大致可以猜到男人寫了有調情意味的字句逗女孩，而女孩其實也沒有討厭，更沒有生氣，而是被逗得和他打鬧。

又很突然地，女孩將手放回了原來位置，男人則在閃躲之際又張開雙腿要再寫字，女孩有備而來，她假裝恢復原本姿態，等男人要寫，立即閃電般伸出左手再來搶竹竿，但男人速度更快，又躲掉了，女孩沒辦法，將手縮了回去。

就在這時候，小說出現了關鍵的轉折，短短篇幅中唯一的轉折。

## 〈夜市的微笑〉旁觀男女互動

我們透過旁觀者「我」看到了一段底層生活切片，一個微妙的情景。男人過來找女孩，用在地上寫出的字句逗女孩，和她調情，本來兩個人很專注，但因為有了搶奪竹竿的動作，以至於女孩眼角餘光注意到了有人在看他們，她很自然地笑了，「我」也不假思索地對著女孩回以微笑。

然後「我」說：「賣煙火女孩的微笑直通到我心深處。」原本完全不認識、完全不相干的人，偶而別人沒有打算要讓你看到的場景中，卻帶給了「我」真切、難得的幸福之感。一個窮人家女孩在這樣的黃昏初夜時刻，因為和隔壁攤的男人有這種互動關係，身上帶著喜氣、愉悅，如此真實，感染了意外發現的旁觀者。「我」心中產生了同情，窮人家的女孩也能得到如此深刻的樂趣，多美好啊！

「我」原本看到兩人的調笑，心中已經蓄積了笑意，此刻被逗出了微笑。標題是〈夜市的微笑〉，有好幾重意思，先是女孩不自覺地向「我」微笑，「我」隨而回以微笑，在場的第三個人，眼鏡攤的男人察覺到了，先是狡猾一笑，瞬間又變得很嚴肅，讓「我」覺得尷尬，也讓女孩臉紅了。

這時女孩用左手整理了一下頭髮，然後將臉埋在袖子裡，也是無心、自然的動作。此時「我」轉而對眼鏡攤的男人投以一個惡意的微笑，意思是：我看到了你在幹嘛喔！但立即自己覺得好像撞見、揭發了人家沒有要給別人看到的調情樂趣，感到有點內疚，於是轉身離開了。

從頭到尾只有幾分鐘的事件到此結束了。但這是飽含訊息的幾分鐘。展開來看：女孩和男人藉寫字調情逗樂，不意被看到了，女孩還沉浸在玩笑的幸福中，很自然地對旁觀者報以微笑。但之後男人的笑多了一點心機與顧慮，不只引發了「我」相應的心機，從而有了後面的一段議論。

「我」對自己解釋了為什麼眼鏡攤男人狡猾地笑了一下又轉為嚴肅？因為他不高興竟然有一個旁觀者在這歡樂的關鍵時刻，偷走了本來應該屬於自己的少女微笑。女孩的微笑是兩人之間逗樂出來的，但因為意識到旁觀者的存在，女孩轉了過去，將要表達當時調情開心的笑容，竟然給了另外的人。

所以男人不高興：欸，這是我的微笑，怎麼被你偷走了！「我」這時轉而以對男人的想像訴說在心裡承認了：是啊，那的確應該是屬於你的，在搶奪竹竿的過程中，女孩故意裝作被惱怒了所以板著臉，之後當然會笑出來，如果不是我盯著你們看，那個微笑一定是飛向你的，你也一定會回以一個微笑。

「我」重建了剛剛的場景，想像其前後狀況，繼續想像著對男人說：我大概知道這段時光對你們很重要，你特別利用這段時刻，沒有客人了，她的家人還沒來幫忙收攤將她接回前，那麼小小的空檔，去逗女孩。我看穿你的把戲了，你真的沒有必要擺出那樣狡猾的表情。我知道這時刻很短暫，不過今晚過了有明晚，以後的夜晚你仍然可以在地上用這種方式寫很多很多字，我也不過在此刻不意偷走了一個微笑，你不用那麼小氣，給我那樣的表情嘛！

想著想著，「我」動了報復的念頭，仍然在想像中對男人說：為了你的生意我要跟你說，你這樣不行啦，自己心底的眼睛已經模糊不清、歪斜不平了，你是賣眼鏡的，結果你內心戴的眼鏡卻亂七八糟，這像話嗎？

這真是有點好笑的發洩。然後他轉而注意到女孩去搶竹竿和撥頭髮時用的都是左手，是個左撇子啊。心中說話的對象跟著改成了這個女孩：我覺得妳很不錯哪，但也會替妳擔心，妳一直看那男人寫了那麼多字，會掉入他的陷阱中，心會被他偷走的。不過，到底會掉進去還是不會掉進去比較好呢？唉，我無從判斷啊！

## 〈夜市的微笑〉真誠的同情心

小說中最大的特色，是真誠的同情心。特別針對的是「我」完全不認識，而且走過這個攤子，這個瞬間消失之後，很可能一輩子都不會有任何其他關係的一個女孩。在那瞬間浮起直覺的、沒有任何其他算計的單純關切，一方面同理地感受到女孩的快樂，另一方面同情地替她著想，而且一樣是擺脫了其他算計，專從抽象的、絕對的「幸福」角度著想。所以才會依違反覆，最後承認自己不知道女孩掉入這男人的陷阱，被男人吸引了比較好還是比較糟。

如果為了不被這個男人勾引，女孩有了防心，不就失去了那份天真，無法和男人打打鬧鬧顯露出那種超越現實條件的奇異幸福感，而且也不會直覺地對著在一旁凝視自己的陌生人，投以甜美的微笑。如果她會防著旁邊眼鏡攤的男人，她必然更會防著路過的陌生男人啊！

所以「我」只能說：「哪樣比較好？我也不得而知啊！」

小說還有漂亮的結尾，以一個華麗的幻景收場。只是瞬間的偶遇，不可能對這兩個人有任何進一步的認識理解，唯一的連結來自他們的攤子。所以會想到那個男人有著要勾引女孩的壞心眼，像是在內心的眼睛上戴了歪斜的眼鏡，那麼他攤上賣的眼鏡也會不可靠吧！

當「我」心中轉而充滿了女孩形象時，很自然地也將她和煙火攤連繫起來，要讓女孩立體化唯一的根據，只有她賣煙火這件事。於是「我」想像著：接下來，妳爸爸或妳哥哥會來接妳，在回家的路上，夜已深沉的街道間，妳在腦中回想那個男人挑逗寫下的字，沉醉其間，在這樣的心情中走回家。

然而突然另一個畫面浮現在專心想著女孩的「我」心中：啊，還有一個可能，那是在妳爸爸或哥哥還沒到來之前，被那樣的幸福情境弄得太開心了，妳一時衝動，就將攤上的吾妻牡丹、花車、雪月花、三色松煙……統統都點起來，作為慶祝，慶祝有一個男人用這種方式對妳表白。

原本寂靜的街道上，突然噴出了美麗的焰火，變成了一個光亮華豔的國度。接著想那男人會有什麼反應呢？「我」不無惡意戲謔地想像那男人會被嚇得魂飛九霄雲外，說不定在煙火爆放中落荒而逃。

在這篇經典作品中凝結了諸多元素，而最重要的是「我」在不預期會有任何體驗收穫的寂寥晚市上，卻遭逢了底層人民在真誠互動瞬間的純潔感情，用對的方式去認知，那樣的感情可以帶來如同煙火在天上華麗綻放的熱鬧。

## 災難中的人——〈錢道〉

下一篇選讀的作品，標題是〈錢道〉，意思是「用錢鋪成的道路」。小說中的主角是比〈夜市的微笑〉中還要更底層，生活更困苦的人。而且他們的困苦源自無可奈何的巨大集體災難。

開頭第一句話告訴我們，這是大正十三年的九月一日，算一下，整整一年前，一九二三年九月一日，發生了關東大地震，幾乎毀滅了整個東京。地震發生在正午時分，很多人家正在生火煮飯，日式木造房屋火勢快速延燒無法收拾，燒了一整夜，將東京的天空都映照成鬼魅血腥的紅色。

在這過程中，被房屋塌下來壓住的，或是後來大火中走避不及的，死了很多人。

一年之後。小說帶著我們聽到聲音，一個被稱為「聰明的乞丐健太」的人在說話。這是一對在街上乞討的男女，就社會階層上比在路邊擺攤的又低了好幾級，到了不能更低的地步了。

男乞丐健太叫著「老太婆」，一邊從碎木屑中抽出了一雙殘破不堪的軍鞋。現實背景是地震一年後，社會秩序還沒有完全恢復，軍鞋是乞丐撿來的僅有財產，必須小心翼翼藏在碎木屑裡。

健太很聰明了，拿著軍鞋對身邊的乞丐婆說起外國有一種神，會在人們睡覺時將福氣裝進鞋子裡，所以每年到了歲末，很多商店會特別賣那種裝福氣的鞋子。他還知道聖誕老人的故事呢，只不過將西方民俗裡的襪子弄錯成鞋子了。

他一邊說一邊將鞋子倒過來，為了要將裡面的木屑倒掉。然後問老太婆：「這樣一隻鞋子如果裝滿了銀幣會有多少錢呢？一百塊，還是一千塊呢？」乍看這好像是從外國的神將福氣裝進鞋子裡而自然產生的聯想，然而往下看會知道，其實川端康成在這裡設下了重要的伏筆。

這時候乞丐婆沒有注意在聽，她靠在泥土沒有乾的破牆上，正撥弄著一支紅梳子，突然感慨：「唉，好年輕的女孩。」健太當然聽不懂，問她是說誰呢？「我是講掉了這把梳子的人。」原來梳子是撿來的。聰明的健太不同意老太婆的感慨：既然是撿來的，怎麼會知道掉梳子的人多大年紀？

但乞丐婆卻堅持，梳子的主人應該只有十六、七歲，而且撿梳子的時候，健太說不定還有看到那個女孩。健太先是反應：「得了吧！」老太婆解釋年輕女孩才會用這種紅色梳子吧！但接著健太明白了老太婆的心思，他就說：「妳又想起死去的女兒了。」老太婆沒有否認，立即跟著說：「今天是一週年忌日。」

顯然女兒死在大地震中。健太接著問：「那妳要去成衣廠遺址祭拜嗎？」於是我們又知道了，她女兒死在成衣廠，可能是被地震坍塌壓死或引發大火燒死的。老太婆回答：「如果去，我要用這一把梳子去祭拜我女兒。」她看著紅梳子，覺得女兒好可憐，自己現在是個乞丐，又能拿得出什麼像樣的東西來呢，手上只有撿來的紅梳子，去送給在天上不知何方，同樣是少女，同樣愛漂亮的女兒的亡靈。

健太就逗老太婆：「想女兒不是壞事，但妳會不會有時不只想年輕的女兒，連帶想起自己年輕時的樣子呢？」

原來此刻健太心中正是春情蕩漾啊！他描述了發生的事：「昨天到二樓，在這碎木屑裡竟然冒出一對男女，我摸了一下，那個地方還是溫的，我就躺在那個溫熱的地方等妳。」

地震經過了一年，乞丐能待在什麼地方？應該就是地震後遲遲沒有修建的破房子裡吧，為了讓自己過得舒服一點，去收集了碎木屑，但這樣的地方卻成了男女選擇用來幽會之處。他們以為沒有人，卻被健太撞見了，男女躲在沒有人的碎木屑堆裡還能幹些什麼事呢？於是惹得健太進到有餘溫的碎木屑堆裡，想著男女剛剛所做的事。

接著他坦白抱怨了：「欸，我畢竟也是個男人，妳也是一個女人，可是妳現在已經徹底忘掉自己女人的身分，像撿到了這個紅梳子，妳就只會哭。」撿到紅梳子就想念著死去的女兒，而不懂得用梳子將自己打扮一下，給自己增添些女人味。

## 〈錢道〉錢幣落下鋪成道路

藉著這話，小說替我們補述了這兩個人的背景。

乞丐公健太說：「我跟妳一起討飯已經一年了，我只要有一次就夠了，所以希望讓妳年輕一點。有了一次之後，我們兩個不就變成了夫妻嗎？只要一次結成了夫妻，死掉都沒關係了。」只要一次可以像人家幽會的男女所做的事，那是健太的心願。他又補上了一句：「我還沒有滿五十呢！」難怪他還會有強烈的性欲。

乞丐婆的回應是：「可是我已經五十六歲了，死去的丈夫還比我小兩歲，我夢見他了。在成衣工廠死掉的人，成千成萬地聚集在一起，度過長長的橋，要到很遠很遠的極樂世界去，好遠啊。」她的丈夫和女兒一樣，整整一年前在大地震中死於成衣工廠，她還無法忘掉丈夫，也就無法接受健太的提議。

健太覺得有點自討沒趣，就找台階下說：「走吧走吧，今晚我們去喝甜酒，然後我再到妳那邊。」然後他將軍鞋的左腳交給乞丐婆，說：「左腳鞋子借妳，我只要穿右腳就好了。」他拖著鬆鬆大大的軍鞋，幫老太婆將腰帶上的碎木屑拍開。

去年九月一日地震中，老太婆的家人在成衣工廠大火中被燒死了，她自己也受了傷，被救到淺草公園臨時搭蓋的木板房接受醫治。健太地震前已經是乞丐了，不過他夠聰明，遇到地震就魚目混珠，裝扮成難民，也跑到淺草公園去領取市公所發放的衣服和食物配給。

怕被識破自己是乞丐而不是難民，健太就一直拉著在淺草公園遇到的這位老太婆說話，使得人家誤以為他是老太婆的弟弟，他才能一直留著，取得難民的身分。不過多待兩、三個月之後，市公所沒有理由一直養著好手好腳的男人，還是被趕出來了。這時反而是孤伶伶的老太婆習慣依賴健太了，換成她跟著健太出來，兩個人一起討飯。

東京大半地方燒掉了，他們每天走過一間又一間正在整修的房子，借住在那樣的空房子裡。

簡短回溯之後，小說敘事回到一九二四年的九月一日，在死了很多人的成衣工廠將要舉行地震一週年的盛大哀悼儀式。總理大臣、內務大臣、東京市長還有其他政府特派官員都出席了追悼式，在典禮中念悼詞。另外還有外國大使送了花來。

儀式選擇在一年前開始天搖地動的十一點五十八分舉行。全東京市的交通工具停駛一分鐘，所有市民默哀一分鐘，連橫濱附近都聚集了汽艇，從隅田川各地往返成衣工廠所在的岸邊，汽車公司也爭先出動車輛到成衣工廠前，各宗教團體、紅十字醫院、基督教女校紛紛重演一年前的情況，前往成立救護團。

在典禮場地附近有商人將地震的相片印製成明信片，找了流浪漢，讓他們偷偷去兜售。還有電影公司的技術人員出動攝影機，扛著高高的腳架到處走、到處拍攝。最特別的，是這裡出現了錢幣兌換商。那是因為祭拜儀式中會要撒錢，當然不會撒大面值的紙鈔，最好是換成小額的硬幣，不用太多的花費就能有撒錢的效果。

青年團團員身穿制服，在街道上警戒著。吾妻橋到兩國橋之間有整排的木板房，都張掛著白色簾幕，招待參拜的群眾，提供免費的水、牛奶、餅乾、稀飯、蛋和冰塊。曾經在這裡受過災、吃過苦的人，整整一年後至少能得到一點招待。

這時候舞台上場地裡擠滿了幾萬人，健太在人群中抓住老太婆的手腕高高舉著，怕她被擠散了。兩個人要走進白木頭上捲著黑白木條的高門，過了就是儀式最核心的一條步道。這時健太做了一件奇怪的事，趕緊將左腳的鞋給老太婆穿上，然後吩咐：「右腳的草鞋也丟掉。」兩個人各穿一隻鞋，另一邊光腳丫，這樣走進高門，緩緩地隨著龐大人潮，沿著用木棒圍起來的步道移向儀式的中心位置，也就是老太婆的家人骨灰所在的靈堂正門。

人們的頭上開始下起黑色的雨，落下的不是水，而是錢幣。那是一條不折不扣的「金道」，用錢鋪起來的道路，旁邊布滿了花環和供花，以至於看起來像是一座用花組成的森林。

那真是奇景，人們被錢雨打著，腳下踩在一層層的錢幣上，有人叫著：「唉呦，好痛！」那是被錢打到頭了。頭上是錢，腳下也是錢。

骨灰靈堂前的白木棉樹，都被錢堆成了像山一樣，錢幣堆成的山，太多人了走不動，人群停在金山前面，而灑下來的錢沒有停，持續有如冰雹般往頭上掉下來。健太很得意地說：「我帶妳來這裡，老太婆，這是妳的智慧能夠理解的嗎？妳要好好祈求啊！」

在這裡解釋了小說的開頭為什麼健太要去拿藏在碎木屑裡的軍鞋，還有為什麼只穿一隻鞋，另一邊打赤腳——因為他用左腳的腳趾去撿「錢道」上掉滿的錢，放進右腳又鬆又大的軍鞋裡。

健太果然是聰明的乞丐啊！他知道這裡有那麼多錢，他又知道在那樣的儀式中，眾目睽睽下，是絕對不容許彎下腰去撿錢據為己有的。所以他有備而來，找到了一種不可能被注意到的方式，擠在人群中撿錢。他將另外一隻軍鞋交給了乞丐婆，當然也教了她這種方式，兩個人一起撿錢。

走著冰冷錢道，到骨灰靈堂前，錢甚至堆積到一寸厚了。小說的第三段結束在這裡。

## 〈錢道〉末段的新生

小說的第四段，最後一段，時間跳到儀式結束後，他們拖著重重的鞋子離開了，我們知道那是因為鞋子裡裝了錢，所以他們的步伐一定很奇怪，走到大河岸沒有人的地方，蹲在已經生鏽的馬口鐵屋簷下，看著岸邊的船和人群，就像每年兩國橋下舉行煙火大會時那麼多那麼擁擠，感覺太驚訝了。這應該是極度悲傷的場合，卻散發出一種奇特的節慶氣氛。

以至於感染了他們。健太蒼白著臉，因為擠過人群很累，但他的心情卻是：「死了也甘心了，已經走過了錢道。」不過立即又表現了不甘心：「可惜啊，後來好像走在地獄冰山上，腳都僵了。」意思是後來就沒辦法撿更多錢了。

對比地，老太婆這時卻臉色紅潤，顯現出一種年輕光采。她現在想起了自己年輕的情況了：「我簡直像是一個女孩一樣，好像回到年輕的時候，心撲通撲通地跳，健太啊，走在銀幣上的感覺真的很棒，就像是能夠在年輕的時候還有這種情趣，會咬住體貼男人的腳板心。」

回到年輕最重要的象徵，是有了色情的欲望與想像。而讓老太婆回春的力量，是「走在銀幣上的感覺」。看起來好像和健太那種「死了都甘心」的感覺相近，但看下去我們才知道其實不是的。

健太認為自己走在「錢道」上，老太婆說的則是「走在銀幣上」，這是細微卻關鍵的差異啊！她將左腳的鞋脫下來，健太往裡面一看，驚訝地叫出聲來：「啊，妳只撿銀幣？」

太厲害了！老太婆理所當然地說：「是啊，難道你還撿銅錢嗎？銅錢值得撿嗎？」原來她一邊走一邊用腳撿錢，卻還仔細選擇，只撿比較值錢的銀幣。聰明的健太此時也不得不服輸了，盯著老太婆的臉說：「唉，和妳相比，我真的就是天生的乞丐命。我在人群裡甚至顧不了自己，哪有可能去管撿到的是銅錢還是銀幣！而且我撿了十幾枚腳就僵硬了，妳們太厲害了，妳們女人果然不一樣，在緊急情況下妳們的意志力反而會增強，能夠堅持下去，女人具備這樣的生命力啊！」

被這樣稱讚，老太婆有點不好意思，叫健太不要說了，來算錢吧！健太一邊算一邊念出來：「五十錢、六十錢、七十錢、八十錢、九十錢、一元四十錢……」表示老太婆撿的都是十錢和五十錢的銀幣，算到二十一元三十錢還沒算完，老太婆打斷了算得不亦樂乎的健太。

「糟了，我太專心撿錢了，忘了一件事，我本來到成衣工廠去，是為了祭拜女兒，我原本不是要拿這個紅梳子去祭拜女兒嗎？我忘了，梳子還在我的懷裡呢。」健太略帶無奈地說：「妳又想起女兒了。」

不過這時候，過了週年，走過了「錢道」，老太婆的心境改變了。這時候老太婆沒有再為了女兒傷感，說：「算了吧，讓紅梳子隨水流去吧，放進鞋子裡流走吧！」

川端康成在此幽微地表現：老太婆終於向自己過去的人生告別了。出發之前她的心思在紅梳子上，想念死去的女兒，又夢見了丈夫和一群死去的人要過橋到另一邊去。現在她卻真的將紅梳子放進裝過了錢可以功成身退的舊軍鞋裡，用力地將鞋子往河中丟去，她的動作突然間也沒有了老態，變得好像是個在玩遊戲的小女孩。

如同獲得了重生，換作她對健太說：「剩下的錢明天再算，來吧，我們去買酒和鯛魚，今天晚上——我嫁給你好嗎？……健太啊，發什麼呆，討厭！」健太會發呆，因為沒想到她就這樣改變主意了，連說話都變成小女孩的口吻了，眼睛裡還被一份年輕的光采神奇地浸潤了。

這當然是更底層的人的生活，而且還在上面覆蓋了地震大災難，但川端康成寫得充滿了鮮活的感情。他選擇了一個原本看似粗俗、不適當的焦點，在災難週年紀念日，同時也是老太婆女兒和丈夫的忌日，四十多歲的男人健太卻想著要和已經五十六歲的乞丐婆有性關係。

還不只如此，在紀念死難者的隆重儀式中，他們兩人混進會場的動機，在會場中的行動，都是為了錢，最後也的確從「錢道」上撿走了很多錢。

但是這樣的故事我們讀來一點都不覺得粗鄙，反而會被老太婆最後的反應感動。她向「聰明的乞丐」證明了自己比他更聰明、更能幹，取得了地震以來從未有過，甚至之前生活中也不曾有過的自信。那是讓她能夠回復年輕最大的力量。即使是生存於底層的人，即使是經歷了那麼大的災難折磨，他們仍然有追求幸福、享受幸福的權利，而且他們的幸福不會因為底層的身分而減少價值，甚至反而因此更可貴。

還有，偷偷將錢藏進鞋裡的舉動，表面上看似乎褻瀆了莊嚴的儀式，然而對於地震真正的倖存者、受難者來說，他們不是本來就應該有資格得到那些錢帶來的補償和安慰嗎？這樣一個失去了丈夫、女兒，失去了家和正常生活，以至於流落街頭成為乞丐的女人，那些錢不就是應該為了救濟像她這樣的人而捐出來，而投到「錢道」上的嗎？

與其和其他人一樣行禮如儀，單純外在的紀念大地震，老太婆透過撿錢的成就，有了和大地震更實質的生命連結，得到了昇華與洗淨。來自原始欲望，金錢與肉體欲望的滿足帶來的開心，產生了最真實的昇華與洗淨效果。

已經和健太共同生活一年了，她一直沉浸在悲傷中走不出來，心靈停留在災難之前、災難當中，所以也無法和健太有親密的身體關係。她一直只記得自己五十六歲，健太也總是叫她

「老太婆」，她的心靈和身體都處在那樣的遲暮狀態中。

然而參與這場週年儀式讓她得到了青春的力量，走在「錢道」上有效地撿了銀幣，讓自己有了信心和希望，得以在一年後獲得了新生。我們不可能鄙視她，很清楚地，川端康成是要向我們伸張他們雖卑微卻明確的權利，去追求他們雖卑微卻真實的快樂。我們自然地為他們高興，那是川端康成要傳遞給我們的感受。

## 〈滑岩〉上的信仰

還有一篇掌中小說〈滑岩〉，也碰觸到了底層人民的粗鄙信仰。

有一個人帶著妻子和小孩到山裡的溫泉，一般俗民信仰認為溫泉能讓身體發熱，有助於讓女人懷孕。不過這裡的溫泉有另外的重點——一塊大岩石。溫泉池三邊都有圍牆，剩下的一邊就是這塊「滑石」。泡溫泉時，他看著那塊岩石，產生了聯想，覺得那是一個在嘲笑人類的怪物，嘲笑人類竟然會相信讓女人從大岩石上滑下來就會懷孕，如果真的有人這樣做，一定會讓這滑溜溜的大臉笑個半死吧！

他的身分與背景，非但不相信這種迷信，還感到可笑。此時在溫泉池來了一個年輕女子，池中原本只有這人和妻子、小孩，他當然會被新進來的女人吸引，而且忍不住將年輕女子和妻子相比，意識到那女子的長相和體態都比妻子更好。而且那女子看到了他女兒，顯然很喜歡，又特別靠近過來。

這時天黑燈亮了，女子逗他女兒：「妹妹，妳會不會算總共有幾盞燈啊？」女兒回答說：「兩盞。」女子誇張地回應：「是兩盞啊？天花板上一盞，池子裡還有一盞。小妹妹妳看，電燈好厲害啊，還會跑到池子下面去呢！」然後一直稱讚小妹妹聰明伶俐。

深夜，妻子和小孩睡了，這個男人寫了好幾封信，有點累了，就想要再去泡一次溫泉。到了溫泉池嚇了一跳，看到了一幅奇景，一個女人趴在滑岩上，因為沒有穿衣服，全身都是白的，像一隻沒有皮的青蛙，放開雙手，讓自己滑下來。滑進池子後，女人發出了咯咯的笑聲，然後又重新爬回岩石上，再滑下來一次。

從那個聲音他認出了，應該就是之前遇到的年輕女子，原來她是來祈求生育的。撞見了這個景象，男人選擇離開，回到換衣服的地方，抓起浴衣，他爬上了寂靜秋葉的石階。

然後小說中記錄了他的獨白，他內心產生一種奇怪的恐懼：「今天那個女人會在夜裡跑來殺掉我的小孩。」女人滑岩的模樣與笑聲，讓他覺得近乎瘋狂，回想她那麼在意過來逗自己的女兒，他感到極度失望，而且不寒而慄。下午看起來那麼漂亮的女子，沒想到在深夜卻化身為那樣白色青蛙般的妖怪，如同魔的存在，嚇了他一大跳。

接著他在內心對著岩石說：「岩石啊，像那種相信你那無聊迷信的女人的行止，都會讓我如此恐慌不安；那像我這樣高喊著『這是我的妻子、這是我的小孩』的這種迷信，或許在不知不覺中，也教世間成千上百的人的恐懼占領了，是不是？岩石？」

好奇怪的一段話。必須要回到川端康成對待庶民信仰的態度上才能解釋。這個人原先抱持著理所當然的階級性歧視，瞧不起這些信仰，什麼去抱一棵松樹就會懷孕，他甚至主張政府應該將那棵松樹砍掉，破除迷信。同樣的，他也很不屑從溫泉岩石滑下來可以懷孕的粗俗信仰。下午他看著那女人，被她吸引時，投射了自己的階級性，認定她是和自己一樣的。

沒有想到深夜中，女人卻化身成為粗鄙、恐怖的魔的樣貌，讓他既失望又害怕。進而在心理衝擊中他突然意會了什麼是「迷信」。如果迷信就是沒有根據地相信某事，那難道自己會沒有迷信嗎？他發現自己也有執著，緊緊抓住家庭，相信家庭會一直存在著。被女人突然像是魔一般的形象嚇到時，他油然生出對於女兒安危的恐懼，進而意識到相信家庭的恆常不變，其實也是一種迷信。

於是前一句和後一句間，他改變了態度。從害怕變成了同情。同情這個女人用這種方式努力，那信仰本身是粗鄙的，但使得女人相信粗鄙信仰的動力，想要有小孩，想要一個有小孩的家，和他自己衛護妻子、衛護女兒的心情沒有兩樣啊！

小說結尾處，他對妻子重新燃起了愛意，去拉著妻子的手將她叫醒，和她溫存。因為同情、理解了那個嚇到他的女人，他受到刺激，重新確認自己也迷信家庭、迷信妻子。

閱讀川端康成的小說，一定要記得關注其中角色的社會性。尤其在他的掌中小說裡，沒有背景說明的空間，但每一篇精采的作品，都巧妙地放入了社會階級與社會意識的指涉，我們在閱讀時應該要還原角色的社會屬性。因為他所投注的溫暖，是以低調、內斂的方式和這些人的底層身分緊密結合的。

第三章

# 新感覺派的崛起——讀〈伊豆的舞孃〉

## 川端康成與「孤兒感」

在我了解川端康成，形成閱讀川端康成的方式過程中，最有幫助的兩份材料，一是由三島由紀夫所編的《川端康成論》，收錄了那個時代日本文壇對於川端康成其人其作的方方面面意見，那是我在京都古書店裡找到的一本精裝舊書。另外一份資料是一九四九年，川端康成五十歲時，由新潮社出版的全集，一共有十六冊，每一冊都收錄了川端康成自己特別撰寫的「後記」，交代自己寫卷中作品時的生活背景。這十六篇文章合在一起，等於是川端康成的早年自傳，但可惜的是從來沒有另行結集出版。我是早年在台大文學院圖書館讀這套書，將所有的「後記」影印裝訂保留下來。

塑造川端康成生命最特殊的因素，他自己表白，是「孤兒感」。從小如此孤單，親人陸續一一離去，以至於有一段時期他完全不說話，不知道要對誰說什麼話。成長的過程中，他也沒有交過什麼親近的朋友，一度曾有過未婚妻，卻連和未婚妻的關係都沒有結果，未婚妻離他而去，給了他更大的打擊。

他在安靜得近乎病態的環境中長大，使得他的感官格外纖細敏銳。吉行淳之介的評論中說，川端康成和語言間有著奇異的關係。一般人運用語言會受到社會習慣強烈影響，內化了一個「大聲音」，聽從那個「大聲音」來判斷什麼是重要的、什麼是不重要的，依照大家都認同的比例在語言中分配、表現重要性不同的事物。

然而在川端康成長期不說話的那段人格形成過程中，卻給了他一種不受「大聲音」模塑的經驗，以至於他會用我們難以想像的方式，凸顯描述、形容我們早早就認定了不重要，以至於不會去用心體會的瑣碎、細密情感。

最好的例子是小說《雪國》的開場。《雪國》是川端康成前期文學語言的極致表現作品，讀過的人一定記得第一句：「過了國境長長的隧道就是雪國。」同時也一定不會忘掉接下來兩、三頁中的描述。

主角島村坐在火車裡，冰天雪地中火車停下來了，旁邊的女孩將窗子打開，向月台上的站長講述她弟弟的事。然後窗子又關上了，島村開始回憶大約三小時前的事情。那就是用很細膩的方式呈現了我們一般不會那麼認真去追索的腦中快速變動聯想。

島村看著自己的手指，喚起了用手指去觸摸搭火車要去會面的女人（駒子）的感覺，想像延伸到氣味，於是忍不住像是要嗅聞到留在手指上的女人氣味般將手指湊近到自己的鼻子前，立即又意識到這樣的行為看來很奇怪吧，自己感到不好意思，不自主地將手指移開，為了掩飾，就裝作像是要用手指去擦拭因內外溫差而滿布在窗子上的水氣似的。他真的用手指在窗上畫了一條線，沒想到竟然畫出了一雙眼睛，讓他嚇了一大跳。定神之後，才發現那是火車上旁邊女孩（葉子）的眼睛被反射映照在玻璃上。

讀過了會留下深刻印象，因為違反了我們感官與記憶的比例原則。這一段內容寫了近千字，從三小時後的現實聯想回溯三小時前的記憶，而三小時前的經驗卻又是開始於一段手指的想像，換句話說，在現實上沒有發生任何事，島村就是一直坐在火車上，但川端康成竟然能給我們如此豐富緊實的描述。

這段文字中，時態不斷流動，三小時前島村心中在向前想著即將要去和駒子會面，因為有未來的提示，才會讓他想像這手指就快要觸摸到那個女人了吧！三個小時後葉子對著窗外向站長訴說弟弟的事，同樣是混雜著過去、現在與未來的，而明明和島村不過是在火車上偶然坐在同一車廂的陌生人，神奇地，這個女孩竟然已經在他心中有了穿梭過去時間的記憶。

時間不會停留，真實的時間甚至不會一直向前流淌，而是如此不可控制、不可預期地在我們的生活、意識中持續晃蕩，這是「物之哀」的根源，在時間中沒有任何事物是固態的，沒有什麼可以被人扎扎實實掌握。

他用綿延濃密的語言去寫一般人根本不會汁意到，遑論去記錄的感受，反過來喚醒了讀者如何去理解自己在生活中被社會「大聲音」給消滅、排除了的細節觀察與體會能力。

## 〈伊豆的舞孃〉開場的三種翻譯

這種特殊的寫法來得很早。川端康成二十八歲出版的〈伊豆的舞孃〉中就已經表現出來了。這部小說的開頭，是描述中學生川島走在路上，很怕跟丟了前面舞踊隊的焦急心情。

第一個句子：

山路變得彎彎曲曲，快到天城嶺了。這時驟雨白亮亮地籠罩著茂密的山林，從山路向我迅猛地橫掃過來。

還有另一種譯本譯法：

山路愈來愈崎嶇，已經快到天城山的山頂了，雨卻在這個時候以驚人的速度從山腳下向我襲來，濃密的杉樹林頓時被籠罩成白茫茫的一片。

再看另一個譯本：

當道路轉入羊腸小徑，心想就快到天城嶺了，雨水把濃密的山林染成一片灰白。從山路以驚人的速度追上了我。

川端康成寫的日文原文是：

道がつづら折りになって、いよいよ天城峠に近づいたと思うころ、雨足が杉の密林を白く染めながら、すさまじい早さで麓から私を追って来た。

那意思是道路在前面彎折，表示本來是比較直的卻開始變彎了，在那變化中，讓他覺得（想像）也許天城嶺快要到了。「いよいよ」和「道がつづら折りになって」是呼應的，一直走一直走，遇到了道路彎折變化，於是想：或許天城嶺接近了，反映了他焦急卻又不知道究竟還離天城嶺多遠的心情。

再來，原文中他將眼中所見的情景用漢字寫成「雨足」，雨像是有腳一般，從底下一路將山林染白了，以快得令人驚訝的速度追上來。這又是非常形象化的寫法。

或許如此你們能夠稍微體會，少年的我為什麼如此自不量力、熱切地追求要有能力閱讀川端康成小說的原文。他的日文有很多幾乎無法翻譯的細膩之處，更麻煩的地方是，因為川端康成的響亮名號，他的作品在中文世界裡有很多譯本，大部分譯者的日文和中文能力，不足以傳達，有時甚至不足以理解川端康成文字中的特殊感性。

讓我們不要忘了，很長一段時間，川端康成在日本文壇屬於「新感覺派」。川端康成寫出的文字，都來自主觀的感覺。一個稱職的中文譯者必須先自行理解什麼是「新感覺派」，掌握了「新感覺派」的美學信念，盡可能在中文中以各種方式，包括靈活運用語助詞，讓讀者能夠明白什麼是主觀的感受，和客觀描述區分開來。

〈伊豆的舞孃〉是以第一人稱寫成的，然而即使是像《雪國》那樣表面上以第三人稱來敘述，每一個段落，每一件事，背後都還是有一個感受者，經由這個或明顯或隱藏的感受者，轉述、轉譯情景與事件，中間參雜了強烈、濃密的主觀感受。失去了這份主觀性，也就失去了川端康成的特色。

## 「新感覺派」的主觀描繪

《雪國》中著名的第一句話：

国境の長いトンネルを抜けると雪国であった。夜の底が白くなった。信号所に汽車が止まった。

意思是：

穿過國境長長的隧道便是雪國，夜空下一片白茫茫，火車在信號所前停了下來。

表面上看起來是全稱的敘述，但實際的效果是介於客觀與主觀間的曖昧。有中文譯本將

《雪國》書名譯成《雪鄉》，就錯失了川端康成運用「雪國」漢字製造的效果。並沒有一個客觀的「雪國」存在於隧道的另一端，而是長長的隧道，加上冬天通過隧道後突然映入眼中的一片白色雪景，造成了如此強烈的感覺——彷彿離開了原來的國度，進入了另一個如夢似真的國度。尤其是在夜間這種感受更強烈，隧道裡是黑暗的，本來出了隧道的夜也是黑的，但地上的雪色，似乎將夜的背景都染白了，這樣一個完全不一樣的世界。人主觀感覺被帶離了日常環境，在這裡所發生的事，因而都有了幽微的傳奇色彩，包括聽見一個少女打開車窗對著月台說話的聲音……

我們是這樣隨著島村（即使那時我們還不認識他）進入「雪國」，跟著它產生了一種恍惚不實之感，所以他會想起幾個小時前同樣恍惚如夢地出現在車窗玻璃上的一雙眼睛……

如果將「新感覺派」的文字理解為客觀的，就體會不到《雪國》開頭這段的力量，也體會不到〈伊豆的舞孃〉開頭的情境。那段話不是要客觀描述在上到天成嶺的隘口前，會有一段彎彎曲曲的路程，而是反映少年高校生趕路的心情，這時候路上任何的變化，都會刺激產生鼓舞作用：啊，我把直路走完了。不過立刻又有相反的心情襲來，他最擔心的就是出現任何可能遲滯他趕路行程的因素，這時候那個可怕的潛在因素就正從山底升起。

雨來了。山裡的雨確實會隨雲霧水氣上升，不過在這裡雨被主觀地擬人化像是長了腳快速地追來，而且追得特別急，因為主觀感受者萬萬不希望自己被雨給耽擱了向前趕上舞踊隊的路程。

「新感覺派」的崛起，是對應、逆反當時日本文壇主流寫實主義、自然主義而來的。寫實主義重視客觀性，到了自然主義甚至進一步援引科學信念，要將小說變成人與社會互動的實驗場，以「遺傳」與「環境」為兩大變數，在小說中有意識地探索、鋪陳「遺傳」與「環境」交互作用會產生什麼樣的效果。這樣的信念更是注重客觀而輕忽、擯棄主觀。

「新感覺派」反對過度的客觀，要將主觀放回文學中，恢復主觀感受在美學中的地位與作用。谷崎潤一郎早期的作品，也同樣出於對自然主義的不滿而凸顯主觀感受，不過他的小說情節充滿誇張奇情，和強烈主觀感受結合在一起，就形成了一種瘋狂的性質，那像是轉述、傳達了瘋狂的人眼中所見到的世界，從瘋狂的極端情緒中領受的周遭環境。

相對地，在川端康成筆下，他開創了新的文字，描述一個「正常」的高校生在特殊情境中的特殊感受，使得世界變得不一樣。客觀的世界，大家都同樣感受的世界，其實沒有那麼理所當然，尤其沒有那麼值得書寫，正因為對大家都一樣，也就不是任何人平常真正會感受的。對我們有意義的事物，一定是透過特定的主觀，染上了特定的感情色彩，才進入我們的生命，成為體驗、成為記憶。

## 舞孃的對話

〈伊豆的舞孃〉的敘述者是一個二十歲的高等中學學生，以現在的學制來說，比較接近是剛上大學，他在路上遇到、愛上了一個十四歲的小女孩。這樣的故事在日本長期以來就被當作是最適合中學生閱讀的內容。

然而中學生能從這部小說中讀到什麼？尤其是現今的中學生，讓他們看一段甚至沒有明確戲劇性的故事，男學生一直追著舞踊隊，最後走到大田就結束了，沒有明白的結局，他們能有什麼樣的收穫？

日本知名評論家，也是小說家吉本芭娜娜的父親，吉本隆明就曾經說：〈伊豆的舞孃〉一定是日本文學史上最常被重讀的一部作品。因為很多日本人在中學時第一次讀到這部小說，通常都不喜歡，但會留有印象，然後等到累積了足夠的人生經驗與人生理解後，會在一個階段產生衝動，想要重讀〈伊豆的舞孃〉。這時候它不再是學校指定作業，也沒有老師來引導你，純粹為了自己而閱讀，突然之間，得到了深度的感動與豐富的領會。

長大了之後才會被一些段落感動。例如敘事者「我」偷聽到舞踊隊裡兩個女生，千代子和薰的對話。兩個女生在談論他，來回總共說了三句話，一開始是薰，她稱讚這個男學生：「いい人ね。」是好人啊。然後千代子回應：「それはそう，いい人らしい。」是啊，是這樣沒錯，應該是好人。然後薰又說：「ほんとにいい人ね。いい人はいいね。」真的是好人啊，好人很好。

三句話最大的特色是什麼？是幾乎沒有具體內容。都是空話，只反覆表達：是好人，真是好人，用的語詞也再單調不過，連聲音都是單調的，「いい」就重複了五次，「いい人」重複了四次，還有「それはそう」這種重複的方式。

但這麼簡單的話中卻帶有真情。千代子說的「それはそう」在日語中帶有隨口認同敷衍的意味，加上後半句用了「らしい」，應該是吧，語氣上又是有保留的，於是薰才又特別重複強

調：真的，他真的是好人，有這樣的好人真好。那樣的說法中顯現出一份焦急，一定要說服千代子：這個男孩是好人。

中學生無法領會的，我們透過不夠精確的中文翻譯往往也無法領會的，是這段對話來自兩個如此素樸的人，素樸到近乎無能的人，但她們如此努力要表達對這個男孩的肯定與喜愛。她們沒有足夠的語言可以使用，但簡單到這種程度的話，卻帶有一種無可取代的天真，不可能參雜任何一點點虛假。

「我」不經意聽到了這樣的對話，被深深感動了。活在「孤兒感」之中，和世界有距離，在世界上得不到歸屬，如此單調的對話，帶來最深切的安慰。兩個女孩，尤其是薰，如此天真地信任他，如此深摯地強調他的好。這是中學生領受不到的關鍵，具體、清楚地解釋了「我」為什麼會對舞踊隊產生如此的迷戀，那不是一般的少年對女生一見鍾情，而有著更深厚的執著attachment（依戀）。

## 社會底層的舞踊隊

另外，一般的中學生就算聽到老師如何賣力的說明，在沒有人生閱歷、沒有在人際間、社會上吃過夠多青白眼、受過夠多的傷之前，也不會了解什麼是巡迴舞踊隊，在舞踊隊裡有的是什麼樣的人生。

那是在社會底層最不受尊重的一種行業。一直不斷到處流浪，到各個溫泉地去尋找夜晚幫人家跳舞助興的工作，不只是今晚過了不知道明晚有沒有工作、有沒有收入，甚至今晚都不會知道明晚住在哪裡。在舞踊隊裡的女孩，幾乎等於淪落到比妓女還糟的地步。妓女還有固定的營生場所，舞踊隊卻是應召的，被客人叫去跳舞時，很多客人理所當然地認定舞女也同時賣淫，多付一點錢就能要她們留下來陪過夜。

大田是這個舞踊隊的基地，但他們不會一直居住在大田，必須出去巡迴討生活，像馬戲團一樣，每到一個地方就宣傳：我們來了，有沒有人晚上需要不一樣的娛樂刺激呢？有沒有人要買我們的服務呢？在路上很辛苦也必然很混亂，走很大一圈才能回到大田休息一下。

要充分理解舞踊隊的社會性質，想像他們在社會上被看待的方式，才能體會川端康成不可思議的對比寫法。他以如此卑賤的行業為對象，卻寫出了最天真的感情。而他能夠做到，運用的就是主觀凌駕客觀的筆法，讓舞踊隊的社會性質存留在背景，從二十歲中學生的角度進行主觀選擇，要顯現什麼、又要隱藏什麼。

〈伊豆的舞孃〉從「我」在伊豆修學旅行的第四天開始寫起。這一天他在山路上趕著走，雨從山下像是長了腳不斷往上追趕他，而他沒有要躲雨，為了想趕上前面的舞踊隊。然後他才回想之前在修善寺遇到舞踊隊的場景。小說沒有按照物理時間從「我」第一次遇見舞踊隊開始寫起，有其明確的作用。

特別讓我們感受到「我」此刻懷抱著強烈的決心，有著一份近乎壯烈的情緒力量。在那個時代作為一個高等中學學生，他和如此底層的舞踊隊，有著巨大的身分差距，他沒有道理和一個舞踊隊混在一起，甚至沒有道理和舞踊隊打交道、有什麼關係。所以才更顯現這份決心的異常之處。

好不容易趕路追上了舞踊隊，他裝作若無其事，到前面去走一走，沒有人叫他、沒有人認出他，他心安了。他知道自己在做一件不應該做的事，下了一個違背常理的決心。他心中仍然忐忑不安，帶著強烈的羞怯，以至於對自己都無法理直氣壯地去回顧弄清楚這份決心是如何形成的。從他的主觀，他都不能將整件事從頭說起，只能被路上燃起要追上舞踊隊的強烈衝動帶著走，一直趕一直趕，趕到了才稍稍能夠回想之前遇到舞踊隊的事。

這是小說開頭時序安排反映「我」主觀心情的寫法。

## 「聖」與「俗」的翻轉

〈伊豆的舞孃〉中的「舞孃」日文用的是「踊子」，意思是小舞者，如果寫成中文的「舞娘」會帶有太成熟的風塵味，最好還是用中文裡比較少見的「舞孃」這兩個字。小說中敘事者「我」一直是用「踊子」來稱呼這個十四歲女孩的。追上了舞踊隊之後，「我」鬆了一口氣說：「終究和踊子（舞孃）相對而坐了。」

「我」是為了「舞孃」而去追舞踊隊的，而這個女孩最早吸引他就是因為看到她的舞姿。他知道自己不應該、沒有道理迷上這個十四歲的女孩，然而她的舞姿卻勾住了他，以至於讓他決心追趕舞踊隊。舞踊隊的人也都知覺敘事者「我」和他們之間的差距，從他們在社會底層掙扎的角度看，意外並感動於這樣一個人竟然對他們那麼親切、那麼好。

從夏目漱石、谷崎潤一郎、芥川龍之介這幾位今天被供奉在日本近代文學神壇上的重要小說家一脈相承，也貫串到川端康成的一份精神，是反對、反抗之前明治時代主流的自然主義與「私小說」寫作方式。如果大家想要比較清楚理解什麼是被他們排斥、取代的主流，可以讀一下島崎藤村的《破戒》。從自然主義和「私小說」的角度看，《破戒》都具有強烈的代表性。

《破戒》牽涉到島崎藤村自身的家世背景，他來自日本傳統中的賤民地位家庭。明治維新「文明開化」社會改造中的重要一點，就是取消原有的賤民制。然而一紙改革命令不可能真的就讓賤民得到和其他人平等的地位。在小說中，主角瀨川丑松的父親在城市裡生活了一段時候，因為無法承受別人歧視的眼光與待遇，搬到山裡去從事畜牧，躲開人群。基於這樣的經驗，他再三告誡丑松，無論發生了什麼事，絕對要信守的戒律是「絕對不揭露自己的身分」。瀨川丑松在學校裡當了老師，遇到了當時一位推動「反歧視運動」的社會改革家豬子蓮太郎，刺激他心中湧動，想要參與運動，想要對豬子蓮太郎表白自己是賤民的事實。幾經自我掙扎，他「破戒」了，但也因而必須承擔「破戒」所帶來的種種悲慘後果。

這是典型的自然主義小說，給了主角一個明確的遺傳因素，放入明確的時代環境背景中，然後如同進行實驗般推究呈現會發生什麼樣的事。這也是典型的「私小說」，採取了告白體，揭露活在社會底層的種種痛苦，以及個人內在許多不能見容於「體面社會」評斷的欲念、挫折與衝動。

〈伊豆的舞孃〉描寫的同樣是近乎賤民般在社會底層存在的舞蹈隊，然而川端康成選擇了一個出生背景比較高的主角，從他的角度來看這些人。小說中展現的關係卻是倒過來的，地位比較高的高校生迷戀、甚至帶點崇拜意味地去看待、去努力接近被認定為低俗的舞踊隊。

而且並不是地位較高的人去幫助、救贖地位比較低的人。小說中那三句來回對話為什麼那麼重要？因為在偷聽到對話的那一瞬間，二十歲的青年解決了他的罪惡感，他喜愛的低俗、卑賤舞踊隊，原來有著最天真也最真誠的情感，接受他、稱讚他，鬆解了他在世間的「孤兒感」，和他們連結，他不再是一個「孤兒」，他的情感有了依賴去處，解開了原本生命深處最難處理的心結。

領會小說中的這份情感交流，讀者也都能替「我」高興，覺得這樣是對的。是的，相對在社會上地位最低的人，演出經常被瞧不起的這群人救贖了「我」。川端康成用完全異於自然主義、「私小說」的方式，寫出了高貴與低俗的曖昧翻轉，寫出了「聖」與「俗」的高度緊張。

## 探尋終極的美

在島崎藤村的小說中，自身為賤民，痛恨別人歧視賤民的人，沒有一份高貴的自尊，只能發而為悲憤，只能呈現他所體認的痛苦。明明不是他的錯，然而他必須謹守掩藏身分的戒律，一旦「破戒」就招來嚴苛的懲罰待遇。對於如何在賤民身分以外去肯定作為人的普遍價值，在這樣的小說中是看不到的。然而川端康成在〈伊豆的舞孃〉中就寫出了連繫「聖」與「俗」，超越社會高低地位的力量。

這力量表面看是來自愛情。不過二十歲的青年愛上的是只有十四歲的女孩，因而愛情描寫得很淡，沒有太多戲劇性的事件，當然不是羅密歐與茱麗葉那種可生可死的愛情。再追究下去會發現其實不完全是愛情，促使「我」產生戀慕之感的原因，是後來會反覆在川端康成小說中出現的核心——一份美的悸動。

在〈伊豆的舞孃〉中，這部分寫得很幽微，但仔細看已經在那裡，構成推動小說情節的主要因素。一開始「我」回想女孩打著鼓在跳舞，然後他闖進他們的房間中，發現女孩躺著，表演到太晚甚至來不及卸妝，臉上畫著濃濃的表演妝，讓他留下深刻的印象；還有洗澡的時候看到了女孩的裸體，「我」原來還以為女孩十七歲，看到她的裸體發現她還是個小孩。

一段一段，背後的價值觀，是明確逆反自然主義與「私小說」的，川端康成提出了一個挑釁的主張：關於高貴與低俗，不是由社會習慣來決定的，唯一的權衡、唯一的標準是美。美感湧現時，當人可以明確感受到美時，那份經驗足可以壓過所有社會上的設定，讓被認為地位較低的人或事物，轉而得到高貴的肯定。

而對川端康成來說，女人的身體是一種特殊的美的來源，讓女人經常得以超越社會所設定的較低地位，煥發出一份不容忽視的高貴。女人身體之美貫穿他的小說內容，不論從什麼角色的觀點寫，不論寫的是什麼樣的情節故事，裡面始終帶著一種「男性凝視」的眼光，連接內在的一份慶幸之感——「幸好我是男人，可以如此欣賞女人之美，尤其是女人身體之美。」

這當然是「男性中心」意識。再說一次，川端康成總是從主觀、而非客觀的角度呈現他的小說世界，所以他的主觀中不可能去除性別，他一直是以帶有情色意味的眼光在看女人，因為對女人有情欲，視女人為情欲對象，從這樣的角度發現、發掘女人之美。

然而特殊之處，在於這樣的眼光中沒有低俗、沒有貶抑。因為美是終極的評判，所以如此發現、發掘出的美，賦予了女人高貴的地位。在這方面，川端康成也寫出了對反社會習慣的內容：並非牽涉到情色的欲望，就是低俗的。可能同時從事賣淫工作的巡迴舞踊隊沒有必然就是低俗，就應該被瞧不起。舞踊隊歌舞中表現出女人身體的一種美，或許是帶有情色誘惑的，然而那份美本身使得舞蹈的女人或女孩在那當下值得被愛戀，值得被崇拜。當下那份愛戀、崇拜之情是真實的，是有至高價值的。

關鍵在於美，在於是不是真的美。要如何體會這樣的美，進而描述、傳達這樣的美，是川端康成給予自己的文學使命，從〈伊豆的舞孃〉開始，他在一本又一本的小說中，尋找、創造了各種形式、手法，引導我們看到那份美，並且去區分、品鑑那美的真與假、實與虛。

## 「新感覺派」的情欲書寫

美的焦點之一在女性的身體，所以也就不意外舞蹈在川端康成的作品中會有那麼重的分量。〈伊豆的舞孃〉女主角是「舞孃」，《雪國》的男主角島村是個不務正業、無所事事的人，唯一擺在外面的身分，是西洋舞蹈的評論家。理解他個性的其中一條線索是他裝模作樣寫了很多自己從來沒有看過的舞蹈演出。

島村是西洋舞蹈的愛好者，但他特別強調：他從來不看日本女人跳西洋舞蹈。對他來說，西洋舞蹈表現的是一種抽象的、想像的身體之美，因為抽象、想像的距離而特別美。所以他無法忍受從想像變成了現實，由太過熟悉的日本女人身體呈現出來，看起來就充滿了缺陷。

一九五〇年，川端康成寫成了一部長篇小說，書名就叫《舞姬》，小說裡主要的女性角色，母親和女兒，加上一個女兒的好朋友，她們都是跳西洋芭蕾舞的，也就是島村不願意去看、去知道的那種人。小說裡的這個家庭一共有四個成員，明顯地分成兩派，媽媽和女兒是一派，爸爸和兒子是另一派。媽媽原來是芭蕾舞者，從軍國主義到戰爭的變化發展中，使得她無法再演出，戰後她轉為教跳舞的老師，女兒也是她的學生。

小說開場是四十一歲的舞蹈老師波子和外遇男友竹原幽會，突然陷入一陣恐慌，覺得好像被她丈夫看見了。然後她說她的兒子經常跟蹤她、監視她。其實她的丈夫去了外地不在，不可能看到她和別的男人在一起。接著她丈夫在小說中第一次現身，場景是美術館的佛像前。他沒有直接回家，而是先到美術館，他兒子猜到了，所以在美術館裡等他。

這樣一個文化研究者覺得美術館比家更親近，佛像比妻子更有吸引力。他和《雪國》裡的島村是同一種人，他們愛的是抽象的、想像的身體，而不是現實裡不可能那麼完美的女性肉體。

川端康成自身如此喜愛女人的身體，他創造出許多描述女人動作、姿態的文字，當中會帶有明顯情色意味，但那樣的情色卻能夠同時呈現出一種美的高貴。「俗」與「聖」奇妙地、不可思議地不只並存，而且彼此纏捲、彼此加強。因高貴而引發更強烈的肉欲，因強烈肉欲而更顯其不可企及之美。

川端康成另外有一部小說《湖》，一開頭寫的是另外一種因為直接與肉體有關而被鄙視的下層行業——「湯女」。那是服侍男人洗澡的女人，在澡堂或溫泉浴室裡幫人家擦背、按摩的。小說中寫男人進入澡堂，遇見這位「湯女」，兩個人當然有了身體接觸。這樣的段落其實很難拿捏，稍微控制不當，就會成為低俗的色情，川端康成不會避忌色情，然而他有本事能夠顯現色情中卻沒有汙穢，男人以帶有欲望的眼光看女人的身體，但看到了一種迷離的美，在欲望之上，甚至在欲望之外。

在寫女人身體時，川端康成經常將女人的聲音寫在一起。但這種寫法是最容易在翻譯中失落的，一經翻譯，女人的聲音就不見了。在日語中，女人說話和男人說話有很不一樣的口氣，很不一樣的表達方式，會在讀者心中迴響著清楚的性別區分。所以光是透過語法語氣，川端康成就能夠讓讀者知道有些段落是透過女性的主觀表現出來的，傳達的是小說中女性角色的特殊感受，不只是客觀的事實。

《山之音》中的主要情節發生在媳婦菊子和公公信吾之間，而兩個人的對話會呈現複雜的關係變化。關鍵就在菊子的口氣。有時候很正式像對待客人，有時候像女兒帶些撒嬌，有時候仍然是親近的，但比較接近情人而不是女兒。女人的語氣變化比男人要豐富得多，因而女人其實比男人更能夠主動決定彼此之間的關係距離。這是川端康成最擅長表現的，藉由女性不同的聲音來操控男性對於女性身體的欲望。

# 第四章
# 徒勞之美——讀《雪國》

## 女孩與站長的對話

回到《雪國》的開頭。火車停在信號所前面，女孩（葉子）打開了車窗，對著外面的站長說話。用中文，我們聽到她說的話是：

「站長先生，是我。您好啊，聽說我弟弟到這裡來工作，我要謝謝您的照顧。他還是個孩子，請站長先生常指點他，拜託您了。」

而她真正說的日語是：

「駅長さん、私です、御機嫌よろしゅうございます。弟が今度こちらに勤めさせていただいておりますのですってね。お世話さまですわ。ほんの子供ですから、駅長さんからよく教えてやっていただいて、よろしくお願いいたしますわ。」

請大家注意到那最後一句，在日語中比中文翻譯要長得多了！她不只是用了敬語，而且刻意拉長了句子裡的許多詞語。還有，整段話有兩個句子是用「ね」結尾的。那就不只是敬語，不是正式客客氣氣地對站長說話，而是帶有自知年輕小輩，所以可以有點撒嬌耍賴的口氣。

尤其是這一句：「お世話さまですわ。」中文譯成「我要謝謝您的照顧」什麼的，失去了女孩的神態。直接翻譯，這句話是說：「您就是那個照顧他的人啊！」帶有那種「就是你了」、「都要靠你」的意思，而且後面接著特別強調弟弟還是個孩子，連她自己說話都那麼孩子氣，她弟弟當然更是小啊！

所以她用了小女孩說話的口氣，既自然又有心機。對站長撒嬌，讓站長無法拒絕照顧她弟弟的責任。然而放在敬語形式中，又沒有任何冒犯之處，在人際遠近距離的拿捏上恰到好處。島村聽到的，是這樣的女性聲音，和我們在中文翻譯中聽到的近乎中性也沒有年紀的聲音，很不一樣。那樣的口氣中，一方面畢恭畢敬，顧慮、抬高對方的身分，另一方面卻又親密撒嬌，奇妙矛盾並存的說話方式，簡直讓人無從抗拒。

因而誘引島村不禁回想起三小時前，同樣這個女孩如何嚇了他一跳、讓他注意到的過程。

容我再將《雪國》的開頭重讀整理一下。「穿過國境長長的隧道便是雪國，夜空下一片白茫茫，火車在信號所前停了下來。」這是小說形式上的起點，意思是敘述的時間從這裡開始，但並不是故事的起點，故事在這之前已經發生展開了，這是刻意選擇的一個中間點，然後讓敘述既往前也往後雙向進行。

這個寫法和〈伊豆的舞孃〉開頭的選擇一樣，不是從「我」遇到「舞孃」的那一點上開始寫，而是「我」受到誘惑決心趕上舞踊隊卻在往天城嶺的山路上，遇到雲雨欲來的那一刻。

現實時間是火車在信號所前停了下來，表示火車並不是正式到站，是臨時停了下來，葉子看到了站長，立即反應為了弟弟向站長拜託，那不會是本來就準備好的，而且冬天雪地中突然將車窗打開，冷空氣灌入，讓人更難不注意到葉子的舉動，對她說的話留下深刻印象。

## 車窗上女孩的反影

島村回想起三個小時前發生的事，並且帶出了他這趟旅程的性質，他離開原有的生活，要到彷彿另外一個國度的隧道另一邊去找駒子。應該倒過來說，從他如此的期待中，才會有了主觀上覺得過了隧道就進入另外一個「雪國」的描述。但以駒子作為旅程的目的，島村心中有隱隱的不安，因為他發現自己心中駒子的形象很模糊，不是那麼清晰動人。

從小說後面的內容我們了解了，他其實自覺對於駒子的愛不再像以前那麼強烈了。以前要去找駒子的旅程中，總是滿心興奮，腦中心中都是駒子的形影吧！但這一次他甚至要努力回想試圖將記憶中的駒子看清楚，而愈是努力，記憶竟然愈是模糊。

讓駒子在回憶中鮮活重現，只靠視覺不夠用，於是島村訴諸於觸覺。伸起手指頭，那是帶有情色意味的動作，這手指曾經多次觸碰過駒子，進而又訴諸嗅覺，那就更色情了，手指觸摸駒子身體的一些地方會留下特殊的味道。近乎恍惚的回想狀態中，他去嗅聞自己的手指，然後突然醒悟自己坐在火車上，羞愧地發現自己在別人看得到的環境中做了如此帶著猥褻意味的動作。

他匆忙要掩飾伸手指、聞手指的動機，於是將手指朝身邊車窗上一放一抹，結果在布滿霧氣的玻璃上畫出清楚反光的一條，那上面竟然映照出一雙眼睛來。簡直就像是他的手指變魔術帶出了一雙眼睛。

一個女孩的眼睛。他先嚇了一跳，然後索性裝作自己是要看窗外，將玻璃上凝結的水氣都抹掉，透過玻璃的反射看那個女孩。當然其實他只要轉頭，也能夠看到真實的人，但他寧可一直從倒映的影像來看。

接著有了更幽微的時間與事實的揭露。島村回想之前就看到這個女孩和男人一起上車。從信號所的現實回想三小時前對於更早上車時的回想。這是雙重的倒敘，而且揭示了島村不是在三小時前才注意到葉子。葉子和一個男人一起上車時，他就被這女孩驚人之美吸引了。

所以，敘述中有著這個男人強烈的主觀，而不是客觀的事實，也因此帶著他的種種感受對於事實可能產生的扭曲。他甚至不會總是對自己誠實的。他因為火車停下來葉子打開窗戶對站長說話而注意到葉子，這不是事實。三小時前他就已經偷偷透過玻璃反射盯著葉子看上好一陣子了。

這也還不是全部的事實。連對自己都不太願意承認的，早在剛上車、車還沒開的時候，他就注意到這個女孩了。只是那時候女孩身邊有一個男人，男人緊緊握住女孩的手，使得島村不好意思多看，將頭轉開了。於是後來在玻璃上一抹的動作，也不完全是偶然的，下意識裡他已經想看看那個因驚人的美麗而吸引他，卻沒辦法好好欣賞，因為時間的作用，此刻他有了可以透過玻璃反射看她的機會，卻一抹就出現了神奇的顯影。

三小時前，天漸漸暗了，所以車窗上會開始有車廂內的反影。然而外面又還沒有全黑，車廂內的反影於是和外面黃昏的景色交疊在一起，使得現實中坐在車裡不動的葉子臉龐，一直變換著模樣，讓島村覺得更加的美。

黃昏的景色在鏡後移動著。車窗變成了一面神奇的鏡子，鏡面映現的虛像和鏡後的實物，好像電影裡面的疊影一樣在晃動，出場的人物和背景沒有任何關係，那個人是透明的幻象，景物則是夜靄當中的朦朧暗流，兩者消融在一起。那是一個偶然形成的，充滿象徵性的視覺世界，尤其是當山野裡的燈火映照在這個女孩的臉上，那是一種無法形容的美，使得島村的心為之顫抖。

然後川端康成進一步描述細膩的內心感受變化。這是「新感覺派」的美學本色，探索記錄人的主觀感受，因而彷彿創造出了一個新的世界，不可能在客觀現實中找得到，只存在於特定個人、特定時空的主觀知覺中。

那車窗上交疊變幻的景象，好像有了自身的意志，脫離了知覺者，獨立改變了事物的意義：使得熟悉的山野姿態顯得更加平凡，沒有任何東西可以在這幅景象中讓人覺得醒目，因為隨著時間天愈來愈暗，外面景色愈來愈模糊，相對地，車廂燈光照出的女孩的反影也就愈來愈清楚。

島村內心隱隱波動著巨大的感情激流，女孩顯像一直在他心中激起愈來愈高的好奇與期待。而就在這時候，夜色全部暗了下來，玻璃底層流動的景色因而消失了，神奇的雙面鏡子也就不在了。如此再繼續看到的葉子美麗的臉相應改變了，雖然表情還是溫柔，卻讓島村從變得清晰的形體上發現她帶有一種冷漠，澆熄阻卻了他原本不斷流蕩高漲的期待，於是他平靜下來，不想再去擦拭那面因溫差又佈上水氣的車窗玻璃了。

## 葉子和駒子

記得，這是從島村的主觀上描述發生了什麼事，然而人的主觀會被種種情緒操控有所凸顯或有所忽略。將前後情境加在一起，我們能體會島村不願意承認的事情變化緣由。就像上車時他注意到葉子的驚人之美，卻被她身邊的男人掃了興撇過頭去一樣，這時外面天黑了，玻璃上映出更多更清楚的車廂畫面，他便發現女孩並沒有注意到自己，她所有的注意力似乎都只投向身邊的男人。島村就不想再看下去了，寧可任憑玻璃再度起霧，失去了映照的景象。

這是嫉妒。完全沒有理由對一個根本不認識的女孩有這種嫉妒之情，但沒辦法，他就是被這份沒有道理的嫉妒之情籠罩了。其實至少從三小時前他就注意了葉子，盯著她看了好一段時間，還產生了自己無法解釋、無法面對的嫉妒。潛意識中他對自己的反應都覺得莫名其妙、不好意思，所以對自己假裝：是在信號所停車時他才被開窗說話的葉子吸引了，用這種方式掩飾、取消之前發生的事。

但真正發生的，卻是前面的奇幻視覺和後面葉子既端莊又撒嬌的迷人話語，影與聲結合起來，使得他更受魅惑了。有這樣一段只有島村自己知道的豐富內心戲，於是當下火車時發現葉子也在同一站下車，使得他感到極度不好意思。之前他所有的內心戲都是在假定葉子是偶遇的陌生人，離開了這班列車就再也不會見面的陌生人，因而在自己心中引發了比平常更大膽也更無賴些的反應，盯著人家看，意淫女孩的美。

然而情勢突然改變了。葉子的目的地竟然也是島村要去尋訪駒子的小地方，兩人很有可能還會遇到。他沒有把握在火車上葉子是不是注意到他不尋常的注意眼光，不知道要是未來見面了會不會造成尷尬。

這不過是《雪國》開頭的兩、三頁，川端康成放入了那麼多曲折的情感，那麼複雜的時序來回變化。而且他不是為了創造小說開場的效果特別這樣寫的，這是他寫小說的慣常手法，整部小說都在這樣的複雜、細膩情感流蕩中，藉著操控敘述來強化感覺，創造出我們過去沒有意識到的多層次感官交錯、時間迷離的「新感覺」。

《雪國》在一九三五年開始發表，最早是分章以獨立短篇小說的方式，在不同雜誌上刊登，每一章有獨立的標題，這些標題在一些版本中被保留下來，也有一些版本中卻刪除了。開頭第一章原先的標題是〈黃昏景色的鏡子〉，第二章對應地取名為〈白色早晨的鏡子〉。

他用兩面鏡子來寫葉子和駒子兩位女性，而看著鏡子的是島村，是從島村的主觀中去呈現葉子和駒子。從〈伊豆的舞孃〉到《雪國》，川端康成的筆法更成熟了，他運用這種主觀角度展現了一個幽微卻真切的現象——我們從來無法客觀地認識一個人，甚至無法客觀地認識、體會自己。對自己、對別人的認識都無法離開主觀的、經各種情緒中介的感受。任何一個瞬間都有其特定的時空作用，影響、甚至決定了我們如何知覺一個人。

小說中，葉子和駒子各有「決定性的瞬間」，在那樣的時空因素作用下，讓島村（也讓小說的讀者）留下最強烈的印象。都是在鏡子中的反影，因為反影折射的關係，和外在自然景觀奇妙、偶然地疊合在一起。駒子人明明在房裡，鏡子裡的影像卻將她和外面的白色雪景投映在一起，像是被移置到夢幻白色世界裡的角色。

## 意義的經驗片段

川端康成的小說從多方面挑戰我們一般對於人的認識。我們習慣於認識一個一個人，意思是先入為主地假定這個人就是這個人，三天前的這個人當然就是三天後的這個人，三個月前的那個人也必然是三個月後的那個人。除非是中間隔了三十年，我們才會意識到時間所帶來的差別作用。

川端康成提示了、也示範了另一種看待人的方式，用他的文學之筆記錄了人與人之間更真實的認識方式，在不同時空中一個片段一個片段接觸互動，留下片段片段的認知，而且每一個片段包裹混同了那個特定時空的因素。

他不刻意將這些片段連貫起來，甚至是刻意地彰顯其片段性質，成為他文學筆法的重要特色。他的敘述時態很少是線性往前一貫的，而是反覆迂曲、來來去去靈活穿梭。

《雪國》中有一段寫島村去爬山散步，突然笑了起來，原來是聽見駒子從後面叫他，於是他回頭看見了駒子跟過來了。那麼簡單的一個場景川端康成都不會是從駒子叫島村寫起，因為從島村的主觀角度，時間順序是先聽見駒子的聲音，接著意識到駒子走在自己身後，他有了開心的反應，然後才回頭確認看見了駒子。

川端康成如此講究又如此嫻熟於操控意識、記憶時間的多重穿梭。他寫的不只是這個人所說的話、所做的事，一定還要寫他所處的時空，讓那時空脈絡和角色所言所行融合在一起，形成一個有意義的經驗片段。

《雪國》全書的結構，分成兩大段。第一段發生在島村第二次到了「雪國」來找駒子，然後穿插了對於第一次造訪此處初遇駒子的回憶；第二段則是他第三次，又在秋末來到這地方。

所以就連大結構上，川端康成仍然選擇從中間開始，讓島村最早認識駒子的經驗，用倒敘的方式呈現。於是這個大結構明確地反映出島村生命中三個斷裂的時空。不只是時間間隔，隔了幾個月，又隔了一年，更重要的是小說中幾乎完全不提這中間島村生活在東京的日子。除了這三塊切出來和「雪國」、和駒子相關的時空置外，其他的都不值得我們費心去知道。

這其實不是那麼容易書寫的。小說用文字將我們帶入另一個人、另一些人的生命中，我們很自然會產生好奇心，愈是鮮活塑造出的角色，愈是會在我們心中引發問題：「那之前呢？」就連小說結束了，我們也還忍不住在掩卷之際問：「那後來呢？」小說將我們的意識投射在角色上，讓我們好奇這是一個什麼樣的人，又是什麼樣的生命經驗使得他成為這樣的人？

在《雪國》中，川端康成藉由島村的主觀提供了我們對於這三次時空極度豐富的感官體驗，使得讀者深深沉浸在這樣的感官饗宴中，阻卻了對於島村生命其他部分的好奇。大部分讀者閱讀過程中，大概都不太會要問：島村的東京太太長什麼樣子？島村有幾個小孩？男孩女孩？在東京住哪裡，又都在做什麼？為什麼我們如此不好奇？那是川端康成創造出來的特殊文學效果。

他讓島村在「雪國」的經歷如此飽足，濃烈的情景、濃烈的情緒、濃烈的感情張力，我們被緊緊拉住了，不只是無暇顧及其他，而且相較之下也不認為在這樣的濃烈時空經驗以外，島村的其他生命時刻會有多精采。我們認識的島村，我們會想要認識的島村，就是這三個時空斷片中的島村。

## 日本旅情小說的始祖

《雪國》書寫島村的主觀體驗如此成功，引發的是另外一種好奇設問：「島村就是川端嗎？」這個問題有其正當性，因為川端康成之前的傑作〈伊豆的舞孃〉明顯帶有高度的自傳性質。不只是小說中的敘事者是一個帶有強烈「孤兒感」的高校生，而且現實中的川端康成和伊豆半島有非常密切的關係，一再地重返伊豆，有很多時間都在伊豆的溫泉旅館中度過，後來又寫了許多以伊豆為背景的作品。

川端康成另外一個寫作身分，是被視為日本現代「旅情小說」的始祖。「旅情小說」將情節設定在有特色風情的地景中，巧妙地融合場景與情節，進而使得這些原本就適合旅遊的地方看起來更迷人，並且誘引讀者讀完小說會想去走訪這些景點。

川端康成的小說確實有這樣的特殊「旅情」效果。讀過〈伊豆的舞孃〉的每個讀者都會對前往伊豆這條越過天城山的道路留有印象，想像著也要去感受一下午後時分雲霧蒸騰上來化成一道「雨足」追趕上面的人的景象。日本另外一位小說大家，寫社會派推理小說的松本清張，寫過〈天城山奇案〉，就是源自於他也去走了那趟天城山之旅，現實景色和川端康成的小說疊合在一起，刺激了強大的衝動，使得松本清張忍不住要以同樣的路線、場景寫出一部他自己的小說。

〈天城山奇案〉跟隨著〈伊豆的舞孃〉的行程，描述一個年輕人也在路上偶遇了十幾歲的小女孩，然後在天城山上發生了命案。接下來推理破案的過程中，松本清張巧妙地安排和〈伊豆的舞孃〉的互文關係，使得對小女孩動心的年輕人在不期之間，不甘不願地成了破案的偵探。

為什麼川端康成的小說能夠發生這種「旅情」催情的作用？一部分來自於他的「新感覺派」寫作風格。他不寫客觀的景物，而是讓景物有機地和角色、情節，尤其是感情融合在一起，創造出我們自己去到那裡，客觀上不必然會有的「新感覺」，於是從小說中吸收了如此特殊的感覺，那些景物附加了故事與意義，變成了「我的」景物，不再是「大家的」景物。

這對應了我們這個時代的嚴重問題。這是一個視覺過度發達，也是一個普遍客觀壓過主觀的時代。對大部分來說，去觀光就是拍照，將所有的東西，包括音樂會、包括美食、包括季節，本來應該用聽覺、嗅覺、味覺、觸覺去領受的，都化成視覺上的一張張照片。而且明明艾菲爾鐵塔已經存在於幾千萬張在網路流傳的照片上了，很多人還是要再拍一張一模一樣的艾菲爾鐵塔形狀在自己的手機裡、在自己的臉書上。

川端康成用文字傳遞主觀，而且他從來不寫單純的視覺畫面。他總是自然地混合了五感，隨時記得人有那麼多的感官能力讓我們接觸這個世界，所以在各種感官不同的組合中，總會找到特殊的「新感覺」可以呈現。

《雪國》開頭那段，儘管玻璃上現出一雙眼睛的視覺效果格外驚人，但在這之前，川端康成已經寫了敏銳的聽覺，聽到少女葉子對站長說話的溫婉口氣，也暗示了隱含的觸覺，車窗打開灌進來的冷空氣，再到對於觸覺的想像，那隻曾經親密觸摸駒子的手指，再到想像中的嗅覺，手指上彷彿還殘留著駒子身上的氣味。多麼豐富！

## Epiphany的片刻感受性

和〈伊豆的舞孃〉同時期，川端康成寫了一篇叫做〈溫泉旅館〉的小說，那不算是好小說，敘述上頗為混亂，描述了大約半年間，分不同的季節，夏天、秋天到冬天，在一家溫泉旅館裡發生的事，尤其是圍繞著在溫泉旅館進進出出的那些藝妓。

小說的混亂，因為有著太強烈的自我經驗在其中，來自於他年輕時真實的觀察與體會。他的敏銳感官吸收了諸多資料，捨不得裁剪，也還沒熟練小說應有的裁剪功夫，於是寫成了各種不同的人進進出出溫泉旅館的流水帳。

因為有這樣的作品，難免讀者、文藝記者會在《雪國》出版並獲得成功後，好奇這本小說到底包含了多少川端康成的真實經驗。而且《雪國》的場景設定在越後，川端康成也的確曾經在越後溫泉待過相當一段時間。

引發對於《雪國》自傳性讀法的另一個因素是，小說中的駒子又是一個藝妓。現實的溫泉旅館中有藝妓來來去去，哪一個藝妓成了川端康成小說角色的原型嗎？川端康成接受訪問及後來寫文章的回答是：「島村當然不是我，因為島村這個角色根本不需要現實的模特兒。」

這回答很有趣。川端康成用這種方式讓自己和這部小說保持距離，明白地說小說主角不可能是他自己。然而話中另外一層意思是：你們讀小說時看不出來島村這個角色不太像真實的人嗎？怎麼會是以現實裡的任何人當作對象去摹寫的呢？

島村的不真實來自於不完整。只要和駒子和「雪國」這個地方無關的部分都被省略了，而且被川端康成以高妙的筆法寫得讓讀者都接受了這樣一個不完整的角色。他在東京有太太，有家庭，重點在於因而他受到必然的限制，在感情關係上他不是自由的，穿過了長長的隧道，他到了越後這另一個國度來，和駒子發生了無法有未來，因而只能存在於一個個片段，一個個帶有epiphany性質的吉光片羽時刻中的愛情。所以我們也不用進一步認識他在東京的家。

川端康成剛在文壇崛起時，一度熱中於寫作掌中小說，篇幅很短很短，好像可以放在手掌上，一個巴掌大的空間就能夠容納盡的小說。這種形式有其當時法國文學的來源，「掌中小說」的名詞也是從法文翻譯過來的。不過在川端康成的筆下，很明顯地加入了特殊的日本文學精神。那就是來自於同樣短小精巧的俳句的美學精神。

俳句當然很短，只能放入十七個音，而且十七個音還不能任意分配，一定要依照「五—七—五」的三段寫成，又規定句中要放入「季語」，連繫到一個特定的季節，如此嚴格。中國近體詩的形式中也有很短小的絕句，如果是五言絕句只有二十個字，就算七言絕句也只有二十八個字。然而雖然都是短小的形制，對比之下，卻清楚顯示日本俳句特殊的意境。

中國的絕句講究的是在極其有限的篇幅中去塑造一個完足的小宇宙，仍然要在詩中有由近而遠或由遠而近的變化，產生包納的效果。日本俳句的內在精神卻是高度片段性的，重點放在如何巧妙、有意義地截取一個角落、一個斷片，在其中充滿了暗示，讓我們拉著這暗示線索去向外想像。

俳句要能寫得那麼短，掌中小說要能寫得那麼短，都是靠著將許多預期的連結之處裁掉。於是那被切割獨立出來的時空，就產生了epiphany般的效果。Epiphany是從基督教神學中借用為文學的描述，形容那種突如其來將人從原本的世俗一般生活情境超昇而得到宗教感動或體悟的瞬間，靈光乍現，可遇而不可求的剎那。Epiphany的象徵畫面，是在大海上烏雲遍布，卻剛好有一道光穿越層層濃密烏雲，照射在海面上。在不應該有光的地方突然有了光。

川端康成很早就習得了以敘述來烘托、呈現這種epiphany式的經驗，只要有了epiphany，小說的戲劇性就完成了，也就可以結束了。其他的部分留給讀者自己去想像、去補充，所以他能夠寫掌中小說，能夠在那麼短小的篇幅中揮灑。

俳句不是結束在文字結束的地方。而是延伸出去有了餘韻。川端康成最好的掌中小說也是如此，我們讀到的小說開頭不是故事的開頭，小說又總是在故事結束之前就結束了。小說真正的結束，故事的結束之處，要由讀者自己去延伸體會、想像、決定。

川端康成擅長這樣寫，後來即使寫長篇小說，都採取一個段落、一個段落，一個epiphany、一個epiphany互相連綴的方式來寫。

## 純真的駒子

《雪國》小說中島村是靠著父母遺產過日子的人，所以他甚至不需要一個職業。最接近像是職業的活動，是寫舞蹈評論，然而他寫的是甚至連自己都沒看過的西洋舞蹈表演的評論。這都是刻意讓他在和駒子的關係之外沒有具體人生的安排，所以川端康成帶點戲謔、帶點無奈，彷彿攤攤手對我們說：「寫這樣的角色還需要有一個真人當原型嗎？更不用說還需要動用我自己的生命經驗了！」

小說的前兩章標題都有「鏡子」，因為島村也是一面鏡子，他主要的作用就在反射映照出葉子和駒子兩位女性。頂多在加上作為鏡影內不期然疊上去的背景，得以讓兩位女性更美，並且在背景映襯下顯現出不同的生命意義。就像第一章中，葉子最美的時候，是車窗底部有變動中的黃昏景色；而駒子的形影則是被收納在雪景間，有了一種和雪景相稱的純潔與孤絕。

小說中主要的內容，是駒子一再地將她的模樣疊印在島村的主觀上，從雙重影像中讓我們去體會駒子。川端康成似乎在對我們說：我沒有要讓你們對島村那麼在意，因為重點應該是要通過島村去看見駒子啊！

整部小說的核心，是駒子，但他不直接寫駒子，不呈現客觀的駒子，而是由島村的主觀，加上和葉子的對比來顯影。

初發表時，川端康成給第三章取的標題是〈徒勞〉，這一章是從沿著旅店牆角的一條小水溝開始寫起，這應該是為了將浴池溢出的熱水引到門口以避免積雪而臨時挖的。然後一直寫到島村要離開時結束。送別時，駒子對島村說的最後一句話，是：「我不進站台了。再見。」然後簡單補了一句敘述：「火車開動之後，候車室裡的玻璃窗豁然明亮起來。」

然而「徒勞」卻早在這一章之前，第二章要結束的地方就出現了。那是兩人見面時的一段對話。島村因為碰觸到駒子的頭髮而嚇了一跳，他覺得駒子的頭髮怎麼那麼冷，他驚訝地覺得那似乎不是因為天氣，而是來自駒子特殊的髮質，駒子什麼都和別人、別的女人不一樣。這個時候駒子則扳著手頭在數日子，說從五月二十三日開始，到今天是第一百九十九天。島村問她：「為什麼會知道那一天是五月二十三日？」駒子回答說因為她寫日記，已經寫了好幾本的日記。

駒子不只寫日記，對話中島村知道了，也讓島村格外感動，駒子將從十六歲起讀的小說都一一做了筆記，這樣的筆記本已經累積到十本之多。一個鄉下的藝妓不只讀小說，竟然還認真作筆記。然後：

駒子說：「我只是記記標題、作者和書中人物，以及這些人物之間的關係。」

「這是徒勞啊！」

島村不知道為什麼很想再強調一聲「徒勞啊！」

島村意識到駒子寫的，不是他以為的那種筆記，不是他作為一個評論者會寫的筆記，所以說「徒勞啊」，意指這樣寫筆記有什麼用啊！然而話出口之後，他被這聲慨嘆震動了，突然覺得當下自己的處境，甚至和駒子這個如此特別的女人有如此親密的關係，不也是一份「徒勞」？

然後此時，他感受到雪夜的寧靜滲入肺腑，心中自我矛盾起來。一方面知覺，毋寧是期待和自己的那段關係對駒子不會是「徒勞」，另一方面口中卻都是「徒勞」的聲音。如此說過之後，反而覺得駒子的存在變得更加純真。

接下來在第三章中出現了許多次「徒勞」，仔細算的話，一共是十二次，這當然不可能是隨意寫下的。第二章先出現，然後延續到第三章，還成了第三章的標題。

「徒勞」原本是感慨駒子的小說筆記，然而一旦說出口後，這個語詞似乎就取得了自身生命，不斷擴展、變換其指涉意義，超過了島村意識控制範圍，以至於使得他愈來愈弄不清楚「徒勞」的意思了。

他內在有著重重矛盾。他知覺駒子對他的感情，如此付出在這段感情上，這件事不可能、不應該是「徒勞」的，發出「徒勞」的嘆聲令他有罪惡感，怎麼可以小覷、矮化了駒子所做的事呢？

然而接著他換了一個不同的角度，也就換了一種不同的心情，看待「徒勞」。那是轉而帶有對駒子的深刻憐惜，覺得駒子愛上自己，畢竟是「徒勞」啊，自己是一個不值得、不應該愛的人，不能帶給駒子幸福的人，進而感嘆又轉了對象，覺得自己就是個「徒勞」的人，駒子怎麼會這樣愛上了一個「徒勞」的人？

這時候心境改變了，語氣也改變了，在主觀改變後，眼中看到的駒子——愛上一個「徒勞」的男人的女人——顯得格外純真。

## 徒勞之美

「徒勞」被島村說出口後，他就處處感受到不同的「徒勞」，他化身成為一面布滿「徒勞」背景的鏡子，引領我們用這種方式看見駒子，認識駒子。

「徒勞」可以是無用，可以是浪費，可以用輕蔑或憤怒的語氣表達，也可以用充滿惋惜甚至委屈的語氣說出。川端康成將各種不同「徒勞」整理歸位，給了我們深刻的感受。

最大的「徒勞」是駒子愛上島村這件事，不可能會有任何結果，她的愛只能封閉在這個「雪國」中，走不出去，過不了那「長長的隧道」的另一頭。她只能如此等待在東京有妻小的島村來找她。幹嘛在這個人身上虛費愛情，能換來什麼？而這是島村自己的慨歎。

夜裡駒子留在島村住的旅館中沒有回家，叫葉子去幫忙將她的琴和琴譜拿過來，練琴練到一個段落，突然島村從音樂裡聽出了特別的心意——「啊，這女人迷戀著我」——因而為之心驚。這份心意太清楚太強烈了，連在如此練琴的琴音中都會流露出來。

島村為駒子而有的「徒勞」之感更加深濃，因為駒子如此純真，在這份愛情上不可能抱持任何現實的功利算計。進而又覺得駒子生命中有過太多因純真而造成的「徒勞」了！她本來有機會嫁到濱松但沒有去，因為她覺得無法愛那個男人。拒絕、放棄了那場婚姻之後，她跟著師傅，幫忙照顧師傅重病的兒子，後來為了養活這個人而當了藝妓。男人病得那麼重，駒子犧牲自己，頂多也只能讓他多活一點點時間，他還是必然要死去，這當然也是「徒勞」。

島村原先還認為駒子的犧牲，動力來自於對那個男人的愛。後來才知道那個人是葉子的未婚夫，真正愛那個男人的是瘋狂的葉子，而後來男人畢竟也死了。那駒子的理由是什麼？只能是向師傅報恩。然而有了彈琴的場景，島村又揭露了一個事實，駒子也並未真正欠師傅什麼恩情，師傅根本沒有教她彈琴，而且透過按摩女的口中可以得出，在整個越後溫泉區，駒子的琴彈得最好，比她師傅都好得多，師傅根本不能教她什麼。如此豈不是更可憐的「徒勞」？

駒子自己練出琴藝，因而在琴聲中有了一種自信的氣勢，壓服了島村的氣勢。從駒子的琴聲中，島村確認了她是位強悍的女子，而島村認識駒子的過程中，也就是被駒子的這份強悍個性吸引了。

島村從音樂中聽出「啊，這女人迷戀著我」時，心中有劇烈的震動。因為駒子表現情感，向來都不是弱者的哀求方式。她有著強大的生命力，連最重要、一般也被認為最困難的技藝，彈琴，她都不靠師傅教，而是看著樂譜自己練出來的。並且讓自己練出來的琴藝中，有著一種特殊的大自然力量。島村的解釋是，因為她練琴不是對著人，而總是對著山、對著大自然，因而有了這種開闊廣大的風格。

那是駒子的生命。但也因此更是「徒勞」，更令人惋惜，她的資質如此之美，但她生命中的每個選擇，甚至包括愛上島村，不都使得其中的強悍美好虛耗浪費？

## 不成比例的回報

這中間有一個重要的轉折，是駒子和生病的行男間的關係。原本島村聽人家說，也一直都相信行男是駒子的未婚夫。但後來看到葉子與行男的互動，使得島村好奇疑惑，卻無法從駒子那裡問出答案來。駒子只說過一次，斬釘截鐵地說：那只是師傅私心希望她嫁給行男，但從來沒有訂婚。那她為什麼需要為了照顧這個男人而去當藝妓？

駒子簡要的回答是：「當年我離開東京時，只有他一個人來送行。」就這樣。

對於駒子生命「徒勞」的感慨，因而包括了這件事。她多麼重視「送行」這件事。當她自覺自認生命在落難的谷底時，只有這個男人關心她，有了其實只是小小的付出。她並不愛這個男人，然而她的純真與強悍，就讓她願意在換成這個男人生病落難時，予以不成比例的回報。她如此走上了人生的「徒勞」之路。

我們知道了駒子生命中這項決然選擇的來龍去脈，接著讀到了這個段落。第二次來到「雪國」的島村要回東京了，在走之前，駒子有著各式各樣瘋瘋癲癲表現不捨的行為。她無法忍受分手離別。

前一天她一下子要留在島村的房裡，一下子又說要回去了，反反覆覆，拖延著不願意睡、不能睡。但到了車站，真正要離別了，葉子慌忙地趕過來，告訴駒子行男快要死了，請駒子立刻回去。但這時駒子卻非常堅定，表白了她不願在此刻離開車站，她不願回去。

雖然她的理由是自己不願面對死人，不過在這裡顯然有更複雜更深沉的記憶與情感作用。又是在車站，又是送行。當然她就是因為行男來送行的情義，讓她永誌難忘必定要予以回報。現在她不可能讓自己深愛的島村沒有人送行從越後上車離開。

但到了最後，她還是告訴島村：「我不到站台上了。」一方面，她無法忍受那和島村分離的最終時刻，另一方面，對於行男在東京送行的記憶，仍然牽絆著她，她還是有為行男最終送別的情義責任。

川端康成寫出了如此複雜交錯的「徒勞」，駒子生命的「徒勞」又反射出島村的另一種「徒勞」。他是個廢人，他生命中的作為都 getting nowhere，看起來好像做了些什麼，但都沒有任何結果，注定不會有任何結果。

包括他和駒子在「雪國」封閉空間裡的愛情，他自知 getting nowhere 卻還是一次又一次去找駒子，川端康成溫婉卻執意地讓我們聽見他的嘆息：「徒勞啊！徒勞啊！」

## 島村的眼淚

原先連載時島村的火車開動後，接下來就跳到他第三次再到「雪國」的描述，然而以單行本出版時，在這裡增加了一段火車上的景象。火車上人很少，少到讓人產生荒涼之感，島村注意到車廂裡有一個五十多歲的男人，和一個姑娘相對而坐，一直在說話。那個姑娘的臉很紅，渾圓的肩膀上披著一條黑色圍巾，將她的臉色襯得更美。姑娘上身向前探，顯然是專注在聽男人說話，兩人看起來是長途旅行的同行者。

然而到了一個看得見紡織廠煙囪的車站，男人卻急忙起身從行李架上取下行李，一個柳條箱，先從窗口向外放到月台上，然後對女孩道別。目睹這一景，島村竟然有了激動的反應，可說是整本小說中最激動的時刻，幾乎流下淚來。

不過就是自己將兩位萍水相逢的旅客誤認為親近的同行者，有什麼好激動的？他會難過，或受到衝擊，當然是和才剛剛與駒子分手有關。突然之間，他在那兩人身上看見了他和駒子「徒勞愛情」的象徵。兩個人在一起時，自己和駒子的姿態在別人眼中，看起來一定是要去長途旅行的，會一直在一起。然而那就不是事實。時間到了，有一個人必須先下車、先離開。而那個人會是他。

在他眼前兩人展現的熱絡，讓我們意識到人與人間的偶然際遇，那樣的不可預測。什麼樣的人會和什麼樣的人在一起，彼此會產生深厚的感情，甚至激烈的愛情，幾乎是沒有道理的，也就更無法控制。這兩個人年紀差那麼多，只是在火車上偶而相遇，卻成了最好的談話對象，可能比和他們生活中的家人、朋友都還聊得更愜意。

這種事情只存在於時間的偶然中，沒有道理，更無法恆常。於是而有了深沉的悲哀，「物之哀」。

補上這一段，才連結島村第三次到「雪國」，他多次陷入這樣的狀況，感受這樣的悲哀。他愈來愈不明白駒子為什麼愛他，無法理解也無法掌握，於是替駒子感到悲哀。

這又是主客觀混淆的一種感情。島村在小說中作為鏡子，因而不會單純從自我角度來知覺外在世界，在他心中不斷反射駒子的情感；和駒子在一起時，他常常感染了駒子的強悍情緒刺激，挪移跳到駒子的立場，從駒子的角度去看人看事情。

開始察覺一個女人迷戀自己，當然會有得意的高興，然而當那份迷戀強烈到一定程度卻會轉而帶來疑惑與悲哀，無法再理所當然認定自己值得如此迷戀，對女人的感情有了一種是否虛擲在錯誤地方的不確定，因而帶來了同情的悲哀。

《雪國》是一本愛情小說，但不是我們平常所看到、所預期的愛情小說。小說中描寫的愛情主體，也是愛情對象，具有藝妓的身分，藝妓和其他女人不一樣之處在於她的身體應該是可以販售的。人的身體是感情的表達工具，一般關係裡，感情愈深身體也愈接近。身體與性是表露、傳遞愛情的重要手段，你願意讓對方的身體和你多親近，也就顯現了你有多愛這個人。

一般是如此。但藝妓的身體卻可以被完全陌生的男人親近、甚至占有，於是她們無法用一般的方式來運用身體表達愛情，身體與性不再和愛情有如此簡單的關係。

藝妓又不是普通的妓女，不是單純提供身體上性欲發洩的。她們有「藝」，她們會和男人有各種互動，在互動中吸引男人。甚至很多男人從藝妓那裡要買到的，不是身體，而是一種女性的陪伴與服侍，一種短暫有限卻似幻似真的感情滿足。光是身體的誘惑，在藝妓的行業中沒有那麼重要，沒有那麼值錢，能讓男人願意掏出錢來的，是假裝有著複雜感情牽扯的情境。

## 純淨無瑕的藝妓

《雪國》凸顯了這個問題，細膩地描述、探索一位藝妓的愛。駒子無法用身體來表現對一個男人的真實感情，因為她的身體和太多男人有過親密關係。而島村也無法從身體關係上去掌握自己對駒子的感情，因為即使沒有感情，他仍然能夠擁有駒子的身體。於是小說中最精采之處，就在於呈現他們必須去尋找、去發明、去創造出各種互相傳遞愛情訊息的方式。

川端康成將駒子的故事置放在「雪國」中，開場就展現一片白色的雪景，讓這樣的環境中登場的駒子，在島村眼中留下的第一印象就是「清潔」，既清——如同透明的靈魂，且潔——乾淨單純沒有汙穢雜質。

這是川端康成對於藝妓的一種特殊情感，甚至可以說特殊的尊重。從〈伊豆的舞孃〉開始，他就有意識地擺脫將藝妓寫得風騷淫蕩的俗套，試圖去挖掘出內在於她們那樣的身體裡，會有一種特殊的天真、疏離感情。

她們的身體不斷在接觸男人，她們必然要學會將身體與感情間隔開來，如此反而使得那份從來都無法從身體到達的內心情感，分外隔絕，也分外天真。這是她們奇特「清潔」的來源。

小說中有一段，島村做了很奇怪的事，要駒子幫她叫別的藝妓。駒子當然無法理解，為什麼他要在自己之外再找別的藝妓。對話中逐漸展現了島村的想法，他在意的是要將駒子排除在藝妓分類之外，在溫泉旅館的男人沒有不叫藝妓的，但駒子就不是他叫來的藝妓，駒子和他之間是另外一種，離開了藝妓和恩客之間的關係。

他要的不再是駒子的身體，他可以要任何藝妓的身體，而別的男人也可以要駒子的身體，他要的是身體以外那和藝妓身體疏離的「清潔」的部分。

島村第二次去越後溫泉時，在火車上先遇到了葉子，下火車時他看到駒子在月台上，聽到有人說駒子是來接師傅的兒子的，所以他知道了原來駒子和那個男人住在一起。

他和駒子見了面，卻等到第二天才問駒子這件事。駒子的反應是生氣：「你昨天就知道了，為什麼現在才問？」之後島村去按摩時，又從按摩女那裡聽說了那個男人是駒子的未婚夫。他還是在心中悶了一天，過了一天之後才問駒子。駒子也又生氣：「你昨天又不是沒見到我，為什麼昨天不問？」

這段情節中牽涉到多麼複雜的情感啊！島村明明聽說了，卻寧可自己不要知道。如果知道了駒子有未婚夫，而且還和未婚夫住在一起，那麼表示駒子只能將自己當作客人，駒子已經有了感情的歸宿，是不自由的。而另一方面，知道了這件事無法不影響他的心情，無法讓自己不驚訝、不嫉妒，他既希望從駒子那裡否認推翻這件事，又有點不高興駒子從來沒有告訴過他這件事，他還要從別人口中才知道，但也很不願意去問，怕確證了這件事是事實。

所以兩次他都在心中多所糾結，但過了一夜之後，忍不住還是問了。而駒子兩次都生氣，同樣反映了對於兩人關係的深切在意。關於我的事，你為什麼不直接問我？在你心中我們兩人原來那麼有距離？駒子寧可島村問，因為那樣她就能向島村澄清她和行男的關係，但她也有她的矜持，不能自己莫名其妙就對島村主動說行男的事。島村兩次遲疑，表現出對她的不信任，讓駒子無可避免感到受傷。

## 駒子的掙扎

還有一件事是，因為在火車上的奇特經驗，島村對葉子非常好奇，但他試著問了幾次，駒子都不願意提。駒子和葉子因為行男的關係，其實再親近不過，然而出於直覺，對於島村的探問，駒子立即有了嫉妒的反應，她無論如何不告訴島村有關葉子的事，來表示她對島村的特殊在意態度。

一般人的愛情關係中，感情的進展是和身體親密性同步的，兩個人之間有基本上固定的步驟、固定的默契，一個人更靠近，另一個人同意接受，如此一起完成情感的表達。然而島村和駒子之間不是如此，他們先被拿掉了從身體接觸一步一步進行感情互動與確認的方式，因而必須在各種不同情境中去即興尋找其他不同方式。

閱讀中我們會強烈感受的，與其說是島村對駒子的愛，毋寧更是川端康成對筆下這位女性的愛。他將駒子寫得如此真情，她以各種方式情不自禁地向島村撒嬌或鬧彆扭。她喝醉酒了，會突然闖進島村房間裡要水喝，然後立即又跑回小巷裡。她會在島村房間裡待了一夜，然後反覆地說「我要走了」、「我要走了」、「我要走了」……

表面上好像是怕人家知道她留在島村房裡，但其實她真正在意的，是不要和島村之間就是交易的性關係。她兩次堅持要島村去她住的地方，那都是不對、不方便的時間。一次是家裡有重病的人，島村來了，駒子去取火，特別解釋：「雖然是從病人那裡分來的火，但火應該是乾淨的。」這清楚反映了家中有這樣的病人，是絕對不適合待客的啊！

第二次她搬了家，向農家分租房子，卻找了島村深夜過去。他們甚至必須穿過人家的睡鋪才能到樓上。這是她的特殊心意表達，一定要島村看見她搬來住的地方，那牽涉到她的自尊，因為她的住處如此整齊，她真是一個堅持「清潔」的女人。

駒子雖然看起來瘋瘋癲癲的，然而為了經營和島村間的感情，她費了多少心思、多大的力氣。這是「徒勞」吧？這是「徒勞」嗎？到最後，她對島村說：「你走吧，你還是回東京吧。」她都還找了一個理由，說：「因為我已經沒有新衣服可以穿了。你每次來，我很麻煩，我都得要想辦法穿一件你沒看過的衣服，我身上剩這件衣服，甚至是跟人家借來的。」

寧願是自己先說出要男人回去，讓他可以離開。但同時駒子這段話使得我們重新認知前面的情節，很多次她似乎不經意地去找島村，似乎很衝動，然而或許那只是演出來的臨時起意說是風就是雨。她內心其實經過了許多掙扎，每次都顧慮到要讓島村看見什麼樣的自己，然而島村卻好像從來沒有注意過她的衣服。

徒勞。因為這份徒勞而讓我們憐惜這個女人，尤其憐惜她在感情上的付出，如此天真、清潔的一個人落入如此不正常的感情關係中，因而更顯現其天真、清潔，比我們在現實中會遇到的人都更可愛，更值得愛，但在她那個「雪國」清冷的世界裡，她卻注定得不到相稱的愛情。

這個世界是不公平且悲哀的。

## 演奏的原音

不會每個人都能夠閱讀川端康成的日文，絕大部分的台灣讀者仍然是透過翻譯來認識川端康成的作品，我希望我的解說方式不要產生一種誤會，以為我反對讀這些譯本，以為我主張只有懂日文，而且懂到具備直接讀原文小說的程度，才能理解、感受川端康成的作品。

容我換一個不同的角度，盡量說清楚我對於文學翻譯的基本態度。多年之前，在一場演講中，我提到了西方二十世紀古典音樂上的一些大指揮家，以及他們在音樂詮釋上的重大突破貢獻。講完之後，有一位年輕朋友，很年輕，看起來是大學生或甚至是高中生，過來找我，我一看就知道他有不懷好意的問題要問。

他的問題針對我提到的福特萬格勒（Furtwangler）：「你怎麼知道他很了不起呢？」他的意思是福特萬格勒活躍在大型管弦樂曲錄音技術成熟之前，他留下的錄音很少是在錄音室裡像樣地錄下來的，多半是當時簡陋的器材從現場收音，絕對不會是原音，那如何從這樣的錄音中聽出福特萬格勒的指揮藝術？如果不是從這樣的錄音，那又如何知道福特萬格勒的樂曲詮釋？

這其實不是真正的問題，比較接近挑釁的指責吧，而且不只針對我，是表現了他對於老一輩這些樂迷動不動喜歡抬出老樂團、老指揮、老演奏，視之為經典那種態度的不滿。「你們根本沒聽過那些演奏！那為什麼可以這樣創造神話呢？」那是他隱含的批判吧！

他的質疑有其道理，不過我還是很認真地當作是問題來回答。我告訴他，因為他很年輕，所以他忽略了，他不會知道我們這一代的人是如何聽音樂的。他們那一代擁有精巧的設備，有條件講究錄音音質，會一直意識到錄音的完整度與精確度，所以當他們聽到老唱片和老錄音時，他們聽到的是音不準，是聲部不平衡，是有雜音干擾，他們無法從錄音中聽到演奏的原音，所以他們覺得挫折，覺得荒唐，甚至覺得生氣。

如果用這個標準，那我不算是一個聽古典音樂的人。因為我絕大部分的古典樂曲是在開車時，在車上播放CD聽的。如果是那樣的年輕人來聽，他會聽到的不是音樂，而是各式各樣的干擾，引擎聲、輪胎摩擦路面的聲音、外面其他車子靠近又遠離製造出的聲音。有一段時期，我每年大約有五百小時在車上這樣聽音樂，那構成了我對於古典音樂演奏的認識基礎。我真的有把握自己聽到了什麼？尤其是演奏中的細部詮釋變化？

必須誠實地回答：是的，我都聽到了，甚至還聽到更多。因為我自小從老師那裡得到訓練，扎扎實實的訓練，起點就是：音樂不是光靠耳朵聽的，尤其是像古典音樂這麼複雜的聲音，必須主要靠大腦而不是靠耳朵來聽。我們不是大天才的一般人，耳朵不可能靈敏到能立即、當下接收到那麼複雜的聲音。

用好的器材、家裡有音響室買「百萬音響」的人常常誤會的，以為音響裡傳出來，自己坐在最好位子上聽到的，就是音樂的全部。不可能的，耳朵聽到的永遠只是音樂的一部分，還有另外一部分必須靠理解與想像去予以補足。

補足的一種方式是讀譜，知道作曲家寫了什麼樣的曲子，在不同地方對不同樂部做了什麼樣的安排。柴可夫斯基《第一號鋼琴協奏曲》第二樂章中，他讓兩把大提琴，不是整個大提琴部，也不是只有大提琴首席，和鋼琴對唱，你在樂譜上知道了這件事，思考過作曲家的動機與用意，於是不管什麼樣的錄音，每次你都會準確地聽見兩把大提琴，在這個基礎上判斷兩把大提琴與鋼琴對唱的演奏效果。

又例如幾乎不可能單純從聆聽上體會，而是透過樂譜知道了莫札特畢生最後一首交響曲的最後一個樂章，竟然是以賦格形式寫成的，而且還是嚴謹的雙重賦格，那麼在聽錄音時我就能夠還原一位指揮家是如何認知並表現這項特質的，而在賦格的進行、交錯與逆反中，各種樂器聲部是如何分配互動的。

更不用說更普遍的，樂句的長短處理，大小聲變化的進行方式，節奏性強音或突強音的表現風格，那都是我們在聽錄音時能夠清清楚楚予以想像還原的。

我很有把握地告訴那位年輕人：我聽得到福特萬格勒的音樂確切長什麼樣子。因為那些模糊的、帶有干擾炒豆子聲音的唱片中所存留的，是紀錄、是線索，邀請我們、甚至要求我們累積足夠多對於樂曲以及對於指揮家風格的累積了解，然後沿著線索去進行解讀，努力還原留下紀錄時的福特萬格勒的 phrasing（樂句）與 articulation（演奏法）。

有了知識與經驗，一次又一次會愈來愈有把握還原接近現場的音樂。當年我們聽著必然失真的錄音，從來不是聽那個聲音，更不可能誤以為那個聲音就是一切，我們同時在聆聽藏在那個聲音裡的一個更完整的演奏版本。

## 譯本的問題

建議大家用這種心情、態度來看到川端康成小說的中文譯本。那就是不精確、不完整的紀錄，提供給我們去追索還原，關鍵重點在於我們自己是否能夠具備動機與內在的想像力，去趨近川端康成的原意。

首先閱讀同一本作品的不同譯本，很有幫助；如果能閱讀不同語言的譯本，往往可以帶來更大的助益。例如找來賽登史迪克（Edward Seidensticker）的英文譯本，甚至不需要每一字每一句都讀懂，在讀完《雪國》中譯本的一章，快速地瀏覽同一章的英文翻譯，必然能感受到兩者間的一些微妙差異，而顯然川端康成的原意，就在兩者之間的某處。

當然另外一種有效的方式，是多讀川端康成的作品，適應習慣他的書寫、描述風格，累積得夠多了，自然會有一種直覺，有了將表面的中文譯文轉成川端康成式「新感覺」的反應。

川端康成其實相當多產，一生的作品排開來洋洋灑灑，加上諾貝爾文學獎的光環作用，在中文世界裡有很多譯本。他最了不起之處，也就在於那麼多作品都烙印上即使經過翻譯還是能清晰呈現的獨特風格，但各部小說、甚至各篇小說又不會讓人覺得單調重複、千篇一面。那祕訣應該在於他的風格基於敏銳的感受，這部分是同樣、一致的；而在日常現象上創造出一般人無法有的細膩反應，這部分他可以近乎無窮盡地開發創新。

讀過〈伊豆的舞孃〉、讀過《古都》、讀過《美麗與哀愁》、讀過《舞姬》，甚至讀過《東京人》等等作品之後，你再回來重讀《雪國》，即使讀的仍然是原來的那個譯本，都會有了不同的判斷。你已經熟悉川端康成的表現手法，於是會在心中油然感覺到：這樣的字句很川端，或這樣的字句一點都不像川端。進而你會想，不自覺地想，川端康成的寫法應該比較接近什麼樣子，應該是要表達什麼。

這樣的經驗也會影響、改變你對於《雪國》不同段落的印象。初讀時有些場景、有些情節、有些對話很容易就溜過去，不會進入心底。然而重讀時或許你就注意到了，啊，這是川端康成一定會特別要給我們「新感覺」的場景、情節或對話！你體會到了，也明白了，那在翻譯上一定出了什麼問題，你發現雖然自己仍然不懂日文，仍然不可能讀日文原書，卻知道該如何修正翻譯上可能有的偏差。

這是訴諸於語感，一種很難解釋，卻絕對存在的直覺能力，可以從大量閱讀與有意識的想像練習中培養、增進。我自己最特殊的經驗是閱讀辛波絲卡（Wislawa Szymborska）的詩。那是用波蘭文寫成的，我當然不懂波蘭文，我只知道波蘭文在歐洲語文中是以極難掌握著稱的。

我先讀了辛波絲卡所有的詩集英文譯本，然後才看到有了中文譯本。譯者曾經在波蘭住了一年，而且本身是位詩人，可是她的譯文卻讓我怎麼讀都覺得不對勁。於是找了一個去德國漢諾威的機會，請教了在那裡認識的一位波蘭小提琴家，我將同一首詩的兩種英文譯本給他看，再盡可能忠實地將這首詩的中文譯本也用英文轉述給他聽，請他幫我判斷。

經過如此一番折騰，我想我可以安心確認，雖然我不懂波蘭文，但我了解辛波絲卡。那不是語言層次上的了解，而是更複雜一點，從語意的掙扎創造上獲得的了解。並不是學了兩、三年的波蘭文就必然能夠翻譯辛波絲卡，因為其中牽涉到不是表面讀懂字句就能認知的個人心緒與文字間的特殊連結。所以辛波絲卡的英文譯者很少直譯字句，跳過了字句去挖掘、表現背後的connotation（意涵），這樣的翻譯反而得到詩人自身的認可。

就像不是台大外文系畢業生就能夠翻譯奧登（W. H. Auden）的詩。前幾年中國大陸出版了奧登詩作的新譯本，得了好多獎，這樣的譯者當然不可能不懂英文，但說真的，譯本很難讀。問題出在那不是詩的語言，更和奧登原文中的詩意有太大的差距了。譯者所做的，大部分是將句子直譯出來，而不是譯出句子中的詩意。譯了那麼多首奧登的詩，譯者卻只是一直在翻譯，而沒有先閱讀先感受。很多專業譯者常常忘了，要作稱職的譯者，先得作投入的讀者，先確定自己讀到了作者的內在心意，然後負責任地將那心意，而不是表面字意傳達給讀者。

川端康成作品中文譯者的日文能力當然都比我們好得多，但卻不必然他們就有更好的閱讀能力。弔詭地，他們的日文能力反而常阻礙了他們好好認真地去閱讀、去體會任何一本他們所翻譯的書。所以我們必須努力成為比譯者更好的讀者，那就能夠越過翻譯文字而讀到譯者沒有讀到的川端康成豐富內在意涵。

## 徒勞無功的愛情

《雪國》小說中凸顯了「徒勞」的感覺，那是因為島村自身的生命沒有積極的目的，引致他特別察知了駒子的「徒勞」，除了產生同情之外，還必然刺激出一份來自於對比的失落。

從世俗的標準看，駒子的人生是一連串的「徒勞」，包括她流連在山村的溫泉作一個二流藝妓，照顧一個和她沒有感情連繫的病人，又將自己最純真最深摯的愛情投放在一個偶而才從東京來造訪的男人身上。然而駒子沒有自怨自艾，她的生命情調卻非但不是落寞的，還相反以其特殊的生氣淋漓多次讓島村驚訝。

這和〈伊豆的舞孃〉有著同樣的主題。高校生在那趟旅程中最大的收穫，使得他必須記錄下來的，就是被人家視為骯髒看不起的這群底層流浪舞蹈隊，卻有著一份奇特的魅力、奇特的生命活力。魅力來自於他們沒有矯飾的純真，因而弔詭地傳遞出那樣乾淨、清潔的自然氣息。

他們會被視為骯髒，因為得不到世俗認為重要的保護。他們沒有資源、沒有地位可以抗拒別人對他們的欺壓，只能靠歌唱、舞蹈甚至出賣身體來維持生計。對於自己的生活，他們能選擇的不多，能控制的更少。然而他們卻總還有一些，不管多麼稀少微弱，對於生命的堅持。那樣的堅持於是顯得格外難能可貴，對照下而有了那樣的乾淨、清潔性質。

在川端康成的筆下，駒子是一個有潔癖的人。在現實的社會條件下，她無法保護自己的身體、自己的人格尊嚴，然而她會在很小的人生範圍內保有她的原則。例如如此看重自己在東京落難時，行男到車站來送行的義理情分。她不自覺生活「徒勞」，她繼續認真地、自然地過她的日子，因而深深吸引了島村。

另外駒子也和〈伊豆的舞孃〉中的千代子和薰一樣，對島村有很素樸的評論。一次是在島村第二度到「雪國」，要走的時候，在車站，駒子對島村說：「你是老實坦白的人，所以就算我把日記交給你，你也不會笑我吧！」另外一次是島村第三次來時，兩人要前往行男的墓地，說著說著駒子生氣了，將手上握著的栗子砸在島村的頭上。島村沒有生氣，於是駒子又說了一次：「你真的是一個老實人。」這次她多補了一句：「你們東京人好複雜。」

作為讀者，我們知道了很多島村的主觀感受，我們很清楚他是一個什麼樣的人。他當然不是一個單純老實的人。然而駒子沒有心機地如此評價，對他產生了強烈衝擊，使得他瞬間離開對自己生命的那種「徒勞」認定。

其實駒子對島村知道得很少，島村從來沒有真正表露自己，也因而使得島村更疑惑，覺得更不了解駒子。核心的大問題是：為什麼駒子會愛上他，而且如此愛他？島村無法解釋究竟在哪裡，自己值得這個女人如此真心相予。這件事讓他不時陷入不安，然而愈是找不到清楚的答案，愈是感動，因為似乎在這件事上，他的生命不完全是浪費的、無意義的，他得到了這個女人素樸、沒有理由的愛。而且還不只是愛，是高度的信任，在駒子眼中，他竟然是一個「老實的人」，格外老實的人。

但這份感情產生巨大的矛盾，他的生命因駒子的愛而有意義，然而駒子對他的愛卻製造了駒子生命中更大的「徒勞」，他非但無法幫助駒子擺脫「徒勞」，反而更加深了她的「徒勞」。

## 醉後的駒子

島村剛開始對於駒子產生了一份直覺的感受，覺得她很「清潔」，甚至引發他不想和駒子發生肉體關係，保持駒子的「清潔」。然後他認識了駒子行為與想法中的天真、自然，他開始有點不知該如何處理。

之後，他一個人去登山，走著走著突然自己笑出聲來。去登山前，他叫人家幫他找了一個藝妓，來了位十幾歲、瘦瘦黑黑的女孩。那是他感受到自己被駒子吸引，又不想和駒子有肉體關係的一種解決方式，將自己的欲望放到另一個女人身上去發洩。

他為什麼笑出來？因為在內心中對自己承認了來登山的動機。不是為了想看山，也不是為了要享受在山裡走的感覺，而是為了要避開那個藝妓。本來要做為發洩欲望對象的，真的來了卻完全無法讓他有任何欲望，他又不好意思立刻就把人家趕走，於是只好避難般地逃出來了。

當下他明瞭了自己對於駒子的感情。他喜歡的就是駒子的「清潔」，他被那份乾淨深深吸引，怎麼可能將這份欲望轉到一個又黑又瘦，相反的對象上呢？就在這時候，駒子從後面叫他，問他在笑什麼，島村沒頭沒尾地說：「不要了，不要了！」這當然不是對駒子的回答，而是他內心最真切的心情反應，他在告訴自己，也變相地在對駒子表白：「我不要再找人代替妳了，就是妳，不要別人。」

島村接受了自己的直覺。駒子真的就是個純真、體貼的女人，她之所以會出現在身後叫他，不過是發現島村將菸盒留在她那裡了。不過這樣一個體貼的女人，當喝醉酒時，卻又可以直率、直接到驚人的地步，或許就是因為中文譯者太不習慣駒子的直率，以至於這一段都譯得不是很精確。

駒子喝醉酒了，叫著「島村さん、島村さん」闖進他房間，然後撲倒在島村懷裡。島村順勢也就將手放進駒子的衣服裡。就在這時，駒子罵了：「畜生！」同時還咬了人。

房間裡只有他們兩人，又在島村做出這樣的輕浮動作之後，有幾位譯者於是理所當然認為駒子在罵島村，還咬了島村。但明明川端康成不是這樣寫的。島村嚇了一跳，但他採取的動作是趕緊將駒子的手從她嘴巴裡拉開。駒子咬的是自己，她罵的也同樣是自己啊！

更細膩一點的前後動作與反應是這樣的，駒子倒下來時，兩隻手還抱著自己的胸部，她發現島村要伸進去撫摸她時，她要將雙臂打開，好讓島村方便，但因為倒下來的姿勢使得她一時拉不開自己的手，她竟然就氣憤地罵，罵什麼？罵自己不聽話的兩隻手，所以又要去咬自己的手。

她的情感如此強烈，她的表達又如此之直接！這時候她已經喝醉了，也不顧島村在她身上幹嘛，就在空中寫字，寫她喜歡的電影明星、偶像的名字，之後轉而寫了島村，再來就反覆寫島村、島村、島村、島村……。她對待感情、表達感情的方式極其特殊，沒有自我哀憐，沒有壓抑的落寞，她這樣活著。

島村第一次遇到駒子時，駒子還沒當藝妓，在考慮是不是要當一個日本舞踊的表演者。所以島村才跟她說了一番關於西洋舞蹈的議論，我們也才知道他在寫西洋舞蹈評論。這番話有點莫名其妙脫口而出吧，對著一個鄉下女生說這些，能得到什麼反應？

然而也就是在不預期中，島村說，唯一能建構的是美的理想，而不是美的現實，美只存在於空中樓閣式的理想中，這樣的話竟然得到駒子的呼應，感動了島村，那是他後來之所以選擇第二次造訪「雪國」的主要理由。

重逢見到的駒子，趴在欄杆上，表現出一種沒有非如何不可的姿態。她對島村沒有矜持，也沒有媚態，而是那樣「好吧，你要怎樣就怎樣，我拿你沒辦法」的表現。然而從島村的主觀中，那不是一種弱者的表現，反而有著一份內在的強悍，她可以不作態，她願意大方地讓島村知道自己在對他的感情中全面投降。

## 島村的爽約

島村第三次到越後溫泉時，和駒子走在路上，駒子先是抱怨這個地方好小，稍微有什麼被人家當作醜事議論的話，就很難繼續在這裡生活。然而才說完，她又立即補上一句說：「算了，那又怎麼樣呢？像我們這種人哪裡都能工作，哪裡都能活著。」

島村聽著心裡湧出了愧疚。駒子對他如此老實坦白，而駒子卻又倒過來認為他老實坦白，因此而深深愛著他，甚至願意為了他而被迫離開越後。和駒子相比，島村太清楚自己怎麼能算是老實坦白的人呢？

島村第三次再到越後時並沒有先通知駒子，而是直接去叫了她來。然而一見面，駒子就問：「二月十四日你為什麼沒有來？」從小說上下文，我們並沒有留下島村承諾二月十四日要回來的印象。

為什麼川端康成不告訴我們有這件事？因為小說跟隨著島村的主觀，這件事沒有真正烙印在島村心上，那只是他隨口說說的，然而天真的駒子卻牢牢記得，認定島村會信守諾言，在二月十四日回來。那也就表示，二月十四日前後那幾天，她應該承受了好一陣子從期待到失望的折磨吧！

島村有點不好意思，就說：「妳應該寫信提醒我啊！」駒子的回答是：「為了要忌諱任何人或忌諱你太太而說話，這種信我不寫。」她仍然是認真的，而且她想過，但要寫信就得假定信可能被別人，被島村的太太看到，必須寫得影影綽綽的，直率的駒子不願意如此隱諱寫信。

回到前一次分別時，駒子在前一天晚上突然堅持將島村拉出房間，去看車站。看了車站回來，她坐了一下，說她要回去了，但又沒有回去，然後又說她不睡覺，要一直陪著島村。

對於島村離去，她完全不知所措。只能有這樣瘋瘋癲癲完全不作態的表現。她不是故意要讓島村感覺她的難捨難分，而是真的無法處理自我內在的強烈衝擊。她的感情愈是真切，島村的疑惑與愧疚也就愈深：自己何德何能，讓這個女人如此愛我？

島村第三次在「雪國」時，兩人交談說著說著，駒子又突然要回去了。島村說：「妳還是一樣。」我們了解島村的意思，因為在小說中我們看過很多次駒子這樣的反應。不過駒子卻對島村的話會錯意了。駒子竟然會聽不出來島村的意思是調侃她：「妳又來了！」因為她每次那樣說「要回去」時，都不是撒嬌作態要叫島村留她，而是真的必須努力強迫自己離開，所以一直說「要走了，要走了」卻又會一再地回來。發生在別的女人身上，可能是刻意作態，但在駒子身上，那是另一種真情淋漓的表現。

聽到島村說「妳還是一樣」，駒子帶點自豪地反應：「人家都說我從十七歲來這裡之後都沒改變過。」但隨即她被自己的這句話引動了真情的哀傷。因為意識到自己怎麼可能真的沒有改變。從島村上次離去，又有二月十四日的失約，這段時期中駒子的生活有了很大的變化。行男死了，師傅也死了。這些不是駒子自己能選擇的變化發生時，對她最重要的島村都不在，甚至連說好的二月十四日之約都沒有出現。

所以她問：「你了解我的心情嗎？」島村先是停了一下，然後說：「這裡的星星和東京的星星看起來不一樣。」才回應說：「當然了解。」但接著駒子逼問他那到底了解了什麼要他說出來，島村只好表示，那不可能說得清楚的。

這過程的每一個步驟，每一句問答，在駒子這邊都是有深情深意的。她傷心在人生發生重大變故時，島村不只不在而且還爽約，她當然意識到島村的「當然了解」帶有敷衍性質，不過她這次並沒有生氣。

她生氣，而且氣哭了用髮簪刺榻榻米，卻是在另一個奇特的情景中。她一邊生氣一邊對島村說：「你真是體貼、真是窩心啊！」然後哭了，但一下子又沒事了。沒事之後她跑出去，島村也沒動，後來駒子自己又回來。

到底發生了什麼事，川端康成並沒有在這一段講清楚。他讓之後兩個人散步時，島村回想起來，驚訝駒子竟然會對於自己無心說的一句話，有那麼生氣的反應。但究竟是哪一句話？

## 皺紗的明喻

小說中給了我們一些線索，我們要自己去弄明白。第二次分手前一晚，駒子方寸大亂，手足無措時，她問島村為什麼要回去？為什麼明天要回東京？島村的回答是：「我就算待下去，也幫不上妳什麼忙。」然後駒子很激動地批評他：「你就是這樣不好！」

從這裡連繫下來，這次島村只不過是反覆地說了幾次：「妳是個好女人，妳真好。」明明是讚美的話，也沒有任何一點嘲諷的意味，駒子有什麼好生氣的？

因為她又在話裡面聽出島村的同情，進而感覺島村會回來是出於對自己的同情，所以她氣得用髮簪刺榻榻米。她不要島村為了幫助她才回來找她，她不要這樣的同情。

處在那樣的境況中，駒子「該落寞而不落寞」，她真的沒有自我憐憫，沒有要以她的空洞、徒勞身世，去贏得她喜歡的男人的愛，或去換取任何東西。她要島村在感情上平等、真誠的回報，和她自己一樣的用情方式，而不是為了出於同情或要幫助她的感覺。

而當駒子氣得衝出去了，島村沒有動，沒有追出去安撫她，因為島村知道她氣什麼，他內心在掙扎著，他恨不得自己可以像駒子愛他那樣愛駒子，但他沒辦法，就是會流露出對駒子的同情。然而，駒子如此深愛島村，甚至無法為了這件自己最在意的事持續對島村生氣、離開島村。才一下子的工夫，她整頓了自己的情緒，又回來了。

小說大部分時候都是藉由如此細膩的互動來開展島村和駒子的愛情，只有少數幾個段落，川端康成會將話說得明白些，提供往下繼續體會這份愛情的依據。有一次駒子又被叫去參加宴會，又喝醉酒，回到島村身邊，整個人燙熱的，島村從那樣一個熱呼呼的軀體，得到了現實的感覺。那是生活的現實，一個人努力工作讓自己活著，島村自己的生命中沒有的一種痛苦、一股力量，即使有很多值得同情的地方，卻絕不落寞地堅持過著認真而熱鬧的生活。

如此活著的生命道理，給了島村極大的衝擊，因為和他在「雪國」之外體驗的人生是徹底不同的。

而從這一段之後，小說開始收束了，島村有了另外一個重要的念頭，他必須離開，而且暫時不再回到「雪國」來。

這一段具體總結了駒子給予島村的影響。駒子的存在，這樣一個女人將她的愛如此直率強悍地表達出來，刺激原本懵懵懂懂混日子的這個男人感受到自身永遠無法排解的落寞。駒子可以用「該落寞卻不落寞」的方式活著，島村卻沒辦法。因而在接近小說結尾時，有了一個由皺紗引出的明喻（simile）。

皺紗是越後這邊的特產，將麻紗在雪地裡用雪洗染過，到了夏天弄乾淨，成為很特殊的衣料材質，可以保持長久不壞。島村去看人家做紗的地方，面對這些看來極其脆弱的薄紗，他想著：人們可能穿著自己都弄不清楚多古老，甚至可能有五十年的皺紗，表面脆弱，還有方法讓薄紗持續那麼久，但是感情呢？感情比薄紗更不耐久吧，也沒有類似的製程可以讓感情延長其保存原樣的年限。

明顯回到了「物之哀」的傳統。接著駒子和島村兩人在夜裡抬頭看天上的銀河，那更是恆長時間的代表，對比人間的情感，兩個人毫無保障的愛情。島村彷彿看到未來有一天駒子成了別人的妻子，帶著和別人生下來的小孩。一層一層的景象畫面都提示著他不應該繼續留著。

留著只是增加駒子生命中的徒勞，駒子不要他的同情，生氣拒絕他的同情，讓他更感受到駒子有多麼值得同情。還有他已經很了解駒子了，如果他留著，如果他一再回來，駒子給予他的愛情，那份他其實不配擁有的愛情不會改變，駒子只會變得年紀愈來愈大，生命的徒勞會付出愈來愈高的代價。

如果駒子改變了，島村就必須親歷目睹即使是駒子那麼濃烈的感情都要在薄薄的皺紗還沒毀壞前就消失了，那豈不是令人難堪的悲哀嗎？

島村決心離開，而且短時間內不會回來，他要給駒子足夠的時間去轉變。做這樣的決定時，他心中的體認是：等到駒子的愛情都改變了，那就成了另外一個完全不一樣的世界了。

## 永恆銀河出現了

小說中除了島村和駒子的故事，另外一條重要的支線是葉子。駒子的「清潔」來自她的天真與直接，川端康成要寫的是她全面的「清潔」，好的和壞的。駒子和葉子的關係，就反映出這種「清潔」的負面。

葉子深愛著行男，從一個角度看，她對行男的愛，和駒子對島村的愛，同樣是徒勞的，沒有道理也不會有結果，陷入這種愛情中的葉子像是一個比較陰鬱的駒子。然而她們兩位女性間，卻發展出雙重的敵意。

葉子對駒子的第一層敵意來自於嫉妒，因為師傅一直希望行男娶駒子，讓葉子強烈嫉妒。然而弔詭地還有第二層，則是來自於葉子很明白駒子完全不愛行男。駒子的「清潔」就表現在這上面，她不要任何人，包括師傅和葉子，將她和行男連繫在一起。於是每當有人在她面前提到行男，她就會格外不耐煩。

師傅給她的壓力是要她嫁給行男，葉子又給她另外一種讓她同樣受不了的壓力。因為自己深愛行男，又強烈嫉妒駒子，以至於葉子總是不相信、無法接受駒子不愛行男。

強悍激烈的駒子，用獻身當藝妓的方式去籌措行男的醫藥費，來抵抗師傅那邊來的壓力。對於葉子，她則採取了高度不友善的態度。等到島村出現後，情況又更複雜了，駒子直覺感受到島村對葉子的興趣，使得駒子更不願意和葉子有任何關係，進而將葉子視為最沉重的包袱，並且直率地表現出來。

葉子和行男的關係，也影響了看在眼裡的島村。他投射想像，如果自己一直在這鄉村裡留著，到後來也就會變成駒子死心塌地照顧他，不求任何回報，也得不到任何回報，和葉子絕望地照顧行男一樣。那對駒子是何等不公平，是徹底的「徒勞」。

到了小說的最後，當葉子意外死去時，駒子抱著她，「如同抱著自己一生中所有的犧牲與罪孽。」葉子連繫著行男，象徵了駒子的犧牲，而她對待葉子的方式，也代表了她的性格中使得她犯下錯誤的那部分。

《雪國》的結尾有著很奇怪的風格，介於寫實與寓言之間。寫實的部分是夜晚放電影時，易燃的膠卷起火造成了火災。然而在描寫火災造成的街頭騷動時，川端康成卻讓島村和駒子在看火災現場的同時，近乎奇幻地看見了銀河。這兩種光，近在眼前的激烈火燒，和遠在天邊靜寂無聲的微光互相對照。

最激烈的變化，與最恆常的不變。加在一起構成時間，時間的全幅，既穩定如同不動地流淌，又製造出令人無法控制、無法預期、無法準備的變化。前面以皺紗為比喻，突顯人的情感在時間中甚至抵不過看起來如此輕薄柔弱的紗布，可是在這裡，川端康成神奇地創造了一景幻象——即便在足以摧毀一切，甚至將帶走葉子生命的激烈火災中，仍然看得見銀河，好像他們兩個人此時所說的話是可以不變地留下來的。

## 無法忘記的陌生人

閱讀文學經典作品時，我的基本態度是先謙虛地假定作品有其道理，作者以比我們更強大又更細緻的生命力寫了這樣一部作品，我們能夠在閱讀中得到超越自己原本生命格局的，更強大更細緻的收穫。因而先努力去體會，甚至去挖掘作品中的多層意義，先不要批評挑毛病。當發現有什麼看來有問題的地方，先想想也許作者有我們忽略了的用心與設計，進行探索與解釋。

不過當然也不是全面假定作者就永遠都是對的，作者都不會犯錯。只是在這方面，我會採取更加謹慎小心的態度，先盡到了認真閱讀的責任，然後才討論是不是有哪些地方作者忘了寫、或者是寫出自我矛盾無法自圓其說的內容。

《雪國》小說中，葉子先於駒子登場，而且用那麼醒目、讓人留下深刻印象的方式在火車上吸引了島村的注意。然而島村進入「雪國」之後，小說的敘述重心就轉移到駒子身上，開頭所刺激出對於葉子的好奇，似乎在小說中沒有得到滿意的解決。

這可以回到川端康成寫作的過程來尋找答案。前面提過了，《雪國》最早是以一篇一篇短篇小說形式獨立發表的。從一九三五年開始發表，到一九三七年才將各篇集合在一起出版。不過第一次出版時，並不是之前寫過和葉子、駒子這兩位女性角色有關的作品都收進來。另外為了讓原本獨立的短篇看起來更像連貫的長篇，川端康成做了一些補充改動。

所以最簡單的一件事實，川端康成為什麼在開篇將葉子寫得如此精采？因為這原先是獨立的短篇小說，用短篇小說的邏輯，講究短篇小說閱讀效果的方式寫成的。採取了前後錯雜敘事時間，記錄那麼一趟火車旅程上，島村偶遇葉子，一個陌生女孩卻在這段時間中、密閉的空間裡，被緊縮的經驗改造成為一個難忘的人。

這就帶我們回到日本哲學家柄谷行人認為的「日本近代文學起點」——國木田獨步寫的〈無法忘記的人們〉。文章的關鍵在於指出了：無法忘記的人們，不一定是不該忘記的人，所謂「不該忘記的人」，是朋友、知己，以及照顧過自己的老師、前輩等，但「無法忘記的人」則是那些一般說來忘了也無所謂，甚至沒有理由要記得，卻就是忘卻不了的人。

柄谷行人指出，這樣的人，和觀察、感受者之間並沒有生命的互動，是「風景」的一部分，卻因為奇特的情境條件，主客觀條件的彼此作用，被特別凸顯注意。那凸顯的效果，是現代人看待「風景」和傳統最大不同之處，從這裡出現了「風景」，出現了有強烈主觀，來自於一個人的選擇性視角的現代文學寫法。

另外一方面，這也是現代生活的特性。尤其「火車」是最明顯的代表。傳統社會中，人活在彼此認識、互相定位明白的關係之間，會遇到、有所接觸就是那些人，都有固定關係對待方式的人。現代生活才使得我們每天遇到許多「陌生人」，可以和「陌生人」比鄰而坐，可以近距離觀察「陌生人」，於是「陌生人」的「陌生性」就不再如此確定，很容易翻轉產生了奇特的、難以定義定性的親近性，在人們心中留下深刻印象，成為「無法忘記的人」。

川端康成原本這篇小說，延續了如此現代風格，精巧地經營了一段奇遇，要讓上火車前從來沒見過的葉子，到小說結束島村下火車時，不只超過了他人生中眾多「該記得的人們」，而成為幾乎是「最難忘的人」，而且也要讓從來不可能、沒有機會遇到葉子的小說讀者們，都在讀完之後，至少有一段時間，這位甚至不是真實存在的少女，也超越了眾多同事、客戶、朋友，列入在我們的「無法忘記的人們」清單上。那是現代小說的一種神奇功能展現。

葉子留給島村的印象之深、之特別，在最後得到了驚訝的強調。那就是當島村發現葉子竟然和他在同一個小站下車，小小的越後溫泉，也就意味著他居停在此期間很有可能會再遇到葉子，甚至認識葉子。他為什麼會受到如此震動？因為這和他心中原本設想的，從現代性角度我們會有的設想，很不一樣。

這樣的經驗應該是戛然而止的。即使是那兩個看起來聊得如此親切的女孩與老人，火車到站了老人就是要匆忙起身下車，之後兩人各走各的人生路，再也不會相遇了。因此使得這段注定沒有「後來」的經驗格外自由，和所有其他人際互動都不一樣，格外珍貴。

對於坐在火車上的島村來說，葉子成為「無法忘記的人」，有一部分正來自那樣的距離感。她的容貌和玻璃背後變換的黃昏景色重疊，如此之美。她對站長說的話混雜了敬語和撒嬌，具有令人無法拒絕的魅力。那是島村的印象，也是島村想要一直留在腦中的印象。

他不是很確定自己會想要認識真實的葉子，更沒有把握真實的葉子會不會反而就沒有那麼值得被記得了。川端康成用這種方式翻轉卻又同時強化了現代生活的偶然不可捉摸，摹寫了一份模糊卻又真實存在的「現代憂鬱」。

## 川端康成的長篇美學

川端康成重視瞬間、片刻的強烈印象，因而他的長篇小說也都還是依循這樣的形式，不是時間滔滔長流連貫的寫法，而是將許多似獨立又似相關的段落連綴在一起，常常保留了段落的分隔，讓讀者自己去尋索段落與段落間的關係。

《雪國》保留了不同短篇發表時的間隔，如果讀《舞姬》，那段落就更短、更細碎了。因為《舞姬》原先是在報紙上按日連載的，後來出書時，仍然保留了連載時每一天的段落區分。用這種方式，川端康成的小說每個段落都有自身的主體光亮，組合起來的，不是一大片連續的光，而像是星空中的點點閃閃，我們在仰視時會自己找到不同的點連繫出想像的星座。

《舞姬》開頭的部分，有一個重要的場景。波子和竹原走在御苑旁，到了轉彎處，她看到水池中的一條魚，突然強烈地感受到那尾魚的悲哀，那是一個瞬間 epiphany，段落本身像是掌中小說般，然而又和前面波子感受到的恐慌幽微呼應，可以解釋她的悲哀來源，也可以當作是她將自身感受不斷向外投射的伏筆。這就不是一般的長篇小說，至少不是巴爾扎克或托爾斯泰那種經典的長篇小說形式，帶有高度的現代性，或許更接近詩人帕斯捷爾納克所寫的《齊瓦哥醫生》。

川端康成留下了數量龐大的小說作品。他的多產部分源自於日本極為發達的報紙、雜誌環境，有很多報刊需要連載小說，積極地向成名作家邀稿。因而川端康成大部分的小說，都是邊寫邊連載，而不是全部寫完之後才發表的。

而這種連載的形式，無論是日報、週刊或月刊，都非但不會破壞川端康成作品的完整性，反而格外適合讓他發揮。因為他習慣將每天、每週或每月的篇幅，當作獨立的空間來處理，每一段既承接上一段，又必然有自身的獨立焦點與要表達的特殊「刺點」，有一種自身完足的性質。

這回到了平安朝文學，回到了《源氏物語》。《源氏物語》以光源氏的愛情故事前後貫穿，然而每一帖會有一個具備高度象徵代表性的標題，主要講述一位或幾位女子和光源氏的關係。所以讀《源氏物語》一種方式是認識、體會每一帖中的女主角，知道她們個別的故事。但還有另一種更有意義、更有收穫的讀法，是藉由種種象徵，例如植物花朵、節日儀式、音樂歌舞、衣飾薰香，尤其是無所不在的和歌吟詠對答，去探索一帖一帖之間的呼應關係。

為什麼《源氏物語》能寫那麼長？又為什麼歷久不衰可以吸引一代又一代的讀者？因為不同的讀者，尤其是積極主動的讀者，會在其中不斷發現帖與帖間，故事與故事間，人物與人物間，象徵與象徵間，近乎無窮的彼此連結。每一帖能夠獨立存在，而全部五十四帖，橫跨兩代的情愛故事，又形成了一個首尾左右內外上下連環結構的整體。

我們也應該用這種方式讀《雪國》。小說中的每一章都包含了兩種成分，一種是要延續到後面去的，一種則是只存在於這章之中，是樹立、支撐這章內容的棟樑，沒有打算被挪移到其他地方去。後者所產生的效果是，在這章結束時這部分就結束了，雖然小說要繼續進行，但你不能期待川端康成要將沒有講完的都繼續講下去，因為在他的美學觀念中，他深深相信小說不能都講明白，很多時候小說的內容是靠隱藏，而不是揭露、訴說來表達的。

## 海明威的「冰山理論」

我們可以借用海明威的「冰山理論」來對比川端康成的寫法。海明威清楚意識到寫在小說中的，只是小說事件或經驗或感受的十分之一，像是露出在海面上的冰山，還有十分之九是藏在海面下，看不到的。

這種寫法源自於海明威自身以及他擅長在小說中呈現的「硬漢」性格。「硬漢」即使在世間遭遇種種打擊、折磨卻絕對不叫痛不叫苦。進而他們保持一種絕不大驚小怪的態度，說話不會帶有驚嘆號，而且沒有太多值得他們用語言表達的。痛苦不要說，說了就變成喊痛訴苦，就失去了自尊；歡樂、興奮不能說，因為總是短暫、稍縱即逝的，才剛說出口，歡樂與興奮就消失了，那又何必說呢！

《老人與海》中老人的名言：「人可以被打倒，不能被擊敗。」如果忍不住痛而叫喊了，如果都要尋求輕鬆快樂，那就是被擊敗、認輸的表現。要描寫這樣的「硬漢」，小說就必須和「硬漢」同樣「省話」。

（這部分詳細討論請參看我解讀海明威及《老人與海》的專書：《對決人生：解讀海明威》〔麥田出版〕。）

用「冰山理論」寫出的作品，讀者當然不能只讀那十分之一寫下的內容。將《老人與海》看作就是海明威對老人桑地牙哥所有的描述，我們只會得到乾巴巴的打魚失敗印象。有效的，能有收穫的讀法，是明白書頁上的字句只是線索，引領你去尋找、去感受那藏在「硬漢」心中、記憶裡的十分之九，我們自己建構起那份生命的主要部分，因而得到一般被動讀小說不可能得到的深刻感動。

學會了這樣讀海明威，也就能知道如何讀川端康成，同樣將川端康成小說中明白寫出來的當作線索，拉著一段段的線去將沒說出來的部分補上。只是川端康成動用這種省儉寫法的理由，和海明威不一樣。

川端康成說得少，一部分是承襲日本傳統的含蓄特質。愈是強烈的感情，如果用強烈的方式表達，愈是會流於表面，讓對方被表面的激動吸引了，而忽略內在的真實。所以必須訴諸迂迴的途徑，訴諸沉默而不是多言，訴諸低語而不是高叫，才能表達真情。

另一部分是因為川端康成的「新感覺派」立場，採取了總是帶有主觀的敘事角度。從主觀感受世界的人，不會總是理性、清醒的，更不可能隨時冷靜旁觀進行紀錄。

在主觀引領下，人的語言和感受存在著致命的落差。語言是為了日常表達而設計的，大部分的語言表達都在習慣中固定了，於是當出現了「非常」的經驗或體會時，人的習慣語言不夠用，對應不上來，不能再用原本的日常語言來呈現，而有了「無法以言語形容」的刺激。那樣的經驗與體會如果用一般語言來說，就扭曲、失去了其真正的衝擊。

而島村的主觀還有另一層不說、不說清楚的理由。那來自於他的個性。他常常沒有勇氣去接受自己所感受、所思考的，或說所應該感受與思考的。所以從他的主觀看出去的小說世界，感染了他的逃避與自欺，對一些挑戰他良心、會使得他不安的事物，他選擇不要看、不要說、不要解釋。

反而不說不解釋的，是對他最有影響的深情所在。如果將話都說出來、說明白了，就破壞了藉由島村讓我們趨近人在主觀中必然會有的混亂、猶豫、逃避、自欺等種種心理機制，而這些機制都是針對「太重要」的經驗與感受，因為「太重要」而產生精神上太大的壓力，所以啟動了自我防禦的機制。

以沉默、減省、空白來呈現如此「太重要」的心理事件，是川端康成小說美學的基本信念之一。

## 脆弱的葉子

川端康成有日本傳統文學的資源，供他掌握如何以沉默、減省、空白來呈現。寫俳句的詩人不可能在那麼短的作品中放入太多內容，那不是他的職責，他提供的是線索、是暗示，然後交給讀者，讓讀者循著線索自己去找那條通往感官經驗的路徑，或依照暗示自己將空白之處填滿。如此讀者心中所得，會更充實飽滿，因為那不是被動地接收作者的描述，而是主動地參與創造了作品的意義，那意義只有一部分是作者給予的，另一大部分是讀者運用自身生命經驗去替自己建構起來的，當然就具備了一種只屬於閱讀個體的真實性。

在《雪國》中，駒子的形象比較完整，相對地，葉子需要讀者自己去想像填補的部分就很多。川端康成給的，毋寧是一條條有待追蹤的線索。

島村第三次到越後時他去找了一本登山指南，照著指南的路線爬山。看到了高高的岩壁，他想起駒子說過的一段話：如果是人從那樣的岩壁摔下來，一定就死了，但換作是一隻熊，就算從更高的地方掉下來都沒關係。

島村於是有了心中的獨白，是一段很難翻譯，必須仔細閱讀的話語：

> 人真正愛上的，或會讓人產生人與人之間情感，而不是熊與熊之間情感的，就是彼此之間的脆弱。人之所以會產生情感，有一部分正就是因為我們不是熊，我們的脆弱，是人與人之間情感的基本的保障，或者是基本的來源。

人之所以為人，與熊最大的不同，就在於人的脆弱，熊死不了，人卻必死無疑。他將這樣的想法推擴到感情上，所以人與人之間會有特別屬於人，而不是熊與熊之間的情感，正是因為人很脆弱。

人只能用人的方式彼此相愛。葉子之所以吸引島村，因為她如此脆弱，和強悍的駒子形成了強烈對比。不會對駒子有什麼傷害的事，很可能就足以殺了葉子。於是使得島村產生了和葉子之間不自覺的一份不同的情感。他和駒子之間像是熊與熊之間的情感，那麼他和葉子之間的，間接、幽微、似有似無、隨時可能中斷消失的情感，就是從岩壁上掉下來必然會死去的脆弱人與人之間的另一種情感。

從火車上，回溯到東京火車站，島村直覺葉子這個女孩如此孤獨，即使身邊有行男，即使對著窗外說弟弟的事，仍然是孤伶伶地一個人活著。島村第三次在「雪國」時，熱鬧的季節裡，葉子被找來在島村住的客店裡幫忙。他和葉子對話中，葉子突然說：「你要回東京，把我一起帶回去好不好？」島村很自然地問：「妳不用和家人商量嗎？」葉子直接說：「我沒有家人。」這個時候，行男已經死了，對於弟弟，她也只是盡到責任而已。島村的直覺是對的，她如此孤獨。

而且她是一個脆弱又天真的孤獨者。這三項性質連結在一起。島村問她：「妳不擔心和一個男人去東京嗎？」葉子天真到不會擔心。島村又問她：「去東京妳要做什麼呢？」她天真到沒有想過，只知道自己不要再去當看護，因為她一心一意看護的行男已經死了。天真使她脆弱，倒過來脆弱也使得她無從考量現實，沒有能力應對現實，而顯得如此天真。說著說著，葉子換了一種自棄的口氣，說：「算了，沒關係，到哪裡都活不下去。」

這話震撼了島村。不是因為葉子太退縮太絕望，而是島村也覺得葉子不可能在東京討生活，或許到哪裡都活不下去。而葉子來店裡幫忙，和駒子在同一個空間裡，讓島村可以同時看到兩個人，更清楚感覺到兩人極端相反之處。兩人都比別人天真，從葉子而看到了駒子的強悍，從駒子而看到了葉子的脆弱。

駒子在服務客人表演時，島村在自己的房間裡，突然有人敲門，是葉子來了，帶著一張紙條。駒子在上面寫了一段簡直沒有意義的話，島村莫名其妙。而駒子卻叫葉子送了兩次紙條來。後來島村和駒子見面談起來，才明白了發生什麼事。葉子在駒子表演的場合中，一直瞪著眼睛看客人，那樣的眼神使得駒子感到不安，葉子和那樣的情境完全格格不入，使得駒子既同情又不耐煩，不得不找藉口將她暫時支開。

島村極為感動，因為他明瞭自己不是像駒子那樣強悍的人，沒有駒子那種生命力量，在性格的根柢上，他其實更接近孤獨無能的葉子。處於底層中，葉子也沒有駒子那樣活著的本事，她無能無助到甚至必須持續依賴駒子，明明因為行男的關係，讓她如此厭惡駒子。

葉子想離開這個溫泉區，要島村帶她去東京。然而她連在這種鄉下底層都應付不過來，有什麼條件能去東京？她只能依賴她不喜歡的駒子的善意活著，那個像熊一樣就算從岩壁跌落都不會死的駒子。島村不能不對葉子產生了深刻的同情。

## 清澈得接近悲哀之聲

島村第三次到「雪國」時，因為葉子到店裡幫忙而使得他有了情緒上的轉變。想到葉子也在這家客店中，島村對於去找駒子就沒那麼自在。他明明知道駒子愛他，但每次和駒子見面相處，卻都帶來一份空虛感，加強了那種「美之徒勞」的感受。

簡單、淺層的解釋：島村喜歡上了葉子，因而改變了他對駒子的態度，同時還有一種情緒，島村將心思多放在葉子身上，他就擔心自己和駒子的關係會受到影響，以至於他也不可能去追求葉子。

但川端康成要寫的不只如此。島村的內心感受：「駒子對於生存的那種赤裸裸的渴望，直接衝擊在他自己身上。」那是他自己身上沒有的，然而每次駒子表現出那份活力時，他又總覺得「徒勞」，因而激發出對駒子及對自己的雙重同情。而很奇怪的，島村在葉子的眼神中看出一種光芒，好像可以射穿他的內在困窘，這種情況讓他被葉子吸引，卻又忌憚葉子。

島村遇到駒子，受到駒子的生命力感染，原先作為生命主調的落寞開始褪色；然而就在這種狀況下，卻有了更落寞的葉子，一個徹底脆弱而徒勞的生命呈現在島村面前，而且也就展示著這種生命會有的深切落寞。葉子提醒了島村，他自己內在的落寞並沒有真正得到解決，那份不落寞其實只是裝出來配合駒子、安慰駒子的。

開場在火車上，島村被葉子說話的聲音吸引了。然而後來認識了葉子，川端康成兩次用同樣的語言描述島村對葉子說話的感受：「清澈得接近悲哀的一種聲音」。而且得到這種感受，是當葉子陪小孩子玩，以及葉子唱歌的時候，換句話說，都不是什麼應該悲哀的場合。但那樣的聲音就是讓島村聽出了悲哀的底蘊。

接近小說結尾處，島村明白對自己說，應該要離開了，而且恐怕很長一段時間不會再來。然後他心中覺得自己已經在這裡待了很久，久到幾乎忘記了家中還有妻子、子女。對於這件事他自我分析：「如果只是不能割捨，還不會是嚴重的問題，最嚴重的是他已經養成習慣了。」

尤其習慣的是駒子不時會出現，成了他生活中固定的一部分。然後川端康成又寫了很多中文譯本都翻譯得不準確的句子：「駒子愈是義無反顧地撲上來，就愈是會在島村心中製造出一份對於自己似乎喪失了存在的責難。」

這句話難翻譯，常常會翻錯，因為話中要表達的感性，對許多中文譯者而言是陌生的吧！他們不能理解川端康成就是要用「義無反顧地撲上來」這種具象的動作來形容駒子的性格與愛情，而且那絕對不是中文裡「餓虎撲羊」之類成語顯現的那種負面意味。島村無法招架，但那不是負面的，他因此深深被駒子吸引，但同時被刺激出對自己的不滿，自己從來不曾像駒子那樣熱愛生活，從來不曾那樣專心生活，浪費了自己的存在，而就算被駒子感動了，仍然只能應付著配合駒子，無法真的有那種勇氣與活力，像駒子愛他一樣好好地愛駒子。

如果他不能主動地愛駒子，只是被動地接受駒子如此不顧一切撲上來的愛情，那不又加強了他生命的失落嗎？像是要被駒子滿滿的生命力給吞噬了。

駒子逼得他不得不反省，甚至不得不指責，自己的存在是什麼？是對於自己的寂寞全無作為，明明知道自己寂寞缺乏愛，卻不願意做任何努力去解決，只是淡然地混著混著。駒子的淋漓生氣逼著他要有所處理，不再那麼落寞。

## 關於葉子之死

在落寞這件事上，駒子是島村的對反，葉子卻像是島村的翻版，她也是一個對自己的寂寞無所作為的人。但島村是「不為」，葉子卻是「不能」，而駒子是「知其不可而為之」。葉子如此脆弱、如此孤單，什麼事都做不了，無法改變自己的落寞狀況。

島村認同葉子的痛苦，一個人被自己的寂寞宿命地綁住了，以至於不知道該做什麼，也就什麼都做不了。

小說最後之處，葉子在火場摔下來，駒子衝上去抱住了她，島村也要闖進去，因為那裡是兩個他在「雪國」中感情糾結的女人，但具有高度象徵意義的，他被其他人擋開、推開了，無法靠近抱著葉子的駒子。

現在我們看到的長篇小說《雪國》結束在這裡。然而原先以短篇小說形式一章一章寫作、一章一章發表時，川端康成其實並未設定這是小說的終局。他想過小說有後來。後來應該是：島村再也沒有回到「雪國」，而駒子就一直照顧著發了瘋的葉子。但我們可以體會，這樣的後續內容很難寫吧，川端康成沒能往下寫出自己滿意的篇章，於是就以此為結束，整理成長篇小說了。

看現在的版本，很多人會認為葉子死了吧。葉子是臉朝下摔了出來，她的腿原本顫抖著，後來停住不抖了。之後川端康成寫了不只是中文難翻譯，連日本人閱讀都會有不同讀法、不同理解的一段話：

> 葉子を胸に抱えて戻ろうとした。その必死に踏ん張った顔の下に、葉子の昇天しそうにうつろな顔が垂れていた。

三句話中牽涉到駒子和葉子兩個人，有兩個「顏」，也就是兩次提到臉孔。麻煩的地方是，這兩次，指的都是葉子的臉嗎？有些中文譯本將兩個「顏」當作都是在描述葉子，所以將第三句翻成：「葉子露出拚命掙扎的神情，耷拉著她那臨終時呆滯的臉。」這好奇怪，怎麼會既拚命掙扎又呆滯呢？

我們還是要記得，這是從被人群擋住的島村主觀看到的景象，包括「必死」也是他主觀的焦慮判斷，那樣摔下來怎麼可能還能活命？但是也是在島村的主觀中，他又覺得似乎目睹了葉子的變形，正在他眼前要從原來的那個葉子，變出另一種模樣，那又不必然是死亡。

在這裡，島村聽見抱著葉子的駒子大叫：「この子、気がちがうわ。気がちがうわ。」這句話反映的是駒子的判斷——葉子是自己從樓上跳下來的，葉子在起火的禪房中自己決定從窗口跳下來。

此時抱著葉子的駒子，和被擋在外面觀看的島村，都沒有防備會經歷這樣的事。當時知道有火災，他們都還抱著純粹看熱鬧的心情討論要不要過去，走著走著還悠閒地看了一下銀河。兩個人沒有一點心思想到葉子可能會在火災現場。

島村不只沒有心理準備葉子可能會死，而且他也沒有心理準備葉子會這樣跳下來。他一直認定葉子是和他同樣落寞同樣被動的人，但葉子卻在完全不預期的災難中簡直像是變成了駒子，要有所作為終結自己的落寞與徒勞。

從島村的主觀看去，他感受的不是一般的死亡，而是葉子生命在那一瞬間的轉型。原本孤伶伶最可憐的葉子，變得勇敢，能夠如此處理自己的生命。所以川端康成決定用表現島村震撼的這句描述，來結束整部小說。

沿著皺紗的比喻看下來，人世變化多麼急驟，在這麼一個晚上，島村都還沒離開，火災就燒掉了房子，讓原本的堅實存在化為烏有。所以再度，島村看到了不動的，象徵永恆的銀河。

さあと音を立てて天の河が島村のなかへ流れ落ちるようであった。

在四周騷亂的聲音中，島村覺得好像銀河掉進到他自己的身體裡。連銀河都不再高懸於天上永遠不變不動，銀河墜地成了人世的一部分，也就跟隨著人世的時間而不會再是永恆的。島村受到的強大打擊給了他連銀河都不可靠、不可信任的感受。

第五章

# 佛界與魔界——讀《舞姬》

## 少女的執念

目前流通的《雪國》是一九四七年的版本，而這一年對川端康成的創作生涯極其重要。他會去整理十年前出版的《雪國》，部分源自於強烈的戰敗衝擊。接下來到了這年年底，橫光利一去世了。橫光利一比川端康成大一歲，那時還不到五十歲。長期以來，在日本文壇上，橫光利一和川端康成兩個名字總是一起出現的，於是傷痛的倖存者就產生了一種必須替好友延續生命，承擔其文學文化使命的責任感。

一九二〇年，川端康成二十一歲，和幾位朋友有了想要復刊《新思潮》雜誌的想法。《新思潮》屢倒屢起，到這時候在日本文化界已經成了傳奇。芥川龍之介曾經參與第三次和第四次的《新思潮》，當時和他一起工作的有菊池寬，也就是後來《文藝春秋》的創辦者，所以他在《文藝春秋》附設了「芥川賞」紀念好友，一直流傳到今天，仍然是日本最重要的純文學獎項。

為了表示對前輩的尊重，川端康成他們去拜訪了菊池寬，不只是得到了菊池寬的支持鼓勵，川端康成的文學才華更是特別受到了菊池寬的重視。後來菊池寬辦「芥川賞」，從第一屆就找了當時才三十六歲的川端康成擔任固定評審。

川端康成就是在菊池寬家中，遇到了橫光利一，開始了超過四分之一世紀的友誼，被比擬為日本文學上另外一組菊池寬與芥川龍之介。不過在這樣比擬時，一般人會認為橫光利一是芥川龍之介，而川端康成則相當於菊池寬的角色，也就是在創作上橫光利一的光芒勝於川端康成。

橫光利一去世，川端康成寫了沉痛的悼詞，中間提到了「餘生」之感，還有一句話：「橫光君，自此之後，讓我帶著日本的山河幽靈，為你而活吧。」

這確實是他創作生命的巨大轉折，從戰前轉入了戰後，抱持著從人生價值根柢改變而來的不同態度。

差不多在認識橫光利一時，川端康成愛上了一位十五歲的咖啡館女侍，進行追求，和對方訂婚，但後來女方卻片面悔婚，給他帶來了很大的打擊。到了他二十六歲那年，川端康成遇見後來的妻子松林秀子，那年秀子十八歲，是一個來自鄉下但很快就適應都市生活的「摩登女」，經常做時髦打扮。不傳統的秀子接受了川端康成的追求，在沒有婚約的情況下和他先同居了五年，然後才正式成婚。

在川端康成的作品中，從早期的〈伊豆的舞孃〉到晚期的《睡美人》，明顯表現出他對少女的一份耽溺執迷。不過三島由紀夫曾經在為《舞姬》所寫的「解說」中提到，川端康成喜愛的其實是一種少男式的美，也就是他的少女角色往往帶著一種中性的開朗，是尚未完全長成為陰柔女人的特殊階段。那樣的美特別吸引川端康成。

這樣的評斷意見當然部分反應了三島由紀夫自身的感情與美學傾向。不過三島由紀夫確實點出了川端康成小說中一股獨特哀涼氣息，一股「物之哀」的來源。因為他迷戀的不是哪一個特定的人，而是更確切這個人在介於少年與成人間的特殊階段。那種美屬於青春少女，包括那樣沒有完全成熟，因而同時具備少男少女雙性特質的身體，產生不可能出現在成熟女人身上的誘惑。

這樣的身體中有的是天真，是對自身的女性欲望尚未徹底開放，也無法充分掌握的一種心態。這份天真是最大的誘惑。川端康成小說中，男人愛上的往往就是這個形象，但這個形象只能短暫存在，不屬於這個人，只是她生命中稍縱即逝的一個短暫階段，必然快速失落。

川端康成二十二歲時愛上了十五歲的女孩，二十六歲時愛上了十八歲的女孩，然後他的年歲漸長，但會激發他在現實或小說中強烈迷戀的，一直停留在十五歲到十八歲的少女形象。這是另外一份悲哀感受的來源。

他迷戀的那種美好狀態，不會長久保留；還有，他自己的年歲不斷增長，和他迷戀對象的年齡差距也就愈拉愈大。一個又一個十八歲的少女進入他眼中，進入他生命中，而他自己的身體與精神卻無可避免的持續老去。

所以他說：「悲傷是文人的宿命，躲到山裡面，或者是接收到再好的禮物，都逃避不了，你無從逃避，所以就只能夠在蒼涼之感中徒然過日。」蒼涼來自於無法阻止時間，也來自於和自己迷戀對象所在的那種青春時光，距離愈來愈遠。

在〈伊豆的舞孃〉中，川端康成已經表現出對跳舞的女孩有特殊興趣。後來他甚至稱她們為「魔界中的居民」，在《舞姬》書中引用一休和尚的話說：「入佛界易，進魔界難。」這是什麼意思？因為跳舞的人離不開身體，必須直接以少女的身體來表達，而「魔界」就是女性內在最為強烈、令人難以抗拒的一份誘惑，那是欲望與清純的同時共在。

一個舞者一方面將自己的身體抽象化來表現線條與動作，形成抽象之美，創造出一種清純，然而另一方面，那身體也必然是肉體欲望投射的對象，愈是美的身體線條與動作，激發出愈是強烈難以抑遏的欲望。既是矛盾的感受，卻又必然並存。

這是川端康成的「魔」。關於「魔」，每個人會有不同的想像，比關於「聖」或「善」的認知要複雜得多，而川端康成的「魔」帶著奇特的抒情性，以及含藏在抒情性中的宿命悲哀。

## 創作的分水嶺——《舞姬》

一九四七年將《雪國》重新定稿，意味著川端康成要告別「戰前」，進入投降全面破產——軍事、政治、經濟、道德、文化——而且不再有橫光利一的「戰後」。

以《雪國》場景為象徵的話，那麼戰前被他放置在隧道那一頭的「魔性」，由駒子、葉子所居住所代表的魔之國度，現在要迴轉方向穿過隧道，進入一般日本人的生活中。

戰前川端康成寫的多半是家庭以外，日常人際互動以外的誘惑，到了「戰後」，他轉而要寫日常生活，尤其是家庭裡的誘惑與問題。

這批作品中，《舞姬》很有代表性，描述了上下兩代的舞者，也就是母女兩個「魔界居民」存在於家庭中所帶來的影響、衝擊。川端康成要在被軍國主義毀掉的戰後社會去尋找能讓日本重新站立起來的理由。他的方式是擺脫軍國主義虛矯的陽剛，回頭凸顯、認識日本陰柔的一面。男人垮掉了，只剩下女人能夠撐持起日本的灰敗天空。

在毀滅的邊緣上，日本不能再想遁入自信的、超脫的「佛界」，而是必須進到「魔界」才能得到救贖。「魔界」的關鍵，「魔界」竟然能有巨大救贖力量，因為美。青春女孩跳舞時顯示出的美與誘惑是最直接、最真實的，那裡沒有中介，也就沒有狡猾算計藏身的餘地。

三名舞者都既在又不在家庭裡。相較於這個家庭名義上的家戶長矢木，母親、女兒以及母親的弟子友子，她們都實實在在面對自己的欲望，因為她們都是實實在在靠著自己的身體活著、表現著。矢木無法接受日本戰敗的事實，他的逃避源自於他的狡猾。表面上看，他是日本傳統知識與藝術的愛好者、追求者，然而骨子裡卻精心算計著帳戶、土地等利益，用女兒的話來形容：「爸爸是吃著媽媽的靈魂才能夠活著的。」

《舞姬》裡呈現的，不只是三名不同世代的舞者，更重要是她們各自對待身體的方式，以及女人以身體介入世界所創造出來的關係。《舞姬》小說中有一段，女兒品子和她的女友友子一起洗澡，一邊說起自己想要跳什麼樣的舞蹈，另一邊兩個人的身體似乎也就逐漸失去了現實的距離，在言談與想像中合而為一。那是一種用身體來體驗的世界，言語、觀念只是引導、補充身體的，和男人依靠言語、觀念、想像來建構世界，甚至意圖操控世界，是很不一樣的態度。

男人意欲要進入「佛界」，一個沒有身體欲望，在欲望之外，也就是在身體之外的想像清淨秩序中。很多人以為去除欲望最難，需要很多很多修行。然而川端康成早就具體地描寫過薰、千代子和駒子、葉子的人生，她們在底層的欲望之流中載浮載沉，卻保持、甚或鍛鍊出清潔的素質，這是「魔界」，要像她們這樣用身體進入「魔界」，留在「魔界」裡，比男人靠想像趨近「佛界」，要困難多了！

川端康成尊重「魔界」。他認為一個人有具體血肉，有活生生的欲望，不需要也不應該覺得羞恥，那樣的血肉欲望中自有其高貴的成分。當然人要往下在欲望中找到高貴、彰顯高貴，沒那麼容易。不是沉淪沉溺在肉欲中，而是去理解身體與欲望之美，或說只有帶有身體欲望才能體會、才能創造的美，在欲望中浮現、升起的「清潔」。

他年輕時就開始思考這曖昧、弔詭的「佛界」、「魔界」對應。然而一九四五年之後，這條思索探尋的道路，就和關於戰爭的反省，隱性卻實在地交錯了。在他的「餘生」中，川端康成藉由一部又一部的作品，提出了一個獨特的看法。那就是在軍國主義發展的過程中，日本人遺忘了欲望之美，那原本是日本傳統中很重要的一種態度，指引著日本人、日本社會去理解什麼是美、什麼是生命。

從戰爭到戰敗，日本的主流態度變成了敵視這份欲望之美，在意識形態上要求人去除個人的豐美感官欲望，向外追求集體的犧牲，修行成為仰望天皇，崇拜軍國而忘己忘身的姿態。那是一種冷肅的、去除了欲望因而是殘酷的「佛界」一般的秩序，在那份冷肅、殘酷中含藏了深刻的罪惡。

所以戰後的「餘生」中，川端康成賦予自己的使命就是要恢復日本傳統之美，那不是表面的茶道、花道，而是一種非常曖昧的美的傳統，來自於肉欲與感官之美。要讓這種經歷了明治維新一路到戰敗過程中遭到嚴重壓抑、扭曲的傳統價值，提供日本人在多重廢墟中得以繼續存在的理由。

戰前他寫《雪國》時，已經寫出了島村與駒子源自欲望的深且美的感情，那是超越人倫的，更無法放入任何集體關係中來解釋的感情。到了戰後，意識到所處的時代局勢與日本的處境，他進而賦予這種感情與美學，更廣大、更普遍的意義。

川端康成有意識地將《舞姬》小說中這家的故事寫成日本敗戰的寓言。日本男人表面炫耀的陽剛，隱藏在後面卻是醜陋且可怕的不負責任。所以只有重拾相反的陰柔之美傳統，日本才能脫胎換骨得到戰後的新生命。

## 餘生使命之完結

回到前面提過有名的諾貝爾獎受獎演說，川端康成給這份講詞擬定的標題是「美しい日本の私——その序説」，中文習慣翻譯為〈日本之美與我〉。不過可以稍微多加說明的是川端康成很喜歡使用日文中特殊的「同位格」表現法，這個標題也帶有「同位格」的作用，就是將「日本之美」與「我」在文法上並列等同起來。

我即日本之美，美麗的日本即是我。或者也可以反過來說：沒有日本之美就沒有我。川端康成要強調的是，作為一個人，「我」最重要的決定性質，來自「日本之美」，那是一個用主觀手法捕捉、表現的獨特美感貼在上面而形成的一個日本。

他將自己主觀感受的美，貼在實存的日本之上，產生疊影效果，因而彰顯出特殊的日本之美。從這個角度看，《雪國》開頭對於葉子的描述，形成了川端文學的一個貫串的隱喻。如果單獨看葉子，一定不會有疊上了黃昏移動光影所展現的美；也只有透過「新感覺派」的那種細膩主觀感受交疊，才呈現出客觀地看日本時看不到的內外交融，獨特的美。

那美既是日本，也是「我」，必須總是連在一起，再也分不開了，如同必須有車廂內的葉子和車廂外的黃昏景色，交疊在一起分不清楚彼此，才是最美的影像體驗。

到一九六八年獲得諾貝爾獎，意味著川端康成做到了當年在給橫光利一的悼詞中的許諾：「讓我帶著日本的山河幽靈，為你而活吧。」他將自己寫成了日本美麗山河幽靈的化身，讓日本之美得以被全世界認識、被全世界肯定，他的「餘生」使命已經達成了。

四年之後，川端康成在沒有留下遺書的情況下自殺，如果從這個脈絡上看，並沒有那麼難以理解、令人意外。畢竟他是從小就習慣了和死亡相處的人，對很多人來說要結束生命很艱難，但對川端康成相對應該沒有那麼難。

經歷了戰爭，好不容易熬過戰爭，竟然又立即失去了好友橫光利一。而且在死前，又見證了三島由紀夫的戲劇性自殺事件。

三島由紀夫死後，已經七十歲的川端康成還去到陸上自衛隊的現場，他一定在那裡感受到巨大的震動，也一定在思考三島由紀夫的動機。很少有人比川端康成更接近三島由紀夫的創作心靈，也因此他對於三島由紀夫之死必然抱持著高度的愧疚。

「我不殺伯仁，伯仁因我而死」，三島由紀夫如此熱中於得到國際文壇的肯定，也一度是日本作家當中最多作品被翻譯為外文的。而國際文壇肯定的最高峰，三島由紀夫的終極目標，當然是諾貝爾文學獎。

川端康成得獎，三島由紀夫是最早向他恭喜的人，在那當下，熟知國際文壇情勢的三島由紀夫必然立即明瞭了自己的夢想徹底破滅。他非但不可能成為第一個獲獎的日本作家，而且有生之年應該也不會再看到諾貝爾文學獎頒給另一位日本作家了吧！

如此三島由紀夫的創作生涯突然急遽轉彎。他耗費心力撰寫龐大的《豐饒之海》四部曲，視之為自己的「傳世之作」，然後在完成《豐饒之海》後就勇敢地去實踐他的櫻花生命美學，拒絕枯萎、老化，而要給自己一場轟轟烈烈的「吹雪」儀式。

所以三島由紀夫死後沒多久，川端康成默默地開瓦斯自殺了。

## 《舞姬》的開場

一九六八年諾貝爾獎頒給川端康成時，贈獎說明中特別提到了三部作品——《雪國》、《千羽鶴》和《古都》，之後這三部作品就理所當然被視為川端康成的代表作，也是很多人接觸川端康成文學必定會閱讀的作品。甚至因此很多人只讀這三部作品，或將三本小說描述、形容為「三部曲」。

回到川端康成的創作意念與過程，我們可以確認他絕對沒有要將這三本小說當作「三部曲」，也沒有必然特別看重這三部小說。決定這件事的，不是作者本身，也不是小說的一般評論共識，毋寧是諾貝爾文學獎委員會受到了譯者賽登史迪克的強烈影響。

這三本小說都是由賽登史迪克翻譯而介紹到西方的，而從翻譯的角度看，這三本書都很不好翻譯，牽涉到很多特殊日語語法，很難找到相應的英文表達方式。我認為賽登史迪克將這三本書提給諾貝爾文學獎委員會，顯示了他從翻譯角度的評斷，也展現了他對於自身譯作的一份自豪。

英文讀者竟然能夠閱讀，並且貼近原文欣賞這樣的作品，的確必須感謝賽登史迪克。他選擇並執行的策略，是不將川端康成的文字翻譯成流暢的英文，而是保留了一種違和感，讓讀者隨時都意識到自己在閱讀陌生社會、陌生文化情境中產生的陌生感受。

賽登史迪克常常用簡單的文字，卻讓文字和文字間有著不是一般英文會有的連結方式，讀者會一直感覺到那裡面藏著一些英文到達不了、表現不出來的意念與經驗。讀完了會有一份悵惘在心中，每一字每一句都讀了，卻又沒有讀到整本書所記錄、所描述的。尤其在這三本小說中，他讓讀者覺得川端康成的作品比英文書呈現的更多更豐富，有著離開了日語日文便無法傳遞的另一部分內容。

這三本是最日本、最日文的作品，也只有賽登史迪克能用這種非流暢、間接的方式來激發讀者悵惘中的想像，抬高川端康成在英文世界的地位。

真的要認識川端康成的文學，就必須試著去趨近一定會在翻譯中被遺落的部分，優秀如賽登史迪克都無法藉翻譯傳達的部分。那就不是選擇譯本能夠幫我們解決的困難，只能靠著經過一番耐心的工夫，去體會川端康成的日文被翻譯成中文時，通常會失去什麼，會出現什麼樣的差距，有了這份基本認識，將來閱讀中文翻譯時，可以在內心試著想像還原川端康成的原文原意。

請大家耐心地跟隨我一句一句地解讀小說《舞姬》的開頭。第一段第一句，看起來像是很簡單的中文：「十一月中旬，東京的日暮約末在四點左右。」但認真追究，川端康成的日文不是這樣寫的，最重要的，不是這樣的順序——他說：「東京日落的時間四點半，這是十一月中旬。」

這是日本傳統文學，俳偕、俳句的邏輯。文學中總有敏銳的季節意識，那份敏銳表現在運用「季語」，不是抽象地講什麼月份、什麼季節，而是從現象上去感受。所以一定要將感受放在前面，太陽要下山了，看一下發現是下午四點半，所以相應的是秋天，十一月中旬。

第二句，中文翻譯：「出租汽車發出煩人的噪音，一停車，車尾就冒出煙來。」然而在日文中有一種文法的運用，在中文裡消失了。川端康成用了「同位格」的語法，將三件事情並列，句子中雖然有前有後，但日文同位格就是要強調在經驗上，這三項是一起發生了。

三件事分別是：タクシー計程車發出難聽的聲音，計程車停了下來，計程車的車尾冒出濃煙。三件事並列，日文讀者馬上意識到這是車子故障了，在不應該停下來的情況下停了。然後是形容這輛車外表的文句，告訴我們為什麼會這樣故障停下來。那是一輛附加炭包還掛了歪歪扭扭水桶的車，只會出現在戰爭剛結束不久的東京街道上，因為物資缺乏，沒有足夠的汽油，所以戰爭時期克難的燒炭車還在使用。

接著川端康成描述：「波子轉頭朝後面車喇叭聲的來向」，這是減省而精確的寫法，將許多訊息濃縮在這個句子裡。波子所搭的燒炭車故障，不預期地停下來，阻礙了交通，後面的車響起催促的喇叭，坐在車上的人當然會被突如其來的聲音刺激回頭看。

然後她說：「好可怕，好可怕。」在那個情境下，她似乎是被針對自己坐的車子的洶湧喇叭聲嚇到了，所以這麼說。但同時，因為轉身向後的關係，她就更加靠近一起坐在車上的竹原，接著她將手舉起來，好像因為害怕所以要將臉藏進手裡般。然而她的手只舉到胸前，沒有真的將臉埋進去躲避。此刻竹原注意到了一件事，換他嚇了一跳，因為波子的手舉上來，他發現波子的手竟然在發抖。

這都是細膩的情境鋪陳，顯示出內在的感受波動。竹原本來以為波子是被後面的喇叭聲嚇到了，但怎麼會嚴重到手都發抖呢？再來，波子揭露了讓她感到「可怕」的是什麼。

像是呼應前面說了兩次「好可怕」，這時波子說了兩次：「會被看到，會被看到。」竹原的回應則是再簡短不過的一個感慨的聲音：「啊。」

## 胸針、項鍊與耳環

然後，竹原看了看波子，然後想著：「そっか。」是這樣嗎，是這樣啊。再短不過，卻既直接又幽微。原來妳怕的是這個，怕和我在一起被看到，而竹原當然不是很願意接受這項事實，也一時找不到適當的反應方式。

後面展開了一大段在這樣的心情中，竹原主觀中所看到的波子。那是複雜情景中產生的主觀印象。他們身處在一輛突然拋錨的燒炭破計程車上，偏偏是在從日比谷公園出來往皇居廣場去的大馬路交叉口拋錨了。而且還是下午四點半，交通開始繁忙的時間。有車被堵在拋錨計程車後面動不了，另外有些車則想辦法要繞過去，互相錯雜擁擠，並不耐煩地按起喇叭。

那被堵住繞不過去的兩、三輛車只好往後退才能有空間，最後後退的當然是緊跟著他們的那輛，倒車時距離拉開，於是那輛車的頭燈瞬間照進了竹原他們的車裡。已經暗下來的秋天黃昏，原先車裡沒有光，這時突然因後面倒車而射入光來，剛剛好讓竹原看到波子抬起來的手，從手看到她的胸前，看到了閃閃發亮的首飾。

一瞬間反射車燈的是波子配戴的胸針，有著葡萄的樣子，葡萄藤是白金的，葉子是綠色的玉石，然後是一顆顆染了色的寶石形成葡萄顆粒。從竹原的主觀，被車燈引動看見了胸針，再從胸針而注意到波子戴的項鍊和耳環。先看到項鍊是珍珠的，再看到耳環配合項鍊也選了珍珠的，而且兩者之間還有更微妙的配合——都不太能看得清楚。耳環是因為被頭髮遮住而隱隱約約，那項鍊呢？是因為波子穿了有蕾絲的白襯衫，同樣是白色的蕾絲被燈光一照顯現出薄薄、類似珍珠的顏色，將珍珠項鍊在視覺中隱去了。

再看到襯衫，很薄很漂亮的蕾絲替穿著這件襯衫的人增添了幾分年輕氣息。蕾絲是從領子繞到胸前的，領子沒有很高，但圍著脖子形成了波浪的效果，波子的頭因而像是浮在一片活潑細緻的水紋波動上。

這樣偶然的光線變化，就引發竹原主觀上如此敏銳細察了波子，那當然反應了他對這個女人的特殊心情。而且在這裡，項鍊是個伏筆，後面會回來解釋。

在中文譯本裡會有這樣的句子：「波子胸前的寶石在微光中閃爍，彷彿對著竹原傾訴衷腸。」看到這種句子一定要知道，川端康成絕對不會這樣寫。不只是絕對不會有「傾訴衷腸」這種俗濫的成語，更重要的是川端康成會很小心選擇主詞與動詞間的搭配。

「波子胸前寶石放散出來的微光彷彿在向竹原說話。」這才是川端康成寫的。主詞不是「寶石」，而是「微光」，引起竹原注意的是因為後面車輛倒車射進光線形成的視覺變化，重點不在於他現在才發現波子身上戴著有寶石的胸針，而在於那幽微的靈光，觸動了竹原本來就既期待又憂慮的心情，突然閃現的微光彷彿預示著什麼。所以這樣的幽微啟示當然絕對不會是「傾訴衷腸」。

他的期待與他的憂慮，來自於這是一場幽會，而身邊的女人突然手指發抖地說：「會被看到，會被看到。」會被誰看到了？他問了，波子回答：會被矢木看到，然後又說：會被高男看到。我們還不知道矢木和高男是誰，波子的下一句話，讓我們就都明白了。

她說：「高男是爸爸的兒子。」直接翻譯是這樣，很沒道理的中文。這來自於日文的習慣說法，小孩有比較親近媽媽的，也有比較親近爸爸的。尤其是在父母兩者的關係中造成變數的，當兩人有差異、有衝突時，總是站在爸爸那邊的，日文中稱為「爸爸的兒子」或「爸爸的女兒」。

矢木是波子的丈夫，而高男是她兒子，而且是跟爸爸比較親近的兒子。為什麼要特別這樣提，因為兒子表現親近爸爸的方式，就是常常會盯著媽媽去哪裡、在做什麼。

## 拋錨的地獄之車

竹原問：「妳丈夫不是在京都嗎？」波子回應：「誰知道，他隨時可能回來。」現在我們清楚了，因為丈夫不在東京，波子才能這樣和竹原見面幽會，兩人是一種不能讓別人看到在一起的關係。

然後波子就帶著撒嬌意味地抱怨：「你怎麼讓我坐這種車？」又接了一句說：「你就是這樣，從以前就專門幹這種事。」

於是時間有了不同的層次，雙重的倒流倒敘。一重是兩個人怎麼坐上了這樣一輛破爛的燒炭車，另一重是兩人有過的共同過去，讓波子留下「你就專門幹這種事」的過去。

竹原安慰波子，也是自我辯解，說：「在最繁忙的路口停下來，就連旁邊的警察都沒有來干預啊。」他沒有覺得車子突然拋錨有那麼嚴重，車子才停了一下子，甚至還沒有到讓警察覺得需要過來的地步。

而且車子又動起來了。但此刻波子卻還是將左手放在臉上，延續著剛剛害怕的表情，那樣的情緒沒有隨著車子開動而消散。於是竹原回述解釋為什麼會坐上這輛車。

那是從日比谷大會堂出來的時候。日比谷大會堂是主要的演出場地，所以他們是去看表演，散場了走出來。但當時波子就已經擔心和竹原在一起被別人看到，所以「像要將人群撥開逃出來似的」，這是竹原的形容。波子那麼急、那麼慌，竹原只好有什麼車就上什麼車，哪還有餘裕去挑呢？

聽了竹原的話，波子說：「喔，是這樣嗎？」那是她的潛意識動作，現在她想起來了，有點不好意思，覺得對竹原有點歉疚，也覺得自己有點過分，稍稍放鬆了一下。

接下來她低頭看自己的手指，像是有點生硬地換了話題，說：「突然覺得應該要戴兩只戒指。」為什麼說這個呢？其實還是原來心情的餘波盪漾，戒指是她丈夫的，所以她想：如果在外面被他看到我和另一個男人在一起，他看到我身上戴著他的飾品，他應該會比較安心一點，不會覺得我和另外這個男人有什麼不當的關係。我沒有刻意不戴屬於丈夫的首飾。

這是很微妙也很為難的心情。丈夫不在時要去和情人會面，卻又不斷擔心著萬一被丈夫遇到、看到了怎麼辦？而就在波子說這段話時，計程車卻又發出怪聲停下來了。這次司機不是坐在駕駛座上試著重新發動車子，而是跑到外面去查看，顯然問題更嚴重了。

在再次故障的車上，我們體會竹原的心情。前一次故障時，有亮光突然照進來，讓他得以靈光乍現般地觀察、感受在他身邊的波子，有了一種迷離之美的感動。然而那麼短的時間內，他卻又被丟到難堪的地獄裡了。前面他心想：「そっか。」現在他很清楚波子在怕什麼。

原來和我在一起的時候，妳一直想著如果遇到了丈夫要如何安撫、討好他。那當然不會是讓竹原好受的認知。波子也意識到這樣對竹原太殘忍了，於是又收回一部分，表示：「也不是那麼明確啦，只是突然有那麼一個隱約的念頭。」

竹原忍不住說：「妳讓我太驚訝了。」也許是波子自己覺得尷尬吧，這時要中止、躲開這個話題，於是轉移焦點，又說了「好可怕」，卻是在形容他們搭上的這輛又拋錨的計程車。

於是竹原回過頭，看車子一直在冒煙，狀況挺糟糕的，因此附和地說：「這東西真是沒辦法。」然後波子又加碼形容：「這是地獄之車啊！」她不想繼續在車裡等，竹原也同意了。車子真的很破爛，竹原好不容易才推開了車門，走出來，他們這次停在皇居廣場前，靠近護城河的地方。

## 情人的質疑

竹原要去車後找司機，但他先問了波子有沒有急著趕回家，波子說：「今天還好。」於是竹原就有了餘裕看一下司機在對這輛「地獄之車」做些什麼。車子後面掛著一個燒炭的爐子，司機拿一根鐵棒不斷朝爐裡攪，希望火能夠重新燃起。波子下了車，可能仍顧忌不願被看到吧，沒有和竹原一起到車後，而是轉過頭背對著馬路，去看護城河。所以此時竹原從她身後靠近，她也沒有回頭，只是感覺到竹原走得夠近了，她開口說話。

而她說的每一句話，都反映了心情的矛盾轉折。先跟竹原說了「今天還好」，沒有要急著回去，但此時說起晚上只有女兒品子一個人在家，這個孩子是每當媽媽晚一點回去，她就會顯現出一副要哭要哭的模樣，問：「妳去哪裡了？妳到底又去哪裡了？」

不過女兒是真的關心媽媽，不像兒子。意味著兒子也會盯著媽媽去哪裡，但那動機可不是擔心媽媽的安危，而是為了要查媽媽的行蹤。

這話是說給竹原聽的，表示自己是為了竹原才願意晚一點回家，並不是像原本「今天還好」話中顯現的那麼輕鬆。還是有女兒在家裡等著。

竹原了解波子話中帶著撒嬌姿態，不過既然談起了波子的家庭，他放不掉早先困擾他的那件事，對於女兒、兒子的區別，他只是敷衍說了一聲：「そうですか。」是這樣喔。然後他說：「我很驚訝。我覺得這件事不可思議。」用「我很驚訝」接續前面的「妳讓我太驚訝了」，堅持要回到原來的話題。

抓住寶石的事，竹原質問波子，妳家裡不都是妳自己一個人在工作，靠妳的力量撐起這個家，怎麼還會認為身上的這些首飾戒指是丈夫的財產，會特別要戴出來讓自己心安呢？

竹原的驚訝，是表現無法接受波子明明自己養家，卻還要強調給予這男人對於寶石和妻子的所有權。但波子將竹原的驚訝微妙地轉開，說：「是啊，你當然會覺得驚訝，我那麼沒有力氣，竟能撐起一個家來。」

竹原很生氣，但看到波子的模樣，確實弱不禁風，沒有什麼力氣，又多添了憐惜之情。他把話挑明了：「我在說的是我不能理解妳的丈夫到底是什麼感覺！」意思是怎麼能夠一直不工作、不養家，賴在妻子身上。

波子只是用理所當然的口氣說：「他們家（矢木家）就是這樣。從結婚到現在一天都沒有改變過。」然後補充提醒竹原，他一直都知道這種狀況，為什麼現在那麼激動？上一代，矢木的父親死了，靠他媽媽撐持著讓矢木能夠讀書長大；等到波子嫁給矢木後，情況維持同樣。

這話無法平息竹原的情緒，他連續說了兩次：「わけしかない分かり違いますか。」可是大環境改變了啊！戰前矢木家是靠著波子帶來的嫁妝過日子，但現在嫁妝花完了，而且之後我們會知道，連東京市區的房子都被戰火燒掉了，他們因而得搬到北鎌倉，住在本來是郊區的別墅裡。以前靠嫁妝過活，和現在必須由波子工作養家，「妳丈夫矢木可能搞不清楚這件事嗎？」

矢木當然不可能不知道。然而波子又能如何？她只能無奈地形容丈夫矢木的態度：「他說不一樣的人有不同的悲哀，每個人背負自己的悲哀，悲哀沉重到一定程度，就會剝奪一個人去做其他事的能力。」然後同等無奈地，波子多加了一句：「我自己也是這樣想的。」

那話中表達了她對丈夫的同情，然而情人竹原完全無法接受。「什麼鬼話！矢木有什麼了不起的悲哀，悲哀到他不能去工作？」波子說了一句關鍵的話：「因為日本戰敗，矢木心中所有美好的願望、追求，統統都被打消了。」

矢木自認是一個舊日本的亡靈，他的生命實際上已經跟著戰爭、跟著被戰爭摧毀的舊日本完結了，所以現在成了如同亡魂幽靈般的存在。波子還沒說完，竹原又爆發了：「什麼亡靈鬼話！靠這種鬼話，他就可以看不到妳為了這個家付出的所有努力嗎？」

波子認真地回答竹原的 rhetorical question。強調：「他有看到。」當家裡少了什麼東西，被拿去賣掉或當掉了，他會很在意。所以他不是沒有看、沒有看到，他盯著在看、在算家裡的財產，這連繫回為什麼波子要特別戴上珠寶首飾的原因。

他一直認真地監視波子如何持家。光是為了零用錢，他就可以發作講一些難聽的話，他很清楚家計，很在意家計，他有這份危機感。

## 波子的擔憂

接著波子進一步解釋自己如何陷入這種非得養家不可狀況的另一個理由。矢木那麼在意家中的財產，如果弄到什麼都沒有的時候，他應該會活不下去，可能就自殺了。波子感到害怕，不能承擔這樣的結果。

聽了波子的話，竹原感到心寒，竟然是這樣的男人用這種方式牽絆著波子。於是他說：「為了這個，妳必須帶兩只戒指出來，是這樣嗎？……他還沒變成幽靈之前，妳已經先被幽靈附身了。」

仍然帶著憤怒，竹原動念想到了矢木的弱點。他就問：「那他兒子呢？兒子知道他爸爸這個狀況嗎？」高男是「爸爸的兒子」，如果知道了爸爸如此無能不堪，他還會一直站在爸爸那邊嗎？高男也不是小孩了，他如何看待父親如此軟弱不像樣的生活態度？

波子說：「這讓我煩惱。這個小孩會同情我，甚至會主動跟我說他不想再念書了，要去工作，為了減輕我的負擔。」但換另一個角度看，兒子卻仍然維持著對父親徹底的崇拜，他認為爸爸是個學者。煩惱的是：如果兒子此時動搖了對父親的崇拜，那真不知會發生什麼事啊！

之後，她自己加上了一個明確的句點：「でも、この話このところで。」這樣的話、這樣的話題，就說到這裡，到此為止，不要再說了。

竹原也只好讓步，說：「我只是問問、聽聽而已，沒有別的用意。」不過他當然有別的用意啊，他其實非常生氣，現在要收回怒氣，仍然忍不住又多說一句：「我實在捨不得看到妳剛剛那樣，想到可能被妳丈夫發現時，竟然如此害怕。」聽了這話，波子也必須讓步，解釋說：那是不時會發作的恐慌，會像癲癇或歇斯底里般發作。表示那樣的害怕不是特別針對丈夫，不是怕丈夫怕成那樣。

波子又強調：「現在已經好了。」竹原半信半疑，又問一聲：「そうですか？」真的嗎？波子趕緊回說：「ほんとう。」真的。剛剛車子停下來時突然覺得無法忍受，但現在統統好了。為了離開這個話題，波子抬起頭來看西邊，讚嘆：「晚霞好美啊。」而竹原的主觀視點則是看到了晚霞的顏色映照在波子的珍珠項鍊上。

這是小說開頭的第一段，如此仔細解說主要是希望大家更能體會川端康成如何寫小說，即使是看似簡單的開場，看似只是在介紹小說主角出場，並介紹幾個角色之間的關係，但只要是出於川端康成的手筆，就必然有了人物間細膩曲折的情感變化。

細膩曲折的內容無法保留在翻譯的文字裡。另外也是不得不提醒，目前坊間流通的中譯本，很多是由大陸譯者翻譯的，在這些地方幾乎都過不了關。他們的翻譯有幾個基本的問題，第一個是太強烈的中文本位，習慣用很中文的寫法，將日本情境抹消了。例如小說裡有皇居廣場入口的告示牌，中文譯本寫成「公園是公共場所，請保持園內整潔」。這是典型的中文告示文字，但問題在，日本的告示明明不是那樣寫的。日文告示直接的翻譯是：「公園是大家的，請不要破壞公園的美麗」。這不只有很不一樣的語感，更重要的，川端康成要藉此表現戰敗帶來的衝擊，這樣一個地方——皇居廣場——在戰爭中隨著天皇崇拜被神聖化了，才那麼短的時間內就變成「大家的」，何等奇怪、何等諷刺啊！

因為日文中有很多漢字，在台灣的閱讀情境中，「鳥居」就直接是「鳥居」，我們自然能在心中浮現神社前的特殊建築模樣，但大陸的譯者卻會予以中文化，變成了「紅色的牌樓」，那就徹底走樣了，我們反而無法對應想像那是什麼。

在這方面，大陸和台灣其實有很不一樣的態度。在台灣我們已經習慣了從日文翻譯過來的文字會有一種「日文腔」，乃至於翻譯英文、法文也有相應的「英文腔」、「法文腔」。有「腔」，當然也就不會是「純正」的中文，對一些追求「純正中文」的人來說很礙眼，必欲去之而後快，但我真的必須提醒，那是一份難得的多元資產，這樣的翻譯方式得以豐富了中文，讓中文能夠乘載更多的經驗、體會與感受。

習慣了這種「日文腔」之後，一方面能夠掌握日文裡和中文最不一樣的部分，注意並領會這一部分；另一方面更進一步，即使不懂日文，都還能透過這些「不純正」的中文去還原、想像日文的特殊表達方式。

早在中國外譯轉介工作開始之際，魯迅就提倡過「硬譯」的態度，那後面是一種以陌生態度對待外來事物，或說不強將外來事物熟悉化的態度，語言本身的前後次序與結構是表達的一部分，如果都被「中文化」了，外來事物的新鮮奇特性質當然就少了一大半，能夠帶來的感受或思考衝擊效果必定大打折扣。

翻譯落差還牽涉到譯者無法具備川端康成對於人情人性那樣的細膩婉轉認知，而他（她）

卻對這樣的欠缺沒有自覺，於是理所當然用自己粗糙的感性望文生義，那就很難產生準確的結果了。這部分就不分大陸或台灣譯者，甚至許多學院裡應該有很好日文造詣的教授，都可能翻出令人不忍卒睹的文章來。

## 哀求的晚霞

為什麼要讀川端康成的小說？一個最充分的理由是：因為幾乎找不到別人像他這樣寫小說，在小說中描述了人與人之間那麼細膩複雜的情感的。

無論是描述或對話，在小說中都不會直接全盤托出，有許多藏在裡面的暗碼指向浮動的心情，甚至連角色自己都不見得確切明瞭，那是一種介於顯意識與潛意識之間，而且會瞬息間不斷改變的心理層次。變化快速，所以前後的許多細節，從環境到對方的動作或自己的反應，都會有影響作用，人就是由這些豐富的情緒組成的，對於川端康成來說，離開了這些豐富情緒，就沒有人間故事，剝除了這些豐富情緒，也就沒有人生了。

從一面看如果沒有這樣細膩的感情領受力，無法真正讀到川端康成，遑論要翻譯川端康成；換另一面看，多讀川端康成的作品，當然有助於培養更細緻的感情領受能力，讀得愈多愈熟，不只是愈能深入川端康成所創構的世界，而且能讓讀小說的人在情感上更敏銳。

還是《舞姬》的開頭，川端康成接著轉而描述晚霞。秋季的氣候，中午之前晴空萬里，到下午才起了薄雲。黃昏時薄雲被映照出來，卻薄得和晚霞融合在一起，無法分辨。視覺上看不出有雲，卻是因為晚霞鋪上了一層不太一樣的顏色，才意識到應該有雲，是薄雲產生的效果。

然後形容整片晚霞從天上垂下來，像是一道煙似的，讓人覺得白天的熱度降下來了，將要通往秋天的寒冷。空中的視覺效果有著奇特的方向性，連帶引發了觸覺的感受。

在主要是濃稠黃色為底的天空上，有些地方布上了較強烈的紅色，另外一些地方是較淺淡的紅色，一些面積更小的地方則是淺紫色或淺灰色。還有一些其他顏色，在夕陽中混和在一起，但當你注視這些顏色時，會察覺它們其實在快速變化，正在快速消失中。

之前波子和竹原坐在車裡，覺得天色暗了，車燈點亮了，此刻下了車，出來卻看到了西天即將消失的晚霞。從皇居看過去，是御苑的樹林，不過在那片樹林的頂端，出現了一條如同彩帶般的藍色，夾在比較明亮的彩霞和比較暗黑的樹木之間。

那是非常純粹的一條藍色，完全沒有沾染上彩霞的顏色，看起來不只單純，而且帶著一份哀求的意味。

這時候抬頭看天空的是波子，那是來自她的主觀。她感慨地說：「晚霞好美。」看到晚霞很容易想起童年，波子想起了自己是那種會為了要看晚霞而在冬天都不願意進屋的小孩，不顧一直被大人警告繼續待在外面會感冒著涼。

想起這件事，連帶有了另一個啟悟。波子有一陣子總認為自己喜歡看夕陽是受了多愁善感的男人——她的丈夫矢木——影響的。現在發現了事實，不是的，從還是小女孩，根本不認識矢木的時候，自己就已經那麼執著於看夕陽了。

這裡壓縮了多重的感受與情緒。一重是顯示了波子天性中對於美不只有著敏銳知覺，還有著堅持。第二重是，在過去的婚姻生活中，波子曾經完全認同丈夫，到了因為丈夫愛看晚霞就忘掉自己小時記憶、修改自我認知的地步。然而這樣的婚姻狀態一去不回了，她恢復了自我的獨立態度，和丈夫區隔開來，而和過往重新連繫。

第三重是，這樣的念頭又將她家裡的事帶回意識裡。從她的角度解釋了剛剛在計程車上說「好可怕，好可怕」的來龍去脈。

恐懼感來自於從日比谷大會堂出來，先看到了四、五棵銀杏樹，然後看到公園的出口，再看到更多的銀杏樹。那麼多棵同樣的銀杏樹，在同樣的秋天，每一棵卻呈現出不一樣的情況，有的落葉多，有的落葉少。每一棵樹都有自己的命運。於是讓她聯想起矢木說的：「每個人有每個人的悲哀。」一旦矢木出現在她腦中，就引發了恐懼。

## 波子態度的改變

小說中接著描述晚霞的消失。這時候從護城河的水面，可以看見正對面美軍司令部的白牆完整倒映著，等於是將整個護城河鋪滿了白色。然後白牆上的一個一個窗戶有了燈光，原先是白牆點綴著燈光，但逐漸天愈來愈暗，白牆愈來愈模糊，終至於在水面上只看得見燈光了。

如此夜色真的降臨了。

他們也就決定不要再坐那輛「地獄之車」了，於是波子走過馬路，竹原看著波子過馬路，心中有了一份複雜的感動。他對波子說：「到現在妳都能這樣果決、靈巧地穿越過車流，在那模樣中，可以感覺到從前跳舞時的呼吸。」此時波子也放鬆了心情，於是帶著撒嬌情態說：「你在嘲笑我啊！」意思是說她是個過氣了的舞者。「你笑我，那我也要笑你一件事。」

她的嘲笑用問句表出，問竹原：「你幸福嗎？」這為什麼會是嘲笑？要到小說後面我們才知道波子的意思是：「你現在結婚有太太了，就得到幸福了嗎？」在這裡，波子只是說：「以前你一天到晚問我『幸福嗎？』你好久沒有這樣問了，那就換成我來問你吧！」

聽到這個問題，竹原想起了一個特殊的情景。那是波子和矢木結婚後五年左右的事，有一個西班牙舞者來東京演出，竹原在看演出的地方遇到了波子和她丈夫矢木，以及另外一個跳舞的朋友。波子他們三個人坐在前面最好的位子，竹原則在後面離舞台比較遠的區域。然而波子看到了竹原，就跑到竹原旁邊的位子上，坐下來了。竹原甚至還提醒她：「妳丈夫和朋友都在前面，妳趕快回那邊的座位吧！」波子卻耍賴說：「你不要趕我，我保證坐在這裡絕對不會吵你，一句話都不會說，也什麼都不會做。」而竟然，波子就在竹原身邊待了一整場。

那時候的事，對比當下現在，說明了竹原的憤怒其來有自。那時候敢於如此任性的波子，怎麼會變得如此膽小害怕？那時候丈夫就在前面，不要說怕他發現，根本就像是挑釁地要表演給丈夫看似的。現在丈夫人在京都，兩個人不過坐在同一輛計程車上，車子突然停下來，就嚇得說「好可怕，好可怕」？竟然還要先設想將屬於丈夫的寶石都戴在身上，如果被發現就能夠以此減輕他的懷疑。

竹原試著解釋：五年前波子和丈夫的關係還正常，所以她不必擔心丈夫會懷疑；現在關係改變了，因而變得如此害怕。然而這樣的解釋無法平撫他心中更強烈的情緒：波子比以前承擔了更重的家庭責任，應該在家中有更高的地位才對，怎麼會反而面對那個沒有用的男人卻更卑屈？

## 芭蕾舞熱

從戰前到戰後，川端康成產生了「餘生之感」，開始了新的創作階段，關鍵轉折的作品，一部是《千羽鶴》，另一部就是《舞姬》。小說觸及了一個奇特的背景，如果不是被川端康成如此記錄在小說中，應該會消失在日本社會記憶中的現象。那是一度掀起了芭蕾舞熱，我們會在小說中看到討論光是東京就有多少芭蕾舞教室，家境稍微好一點的女孩，長大過程中都學過芭蕾舞。

這牽涉到敏感的「戰後」心態，和美軍占領期間追求洋化價值觀有關。而參與「芭蕾舞熱」的，從老師到學生，甚至關心的家長，基本上都是女性，《舞姬》的情節就建立在這個背景上，展開了川端康成對日本女性如何面對戰敗的特殊視野。

芭蕾舞追求非常嚴格紀律下的身體之美，是以自己的身體，放在被觀看的情況下來作為藝術的載具。戰敗的情況下，日本人重新熱切崇拜、擁抱西方，芭蕾舞成了表現的出口。藉由芭蕾舞觸碰到了男女性別意識的衝擊錯亂。

軍國主義當然是再男性不過、再陽剛不過的潮流。川端康成經歷過在軍國主義潮流中，自己的纖細感覺被視為不夠陽剛，也就不夠「正確」的屈辱、折磨。所以在軍國主義徹底垮台之後，他比其他人更快速地找到了這樣的問題意識：戰敗是日本男人的失敗，因而日本如果還要能繼續存在下去，那就只能依靠女人與陰性的力量。女人和陰柔，尤其是陰柔的力量，又不必然是同一回事，那就必須要去探索：什麼樣的女人能具備為敗戰日本提供救贖的力量？

在《舞姬》之後，《東京人》也有著同樣的戰後歷史主題。閱讀這兩本小說，我們都無法不注意到他描述男人垮掉的模樣，由陽剛精神支撐的男人一旦失敗了，所產生的一種極度不堪的悲哀。

男人沉陷於不堪的悲哀中而在戰後的生活缺席了，於是女人必須站到前面來，但也不是所有的女人、任何女人都能在如此關鍵時刻站得起來，填上男人缺席的空洞。要是一種有藝術與美的自覺的女人，才能帶來核心的力量與作用。

讀《舞姬》和《東京人》，乃至更晚一點的《山之音》、《古都》等作品，因而要隨時注意小說中對於男女及相關陽剛陰柔關係的呈現，更重要的，必須隨時意識到藝術與美介入其間所產生的效果。而川端康成表現陽剛、陰柔辯證，不會停留在一般的角色、情節層次，更滲入了不同的人說話的口氣態度，甚至他所運用的日文。那樣的日文綿密柔軟，委婉卻精確，本身就帶著一種獨特的陰性力量。

和戰前寫〈伊豆的舞孃〉、《雪國》最大的差別之一，在於他將場景放回了東京，不再是越過山嶺或通過長長隧道進入的一個非常異境中刺激出的非常感性。戰前他寫的，是某種淬鍊著「物之哀」的桃花源，和陶淵明刻畫的「世外桃源」相反，川端康成小說的世界非但不是擺脫了時間，而是讓時間的作用更加純粹，讓人更尖刻的感覺到時間的作用，一種永恆的時間流逝之感，激發出只有悲哀中才能體會的美。

到了戰後，他將本來保留在隧道那一頭的那種「魔之居民」放到當代、日常的生活環境裡，讓那份魔之力量和日本戰敗的現實直面相見。

## 有歲月的情人

再回到小說《舞姬》的寫法。

竹原和波子下了計程車之後，看到了告示牌，由「厚生省國立公園部」設立的，上面寫著：「公園是大家的，請不要破壞公園的美麗」，看了告示牌，竹原的反應是：「這是公園，啊，現在這裡叫公園。」

波子想起了戰爭中，家裡的小孩，品子是中學生，高男才念小學，他們被發動到這裡來挖土、割草，那是學生的「戰時奉侍」，也就是義務勞動。那個時候，聽說小孩要到宮城前，矢木特別用冷水幫小孩擦身體。那是一番儀式，為了對天皇的崇敬，光是要到「宮城前」都必須先在冬天用冷水淨身。

這樣的地方，現在卻立著牌子稱之為「公園」，還要特別強調是「大家的」，多麼尖銳的對比，清楚顯現出「戰後」帶來的激烈變化。而波子的回憶還有另一項作用，竹原說：「矢木確實是這樣的人。」他就是那種衷心信仰天皇的人，也正因這樣的態度，使得他無法從戰敗的情境中恢復正常生活。

竹原的說法同時也帶有挑釁，對照矢木，他自己不是盲目相信天皇至上、崇奉軍國主義的人。

原來的「宮城前」，現在變成「公園」；原來的「宮城」，現在也改為「皇居」了。「宮城」是圍起來不能隨便靠近的，「皇居」則只表示是天皇住的地方而已，每個名稱的改動都指向天皇被降級了，日本不再是天皇統治的國度，而是由那棟白色建築物代表，由美軍占領，沒有了自主性的國度。

天進一步變暗了，然而神奇的，剛剛看到那條天上的藍色彩帶沒有消失，染上了鉛色，感覺像是添加了重量，或變深沉了。而松樹在落日餘暉中變成了剪影。波子之前為了要看告示牌放慢了腳步，又從天色變化有了不同的時間感受。她回想從日比谷大會堂散場出來時，看到國會議事堂沉浸在夕陽中是一片桃紅色，因而絕對不會注意到建築物的頂端有一盞紅燈。現在太陽徹底下山了，紅燈凸顯出來，讓人一方面格外懷念剛剛夕陽中那一片漂亮的桃紅色，另一方面注意到不只是國會議事堂，旁邊的其他建築物，頂上也有紅燈在閃爍。

於是波子的注意力轉到旁邊的總司令部，那棟樓窗口的燈光穿過松樹照過來，使得波子接著注意到松樹下有幾對幽會的情侶。她彷彿為了什麼而遲疑，停下腳步，竹原立即感受到了，因為此時他的主觀和波子的主觀融合在一起了，前一次波子去看告示牌，竹原也去看牌子，這次波子步伐猶豫，竹原馬上同樣看見了那些幽會的情侶，那樣的現象提醒了波子自己也是出來幽會的，所以她停在那裡。

竹原感到一股寒涼，那當然不是來自秋夜空氣變冷的客觀外在環境，而是他又被提醒了波子很在意兩個人的祕密關係。波子這時建議走到對面去吧，意思是要去人比較多、比較熱鬧的另一頭，避開太黑暗幽靜的這一頭，以免看起來也像是故意躲到這種地方來幽會的。

這是幽微的矛盾心情。本來上計程車，是要將波子送到東京車站，讓她搭車回鎌倉，過程中波子很害怕被看見，因為她意識到自己趁著丈夫去了京都，出來和情人幽會。然而因為車子拋錨，他們才只好出來在馬路上走。走著走著天黑了，看到刻意藏在暗處幽會的男女，卻又讓他們尷尬地意識到自己和那樣偷偷摸摸見面的情人也不一樣。兩個人都超過四十歲了，實在不像是會躲在松樹下擁抱親吻的那種男女吧！

最大的不同，川端康成寫著：是歲月。他們之間有歲月，歲月使他們分離，歲月又使他們相會。他們是有歲月的情人，會有一種覺得應該和沒有歲月只有當下激情的情人區別開來的衝動，正因為自己的確在幽會，反而更不能被和那種幽會情人混同在一起的矛盾。

## 失敗的重逢

然而這又不能被解釋為否認兩人的情人關係，所以波子刻意地回到竹原前面提到的那個非常場景——她不顧丈夫和朋友在場，硬是在舞蹈表演中堅持去和竹原坐在一起。那很明顯是一種勇敢的感情表現。

她抓住竹原回憶這段往事時最後說的「在那樣的狀況下，我覺得非常迷惑。」她問竹原：「那時候你在迷惑什麼？」竹原回答：「那時候我迷惑於妳的心情，不知該如何解釋妳心裡在想什麼。」但他接著又補了一句：「那時候我還年輕，所以我迷惑於無法理解妳的心情。」

那時候年輕無法理解，現在不年輕了，也就理解了。他說：「妳將矢木撇在一邊，一直坐在我身邊，是難以匹敵的大膽舉動。妳那麼堅決的想法是從哪裡來的呢？」這是讓他年輕時想不通的。然後他回想自己所認識的波子，和其他女人不一樣的地方就在於會有感情迸發、令人驚訝的時刻。這正是波子之所以吸引竹原的主要原因。

看舞蹈表演那次，波子應該就是進入了這種感情迸發的狀態。但接著，竹原要用「發作」來連繫波子前後的變化。他認識的波子，是個「發作型」的女人，所以會突然令人驚訝地選擇整場表演坐到竹原身邊來。但曾幾何時，現在波子「發作」的竟然變成了恐慌，變成了害怕丈夫！一個從前會不時迸發驚人熱情的女人，究竟如何被婚姻折磨成徹底相反，膽小到會恐慌發作？

說到這裡，竹原收煞不住了，兩次看表演的情境在他腦中疊合在一起，他說：「如果妳坐到我身邊那一次，散場時我就趕緊帶妳逃走，逃到沒有人的地方，讓妳擺脫妳的婚姻就好了！」

現在回想，錯失了那個機會多麼糟糕啊，那個時候竹原還沒結婚，的確可以就這樣將波子帶走。聽到這裡波子無奈地提醒他：「你沒結婚，可是我已經有小孩了。」意思是即使回到那個時候，儘管竹原沒結婚，波子還是必須考慮小孩，仍然不可能被竹原帶走。

波子的話點醒了竹原。說那時候就能將波子帶走，當然是現在衝動的一廂情願，回到那個「還年輕」的狀況，竹原不得不承認，有另外一股力量決定性地阻止他做出那樣的事。這也就是必須到了不年輕時才真能理解、真能看清楚的。

回到那個時候，竹原說：「我以為女人一旦結了婚，就只能在婚姻中追求幸福。」這是關鍵的錯誤。當時的觀念中，完全不存在著想將波子從婚姻中拉出來的念頭，因而只會朝一個方向去解釋波子的行為。波子的做法那麼激烈，年輕的竹原解決困惑的方式是認定她之所以敢於不顧丈夫矢木頻頻回頭看，堅持坐在那裡，是因為波子的婚姻很穩固，她自信即使如此反常的行為，都不會影響到她的婚姻。一定是婚姻中有充分的保障，才容許了她的任性。

現在他覺得自己當年好蠢，竟然完全沒有意識到波子放送出來的，可能是徹底相反的訊息——對於婚姻的強烈不滿與無法忍受，在向竹原發洩甚至求助。應該說，當時的竹原籠罩在對婚姻錯誤的認知中，硬是強迫自己不往這個方向想，說服自己說那不過是因為在不預期的情況下重逢，產生格外親切之感，波子必定很有把握即便這樣做也不會讓矢木不舒服。

但即便強迫自己一直朝那個方向想，還是不得不承認：波子一動不動坐在身邊，很奇怪啊！以至於任性如斯的波子身上帶了一股強悍的氣勢，使得身為男性的竹原都無法、不敢去看她。兩人並肩坐著，波子又意志堅決地挺在不應該坐的位子上，竹原因而完全不敢轉頭。

這是當時的困惑，來自不願、不敢面對這項事實：波子的舉動是對於自身婚姻的抗議，舊識竹原出現在同一個會場給了她這個機會，用這種方式全場不和丈夫坐在一起，來發洩婚姻中累積的不滿、不幸福。

然後竹原近乎咬牙切齒地補充讓自己犯錯的因素：除了太年輕之外，「我被那個男人的外表騙了，他長得像模像樣，使得人家無法相信嫁給他會有什麼不幸。甚至如果嫁給他的女人有什麼不幸，人家也不會覺得會是他的問題，一定是質疑那個女人怎麼了。」

## 避而不談的婚姻

之後，竹原提起前年或大前年發生的一件事。牽涉到波子他們家除了主屋之外，另外有一間比較小的「離屋」。這樣的建築安排，說明了那不是一般的住宅，而是別墅。本來居住在東京市區四谷見附一帶，房子在空襲中燒掉了，沒辦法復原，只好搬到北鎌倉住進原本當作別墅的房子裡。

還不只如此，為了省錢，自家住主屋，另外將離屋租出去，竹原因而跟他們租了離屋。有一次波子沒有錢付水電費，竹原覺得應該幫忙，就將剛領了的薪水袋整個交給波子，霎時間，波子落淚了。因為在婚姻中她從來沒有拿過薪水袋，丈夫從來不曾將薪水袋給過她。竟然是另外這個男人，如此大方、自然地就將甚至還沒打開的薪水袋遞過來，多麼強烈的對比，立即引發了多麼強烈的悲情。

提起此事，竹原此刻仍然是懺悔的心情。他當時心裡想的是：妳一定不懂得如何對待丈夫，才會連丈夫的薪水袋都沒見過吧！依然認定錯在女人、在眼前的波子，不會怪罪到那個男人身上，那男人外表實在太體面了啊！

竹原好幾次提到矢木的外表，他當然認為自己長得沒有矢木那麼體面，於是帶點嫉妒酸味地加了一句：「以前你們走在一起，別人大概都會刻意回過頭來看，發出讚嘆吧！」

竹原很認真地要向波子解釋，為什麼從前那段時間會經常問：「妳幸福嗎？」因為竹原無法相信自己的眼睛，也不能完全不顧自己眼睛裡看到的，關於波子的婚姻，外表和內在差距太大了。然而每次問，波子都不回答，竹原就只能假設那樣的婚姻還是幸福的吧。

就在此刻，波子突然幽幽地抱怨：「但你不也是沒回答嗎？」竹原先沒有意會過來，波子又說：「你明明聽到我問了。」不要裝傻，你知道的。指的是之前波子也問了此時結了婚的竹原是不是幸福，竹原並沒回答這個問題。

被如此追問，竹原還是沒有回答幸福或不幸福。他的說法是：「我們是平凡的。」波子顯然不滿意這樣的說法：「有平凡的婚姻嗎？」意思是竹原不誠實，想用這種方式閃躲避談自己的婚姻。然而波子的質問觸到了竹原剛剛還沒解決的情緒，他於是繼續酸溜溜地說：「是啊，妳嫁了一個了不起的男人，妳的婚姻不平凡。」言下之意，對啦，我不像妳丈夫那麼不凡。

接著川端康成寫著：「竹原像是要轉換談話的方向。」是轉換方向，不是轉換話題。他要換個角度繼續抱怨與攻擊矢木，可是波子不想再聽這些，波子比較想談對於婚姻的體會。

她要強調那句問話不是隨口說的，也不是特別針對竹原的婚姻。她認識的同學都是，兩個人結了婚，一定形成不一樣的婚姻，沒有婚姻是一樣的。呼應前面提到的每個人命運不一樣，連每棵樹的遭遇都不同，這是波子的宿命觀，隱含著「我的命便如此」的悲觀，是竹原很不願聽到的，竹原就是要鼓勵她到婚姻以外去尋求幸福，而不是一直對已經很糟糕的婚姻認命。

竹原不想聽也不想討論這個。所以他只是敷衍：「妳說得好。」那樣的態度讓波子都知道是敷衍的，波子忍不住點破他：「什麼時候開始你變得喜歡將這種敷衍的話掛在嘴上？上了年紀的人總是這樣讓別人話說不下去，你不覺得討人厭嗎？」這話聽起來好像是尖銳指責，不過川端康成添加了波子表情的描述：她是溫柔地揚了揚眉毛，正視著竹原。那是撒嬌，不是要批評。

然後她說：「每次都只有我這邊。」意思是話題都只圍繞著我的婚姻，對於你的婚姻，你就一直避而不談，總是表示沒有什麼好說的。於是波子強調沒有婚姻是一般的，又多了一層意義：沒有任何婚姻是不值得說的，她想要叫竹原也講他的婚姻，她也會好奇竹原的婚姻狀況。

波子如此在意竹原不談自己的婚姻，步步進逼，但畢竟還是停了下來。沒有等竹原回應，她用一種很不自然的方式突然轉移了話題。這是非常幽微的心情，小說要到第三章才會描述得明白些：波子既想知道，又很怕知道竹原和他太太之間究竟是什麼樣的關係。那源自婚外情中複雜的嫉妒情緒。小說開頭細膩呈現了夫妻生活中的嫉妒，如何表現及如何隱藏，如何利用及如何閃躲。

## 護城河邊散步

只缺臨門一腳時，波子退卻了，她還沒有勇氣聽竹原描述他太太，她沒有把握自己會不會嫉妒，會如何反應，於是躲開了。

他們還在護城河邊，水面上司令部燈火和樹的倒影剛好呈現了相反的走向，光與影形成漂亮的交錯景色。波子想起來問竹原：「今年的中秋滿月是九月二十五日還是二十六日？」這牽涉到日本對於中秋滿月習慣講求是發生在農曆十五夜還是十六夜，每年正圓出現的日子不太一樣。

她想起在報上看到一張中秋滿月的照片，畫面裡司令部的頂上有著一輪明月，水面上又有亮晃晃的滿月倒影，那張照片拍攝的角度，就剛好是他們所在的位置。

波子告訴竹原，報紙的照片裡和當下最大的差別，是看到了照片裡的月影。竹原有點懷疑：報紙上刊登的照片會那麼清楚嗎？波子很確定：「雖然只有明信片大小，但看了有很深的印象，現在可以感覺照相機似乎就擺在我們和那棵柳樹之間，從這樣的角度拍攝的。」

竹原感覺天黑氣溫在下降了，於是催促波子往前走，從憐惜擔心波子會冷，牽出對波子心境的另一種憐惜擔心。竹原問：「妳也會和女兒品子說這些嗎？跟她說從照片裡看出月亮中有影子？」他深層裡關心的是波子那麼敏感的觀察，在生活中有誰能理解嗎？不過在表達上，竹原故意採取了相反的態度，叫波子不要去跟女兒說這些，以免讓女兒變得太纖細、太敏感。竹原強調舞台上的品子看起來很強悍，如果變得像媽媽一樣纖細，不會是件好事。

這是竹原迂迴既稱讚又表現疼惜波子的方式。波子意識到了，也就帶著一點撒嬌地問：「所以我太纖細太弱了嗎？」恰好此時人行道走來了一個警察，波子自然地靠近了竹原，到了幾乎是兩人手挽手走路那樣的親近距離。受到靠得那麼近的感覺影響吧，波子就用正式請求的口氣說：「請你也保護品子，給她力量。」

竹原當然大受感動。於是將真正想說的話直白地說了：「更需要被保護的人是妳啊。」波子也回應以真情流露：「我一直都有你可以依靠，現在才能在日本橋那裡還保有一個排練場，拜託你保護品子，因為保護品子也等於保護我。」

波子解釋：「如果沒有戰爭，品子現在可能已經在法國芭蕾舞學校了，說不定我也跟著去了。」那口氣當然是無奈的，波子已經錯過了去學芭蕾舞最好的時機，一旦錯過也就錯過了，無法再重來了。但竹原的心情卻聽到不同的重點，因為他在意的不是品子，而是波子。品子還年輕，真正可憐，被環境耽誤了的是波子啊！而且耽誤波子的，主要不是戰爭，至少從竹原的角度看，是那荒唐、可惡的婚姻啊！

和這個男人在一起以至於虛耗了自己的青春，怎麼還有工夫、餘裕替女兒感慨？另外竹原要弄清楚的，是波子話中顯現的意圖：「妳真的想過要和品子去國外？」因為如果去了，也就離開了這段婚姻。竹原追問波子是不是有這樣的想法。

波子反問：「逃？」竹原不得不將話說得更明白：「逃啊，到了國外就離開那個男人了。」波子回答：「沒有，我想的都是女兒的事……」這顯然不是竹原想聽到的，所以話沒說完就被竹原打斷了，他自我安慰地解釋波子的態度：「妳之所以將自己和小孩完全認同，就是對於婚姻的一種逃避，不是嗎？」

波子認真回答：「喔，是嗎？我是真正幾乎失去理智地將所有的精神放在小孩身上，這件事比逃離婚姻更重要。」因為她期待女兒能夠成為ballerina，這個字不能翻譯作「舞者」或「舞蹈家」，小說原文是用外來語，因為這是芭蕾舞藝術中的特殊身分，那種能將芭蕾之美超越地呈現出來，使人著迷的女舞者，才能稱為ballerina。如果品子成為ballerina，那不單單只是將小孩培養長大的成就，是實現、完成了波子自己的夢想。

她將自己跳舞的夢想投射在女兒身上。所以她也很誠實感慨地說：「常常搞不清楚，究竟是我為品子犧牲，還是品子為我犧牲。但都一樣。」她說「一樣」，意思是終究歸結到自己的能力不足，才會需要女兒犧牲來完成夢想，也才會即使犧牲了自己也成全不了女兒。是在對話引發的這種的低抑心情下，波子看見了水中的白鯉魚。

## 孤伶伶的鯉魚

拐角處水中有一尾白鯉魚，不浮不沉。接著川端康成描述水中有落葉，一些沉下去了，但還有一些葉子卻和白鯉魚一樣，在水中的一半，不再沉下去，也不浮起來。為了想看清楚白鯉魚，波子去撥水邊的柳樹，樹枝上有一些小小的樹葉，就從樹枝上掉落下來，漂在水面。

波子看著鯉魚，竹原則看著波子的背影。他看到波子穿著窄裙，下襬是收攏的，顯現出從腰到腿的線條。竹原在波子的舞蹈中看過這個線條，從青春時到現在都沒有改變，而每看到那樣的身體線條，就提醒了竹原這個女人何等纖細，讓他掛心。

一方面是對於波子的愛慕，另一方面又必然是對波子的擔憂，竹原衝動地說：「妳要看到什麼時候？不要看了！」他說的話，他的口氣，讓波子嚇了一跳。竹原表現出了他內心糾結帶來的煩躁，波子愈是顯現她的纖細之美，就愈是讓竹原無法忍受她陷入的不堪狀態。

他發洩在看白鯉魚這件事上。「哪有人特別看這種鯉魚的？誰會去看，就只有妳。」然而這話更是觸痛了波子，她回應說：「就算沒有人看到、沒有人知道，這隻鯉魚就是在這裡。」

竹原當然了解波子的心情，他當然也覺得難過，又抱怨說：「妳就是這種人，專門去看別人看不到的孤伶伶的鯉魚。」波子還是在落寞的情緒裡，她說：「這隻魚偏偏在這個角落一動不動，如果我們去跟任何人說在這裡看到了一隻都不動的鯉魚，大概沒有人會相信。」

竹原笑她：「那是因為只有不正常的人才會看到這種不正常的白鯉魚。」說到這裡，他心軟了，覺得自己無理取鬧，因而換上了一種同情的態度說：「也許魚游過來是特別為了讓妳看到，因為牠和妳一樣孤獨。孤獨的鯉魚要來給孤獨的人看。」

雖然天黑了看不清楚，不過波子想起來旁邊有一個牌子，上面寫著「請愛護水裡的魚」。竹原假裝找到了那牌子，柔情開玩笑地說：「真的有啊，那上面寫著『請愛護波子』。」這是一直縈繞在竹原心頭的感受。波子也感動地笑著說：「在那裡的確有這樣一塊牌子啊。」

竹原進而說：「在這種地方看可憐的魚，這樣不行的，妳必須改掉這種個性。」波子同意，但她想到的是：「為了品子，不要讓我的女兒被我拖累，我是應該要改。」這可不是竹原要的承諾，他有點氣急敗壞地說：「可不可以不要再為了品子？可不可以為了自己？」

竹原的口氣不好，因而兩個人沉默了一段時間。然後波子要講另一件事，必須先強調：「不是為了品子。」她想將離屋賣掉，那是竹原之前住過的，所以要告知竹原，先和竹原商量。竹原毫不猶豫馬上說：「那我買。」然後補充：「這樣將來妳要賣正屋時會比較方便。」

波子驚訝問：「真的嗎？這是突然浮上心頭的判斷嗎？為什麼？」被如此一問，竹原道歉：「對不起，我說快了。」對話中顯示的，是波子只說要賣離屋，但竹原馬上跳到賣正屋去了，等於是誇大她家中的經濟困難，很不禮貌。

不過波子並不是要指責竹原。關鍵在於她問：「是突然浮上心頭的判斷嗎？」意思是：「我並沒有說，為什麼你連想都不用想一下就知道了？」波子感慨：「你最讓我覺得奇怪的是，我好像不管跟你說什麼，你當下就會有一個直覺的判斷，完全不遲疑，而你的判斷都是對的。好像你從來不會困惑。」

波子用這段話表示對竹原的愛。為什麼喜歡這個男人？因為竹原和她的丈夫相反，矢木的習慣是不管聽到什麼，都說：「我考慮一下。」但竹原不用想，即刻理解波子的心意，同時做出明確的決斷。

順著這樣的對比，波子說出了對矢木的不滿：「我原來還以為他真的想很多，很會考量很會算計，後來才發現那都是些瑣碎的小算計，出於他的小心眼，並不是真正的深思熟慮。」

另外當她形容竹原「好像從來不會困惑」，波子心中一定還記得剛剛的對話，這話就多了一層意思：你一直是這樣的人，卻只有在我跑去坐在你身邊，為了我，你才陷入了無法下判斷的困惑中。話中隱含了對自己能在竹原生命中占有這樣的獨特重要性，既是驕傲，也覺得感激。

## 天差地別的美學信仰

大家可以拿任何一本《舞姬》的中文翻譯，對照看我前面如此仔細的解說，查對譯文中是不是漏掉了什麼，或譯錯了什麼。這樣一方面檢驗體會譯本與原文間的差異，另一方面可以更明瞭川端康成寫小說的方式。

他的敘事看起來毫不費力，他的對話也不複雜，然而像這樣的第一章中，真的沒有一句多餘的話，也沒有純粹時間或景物的描述，只為了交代場面。每一句話都有飽足的訊息，是從波子和竹原兩人的過往中提煉出來，必然指向兩人的過去或現在情況的，而且都表現了細密的情感波動，掌握了兩人幽會中的濃縮、緊實心緒變化。

翻譯川端康成，必須小心保留他的語法、他的順序，不能任意調動。像是波子提起要賣離屋的事，她先說：「不是為了品子。」就會有譯者理所當然將這句掉到後面去，變成是說了想賣離屋，然後才補充說：「不是為了品子。」這就完全錯失了川端康成悉心經營要我們去感受竹原指責波子老是不為自己著想的話，在波子心中餘波盪漾，所以她要強調：為自己著想所以要賣離屋。竹原立即心領神會，所以馬上用他的方式表白：如果是為了妳自己，不是為了家庭、小孩，那我一定全力支持、幫助妳，我馬上可以承諾將離屋買下，之後妳要賣主屋時，就不必擔心離屋的屋主有不同意見，讓妳為難。

川端康成的小說敘述都是這樣繞著人物的心情環環相扣的，因而要翻譯他的小說，最難的部分不是日文，也不是中文，而是能不能進入這樣的糾結情感世界裡，將那一直纏捲的微妙情感波動表達出來。也就是取決於譯者自身感受、區分、呈現情緒的能力。

話題轉到賣房子上，因為這件事牽涉到波子如何為自己著想，所以竹原格外重視。他的動機很簡單，就是為了要幫助波子，他當然不需要那間離屋。他開玩笑地說：我每天到妳那討人厭的丈夫面前晃來晃去，光這樣就值得付出的錢了吧。到後來他又提議，乾脆將鎌倉這邊的房子都賣掉，去重建四谷附見那邊的房子，既有住家又有大一點的排練室，那麼連替女兒的考慮都能一併處理了，品子可以將排練室分租給別人用，有一些收入。

到這裡，竹原體貼地退了一步，他願意也替品子著想，找到一個既能滿足波子自己需要，又對品子也大有好處的解決辦法。竹原說得很興奮。

但這樣的心情立即被潑了冷水。波子的反應是連續說了兩次：「矢木不會答應。矢木不會答應。」不論是要為波子，還是要連帶顧慮品子，那個男人總是陰魂不散地夾在中間。

接著川端康成展開了小說第二章精心設計、安排的內容。矢木從京都搭夜車到東京，卻不先回家，而是去了美術館。兒子高男不只準確預期到父親的行蹤，而且還選定了美術館的一座佛像前面，在那裡等到了果然一定會過來看這尊佛像的父親。之後，家中的這兩個男人討論起家中的兩個女人，一個家依照性別，並且依照性別所帶來的人生觀，明確地分成兩組，從美術館的話題延伸出來，又明確地表現為兩種截然不同的美學價值信念。

從對美術作品的討論，再描述了矢木所做的研究、所寫的書，我們明瞭了他瞧不起舞者，他說：「會跑到舞台上去表現自己身體的，都是缺乏自覺的人。」於是我們知道了矢木和波子婚姻更根本的問題，也是波子最深沉的悲哀，她身上具備的最主要能力，甚至要傳給女兒的本事，不只是得不到丈夫的肯定，甚至無法讓丈夫尊重。

接下來兒子陪著爸爸去了一間有名的旅館，和日本在國際體壇上綻放光采的第一位游泳選手高橋，以及第一位諾貝爾獎得主物理學家湯川有關的旅館，爸爸在這裡和一位安排舞蹈表演的人有約。

原文中，川端康成用的是外來語MANAGEMENT，其性質比較接近表演經紀人，然而大陸的翻譯就會「中文化」寫成「幹事」，讓人無法理解這場會面的目的了。如果知道了這個人是舞蹈經紀人，讀者心中很快就會有不祥之感，果然他是要來和矢木商量，讓波子再回到舞台上跳舞演出的，等於是觸動了兩人婚姻中最麻煩、最難解決的差異波折。

## 一個日本家庭的瓦解

《舞姬》這部小說核心內容是凝視一個日本家庭的瓦解。不是一個家庭的瓦解，而是一個日本家庭的瓦解，日本家庭不是那麼容易會瓦解的。因而小說的重點在於：在一個有著多重、強大對於家庭保護機制的社會中，為什麼這個家庭還是維繫不了。那必然牽涉到裡裡外外的各種不同因素，集結成一波波襲來的破壞浪濤，反覆衝擊這個家庭，終至所有的社會保護機制都失靈了。

最大的一波浪濤，當然是戰爭。應該承擔家長責任的矢木，得了「戰爭恐慌症」，或者更精確地說，「敗戰恐慌症」。小說中並沒有描述矢木在戰爭中到底有什麼樣的經歷，在敗戰後的第五年，創作、發表這本小說時，川端康成有理由覺得不需要在這方面多所著墨。因為整個社會都還壟罩在那樣的慘痛氣氛中，大部分的人都還被戰爭的噩夢糾纏著，他的日本讀者都知道那是怎麼回事，也都能夠在自己的生活中辨識像矢木那樣的人。

矢木掛在口頭上說，如果再有下一次的戰爭，他絕對撐不過去，這次戰爭已經打垮他了，他在戰爭中僅以倖存，莫名其妙自己都不瞭解地活下來。那個年代的感受，和我們今天從歷史角度看去的其實很不一樣。我們認為一九四五年戰爭結束了，然而他們卻無法如此確定，他們的恐慌來自於一場戰爭以日本徹底戰敗結束，但另一場新的戰爭隨時可能爆發，甚至他們當時迫切感到下一場戰爭已經出現在日本旁邊，牽涉到美國、中國、蘇聯，很容易就會擴大為第三次世界大戰。

矢木的恐慌因而是有現實基礎的，再來的一波軍事動盪席捲日本，一切就都毀了。所以他說下一次戰爭來臨時，他會給自己氰化物，給兒子一個燒炭的小屋，給女兒貞操帶。

不過放在小說的情境裡，矢木說這話時，是充滿心機的。他故意不提太太波子。波子注意到了，問他：「還少了一個人，我呢？」波子的發問在矢木計畫之中，他回答：「這三樣，你自己選吧！」用波子不在他關心範圍內，來表示對波子的羞辱。這才是他如此說的用意。

因為他並不是真正在恐慌中等著末日來臨，表面上一直跟人家說戰爭再來就統統完蛋了，然而到了小說後面，卻揭露了他別有安排，他要讓兒子去夏威夷，然後自己也要逃到美國去。他的算計很現實，他表面說的都是假話，還要利用假話來羞辱妻子。

在他的現實算計裡，只安排了自己和兒子，家中另外兩個女性成員並不包括在內。他知道，他無法否認這樣的心態很冷酷，所以才借用一休和尚的八個字——「入佛界易，入魔界難」來自我辯護。他的意思是：沒辦法，如果要能逃掉下一次戰爭，這是唯一的方法。

女兒品子問他：「什麼是魔界？」品子的認知，「魔界」對應「佛界」，所以「魔界」就是人間？但父親說不是，他解釋：一休之所以形成「魔界」的觀念，是出於對日本佛教中的

sentimentalism，感傷主義的一份厭惡，而你們的媽媽就是這種感傷主義的代表。

對矢木來說，進入「魔界」是棄絕所有的感傷，只剩下理智。他將妻子波子和女兒品子視為是他自己最反對的感傷主義的代表，也就是將會阻礙他，使得他無法活過下一場戰爭的因素。她們的感傷情緒會使得他被困在日本，在下一場戰爭中被毀滅。所以他必須殘酷地放棄她們，在下一場戰爭之前冷酷的算計清楚，及時逃走。

「新感覺派」強調感官感受，川端康成是一個充滿了sentimentalism感傷主義的作家，因而矢木的意見簡直就是在攻擊作者的信念吧！川端康成特別如此安排，讓矢木既是傳統主義者，衛護日本的民族文化，看起來似乎和他自己「餘生事業」立場一致，但矢木卻又不遺餘力地攻擊感傷主義，那就明確和川端康成本身劃清界線了。矢木是小說中的反派，他的意見，包括對於「魔界」的解釋，其實都不是川端康成能夠贊同的，他代表了川端康成反對的一種以日本傳統為藉口在戰後怯懦地追求庇護與利益的人。

## 惡魔的藝術

而促使矢木冷酷對待妻子和女兒的關鍵原因之一，在於她們都是書名中所說的「舞姬」，跳舞的女人。這個家庭瓦解的第二項因素，是舞蹈。波子之前遇到了昭和十年左右的舞蹈表演黃金時代，當時西方舞蹈和日本舞蹈有了充滿創造力的衝撞、融合。

在川端康成對日本文明的理解中，舞蹈很重要，日本是一個有強大舞蹈傳統的民族。對比韓國就不是如此。小說中提到了崔承喜，那是韓國最受尊重的一位舞蹈家，正因為他來自於缺乏舞蹈傳統的社會，他的成就格外感人。韓國受到日本的壓迫，才刺激出了像崔承喜這樣的舞蹈家。

小說中特別呈現了戰爭對於舞蹈、舞蹈家的影響。韓國的崔承喜和俄羅斯的尼金斯基都在戰爭氛圍中爆發出強大的身體能量，但同時也都成了戰爭中的悲慘受害者。尼金斯基原本要回俄羅斯，卻在一九一四年遇到了第一次世界大戰爆發，以至於在匈牙利被拘禁，之後精神狀況出了問題，逐漸陷入瘋狂，一直到一九五一年去世，都沒能再回俄羅斯。

崔承喜的悲劇是她的女兒在川端康成寫《舞姬》時，被捲入剛爆發不久的韓戰，死在韓戰中。

昭和十年左右，西方文化最頂尖菁英的芭蕾舞進入了日本，創造出從明治維新開始的日本西化過程新高峰。那時波子大約二十五歲，她成了日本最早有能力可以表演呈現芭蕾舞的第一代舞者。而那一代舞者的身體素質仍然保留了來自日本舞蹈傳統的強烈影響，卻在這個基礎上違背日本傳統價值觀，將自己的身體誇張地展現在觀眾面前。

成為芭蕾舞者之前，必須訓練強化身體的某些女性化素質，然後又要將這強化過後的素質戲劇性地展現在眾人眼前。波子的丈夫矢木也屬於這個世代，但他和新興芭蕾舞現象間的關係毋寧是負面、不安的，他是那種被芭蕾舞藝術驚嚇的人，不習慣、難以接受女性用這種對他們來說帶有色情意味的暴露方式來展現自己的身體。

矢木非但從來沒有理解波子的藝術，從來沒有試圖要理解，甚至抱持著敵意，以各種方式抗拒當時的流行。十五年前芭蕾舞流行時，很多男人心中都有粗鄙的想像——經過如此訓練的女人身體，會提供更強烈的色情誘惑，以及更刺激的性愛經驗吧！他們看待女性身體的眼光離不開性欲。

矢木原先欣賞波子的舞蹈，他迷戀波子的身體，自豪於波子的身體，那是和性和占有連結在一起的。他結婚以來沒有碰過別的女人，因為別的女人不會有像波子那樣超凡的身體。

但換從另一個角度看，他厭惡波子的舞蹈，因為讓其他的人，尤其是其他的男人也能觀看波子的身體。他將舞蹈視為「惡魔的藝術」，始終對於妻子作為舞者，她身上的藝術能力，無法予以尊重。所以在他的冷酷算計中，就將身為舞者的妻子和女兒排除在外了。

矢木的另外一番痛苦來自於他是個習慣從眾，缺乏精神強度對抗潮流的人。波子的藝術是在前一波潮流中形成的，到了戰後，芭蕾舞又有了新一波的流行。芭蕾舞再臨的黃金時代更曖昧，牽連到戰敗的美軍占領，使得日本社會急於討好美軍，尤其是將女人推到前面去吸引、誘惑美國軍人。於是不能否認，芭蕾舞的流行，和許多女性以美軍為賣身對象的現象，平行發展，彼此勾絆。

《舞姬》小說中呈現了那個時代東京長大的女孩子，在家庭條件許可下，都會去學芭蕾舞，以至於有那麼多的排練場、那麼多的舞蹈教室。從那個特別的時代環境中看去，波子和品子具備了有前途的能力，加入了熱鬧當紅的行業。這卻讓矢木更討厭波子的舞蹈表演，他只想自己獨占享受波子的舞者身體，然而在敗戰貧窮、殘破情境中，他又沒有理由、沒有辦法阻止波子靠教芭蕾舞賺取家中僅有的收入，甚至很難拒絕沼田要來邀請波子重返舞台演出。

大家看到了芭蕾舞的流行，於是在東京雨後春筍般冒出了好多芭蕾舞教室，必然有了競爭的壓力。要凸顯波子的地位，最好的方式就是登台演出，強調這位老師自身是如此傑出的舞者，和其他舞蹈教室的教員拉開等級距離。沼田在小說中的作用，就是明確提供了這項策略，讓大家重新認識波子是戰前的ballerina，那麼波子的排練場立即可以得到商業利益，取得穩固的競爭優勢。

波子也不喜歡沼田，但她不可能不對沼田的提議動心。不過提議要能成為現實，還得過矢木那一關，這就是沼田和矢木約在名物旅館裡見面的理由。很難說服矢木同意，因為他本來就不情願妻子展現身體，作為其他男人的欲望對象。此時又多增加了戰敗的打擊，他當然也清楚社會上颳起的芭蕾舞風，有著功利討好戰勝者、占領者美國人的因素。這是對日本尊嚴的一大挑釁。

## 佛像與女性

矢木是一位「國學者」，必然站在衛護日本傳統的一方，他眼中看到的，是日本傳統文化遭到了西方——尤其是美國——的持續汙染，愈來愈嚴重的汙染。到處都是提醒矢木這種變化發展的跡象，例如皇居的護城河裡水中倒影顯像的，竟然是美軍防衛部建築白色壁面，以及從窗口透出來的燈光。

就連最日本的，代表日本最高權威的天皇居住之處，都逃不過美國人的染指。再回頭一點，小說開頭計程車拋錨，馬路上都是車，而且大部分都是美國車，少數不是美國車的，就只有波子和竹原他們不小心坐上的這種燒煤燒柴的舊車而已。

接下來他們去換搭電車，就看到了可口可樂醒目的廣告。到處都是代表美國權力、美國文化的符號、象徵，將日本人籠罩在全面被占領的狀況下。

小說中矢木第一次露面，是在北野博物館，他研究日本國學之餘，另外也是業餘的藝術史愛好者，寫了關於「王朝時代」藝術的分析研究。他是這樣深浸在日本傳統中的人，因而在戰後更加仇視家中跳芭蕾舞，和西方、美國有著如比緊密關係的兩個女人。

在博物館裡，兒子高男看著那尊佛像，覺得很像媽媽和姊姊。父親很嚴肅地告訴他：那尊佛像甚至不是女性，而是少年像，是「聖少年」的造型。意思是：怎麼可能會像我們家那兩個女人！

矢木會知道佛像不是女性，因為他研究過。他的出發點是注意到日本美術史中有「美女佛」，將從印度來的，原本陽剛、男性的形象轉化成為陰柔的美女。他的研究重點在於解釋將佛的形象陰性化、女性化，有助於佛教在日本的傳播。然而這樣一種正面看待「美女佛」的態度，當遇到了兒子在佛像上看到媽媽和姊姊的神情，矢木卻變得無法接受，倒過來一定要強調佛像原本是男性。

這背後的心理作用，來自對於波子和品子的鄙視。一定還要用輕蔑的口吻補充說：「我們家兩個女人的智慧和佛像所要顯現的差太多了。」

他仇視家中的兩個女人，將她們的舞蹈視為「魔的藝術」，然而諷刺的是，矢木後來做的決定，給自己的藉口說詞「要入魔界」，用這種方式來克服自己的戰爭恐慌，那竟然是要去美國。他要和美國妥協，去到一個保證不會被下一場戰爭毀滅的國度裡去。他要將自己交給魔鬼。

小說這部分，反映了川端康成當時對於自己「餘生意識」的深刻探討。他要用「餘生」尋找讓日本能從戰爭責任中重生的價值，這份自覺努力必須有所提防——絕對不能成為像矢木那樣的人。

那樣的人擁抱日本傳統，卻沒有獨立的意志。他們在軍國主義的環境中成為狂熱的「國學者」，然而實際上並沒有精神力量要衛護自己心中認定的美好事物。面對可能有末日、毀滅來臨時，他們為了自保，也可以放棄一切，投奔美國。換句話說，正因為沒有「餘生」的認定，心中總是蠢動著苟活的動機，這種人雖然一方面會輕蔑巴結美國的芭蕾舞，但另一方面，他們也沒有勇氣能夠真正維繫自己和日本傳統的關係。

## 虛有其表的丈夫

使得這個日本家庭解體的第三項因素，是矢木和波子兩人家世身分的差距。矢木那麼討厭波子跳舞，完全不了解、不尊重她的藝術，但為什麼無法阻止波子？因為兩人原生家庭的地位與財富是不對等的。

矢木對兒女說戰爭前有些事你們不懂時，提到了他曾經當過波子的家庭教師。另外透過竹原的抱怨與諷刺，我們大致可以知道小說中沒有明寫的來歷過程。矢木在波子家當家庭教師，窮小子得到機會進入有錢人家，而他外表所顯現的，包括長相、言談、知識使得人家對他有了特殊的信心，因而贏得了波子這位大小姐。

矢木憑藉著外表，得以躲過社會上的真實考驗，結婚之後他實際上一直依賴妻子、依賴妻子的娘家。原先應該就是顧慮矢木的出身較低沒有資源吧，女方給了豐厚的嫁妝，很多年，就靠這份嫁妝過活。等到戰後嫁妝花完了，一小部分靠波子教舞、開排練場來賺錢，更大的一部分還是只好安排變賣剩下的家產來支應。

在這樣的處境中，矢木抱持著一種冷嘲熱諷的態度，但又忍不住小氣計較。他從京都回到北鎌倉，從火車下來，對兒子高男說：「我覺得已經回到家了。」可是真正到家門前，卻轉成了嫌惡，因為看到家裡燈很亮，他嫌太浪費了。波子就告訴過竹原，矢木為了一點點小事，都能說出很難聽的話。

另外一段矢木提到了高級和服，他用嘲諷的語氣說：「現在又流行起這種材質的和服，太可惜了，妳的那些和服賣得太早了，如果留到現在，不是可以多賣很多錢？」波子解釋那些都是舊衣服，留到現在也賣不了什麼錢。矢木就進一步說：「上一次流行這種高級和服是戰爭爆發時，看來只要女人開始熱中穿高級和服，就要打仗了。女人流行穿什麼衣服，會像漫畫一樣，膚淺地直接反映時代啊！」

他將變賣東西當作是波子的罪狀，擺出一副事不關己的模樣。最嚴重的，是家庭經濟持續惡化，必須賣房子才能解決問題。環繞著這些事的是小說中的一道伏流因素——矢木缺乏現實感，因為長期以來都不必負擔家計，不需要有現實感。實際的經濟財務由波子處理，在社會上他又能靠著體面的外表規避了別人評判的眼光。

那是標準的「討了便宜又賣乖」，依賴波子過日子，回頭卻嘲笑波子要賣這賣那，叫兒子監視媽媽到底賣了什麼東西，還要指責波子和兒女生活太浪費。他認為這個家裡三個人包圍著一個不浪費、過著節省貧窮生活的人——他自己，等於是在剝削這個貧窮的人。

用這種方式，他在心理自我防衛，認定家裡沒有錢不是他的事，因為錢都不是他花的，他從來不過奢侈的生活，錢是其他三個人花掉的。

這道伏流因素其實說明了為什麼波子會被竹原吸引。竹原是一個現實感再濃厚不過的人。波子才提了要賣離屋，竹原馬上不只想到離屋要如何賣、要賣給誰，還設想了下一步——必須考慮要賣主屋時，這次離屋買賣不要製造困擾變數。他甚至不用猜，直覺就知道了波子不可能只賣離屋，遲早還要賣主屋。

而且他立刻提供現實的協助。他直接提議就將離屋賣給他，這樣要賣主屋時，他可以也一併買下主屋，或者至少他可以配合想買主屋的人不會有所妨礙。還有，他買離屋，先將這筆錢給波子，但其實波子應該將北鎌倉的房子都賣掉，去重建東京市區被戰火摧毀的房子，才是更有利的打算。

他腦筋動那麼快，立刻又意識、顧慮到波子的感受，所以向波子道歉，因為自己的反應好像誇大了波子遇到的經濟困難程度。這種心中有他人存在的態度，和極度自我中心的矢木，也是強烈相反的對比。

## 愛情與自由

還有一項對比是，和波子相關的事，竹原都反應得很快，矢木相反地總是做出一番要多考慮的樣子。波子說：「以前他這樣，我都被他騙了，覺得他是個深思熟慮的人。」現在不這麼覺得了。波子現在看清楚了，矢木真正的意圖是要保留、伸張自己在家裡的決定權，並且以不同意波子的想法、作法來保護自己的尊嚴。

家計由波子負擔，但矢木仍然是名義上的「主人」，因而他要更誇張地來伸張一家之主的地位。波子最大的問題，小說一開頭惹得竹原煩躁的，就是她看不出來矢木的地位其實完全建立在波子的恐懼與善意上。波子愈害怕，矢木的地位就愈高，但竹原無法說服波子不要害怕、不應該害怕。

波子的恐懼源自日本家族的舊倫理，被緊緊拘束的波子無法抵抗丈夫。不過戰爭結束，戰敗的衝擊卻強力破壞了這份舊倫理。舊倫理綁起來的秩序脫開了，原本被綁住的人在失序的環境中得到了新的自由。

新的自由是誘惑，但也會帶來不可預期的考驗。《舞姬》小說中勇敢面對自由的，是友子。友子的經歷，構成了一個敗德的悲劇故事。學了多年芭蕾舞的女孩，為了一個有婦之夫，而打算要放棄芭蕾舞。荒唐的是，她不能再跳芭蕾舞，要改去跳脫衣舞，才能賺更多的錢。更荒唐的，她需要錢，是為了替男友和妻子生的小孩治病，那個男人自己沒有辦法賺到足夠的錢給孩子治病。

對這件事，品子大受震撼。她和友子一起跳芭蕾舞長大，她很了解友子對媽媽波子的崇拜，以及這份崇拜背後的那份舞蹈熱情。友子向來是以奉獻的心情與態度投注在波子的舞蹈與排練場上。友子怎麼可能要放棄芭蕾舞？

不只要放棄芭蕾舞，而且是為了從舊倫理上看極其不堪的理由。然而川端康成就是要用友子的故事來記錄戰後日本，友子對老師波子說：「我們都有了自由，每一個人要有權力運用她的自由。……我最重要的，是試驗我的自由。」自由給予友子要愛誰就愛誰的權利，如果她愛的是大家認為可以愛、應該愛的人，這份自由對她就等於沒有意義了，要試驗、確認這份自由真的存在，要嘗試這份自由，唯一的方式就是愛上不該愛的男人。

友子非常熱情，她比其他人都認真、熱情地擁抱這份自由，要去實現這份自由。她原先將自己獻身於波子和芭蕾舞，現在她要轉而將自己獻身給愛情與自由。

這是個浪漫的悲劇故事，呈現出日本戰後女人得到的新自由。得到自由的，當然不會只有友子，波子也在新氣氛下，和原先分租他們家的竹原發展出幽會關係。這是推倒日本家庭的第四項重要因素。自由對女人產生了致命吸引力，誘引她們去嘗試出軌的事，不出軌，就無法確認大家都有的自由妳也有一份。

## 青春將逝與幻滅

還有第五項因素，那是青春，或說青春將逝的特定生命階段。波子四十歲了，那是青春的尾巴，更是舞者生涯接近終點的時刻。沼田勸她回到舞台表演，因為再拖一陣子，波子就和舞台無關了。波子面對的，是被戰爭蹉跎耗費掉了好些年，戰爭結束了，自己的舞者生涯只剩下短短的兩三年，最後的機會要不要把握住呢？

青春將逝不會只影響舞蹈和表演，也牽涉到愛情與幸福，一個女人能夠得到愛情，享受愛情帶來的幸福，也只剩這段時間了。那樣的急迫感，動搖了波子。

矢木長期睥睨波子，不尊重她的藝術，既依賴她卻又控制她，憑什麼？憑藉著波子自我認知中的強烈自卑，那是舊倫理設定給女人、給妻子的角色地位。她依循舊倫理安排信服自己的「主人」，產生一份善意，對於矢木的人和他的行為先入為主地給予正面肯定。然而這時候，新的情境是她不得不意識到自己如果不把握時間去追求，就沒有舞台、沒有愛情、沒有幸福，她不能再繼續自欺地假裝看不到矢木的種種缺點。

竹原會特別點醒她，包括強調她的恐慌是沒有道理的。被這樣點出來，波子不得不感覺到自己的恐慌如此不堪、如此違背本性。竹原眼中的波子，是極度熱情，有著衝動與勇氣的，怎麼會被恐慌用這種方式抓住了呢？

小說的第三章中，波子有機會再次在意識上檢查自己的恐慌。去了京都好幾天的丈夫回來了，丈夫不在時波子去和竹原約會，意識到背叛了丈夫，這當然使得波子有著複雜的情緒。小說中含蓄卻深沉的寫法，放在第二天早晨發生的事。

早餐時，矢木拒絕吃蝦，說：「我不要。」波子原來以為矢木嫌那是剩菜，經過解釋，矢木才說是因為懶得剝殼。然後這件事在心中糾纏波子，她無法確定矢木是真的怕麻煩，還是藉此表達對她的不滿。她心虛，擔心矢木察覺了什麼而發洩在吃蝦這件事上。

於是她又在那樣的恐慌裡了。但在被竹原提醒之後，恐慌延伸出去，反而讓她不得不看到婚姻中的種種不堪，一步一步，她對自己的生活產生了幻滅。如此的幻滅之感，是使得家庭瓦解的第六項因素。

## 魔界與感傷主義

幻滅和戰爭結束有關。戰爭期間的高度緊張，使得這個家有了團結動機，不知道下一刻家人是不是還在一起，會在感情上抓住彼此。戰爭結束了，一陣子之後，這樣的感受也必然消散了。

經歷幻滅的，不只是波子。兒子高男原來一直站在父親那一邊，成為製造母親恐慌的一大因素。那麼死心塌地地當「父親的兒子」，是因為他崇拜父親，覺得父親是了不起的學者，是真正的一家之主。然而小說中我們會看到，這個兒子卻在這方面反覆受挫，終至無法再維持心中的父親形象。

高男陪著父親到旅館見沼田，那是一個高男很討厭的人。他直白地表示：從小他就怕沼田會將媽媽搶走。他覺得沼田對媽媽有企圖，更可惡地，後來他發現沼田好像也在打姊姊品子的主意，讓他更受不了。

所以他熱情、衝動地為了保護媽媽和姊姊而脫口而出：「應該找他決鬥！」時，爸爸的反應卻如此冷漠。在此之前，當他感覺在佛像上看到媽媽和姊姊的形影時，才被爸爸潑了一桶冷水，兩件事加起來，顯然爸爸並沒有和他一樣想要保護媽媽、姊姊的心情。

而後來是他發現爸爸偷藏存摺。爸爸根本沒賺錢，有任何零星的收入也從來不拿回家，媽媽賺來、變賣東西得來的錢，爸爸竟然還要偷藏起來。高男無法再替爸爸辯護，原先的「父親的兒子」這時候變成主張去將爸爸存摺裡的錢領出來，不應該將這些錢給爸爸。

高男對父親的尊敬，在爸爸故意羞辱媽媽時，得到了最大、最後的一擊。爸爸當著小孩的面，先撇清自己和家中開銷無關，然後為了要傷害波子，將小孩扯進來，對小孩說：「你們不要怪罪到我身上，不是我把你們的媽媽拖垮，沒有這種事，一個女人不會被男人拖垮，要垮一定是兩個人一起垮。」

他明顯地將自己和家中其他三個人切割開來，然後藉機將婚姻的失敗怪罪到波子和竹原關係上。從他自我防衛的角度看，竹原會吸引波子只有一個因素，就是因為波子沒有嫁給竹原，所以愛幻想的波子可以對竹原存有幻想。

接著他更冷酷地對小孩說：「你們應該去跟媽媽道歉，說你們連累了她，讓她不能離開爸爸，跟我結婚生下你們，讓你們媽媽很討厭、很受不了吧！」

他自認為這一連串都是真話實話，還對應指責家中的兩個女人虛偽。兩個女人成天感傷，好像很有感情，但那是假的，他自己表現的冷酷才是真的。他還對女兒說：這就是「魔界」——撕開好看的表面，露出殘酷的內在，這就是「我入魔界」。

最受衝擊傷害的，不是兩個女人，而是兒子高男。他內心激動跑出去找姊姊，他承受著終極幻滅的沉重壓力。到小說結束時，高男已經不再是開頭那個「父親的兒子」了。

女兒品子其實也經歷了幻滅。她從小和媽媽比較親近，對爸爸不會有太多幻想，但爸爸還是給了她原本沒預期到的傷害。品子去找爸爸，刻意問爸爸「魔界」是什麼，引出了矢木一番議論——所謂「魔界」就是反對感傷主義，在話中明顯表白了對於家中兩個女性的仇視，完全沒有掩飾自己現實而無情的態度。

矢木缺乏現實感，但內在價值觀卻又很現實，充滿了功利算計，這是最可怕的。他認為這些情感不當的羈絆了他，他要擺脫所有情感，只為了自我的存在去設想、算計，這就是「魔界」。

這番話讓品子醒覺了。她意識到自己和眼前可怕的爸爸最大的差異，是的，就是內在的感傷主義，心中充滿了非現實的柔軟情感。她原先沒有勇氣完全肯定這份情感，此刻源自於父親態度的對反情緒，她得到了確認自己如此充滿感情、依賴感情的特性。

「感傷主義」在她身上最深刻的烙印，是和香山間的關係。十六歲的時候，她和香山一起去跳舞勞軍，回來之後先是對媽媽說：「在世界和平之前，我不要生小孩。」然後改換另一種說法：「我會一直專心地努力跳舞，一直等待世界和平。」再換另一種說法：「到媽媽不再相信我能成為ballerina之前，我不結婚。」

這都是被香山刺激出來的情緒，必須用這種方式來抗拒香山在她心中誘引出的愛情欲望。後來曾經和她一起舞蹈演出，在舞蹈間有著特殊身體接觸關係的野津追求她，品子明白拒絕了。那也是因為她忘不了香山。

那是品子心中最柔軟、最脆弱的部分，過去她一直不敢面對，深深壓抑著。但當她知道香山也在看同一場演出時，她忍不住追了過去；再來，遇到爸爸說那些殘酷的話時，她反而解脫了，承認自己就是爸爸所看不起的那種「感傷主義」的人，被爸爸看不起，反而證明了「感傷主義」的珍貴價值。

## 重新解讀「魔界」

《舞姬》小說結尾處，竹原決定去面對矢木。竹原來了，矢木以為他要來找波子，禁止波子出去見竹原。但此刻，原本的「父親的兒子」換成站到母親那邊了，他挑戰父親：「要不要見這個人，應該是媽媽的自由吧？」

不過重點在於，竹原不是來找女主人，而是要找男主人的。矢木沒有心理準備，就拒絕了。沒有見到矢木，但竹原仍然問了矢木會去學校的時間，表現了他一定要正面迎擊矢木的決心。他怎麼會採取這麼強硬的態度？在小說中，是品子在竹原離開家門後追到車站幫我們問出來的。

竹原要品子去告訴媽媽：他調查清楚了，發現房子的所有權被偷偷轉換給矢木了。憤怒的竹原要直接對矢木說：「你怎麼會做得出那麼卑鄙的事？」北鎌倉的房子是波子的家產，而且是當下波子要能活下去的關鍵，矢木竟然在不告知波子的情況下，要自己處分。竹原或許不知道，但我們從小說前面的情節拼湊起來明白了：矢木告訴高男的計畫，將高男送去夏威夷，自己要去美國，靠的就是得到了這份房產的資源。那麼他不只不顧慮、不安排波子和品子，乃至於是偷走了她們未來生活的依賴，陷她們於最糟的困境啊！

更令人寒心的，做了這種事的矢木，不久之前還若無其事地聽波子跟他說要將離屋賣掉的計畫，那時矢木心中在偷笑吧——房屋產權已經被轉移到他名下了，要不要賣房子根本不是波子能決定的。

品子比媽媽和弟弟更早知道了這件事。不過她並不是從車站回家告知媽媽和弟弟，而是搭車去找香山。這是她徹底和父親決裂的姿態。父親認定母親和她太過於柔弱感傷，所以就可以用殘酷的方式「進入魔界」棄絕她們，讓品子堅決地走和父親完全相反的方向，絕對不要成為那樣殘酷的人，而依循自己最柔弱的感情衝動，誠實地去找香山。

同時品子藉由這個決定，拒絕、否定了父親對一休那八個字的解釋。品子相信：「佛界」指的是清淨出家，那麼相對「魔界」指的就是欲望橫流的人間。很多人認為拋棄塵世種種出家修行很難，一休卻要提醒：留在人間去處理種種欲望，承認、肯定欲望，在這種環境中去尋求解脫，才是真正最難的。願意選擇「入魔界」，也就是留在人間，才是菩薩道。

菩薩不入佛界，只有在人間情欲場裡，才能解救、超渡更多人。從個人的層次看也是如此，斷絕一切感官，不看不聽不說不想，讓自己殘酷麻木，這樣得到解脫，相對是容易的。這反而是方便、甚至廉價的，將自己關在真空的環境裡，不敢面對任何誘惑挑戰，形成一種空疏荒涼的存在，那是逃避。

倒過來要能繼續留在人間，追求生命不同的、更高的層級，才是難的，也才有更高的價值。在對於這句話的理解上，女兒也不再被父親的「國學者」身分眩惑了，她有了從自己生命經驗中而來的真切體會，看穿了矢木的說法是刻意的曲解。

矢木所處的，不是一休所說的那種人間魔界，毋寧是另外一種惡魔般的存在，來自於他的惡魔心態。在此之前，品子已經直覺地對母親說：「父親是從『魔界』在看著妳。」矢木的那種「魔」不是一休說的「魔」，而是冷酷無情地吃著別人靈魂的狀態。品子同樣來自直覺的反應是：「和爸爸說過話之後，連活下去的勇氣好像都沒有了。」

終於她弄清楚了，她必須區別一休所說的「魔界」，和矢木所處的「魔界」，兩者完全不一樣。她要棄絕父親的「魔界」，以熱情回頭投身在人間，也就是一休所說的「魔界」，去擁抱感情、去追求愛情。

如此，照道理說應該堅固難以瓦解的這個日本家庭，也就徹底瓦解了。

## 森鷗外的《舞姬》

《舞姬》這個書名指向了川端康成長期對舞蹈的高度興趣，另外還指向了日本近代文學的開山名篇——森鷗外所寫的浪漫愛情故事。

森鷗外曾經在歐洲留學，他所寫的《舞姬》帶著濃厚的自傳性色彩。小說中描述主角太田豐太郎留學德國時，遇到了一位從波蘭來的舞者，墜入情網。他當然感覺到兩人身分差距帶來的龐大阻礙，然而還是對女友許下了承諾。他回日本之後，這位舞者竟然不辭辛勞，真的渡過重洋來找他，抱持著可以和他在日本結合的夢想。然而太田無法應對家庭、社會的層層壓力，最終只好逼著千里遠道來投奔他的舞姬黯然離開日本。

這是一個極度悲傷的故事，和川端康成在戰後寫的同名小說，內容上沒有直接的關係。不過女舞者跳的都是西洋的芭蕾舞，她們的身體與男性欲望間的關係，從森鷗外的作品中貫穿到川端康成的作品，兩者都探索、呈現了舞者身體既激發欲望與感情，同時又帶來懷疑與批判的曖昧性。

另外，女性的身體狀況，不可能不影響到她們的意識。展現自己身體的舞者，必定會有較高的自我意識，帶來從拘束中解放的動機與效果。戰爭中全民動員，使得日本女性被迫從傳統家戶內角色跳脫出來，提高了公眾間的能見度，到了戰後，創造出日本女性能夠在舞台上展現身體的較大空間。

但這件事卻形成了矢木最大的心結。他從來沒有尊重波子作為「舞姬」的身分，而且他有動機輕蔑「舞姬」，因為如此他就能彌補自己出身家世遠不如妻子的差距。在矢木的眼中，波子是個「舞姬」，從頭到尾就是個「舞姬」，因為是「舞姬」所以有可以讓他醉心的身體；卻也因為是「舞姬」，所以可以讓他看不起。

戰爭給像矢木這樣的男人帶來雙重打擊。戰爭是男人發動、男人進行的，最後的失敗當然也必須由男人來承擔。日本男人成為戰爭的倖存者，回到戰後的日本社會，面對原先的弱者——女人和小孩——他們有了強烈的無力感。尤其是無力阻止女人改變，沒有權力、沒有辦法可以將女人繼續關在他們熟悉的那種家庭結構中。

對這樣的時代特性，川端康成極度敏感，所以環繞著這個主題他接連寫了《舞姬》、《東京人》和《山之音》等幾部精采的小說。幾部作品處理的，都是男人如何應對戰後雙重打擊，面對打擊的幾個角色，具備有類似的性格，不過他們面對挫敗的反應方式不太一樣。

在《舞姬》中是矢木，《東京人》裡對應的角色是島木俊三。到了《山之音》中，小說主要刻畫尾形信吾和媳婦菊子間的互動，然而信吾之所以關心媳婦，主要源自於兒子尾形修一對待婚姻的態度。戰爭持續構成修一和菊子婚姻中的陰影，然而連作父親的都弄不清楚兒子到底在戰場上經歷了什麼，戰爭如何傷害了兒子。他憐惜、心疼兒子，卻無從對兒子表達這份關心，於是一部分將關心投注在也必須承受傷害結果的媳婦身上。

矢木、島木俊三和尾形修一，他們同屬於被戰爭打垮了的日本男人。

# 第六章
# 戰後的群像——讀《東京人》

## 從《舞姬》到《東京人》

《舞姬》小說中，矢木對沼田說：日本舞蹈和西洋芭蕾舞最大的不同之處，就在於芭蕾舞是青春的舞蹈。不一樣年紀的人可以跳日本傳統舞蹈跳出不同的風韻，但芭蕾舞卻只能由年輕的身體表現出來。有十四歲的小女孩可以成為ballerina，這是傳奇；然而在芭蕾舞界更困難的是舞者到了三十歲、三十五歲，還能維持ballerina的風華身分。

應該看過娜塔莉．波曼主演的電影《黑天鵝》吧？那麼必定也會對薇諾娜．瑞德演的那個過氣ballerina留下怵目驚心的深刻印象。身體不再允許妳做出原本會做、能做的舞姿，青春逝去同時等於專業與藝術追求的終結。

從《舞姬》到《東京人》，寫的都是女人在面對青春逝去時的特殊處境。這原本是人人都會遭遇的普遍狀態，然而波子是「舞姬」，她只剩下最後能夠跳舞、能夠表演的一點點時光，再不跳就徹底沒有機會了，即將消逝的舞台光采是小說底層的張力所在，促使波子追求愛情來延續青春的感覺，也因而有了對於婚姻不一樣的看法與態度。

《東京人》裡四十三歲的白井敬子，則因為是個「東京人」，活在經歷大轟炸、敗戰、美軍占領等大動亂、大事件的戰後日本首都，而使得她的青春將逝，有了不一樣的意義，帶來不同的挑戰。

戰爭帶來的巨變，給了她可以持續追尋青春、抗拒青春消逝的另一個機會。敬子在戰前早早進入一段傳統的婚姻關係中，然而還來不及好好認識第一任丈夫，他就在戰爭中死去了。敬子必須自己一個人帶著兩個小孩面對戰後的荒敗局面，卻也正因此，為了謀生開設了在月台上的商店，找到了能夠發揮的場域，開啟了完全不曾預期的人生道路。

另外敬子也和《舞姬》中的波子一樣，在青春消逝之前，藉由愛情抓住青春的感受。這方面，《舞姬》小說裡有另一個重要的隱喻。

身為芭蕾舞者，排練場裡準備的兩齣經典舞碼，分別是《天鵝湖》和《彼得洛希卡》（**Petrushka**，亦譯作《木偶的命運》），這兩齣舞碼形成了強烈對比。《天鵝湖》是童話故事，關鍵在於被下了魔咒的人要如何破除魔咒還原為人？天鵝能重新變成人，要靠愛情，愛情是解藥靈丹，表現了對於愛情毫無保留的肯定、崇拜。波子和敬子她們在青春將逝之際得到的愛情，不只是愛情，還是一份幫助她們解除原有束縛，讓她們從原本不自由的情況下解脫出來的力量。

相對地，《彼得洛希卡》故事中的愛情沒有那麼簡單。這個故事裡的主角也不是人，是懸絲木偶，更沒有自由，只有在被操控的狀況下才能動的木偶。這樣的性質使得木偶照道理說不應該、不能當主角。然而在這個故事裡有三具木偶有了靈魂，得到自由意志，他們才能當主角。《天鵝湖》裡的天鵝原本是人，受魔咒之害才變成天鵝，最單純的愛情能夠讓天鵝還原成人。《彼得洛希卡》裡的木偶卻是得到了靈魂變成人，於是就和人一樣會陷入愛情的迷惘中。木偶彼得洛希卡愛上了跳舞的木偶，和另外一個木偶起了衝突，彼得洛希卡因而被他的情敵殺了，喪失了好不容易得到的靈魂。徹底相反，不是愛情賦予生命，而是愛情奪走了靈魂。

《舞姬》小說中多次提到《彼得洛希卡》芭蕾舞劇中的最後一幕，尤其是其中市場的聲音。這齣舞碼由市場開始，也在市場結束，史特拉汶斯基（Stravinsky）的配樂中運用了大量的打擊聲響、不整齊的節奏，創造出紛亂吵鬧的效果。彼得洛希卡在這樣的嘈雜環境中被殺了，然而在幕落下之前，彼得洛希卡的靈魂顯現，向他的創造者表達抗議，之後又再度消失。

這象徵著木偶雖然不得不接受其命運，但連木偶都不會乖乖地屈服，他用盡了一切力量表達反對的意志。對於波子來說，一方面愛情像在《天鵝湖》裡一樣，有著解開魔咒讓女人得到自由的力量，然而，愛情不會只帶來美好的事物，像在《彼得洛希卡》中那樣，一旦得到了自由去追求愛情，也就必須冒著愛情會帶來傷害，甚至使得人再度失去靈魂的風險。

## 敗戰後的重生契機

更進一步，還有舞台和靈魂間的關係。《舞姬》書中矢木和沼田在旅館裡會面，沼田解釋他提議讓波子和品子合作跳雙人舞，並且拍照留下美好姿影，但她們拒絕了。矢木的反應是：「因為她們知道自己。」那是從他個人的價值觀出發，認定女人不應該在舞台拋頭露面成為別人欲望的對象，他認為她們母女因為自知羞恥所以拒絕了。

然而沼田回了他一句：「所有會上到舞台的舞者都必須要不知道自己。」沼田是從舞蹈藝術的角度出發，顯示西方藝術的一項特徵——那就是「忘我」，藝術產生一種如同占據或代換了靈魂的作用，失去了自我、失去了自覺意識，才能成為對的角色。

抱持傳統大男人主義態度的矢木，基本上不覺得女人有靈魂，將她們視為木偶。然而波子、品子她們透過舞蹈，進入忘我、非我的狀態，反而擺脫了原本社會設定給她們的不自由、無靈魂木偶般存在，得到了特殊的力量，是這股擺脫現實的力量讓她們得以在戰爭中殘存下來。

她們沒有男人那樣的自我中心，沒有男人式的靈魂，才能在荒涼的戰後廢墟間，保有繼續追求的勇氣。像矢木這樣一個國粹主義者，是原本「和魂洋才」口號、理想下的產物，他們活在現代物質環境中，卻堅持保存「和魂」，自認擁有一顆日本式的靈魂。高喊追求「和魂洋才」時，裡面沒有女人，不包括女人，女人是沒有靈魂的。然而到了戰後，在川端康成的筆下，是誰、是什麼因素得以保存「和魂」，進而讓戰敗的日本有資格繼續存在下去？

是女人。戰爭將男人都擊倒了，只剩下女人。女人沒有那種自我中心，對於美好的事物能夠更客觀虛心地去尋覓、擁抱，「和魂」只能靠女人來延續，絕對不是靠矢木那種國粹主義男人。

戰後最大的特色是混亂，原有的規矩都被打破了，那些從規矩中長出來，重視規矩、內化規矩的男人應付不了。反而是《東京人》的敬子可以用有什麼是什麼的態度在月台上做起無法描述、形容的生意。基本上能夠從黑市弄到什麼東西，在貧乏處境中會有人想要的她都賣。

她如此不只養活了自己，還把握住了如果沒有戰敗就不可能得到的繁榮機會。一切在敗戰中都進入一種不真實的混亂情況，活著這件事在那樣的情況下變得如此虛無。為了活下去，什麼事都可以做；而只要你什麼都願意做，那就任何事都可能掉到你頭上，掉進你的生活中。這是《東京人》小說的時代背景、社會情境。

## 《東京人》的背景

《東京人》是在一九五五年出版的。這是日本歷史上另外一個轉折點，就在這一年形成了所謂的「五五年體制」。在這一年日本政黨進行了大整合，自由黨和日本民主黨合併成為自民黨，社會黨也終於處理完內部分裂，在國會選舉中，自民黨成為第一大黨、執政黨，社會黨則是第二大黨、主要反對黨。這樣的結構固定下來，之後維持了將近四十年，一直到一九九三年，自民黨才失去了長期執政的權力，才出現政黨輪替。

一九四五年日本戰敗後，國土由美軍進駐占領，到一九五二年美軍才正式撤離，再到一九五五年，終於建立了一套穩定的戰後政治秩序。混亂局面的終結帶來的第一項需求是每個人如何適應新秩序，在新架構中找到自己的位子；還有第二項需求，那是如何回顧、理解之前那段夢幻般的混亂時刻。

在此時出版的《東京人》描述了各種不同的人，他們如何開始收拾自己的生活，從原來的混亂狀況下摸索出可以定著下來的辦法。而他們會找到、選擇什麼樣的方式，無可避免地和之前混亂年代中他們經歷了什麼，密切相關。

那段經歷最大的特色是：你知道、記得發生了什麼事，知道、記得自己做了什麼，卻不知道這些事情的來龍去脈，也無法控制其結果，弄不清楚事情是如何掉到自己身上的。

敬子能知道、能記得的，是因為一個奇怪的機會，作為一個丈夫在戰場戰死，帶著小孩的遺族，她得以在三重線月台上開一家小商店，機會很偶然，能有的時間很短，那是臨時的安排，在沒有任何章法的情況下，她開展了新的生命。

真的是走到哪裡算哪裡。剛開始她在月台上有什麼賣什麼，賣了多少錢就有多少收入。後來小店被收回了，她還是可以在月台上賣東西，但賣得的錢卻不再屬於她，她變成領薪水的店員，但一個月的薪水，幾乎只是她之前一天買賣能有的收入。

這樣的混亂，機會突然降臨又突然失去，發生在敬子身上，也發生在島木俊三身上。島木俊三在戰後辦雜誌，突然雜誌大受歡迎，有著近乎無底洞般的需求，怎麼編怎麼賣。但同樣的，這種情況來得急去得快，沒有多久新的章法秩序恢復了，他所處的有利局勢如春夢、如朝露消失了。

《舞姬》在小說書名上表明了要寫的是跳舞的波子和品子這一對母女，旁及驚鴻一瞥卻讓人留下深刻印象的友子，從「舞姬」們形成的核心拉出波子的家庭，記錄這個家庭的崩壞。然而《東京人》或《東京之人》(「東京の人」)顯示的則是群像，過去我們很少在川端康成其他作品中看到的寫作方向。他不是要寫特殊的人或家庭，而是在戰爭結束到將近戰後十年間具有代表性的東京人。

## 戰爭、戰後與女性處境

《東京人》是川端康成創作生涯中最長的一部小說。川端康成有著驚人的旺盛創造力，一生總共發表了八百篇小說作品，八百篇中有短到只有三百字的，也有像《東京人》這樣四十萬字的大長篇。

他從十二歲開始寫作，一直寫到超過七十歲，幾乎沒有停過。八百多篇形成的整體，和我們一般對於小說家川端康成具有高度選擇性的印象，其實有很大的差距。日本文壇的讀者和評論者很早就有了對於川端康成作品的固定偏好。《雪國》奠定了「川端風」的基礎，此後凡是比較接近《雪國》風格的作品，一般就被視為是重要的，相對不像《雪國》的便很容易被輕忽了。

《東京人》就是屬於不像《雪國》範圍的作品，也是被認為「不像川端康成」的作品。但我們不能因此而輕忽這部作品，應該從這部作品中去體會川端康成寫小說時有許多不同的企圖，相應選擇不同的寫法。

對照帶有濃厚「川端風」的《舞姬》和不像川端康成作品的《東京人》，我們會發現兩部作品寫作時間前後相銜，僅隔數年，而且有些共同的元素。像是《舞姬》開場出現了東京的地景，日比谷、御苑、皇居、皇居森林等，這些地方也多次出現在《東京人》裡。另外鎌倉、北鎌倉也是貫串兩部小說的共同地點。

川端康成有意識地要處理戰爭、戰後與女性處境，但他刻意用兩種不同筆法寫成了兩部很不一樣的小說。

《舞姬》寫一個家庭，《東京人》則寫好幾個交錯的家庭，呈現的戰後景況比較完整，或換另一個角度看，比較公平。《舞姬》凸顯出男人和女人的差異，波子和矢木形成了對比。他呈現的是戰爭的傷害、衝擊打垮了日本男人，從男人委靡不振的現象中，浮出日本女人從廢墟中站立起來的身影。她們必須擺脫原本男人設定的種種拘束、限制，打造出新的「和魂」，那是從她們對於美的追求與堅持中長出來的，才讓日本得以繼續存在。

但到了《東京人》裡，川端康成將他的歷史觀察結論打磨得圓一點，沒有那麼尖銳。他刻意將戰後的局面分散寫在三個不同的家庭裡。白井家、島木家和田部家。

田部家是最邊緣的，但有著感人的故事。父親戰死，大哥要去從軍。大哥的母親也已經去世了，使得他成為純粹的孤兒，只有一個異母的弟弟是他的親人。他以一家之主的身分做了一個很傳統的決定，要逼繼母改嫁，卻將弟弟留下來，自己養大弟弟。

從一個角度看，這樣的決定很無情，不讓繼母帶自己的兒子，將她送回娘家去。但事後證明，這並不是源自他對繼母的不滿或敵視，而是從他的立場試圖顧全繼母和弟弟的考量，從這個角度看，他有一份忠於家庭的深情，而且難得地戰爭之後沒有徹底被打垮。

川端康成作了緩和修正，描寫了一種在戰後挺住了的男人，進而去探討，為什麼他們可以不被戰爭打垮？

田部身上有一種矢木、島木俊三和尾形修一都沒有的素質，而那樣的素質在小說中是以細膩的筆法化成吸引、感動敬子的細節呈現出來的。敬子去到客戶家去賣錶賣翡翠，發現這家的人竟然是她以前在月台開小店時就認識的，她回想往事，兩次落淚。

當年她認識這個像是黑道的男人，知道他愛上了一個擦皮鞋的女孩。在那樣如噩夢般混亂的局勢中，這樣的愛情能有什麼結果？沒想到多年之後重逢，擦皮鞋的女孩還和這個男人在一起，成了他的妻子。敬子帶著貴重的手錶、翡翠，買家竟然是之前曾經在月台上幫人家擦皮鞋的女孩，讓她格外感動。

田部是這樣有情有義的人，得到機會賺了錢，並沒有拋棄落魄時愛上的人，於是那麼一個擦皮鞋的女孩，現在得以轉身變成了買得起名錶、翡翠的貴夫人。就是這樣的情義特質，使得田部成為川端康成戰後小說中少有未曾被戰爭打垮的男人。那不單純是運氣，而是來自他身上的這份特質。

## 島木的託付

田部的個性影響了他的弟弟昭男。敬子第一次遇見昭男時，他專心看著貓在作畫。他後來開自己的玩笑說：「別人當上了醫生就去收藏畫作或學畫畫，在我，順序倒過來了，還沒當成醫生先做了準備——去畫畫。」這其實不是真話，昭男的志願是學美術當畫家，但戰爭改變了他。面對奪走眾多生命的戰爭，只有醫生繼續努力將人從死亡邊緣搶救回來。他父親是一位軍醫，死在戰場上，他不只是繼承家業，更是自覺地認同父親的作為——那麼多人死在戰場上，但軍醫不一樣，他是逆反戰爭邏輯，為了將生命救回來而奉獻了自己。

這是昭男的生命情調，也是田部家的特殊家世背景。昭男之所以愛上敬子，因為敬子身上有那樣的滄桑，和來自滄桑磨練的強悍。她經歷了戰爭到戰後的種種考驗，還能活下來，還能煥發出生命的光與熱。

在戰後的環境中，敬子和女兒弓子形成了對比：弓子是嬌嬌女，傳統上認為女人該有的柔弱樣子，帶著感傷的哀愁。弓子喜歡昭男，卻吸引不了昭男，會吸引昭男的，是川端康成要塑造的一種戰後日本新女人——在戰爭中累積創傷折磨的倖存者，脫胎換骨具備了之前日本社會無法想像的強悍與自信。

小說中還寫了島木家，丈夫島木俊三和妻子京子結婚沒多久，生了女兒，京子就病倒了。京子前前後後病了十五、六年，曾經病重得幾乎死去。島木俊三是個心軟而沉默的人。因為心軟，他做的決定和一般人很不一樣，卻又沉默悶在自己心裡，不會對其他人表達。

當島木意識到妻子恐怕將要去世時，他陷入掙扎，最後決定將當時十歲的女兒弓子交給在月台上開店的一個女人。事情發生在四月間，他突然對月台上開店的敬子說：這個小孩的母親快死了，拜託讓我把她託在妳這裡，我不要帶她去面對媽媽的死亡，大概要三天我才能回來。

敬子幾乎是別無選擇，只能幫這個忙。但為什麼找上敬子呢？島木和敬子並不是情人關係，甚至沒有多熟啊！敬子能想到的，是之前一月時，天寒地凍下的某一天，島木明顯喝醉了，到月台上來對她說：「我心裡什麼都沒有，只有一個坐上電車到這裡來的念頭。下車不是為了別的，只要來看妳一下。」說完島木轉頭就離開了。那是沉默的島木唯一能找到的表白方式。

京子重病長期住在療養院裡，島木總覺得京子隨時會去世，因而不願意女兒和媽媽太接近。但京子拖著拖著活下來了，島木又忍不下心離婚。不只是無法結束他有名無實的婚姻關係，後來當他的公司出問題時，他同樣出於軟心也無法結束公司，以至於將自己壓垮了。

他唯一的牽掛是弓子。不過在確認敬子和弓子之間有了比一般親生母女更親近的關係後，他就失蹤了。島木雖然沒有被戰爭擊倒，但他也還是無法通過戰後混亂局勢的考驗。

## 敬子的三個男人

然後是白井家。表面上看白井家著墨最多，然而和《舞姬》的寫法不一樣，《東京人》不是要寫這一個日本家庭，而是將這個家庭放入幾個代表性的家庭中互相對照。白井家最重要的是以敬子為中心，而且她是自己口中所說「沒有男人運的女人」。

敬子生命中曾有過三個男人，第一個是白井，從軍死在戰場上；第二個是島木，被戰後的公私環境變數打垮了；第三個則是田部昭男。敬子會被島木吸引，因為她自己是戰後出現的新品種女性，能夠照顧自己、擁有在社會上競存的強悍能力，她特別會對反地察覺島木的軟心、脆弱，在龐大的壓力下持續近乎無望地掙扎。只有在戰後情況下，才會有這種男女強弱逆轉的愛情。

和敬子有關係的三個男人，都沒有辦法給她好的歸宿，證明了她沒有男人運，然而更深一層看，是在敗戰的非常環境中，才使得她去經歷了這三個男人，累積了關於男人運的實際經驗。

在戰後局勢中，意外地開放了敬子做生意的自由，賺了錢，讓原本從小失去父親應該過著悲慘生活的兩個小孩，意外地、莫名其妙地有了豐衣足食的環境。但這兩個孩子——朝子與清——成長中沒有父親，母親又經常不在，和家庭之間是疏離的，所以島木就看出了這兩個孩子的任性與奢侈，又和母親無法親密溝通的問題。

以白井家比對《舞姬》裡的矢木家，矢木家有複雜的個性、感情、人際糾結，然而其中成員的角色是單純的。父親、母親和姊姊、弟弟兩個小孩。頂多再加上一個母親的情人。這幾個簡單的角色竟然維持不住一個理應穩固的日本家庭，關鍵問題出在被戰爭打垮而人格高度扭曲的矢木。他是傳統概念下的家戶長，也就成了家庭瓦解的主要變數。

但白井家沒有這種自然的結構，而是拼湊起來的。本來血緣連結的母親和兩個小孩，卻因為母親做生意賺錢，而疏離開來，成為一種準瓦解的狀況。另一部分島木帶著女兒弓子加入，和敬子同居。這樣組合起來的家庭，核心不是島木和敬子，反而是敬子和弓子之間的關係。

原本應該最疏遠，沒有血緣關係，又屬於不同世代的這兩個人，反而建立了得以維繫這個家庭的強韌紐帶。雖然親生母親還活著，弓子卻被母親的病和父親的保護，成了一個沒有媽媽的小孩。而她遇到的敬子則倒過來，儘管生了兩個小孩，在戰爭到戰後的過程中，她和女兒、兒子沒有太多互動，變成了一個沒有小孩的媽媽。

原本島木俊三的事業還順利時，敬子得以從繁忙的工作中喘一口氣，才有時間、精神可以陪小孩，但這時候在她身邊的不是已經長大的朝子和清，而是最小的弓子。於是敬子和弓子間發展出一種超乎母女的感情關懷連結。弓子和島木是親父女，敬子對弓子投注了高度的關愛，接著哥哥清又對弓子有了相當程度的迷戀。於是實質上，這個家庭靠著弓子黏合起來。

而唯一沒有被弓子拉住的，只有朝子，她就形成這個家庭隱形的破壞變數。

## 組合之家的重重考驗

《東京人》描述的也是日本家庭如何承受了巨大的社會集體打擊考驗而逐漸瓦解。但其過程並不像《舞姬》中那麼明白、直接。《東京人》之所以寫了那麼長，其精采之處就在川端康成耐心鋪陳了白井家遇到的一項一項考驗因素。

一項突如其來的因素，是原本只在名分上是島木的妻子、弓子的媽媽的京子，病竟然痊癒了，要從長期養病的熱海到東京來。島木出於心軟遲遲不願去解決的問題，此時威脅著好不容易拼湊而成，經不起多出這樣一個人的家。多年之後，島木終於下決心要離婚。但在過程中他又離開了這個拼湊組合的家，於是從威脅多一個人，又變成少了一個原有的成員。

接著，游離的姊姊朝子追求舞台生涯，遇到了小山，有了新的關係，這個家又少了一塊。

再來島木不只離家，進一步消失不見蹤影，給敬子和弓子帶來簡直無法處理的難局。弓子之所以將敬子視為母親，是因為父親和敬子同居，她是隨著父親才和敬子有關係的，現在父親不見了，她和敬子之間的關係依據消失了，兩個人要如何在沒有關係基礎上保有感情並共同生活？更何況，還有弓子的親媽媽準備介入要回她自己的婚姻、家庭身分。

還沒完。弓子逐漸長大，愈來愈不能接受哥哥清給予她的注意關懷。她對清是兄妹之情，但清那邊抱持的卻是男女之情。長大意味著哥哥期待她成為女朋友的壓力愈來愈大，愈來愈無法不攤牌。

清是個不太懂人情的男生，尤其不懂得如何和女性相處，一部分因為他無法從和母親互動中學習。弓子很受不了清那樣一副理所當然的態度，為了要擺脫清，她將感情投射在田部昭男身上。弓子因為覺得昭男有點像爸爸而愛上了他，麻煩的是，同樣失去了島木的敬子，也愛上了昭男。

關於這樣的關係變化，川端康成在小說中寫進了一段段的生活處境中推展開來。我們讀到的，是這個奇特的「白井／島木」一家被一塊一塊拆掉，家逐漸變得不像家，給予每一個成員不同的考驗。

在《東京人》中，沒有哪一段感情、哪兩個人之間的關係，是理所當然的。沒有正常的夫妻，沒有正常的親子，也沒有正常的情人，沒有正常的朋友。背後對應的，是戰爭帶來的巨大破壞，造成價值秩序的崩潰，以至於使得要進行收拾，將動盪飄搖的關係固定下來，多麼困難！以此構成了《東京人》中的群像。

《東京人》小說最精采的成就在於：沒有任何人被刻板化（stereotypically）呈現，每一個人面對關係時都是獨特的，兩兩對應的方式都不一樣。敬子和弓子的母女關係，敬子和島木類似夫妻卻又不是的關係，敬子和昭男的情人關係，都非常特別。還有島木俊三和小林美根子之間幾乎無法形容的關係，也讓人留下深刻印象。

美根子自豪於當島木陷入人生最低潮時，是她而不是敬子和島木在一起。六月十四日那天，島木去參加告別式，家裡的敬子和弓子卻高高興興地在慶祝弓子的生日，都沒有意識到島木的悲哀，沒有特別注意、理會他。只有美根子有著不祥的預感，一大早去車站等，等到了島木，因而島木失蹤前的最後一天，是和美根子在一起的。

島木失蹤了，在一個意義上，從島木失蹤前一天才開始的關係——和美根子之間的感情糾葛，卻持續發展。島木對美根子說的一句話，一直在美根子心中發生作用，給她帶來了巨大的變化。島木說：「如果妳相信自己是個美女，妳就會變成一個美女。」

美根子從原本平庸的女職員，在島木失蹤的時間中，轉身成為酒店的女侍。她一直自豪於看出了島木最深沉的傷痛，然而又一直遺憾自己沒有辦法將島木拉回來。於是她解釋島木對她說的那句話，認為正就是自己不夠自信，沒有成為一個美女，所以無法讓她愛慕的社長願意為了她留在這個世界上。

島木失蹤的七個月間，美根子如此努力地增長自己的美色，想像著如果是現在，自己就能以美色、以豔麗的身體魅力將所愛的男人留住。那是她處理生命憾恨的一種形式，表達對於島木摯愛的方法。

## 被解放的家庭幸福

托爾斯泰的名著《安娜．卡列尼娜》開頭的第一句話說：「所有幸福的家庭都是一樣的，而每一個不幸的家庭都有各自的不幸。」

這是一句警句，讓人印象深刻，但不應該只當作警句被記得。還應該放回小說中去理解托爾斯泰為什麼選擇以這句話開頭。托爾斯泰要點出的，是安娜．卡列尼娜最大的不幸來自她對幸福的追求。她不知道、不願承認自己是幸福的，她認為在現在的生活之外，有別的幸福，所以她一直在尋找，於是給自己、給周遭的人製造了不幸。

《安娜．卡列尼娜》和福樓拜的《包法利夫人》有共通之處，都是在描述婚姻中的不滿導致女性外遇。在十九世紀的小說中，這樣的題材普遍出現，顯示了婚姻不再理所當然的情況下，人無法像托爾斯泰主張的那樣確信什麼是幸福，刺激了去探索幸福的衝動，因而進一步破壞了原有的婚姻規範，帶來種種騷亂不幸。

閱讀《東京人》的一個角度，是承認這部小說有著像是通俗小說的中心題材。講的就是追求幸福的故事——什麼是幸福，人如何能得到幸福？不過川端康成將這個主題放在戰後東京的環境中，因而這些人追求幸福的經驗與過程，沾染了時空背景的逆反特質。這種「東京人」要追求幸福，前提是排除法的，先排除了在家庭中尋找幸福、得到幸福的可能。

《包法利夫人》和《安娜．卡列尼娜》都碰觸了同樣的前提：當人無法從婚姻、家庭中得到幸福時，那該怎麼辦？就只能放棄幸福呢，還是可以到哪裡去尋求幸福？《東京人》裡的這些角色，被置放進戰後東京的處境中，社會動盪變化下，家庭失去了原先定著人生、提供幸福的功能。

另一方面，戰爭到戰後的翻天覆地情況，給了人們過去無法想像，幾年之後也不會再出現的一種混亂中的自由。受到可以自由行動的新空間刺激與誘惑，人們很自然地投身在那一波波大浪中，與其說去追求幸福，不如說去碰撞幸福的可能性。因為現在誰也不知道新時代的幸福，離開了原有的社會規範，會長什麼樣子。

小說中弓子有一段時間住到姑姑家去，過年的氣氛中她懷念起在媽媽家，也就是敬子那邊過年的景況。姑姑家是少有保留下來的舊家庭，過年只有穿上和服和姑丈去散步。這不是戰後東京人的生活。在敬子家，過年有太多可能性，太多活動可以做。去淺草聽鐘聲，然後去神社參拜。在半夜的淺草擠滿了人，群眾構成了熱鬧的人流。淺草最能代表東京這樣的大都會，隨時都有人潮，讓人可以隨時隱身進去，就消失了蹤影，也對自己消失了一般的身分，不再是原來有家人、有親戚、有鄰居、有同事，被固定在人際關係裡的那個人。

而島木俊三就是在淺草消失的，後來也是在淺草再度出現。他站在淺草的熱鬧街道上當sandwich man（人體廣告招牌），前胸後背都掛著大大的廣告牌。他徹底放棄了原來的身分，也就徹底離開了固定的身分換一種完全不一樣的方式活著。

並不是每一個社會、每一個時代都有讓人如此消失的空間。可以讓人如此消失的環境，帶有兩面的戲劇性：一面是高度的恐慌，人的存在是流離、變動不居的，嚴重缺乏安全感；另一面則是高度的興奮，因為處處是自由。戰後東京提供了像淺草這樣的地方，島木失蹤了那麼久，大家都認定他死了，甚至連告別式都幫他辦好了，然而就是淺草這樣的地方提供了他隱姓埋名繼續活著的條件。

《東京人》反映、顯現了這個特殊的時代。

## 戰後身分失序

大家看過東野圭吾的《當祈禱落幕時》嗎？如果看過，尤其如果和《東京人》放在一起讀，應該會產生奇特的熟悉之感。《當祈禱落幕時》關鍵的場景是東京的遊民住處，許多沒有身分的人躲在那裡。

關於東野圭吾的這部小說，先探討一下其創作背景。東野圭吾在一九九〇年代崛起，一些作品得到了銷售和讀者反應上的成就，然而他在日本推理界的地位，卻一直有著特別的壓抑與委屈。因為宮部美幸比東野圭吾稍早成名了，而且寫出了代表作《模仿犯》，很快在文壇得到了「松本清張的女兒」甚至「國民作家」的美號。

在日本，自從寫《宮本武藏》塑造新的武士道精神的吉川英治之後，有了明確的「國民作家」觀念。那是大眾小說作者能得到的至高榮耀。配稱得上「國民作家」的，不只作品要極度暢銷，到「有井水處都有」的地步，更重要的還得對於日本社會的精神面、價值面產生確定的改造影響。

吉川英治之後，有改變了日本人「維新史觀」的司馬遼太郎，還有塑造了日本戰後正義觀的松本清張，這是兩位公認的「國民作家」。一九九〇年代，宮部美幸以處理日本陷入的「後泡沫經濟」新困境，不只成了「國民作家」的候選人，還被視為松本清張當然的、合格的繼承者。

有宮部美幸在前面，東野圭吾只能和其他人競爭推理界第二名的地位。不只如此，因為宮部美幸被讚譽為復活了松本清張的社會派推理傳統，相較之下，東野圭吾就被歸類在「本格派」中。其實不論是宮部美幸或東野圭吾，創作的路線都很廣，都涉獵了多種不同寫法，但先入為主的觀念形成了，宮部美幸的社會派作品會特別吸引注意，相對的，東野圭吾的本格派作品得到較多的肯定。

東野圭吾對這樣的情況帶著一份無奈，多年來他一直試圖改變加諸在他身上的這種認識。他寫了《白夜行》、寫了《嫌疑犯X的獻身》等，都是要擺脫被放在本格派中的狹窄歸屬。《當祈禱落幕時》是他另一次重要的嘗試努力，明白地要伸張自己在社會推理上應有的地位。

松本清張的社會派推理，誕生於日本戰後的大混亂情境中，許多人失去了原來的身分，因而陷入困境，卻同時取得了自由。困境與自由相加，結果是為了活下去而離開原有的各種拘束做了恐怕自己都無法想像的事。等到十年後，社會重新建立了秩序，每個人都要歸位到某種固定、可辨認的身分時，那十年間曾經做過的事，便帶來了不方便、尷尬、乃至悲劇。松本清張以他的小說記錄了日本歷史上的這段經歷。

東野圭吾找到了和松本清張的交集。那是一九九〇年代，日本經濟泡沫化之後，帶來了類似戰後初期那樣的大衝擊、大震撼。戰後動盪使得像島木俊三這樣的人失去了家庭後，放棄身分失蹤了。九〇年代泡沫經濟之後瓦解了會社制度。長期經濟發展中，日本男人主要的認同不再是家庭，而是奉行「終身雇傭制」的會社。日本男人將人生主要的時間都放在工作上，交付給會社。下班之後還有各種應酬，每晚上十點、十一點才滿身酒味搭上電車回家。不只是深夜電車上都是這種夜歸人，甚至如果有些日子沒有應酬、不用應酬，他們自己會覺得不好意思，不敢提早回家，早回家了太太也要擔心是不是在工作上遇到了什麼糟糕的狀況。

也就是連家庭也被會社改造了。然而一九九〇年代，會社無法再支持「終身雇傭」，有些人被迫面對之前絕對無法想像的失業打擊，許多家庭跟著被拖垮了，於是產生了另一次的身分大紛亂大瓦解。

《當祈禱落幕時》充分運用了這個背景，小說中所發生的事只有在這個背景中才有可能發生。

東野圭吾明確地以《當祈禱落幕時》向松本清張的名作《砂之器》致敬。《砂之器》寫的是在戰後身分失序中，父不父、子不子的故事；《當祈禱落幕時》則寫父女關係，失去了身分成為遊民的父親和女兒之間的悲劇。

松本清張早期轟動一時的社會派推理小說，包括《砂之器》，和川端康成的《東京人》處理的是同樣的時代、同樣的社會情境。島木俊三這個角色，幾乎完全可以放進松本清張的小說中，具備「被害者＋凶手」的原型條件。

## 多重的三角關係

《東京人》以戰後東京為舞台，呈現了那種環境裡的家庭變化。弓子有一個同學稻子，在一間酒吧裡唱爵士樂曲，她們幾個人就到英子家，要英子的哥哥帶她們去酒吧裡聽稻子唱歌。稻子為什麼會去酒吧唱歌？因為父親得了癌症，但那其實是她的繼父，和她沒有血緣關係。然而和這個父親結婚的母親，和稻子也沒有血緣關係，是她的繼母。稻子生活在這樣奇特的家庭中，在戰後繼父重病，因而選擇到酒吧裡唱歌賺錢。

另外一個同學沒有媽媽，爸爸帶著她，過年時會一起搭飛機去京都，還會跟她說等她結婚時搭飛機去巴黎吧！不過這樣的對話，另外有揮之不去的陰影，那個爸爸同時也考量著：如果再有下一次「原爆」，而且很可能是更可怕的氫彈爆發，要搭飛機還是直升機比較可能逃得掉。

那一屋子的人，幾乎都沒有正常的父女關係。弓子沒有說話，她的父親丟下了她消失了，可能死了，她絕對不願意和親生母親在一起，能夠依賴的，是曾經和父親同居過一段時間的，和她之間沒有任何正式關係，甚至連繼母都不算是的敬子。

在《東京人》中，川端康成寫出了重複的模式。平常情況下的兩人關係，在小說中都成了三角關係，小說情節就發生在一層又一層的三角關係中。但這些三角關係形成的原因又都很不一樣。

敬子、俊三和京子是三角關係，由外遇形成，算是最單純的三角關係。但京子長期患病的因素，使得三角關係不像一般的「夫妻＋情婦」糾紛。京子突然從療養院出來，去到敬子和俊三同居的家中，她是如此天真，對於現實、人情如此無知。

俊三在敬子身上看到的，是能幹、世俗，對人間事務極度熟悉，能夠優游在戰後東京的複雜多變環境中。換成另一個時代、另一種社會，敬子的這些能力恐怕無用武之地，也無從表現出來，但在戰後東京她得以發光發亮，和黯然無知的京子形成極端對比。

在這樣的三角關係之外，又多加了美根子，另外有了「島木—敬子—美根子」的三角關係。俊三原來欣賞敬子的能幹，然而一旦俊三自己的事業出問題走下坡，敬子的這份特性就轉成了愈來愈大的壓力。

在俊三失蹤前，他曾經希望敬子能將房子拿去抵押，借錢來解救他的公司，而敬子拒絕了。重點不在敬子不聽島木的，而是島木深深了解敬子的能力與強悍，敬子的判斷向來是對的，用這種方式是救不了島木的公司的。還有更痛的地方，他們兩個人不是傳統的、正常的夫妻關係，並不是丈夫在財務上照顧妻子，妻子依賴丈夫。

俊三必須面對這件事實：他得求敬子幫助他、救他，將自己放到了一個極度屈辱的位置上。在這項關係變數上，連帶產生了俊三和美根子的關係。美根子孤伶伶地在東京和弟弟相依為命，幾乎一無所有，她急切地想要抓住什麼，但她抓到的，是一個悲劇。

她崇拜、認同的對象，是工作中的社長，是提供她生活資源的人。她將感情投射在島木身上毋寧是正常的。但後來這份感情變質了，變成了更深沉、更難解的執迷。

美根子原先是被動、處於較低地位仰視社長，卻在島木沉淪的過程中，突然發覺自己有了可以倒過來同情島木、幫助島木，甚至解救島木的機會，一個偶然的女英雄。然而在那稍縱即逝的時機中，她失敗了，以至於她無法放開，在大家都放棄了尋找島木的情況下，她一個人不只持續尋找，而且緊緊抓住島木失蹤前跟她說的一句話，徹底改變了自己的人生。

## 難以定義的關係

另外一組三角關係，發生在一個女兒和兩個媽媽之間。血緣上的媽媽反而是沒有感情，假的媽媽；連正式繼母身分都沒有的敬子，和弓子的情感親密多了，甚至因為沒有正式母女關係，而發展出比正常母女更親暱的互動。

這樣的關係沒有任何保障。不能靠血緣提供保障，也不能靠敬子和弓子父親的婚姻來保障。生物性和社會性的這兩頭都是空的。所以她們只能靠感情，兩個人都急切地要用更熱情的方式來連繫住對方。她們必須不斷反覆從生活細節上去確認和對方的感情關係，那不再是一般母女相處的模式，反而更像是沒有肉體關係，無法有肉體關係的同性戀人。

同性戀人無法得到社會認可，更沒有婚姻上的法律保障，他們之間的情感往往更激烈。如果彼此又沒有、無法有肉體關係，甚至無法訴諸這樣最激烈也最明確的情感表達方式，那麼關係就更困難了。一旦有一方有了不同態度，不想維繫這段關係，另一方幾乎找不到任何可以挽留的辦法。

敬子和弓子不會是正常的母女互動，京子病癒重新出現，只會讓她們的關係更複雜。而在這個三角關係之外，又多了另一個糾結的三角關係，發生在敬子、弓子和昭男之間。這就不只是像美國電影《畢業生》中那樣母女愛上同一個男人的故事，敬子與弓子間介於母女和情人般感情的關係，有時使得這三角關係更是暗潮洶湧，有時又讓這三角關係因而得以雲淡風輕。

一般兩女一男的三角關係，必定是以夾在兩個女人間的男人為中心的，但川端康成寫出的這段三角關係，卻還是以弓子為中心。敬子一直愛著昭男，但她心中最大的陰影是：如果和昭男的關係繼續下去，她會失去弓子。

敬子知道弓子愛昭男，相對的弓子並不知道敬子和昭男的關係。但弓子並不是全無感覺。小說中描寫了一個日本戰後的特殊情景，那是「紅羽毛募捐」。負責在街上勸募的女學生帶著刻意染紅、醒目的羽毛，遇到有人捐了錢，就將紅羽毛插到募捐者身上。這是很有效的募捐手法，一來女學生的動作既天真又親暱，二來看到街上愈來愈多人戴上了紅羽毛，還沒捐錢的人會有壓力。

弓子參與募捐時，在銀座遇到了敬子和昭男走在一起，她突然就生病了。她喜歡昭男，不過她更愛敬子，所以會有那麼強烈的直覺反應。這可不是兩個女人搶一個男人的故事。

敬子並沒有正式和島木結婚，這時候大家也都認定島木死了，昭男也沒有婚姻或女友的羈絆，他們兩個人雖然有年齡差距，但並不是外遇不倫。然而必須如此躲躲藏藏的，是顧忌弓子，擔心弓子的感受。敬子和弓子的關係沒有其他保障，她害怕會再也無法和弓子一起親密相處。

還有一組三角關係，仍然是以弓子為中心，她夾在哥哥清和昭男之間。這又不是簡單的男女感情選擇問題，多增加了弓子和清以兄妹方式共同長大的背景，還有他們若有似無的親屬名分糾纏在其間。

敬子能幹有效地應對了戰後的時局，但她還是必須付出代價，最大的代價是養出了兩個從小被迫獨立，因而長大後帶著孤僻個性的兒女。他們不可能和在外面忙碌不堪的媽媽過親近的生活。在這方面，島木俊三帶來的弓子完全不一樣。弓子非常溫柔又非常依賴。朝子不像個女生，清個性強烈偏執，他們都不了解母親，母親也無法將感情寄託在他們身上。朝子和清在家裡的作用，反而是將敬子推向弓子。

敬子原本還有對島木的感情，然而在島木的事業出問題後，兩個人的關係也變質了，在這個同居組構成的家中，敬子就更是只能將感情依附在弓子身上，直到她遇見昭男。

## 向新時代投降的小山

小說裡的這些人都想尋找幸福，但他們都無法回到原有的家庭環境、結構中得到幸福。

朝子和小山沒有複雜的三角關係，兩個人後來也結婚了，但他們仍然不幸福。兩個人表面上看像是一般的夫妻，但這樣的表象只有淺淺的一層。用傳統觀念評斷，這是一場丈夫不像丈夫、妻子不像妻子的混亂。

朝子永遠大剌剌的，永遠和外在世界處在齟齬中。她這種個性有一部分來自和媽媽敬子間的關係。在戰後環境裡，她找到了很不一樣的出路，成為一個舞台劇演員，因為加入了這個行業才遇到了小山。然而，在小山心中家庭並不重要，他優先考慮的是演員事業發展。他對朝子的感情，離開了原有的家庭夫妻觀點，而是兩個人有著共同的舞台事業，進而他看重朝子能建立自己的演員生涯程度，勝過朝子所扮演的妻子角色。

小山的看法是：我身邊這個女人有機會可以成為大明星，為什麼要讓她生小孩？但這樣的態度，即使出於善意，都會讓朝子感到疑惑；更麻煩的是，小山其實並不具備足夠的精神與物質條件，克服抗力去實現想法。朝子和小山兩人雖然結婚了，卻不是傳統、穩定的丈夫與妻子，他們之間的關係仍然極其糾結。

小山後來選擇到大阪關西廣播公司工作，去當職員領一份固定的薪水。在此之前，他和朝子是打零工的演員，但他們心中有一份熱情、一份期待，然而期待一直落空，熱情持續消磨，終至小山決定離開戰後開放最多機會的東京，去大阪上班。

小山去大阪象徵著那樣的「戰後」時期結束了。戰敗開啟的這段「戰後」，用馬克思的名言來形容：All that is solid melts into air，所有原本堅實的事物都融化飄散到空中了，原本得以依賴、以為絕對不會改變的根基都灰飛煙滅了，展現出新的、不確定面貌來。人必須在這樣的環境中找出應對辦法，然而任何的應對、解決又都是暫時的，不知道什麼時候就會失效。

《舞姬》中矢木認定這樣一段時間，只是戰爭與戰爭間的空檔，下一場戰爭隨時會降臨，他實際上是被這樣的感受壓垮的。但即使是矢木這樣的態度，我們也不能不投注一定的同情。回到當時的國際環境來看，第三次世界大戰真的沒有那麼遙遠。他們那一代的人清楚記得第一次世界大戰結束後才二十多年，就又有了第二次世界大戰。在日本，間隔還更短，才十多年，一九三一年，日本就進軍滿洲，開始了對中國的軍事行動。而一九四五年日本投降，才不到五年，在最靠近日本的地方，爆發了沒有人知道終究會到達什麼樣規模的韓戰。

而矢木會相信自己活不過下一場戰爭，也因為日本是唯一經歷過原爆毀滅的國家。毀滅了廣島和長崎的原子彈夠恐怖了，這時還又出現了威力更大的氫彈，他們有理由相信：下一場戰爭必定是原子彈、氫彈的戰爭，將帶來徹底的毀滅。

眼前看到的，自己所存活的環境，不知道什麼時候會消失，當時的人必須在這樣的前提大疑惑中去追求短暫的、不可靠的幸福，採取了那種不定狀態中特殊追求幸福的方式。

在那過程中，有著各種 trial and error，只能冒著錯誤的危險進行嘗試，嘗試失敗了當然就帶來種種不幸。

《東京人》寫的，是從敗戰走向「戰後」的結束。一個個混亂中的不幸故事收束、統整出應對下一個時代的模式。

小山是第一個向新時代投降靠攏的，他曾經在戰後的極端自由中作夢，這時他放棄了自由，要去領不自由的薪水。擴大來看，原先戰後混亂中人人追求不同幸福的場面要結束了，取而代之的是一種共同的、公認的，大家都應該依循的幸福模式。對照之下，之前像是一段奇幻、借來的時光。

這份奇幻之感，在東京格外突出，因為「東京人」沒有故鄉。如果不在東京，還有比較多的機會可以抓住殘留的家庭、社會組織提供定錨點。在東京，人們得不到舊制度與舊情感的保護，只能在失落中自己摸索，在摸索中經歷許多痛苦與不幸。

「五五年體制」終於形成了，戰後的混亂得到初步收拾，回頭看，感謝有像《東京人》或《砂之器》這樣放散著長久光芒的文學作品，對那樣的時代、那樣的狀況留下了紀錄，對比後來「五五年體制」到「團塊世代」所固定下來的日本社會，可以體會混亂時代的自由，以及人們運用自由追求幸福的途徑如此不同，反襯出後來社會的固定模樣，其實並不是那麼必然、那麼理所當然的。

## 隱晦中的感染力

《東京人》長期沒有中文譯本。大概很多人認為這部小說的風格和中文世界裡對於川端康成的印象有很大的差距。川端康成明確地沒有要再寫一部《舞姬》那樣的作品。

《東京人》有了不起的價值，來自於川端康成對於那個戰後如同借來時光中的奇幻情境的關注。他或許不是最適合記錄那個時代的人，但已經處於「餘生意識」中的川端康成勇敢地承擔了他的責任，不放棄以文學凝視時代、表現社會。

整體而言，日本是個驚人的文學大國，無論從作者面或讀者面來看都是。軍國主義與戰爭雖然強烈壓制文學，管制文學內容，又經歷了敗戰的空前打擊，戰後日本的文學還是很快復甦了，有了傑出的作者、意味深遠的作品，更重要的，還有了眾多飢渴探索文學的熱情讀者。

但即使如此，復甦還是需要時間，戰後這段時期的純文學作品，並沒有那麼多。要即時掌握社會秩序瓦解中，人身處不幸卻夢想幸福的特殊景況，不是那麼容易。對照台灣的情況就更明顯了，從一九四五年到五五年，那麼大的動盪，卻找不到什麼能夠將當時的混亂、瓦解有效地以純文學方式記錄下來的作品。

川端康成在《東京人》書中放入了更強烈的時代性，所以要用群像來織畫社會質地。但雖然是群像，由川端康成寫來畢竟還是不一樣。那麼多纏捲在一個個三角關係、四角關係中的人物，每一個都有著鮮明、讓人難忘的形象。而且雖然寫得那麼長，川端康成的筆法仍然不會是灌水式的，保持著文本的濃縮性質，有很多值得細讀展開的部分。

川端康成不喜歡、也不善於寫激烈、戲劇性的場景，因而即使在鋪陳戰後亂局的種種非常經驗與非常情感時，他還是習慣進行減省，而不是加油添醋。像是島木失蹤這件事，如果在松本清張的小說裡，應該會帶來犯罪聯想，大家會猜疑這裡發生了命案，放在那樣的亂局中，也就可以找到許多可能的犯罪動機。經過對於種種線索的蒐集與分析，最後發現了：原來凶手是島木自己，他毀滅了社會性的那個島木俊三的身分，等於將自己殺了。而回頭他做出這樣決定的過程，和美根子一起度過的夜晚，到第二天早上美根子又追到車站敲他的車門，又跟他共同度過了一天，那應該會是如何驚心動魄的心路歷程啊！但川端康成沒有這樣寫，使得我們對島木俊三如何走上絕路無法有切身的體會、理解。

又例如敬子和昭男間，有過一段肉體的熱情階段。如果是由三島由紀夫來寫，那麼他們的性愛就會和戰後社會帶來的空虛、耽美、絕望緊緊纏捲在一起，並得到華麗的鋪張。但川端康成也不可能這樣寫。

對於性，川端康成一貫很含蓄。《舞姬》小說中矢木從京都回到北鎌倉的家中，到第二天吃龍蝦之前，川端康成藉由波子的意識，暗示了兩次夜晚中發生了什麼事。一次是波子早上感覺精神很好，一想突然有了害羞，難道自己是因為昨晚的事而有了好精神？後來她看到矢木疲倦的模樣，同樣連繫到前一晚兩人間的性愛。

波子因此而回憶起年輕時和丈夫做愛，達到高潮會眼前一片金星，她曾經天真地問：男人也會這樣嗎？再下來她又意識到結婚這麼多年來，她從來沒有，一次都沒有，主動要求；也從來都沒有，一次都沒有，拒絕丈夫的要求。

但在兩章之後，她第一次破天荒地拒絕了矢木在性上的需索。那是她的恐慌與反感到達一個新高度的表現。她原先以為自己恐慌的是怕被丈夫發現和竹原之間的精神外遇關係，然而後來發現，她更知道了竹原對矢木的鄙視，進而釋放自己內心長期壓抑對矢木的不滿。一旦這份不滿壓抑不住了，她再也無法維持乖順的妻子角色，她的身體反應也就跟著徹底改變了。她不想承認，卻又無法不承認——其實自己也同樣鄙視矢木。川端康成將這樣幽微複雜的心理內容寫在隱晦的性愛描述中——含蓄反而才能帶來感染力。

## 所謂的novel

嚴格地從形式上來說，《東京人》是川端康成唯一的一部長篇小說。關鍵的標準不在於篇幅字數，而是符合了在西方發展定型下來的novel的寫法。

英文中如果將novel用作形容詞，意思是「新的、新鮮的」。這清楚地表現了novel長篇小說不是一直都存在，是相對比較晚近才產生的文學形式，所以被冠上了指稱「新的、新鮮的」的名稱。要到十八世紀，novel長篇小說才在歐洲定型為一種特殊的文類。

為什麼從十八世紀到十九世紀，長篇小說風靡了歐洲？背後有重要的社會變化，也就是中產階級的興起，尋求對他們來說有意義，能吸引他們注意的讀物。他們需要什麼，牽涉到他們過什麼樣的生活。這些新興的識字者，主要居住在愈來愈繁榮熱鬧的城市裡。原先一個住在普羅旺斯的法國農人，他不會對鄰居的生活有任何好奇興趣，因為鄰居的生活和他自己過的，基本上是一樣的。他也不需要有人記錄告訴他祖父或父親那一代是怎麼過日子的，因為他也很確定：他們過的生活和他自己的生活基本上是一樣的。

穩定固定的生活帶來安全感，但也就取消了好奇心，以及知識的必要性。但如果在十八世紀末、十九世紀初，法國大革命的先後，將這個人從普羅旺斯搬遷到巴黎去，那情況就完全不同了。

不管他住在巴黎的哪一區，他都會感到高度的困惑。他只要走幾步路，沒多遠的地方就住著「別人」——意思是他明明知道用不同方式過日子的人。但他只能知道他們和自己不一樣，卻無法真正理解、感受不同的生活。被這麼多過不同生活的人包圍著，進而他對於自己的生活也產生了懷疑：這樣過對嗎？這樣過好嗎？應該有其他方式其他選擇吧？

長篇小說是一種細密、充滿細節的虛構。因為虛構，所以能夠進入別人的家中，甚至進入別人的心中，不只是描述在你看不到的地方他們如何生活，還從他們的主觀感受想法來解釋他們為什麼選擇這樣生活。

住在特別街區的沒落貴族，為什麼總是要戴高禮帽、手持枴杖，帶著濃重鼻音說話？相對地，住在另外一個街區的工人他們說的話充滿開口的喉頭音，而他們穿的是短上衣，戴的是扁平帽？你要如何了解這些人？你不能在街上把人家攔下來東問西問，但沒關係，你可以讀，而且你應該讀巴爾札克寫的長篇小說。

從現代的novel長篇小說，從而也產生了十九世紀的新戲劇。這種戲劇的核心形式，一般以「第六牆」來表示，意思是戲劇就像是一個本來有六面、六個牆的盒子般的空間，現在其中的一面牆被打掉了，觀眾就坐在打開的這第六面牆前，看到了，應該說偷看到了牆裡面發生的事。演員的表現像是在不知道有人看得到他們的情況下，將內在生活與思想表現出來。

這和長篇小說的動機、目的是一致的，都是要將我們帶進到別人原本藏著的生活中，看見他們本來沒有要讓我們看到的行動與思想，這樣的「偷窺」、「揭密」內容形成了最大的戲劇吸引力。

長篇小說最重要的作者巴爾札克（Balzac），他要處理的，是都會中的新興中產生活。中產的「中」就顯示了上面有貴族、下面有封閉的農村，兩者都是不變或變化緩慢的，對照出中產生活的游移不定、快速變化。這是個複雜、難以理解的現象。巴爾札克雄心萬丈以小說挑戰這個現象，設計了規模達到九十部長篇（後來到去世都沒有完成）的《人間喜劇》系列計畫。

為什麼要那麼多部作品？因為要涵蓋中產生活不斷衍生變化的方方面面，將這個新興歷史現象說清楚、講明白。

在規模、野心上小得多的珍・奧斯汀，也是用同樣的精神在寫長篇小說。她之所以如此傑出，因為挑選了一個最誘人、最讓人好奇，卻也最迷離的題材，那就是男女之間如何互相吸引，如何展開追求，到成為夫妻。閱讀珍・奧斯汀的小說，就像是在迷宮中得到了嚮導，複雜錯亂的現實被理出頭緒來了。

達西和伊莉莎白的關係，可以用「傲慢」與「偏見」，這兩種性格特質的互動來統納。另外一種理解愛情關係的方式，是去追索體察Sense和Sensibility之間的關係。藉由精采的虛構，她將人物與性格特質對應起來，於是原本謎樣的愛情與追求過程，就有了條理、有了道理。

這是長篇小說作者的任務，也是他們了不起的成就。

從這個文類標準看，《東京人》是一部novel，讀完了《東京人》，你會對於這幾個代表性的家庭，不只是他們發生了什麼事，進而他們如何生活、為什麼這樣生活都清清楚楚。甚至可能太清楚了，而在閱讀過程中萌生出有點不耐煩的疑問：我需要對於敬子、朝子他們的生活知道得那麼詳細嗎？小說中提供的細節有時超過了讀者一般、正常的好奇範圍。

就是在提供、堆砌細節方面，構成了《東京人》和川端康成其他小說間的根本差異。其他篇幅較長的作品，《雪國》、《舞姬》、《山之音》等等，都不是這樣寫的，也就是，他主要的作品來自和西方長篇小說很不一樣的傳統。

第七章
# 面對老去——讀《山之音》

## 波特萊爾的散文詩

日本哲學家柄谷行人寫過一本《日本近代文學的起源》，書中他特別提到了國木田獨步，選了他的〈無法忘記的人們〉作為「近代意識」的示範。

〈無法忘記的人們〉寫了一位沒有名氣的文學作者大津，在多摩川邊的一所旅館，偶遇了秋山，談起了大津曾經寫過〈無法忘記的人們〉這個標題的文章。在他的稿子開頭就說：「無法忘記的人，不一定是不該忘記的人。」「不該忘記的人」是朋友、知己、照顧過自己、影響過自己的老師、前輩等，但還有一種人，是忘了也無所謂，卻總是忘不掉。

然後他舉了例子，描述自己從大阪搭船橫渡瀨戶內海時的事：在一座島上，他看到退潮的痕跡映照著日光之處，有一個人，男人，不是小孩，正在撿東西，不斷將東西撿起來放進籠子或桶子裡。他一直看這荒涼小島的窄小岸邊，不斷捕撈的人，沒有移開眼光，隨著船的前進，人影逐漸化成一個小小的黑點，再來，海岸、山、小島，都消失在晚霞的彼處。

就這樣，十年前偶而看到的這個人，反覆出現在記憶中，成了「無法忘記的人」。

那不是他認識的人，沒有正式見過面，從此之後也不會再見到，是最純粹的偶遇。偶遇如何能創造出「無法忘記」的效果呢？一個原因是孤獨，他一個人在船上，那樣的狀態使得他產生了看待風景不一樣的眼光，原本的風景退位了，不會、不應該被注意到的現象，尤其是能夠呼應孤獨情緒的現象，凸顯出來反而構成了前景。

另外還有一個更重要的因素，那就是人活在一個愈來愈複雜、愈來愈多不確定現象的環境中，對待偶遇的方式因而徹底被改變了。儘管身處在船上，看著一個近乎荒野的環境，小津戴上的是近代的而非傳統的眼光，那是一種從新興都會人群聚居狀況中培養出來的新態度。

這樣的眼光與態度，在文學上，可以追溯到波特萊爾。波特萊爾最重要的作品，當然是詩集《惡之華》；然而他另外寫了也有很大影響力的《巴黎的憂鬱》（*Le Spleen de Paris*），那是關於巴黎生活的散文詩，表現種種片段記憶。那是只有可能發生在巴黎的都會感官刺激，突如其來、陌生的人或行為或現象闖進感官經驗中，來不及、甚至也不可能被整理、被理解，因而帶著一種神祕的、超越日常的性質，在心中留下久久難忘的違和感。

那是新鮮的，純粹屬於現代的「無法忘記」。生活在現代都市中，會有很多這種驚疑體會。那是永遠得不到答案的疑惑。島上的那個人在黃昏裡做什麼，他為什麼生活在那樣荒蕪的環境裡，乃至於形成了和當代生活格格不入的景象？這是瞬間令人好奇的問題，你忍不住發問，卻只能發問，得不到答案。你回不到那個島上去找答案，更重要的，你沒有理由要去島上追求答案，而且你再也回不到引發你驚訝的那個黃昏場景了。

波特萊爾的散文詩，由國木田獨步的文章繼承的這種風格，和前面所說的長篇小說的精神，恰好相反。在這裡，不是要給答案，而是要記錄無法得到答案的迷疑經驗。

柄谷行人重視的，是日本文學中出現了這樣一股新的力量，發現了最難忘的深刻經驗往往是那份無解的曖昧與幽微，也就是自己都弄不懂的感情。歐洲近代的變化發展，在文學上除了有novel長篇小說之外，還有這種相反的價值觀。那是認定對於別人的生活我們永遠無法真正了解，有些部分維持其充滿疑惑的神祕性，文學不是要破除神祕，毋寧是要抓住、保留甚至深化其神祕。

## 如連篇詩歌集的《山之音》

從波特萊爾散文詩延續下來，現代的短篇小說有了不一樣的性質。受到現代洗禮後，不再相信也不再追求能夠將所有藏在底下的感情與意義弄清楚。尤其是在佛洛伊德的潛意識理論影響之後，要碰觸到一個人最內在、最根柢的生命不再能用分析、解說的了，而是只能藉由提問與存疑。

在複雜的都會環境中生活更久之後，人的動機心意又有了另一層的改變。不再想要將一切都弄清楚，因為太難也太累了。逐漸地，我們體認了：不可能、沒有能力將這麼複雜的環境、那麼多的現象都弄清楚；而且被纏捲在種種梳理不清楚的感官刺激中，前面的還沒梳理出來，後面已經又襲擊而來，這才是真正的都市生活，都市生活中最特殊也最豐富的經驗。

波特萊爾是最早，遠早於佛洛伊德，就以文學形式表現了這項特質的人。從他那裡發展出一種藝術潮流，特別關注主觀感受與客觀事實間的差距；或說，重視探索主觀感受比客觀現實對我們的生命產生更重大更真切的衝擊。

川端康成年輕時加入的「新感覺派」，所寫的大量「掌中小說」，就是受到這樣的法國藝術精神感染，這樣的美學信念深入在他的創作骨髓中，是他主要的風格來源。甚至可以說，除了《東京人》之外，他所有的小說作品都是在那樣美學原則指導下的產物，因而使得《東京人》看起來如此突兀，也就是為什麼我會說：《東京人》是川端康成唯一的一部長篇小說。

讀《東京人》可以採取簡單的線性習慣讀法，一章接一章，前面的情節會在後面展開，前面的懸疑在後面解答，這是長篇小說的基本寫法。然而《雪國》、《舞姬》卻不能這樣讀，《山之音》也不能。在這方面，《山之音》的敘事結構和《雪國》類似，但又比《雪國》更加綿密。如果說《雪國》其實是由一篇篇緊實的短篇小說組構起來的，那麼閱讀《山之音》可能該將單位劃分得更小，將一個一個段落讀成是幾乎可以獨立存在的掌中小說，先體會其內在感情，再進一步追究段落與段落是如何被連繫起來的。

和《雪國》一樣，《山之音》每一章都有標題——〈山之音〉、〈蟬翼〉、〈雲焰〉、〈栗之實〉、〈海島的夢〉……每個標題在小說中都有特別的象徵作用。但如此有意識地分章閱讀還不夠，要再看到〈山之音〉這章分成五段，除了一些必要的過門橋段之外，每一段都有其精巧的獨立內容。那麼，整本《山之音》首先是將近一百篇的掌中小說集，然後才又取得像是音樂上連篇詩歌集般的整體意義。

小說中當然有情節、有人物，但更不可忽略的是各篇各段運用的象徵，是這些不同象徵將情節與人物串接起來，彼此呼應或彼此衝突。這才是川端康成最拿手、最嫻熟的小說寫作方式。每一個段落都收藏了一份幽微、隱藏的情感，不只是對讀者來說是幽微、隱藏的，對小說中的角色當事人，都是幽微、隱藏的，無法直接訴說、揭露，只能透過象徵來確定其存在，並予以轉化為可以保留的經驗與記憶。

這樣的寫法有著特殊的趣味，包藏在對於讀者的挑戰中：挑戰我們是否有能力去體會連對當事人自己都幽微、飄忽的情感；也挑戰我們是否能找到自己內在具備這種蘊藉的情感。

可以說這是川端康成從格外敏銳的情感層次降入小說中，提供給每個讀者的「情感教育」（sentimental education）。

## 《山之音》的開場

以這種手法寫的作品中，戰前達到的高峰是《雪國》，戰後的另一座高峰則是《山之音》。兩相比較，《山之音》的成就恐怕還要高於名氣更大、更多人讀過的《雪國》。

因為《山之音》的情節與場景更簡單。川端康成為這部小說設計了上百個段落，每個段落都在家庭的日常生活中發生，卻每個段落都探向那幽微、飄忽的情感。在小說技法上，這顯然比《雪國》更難。《雪國》利用開頭的第一句話，就將讀者帶離日常，進入非常的白茫茫大地中，讓讀者預期接著要發生的是非常之事，挑激起一種傳奇戲劇性的準備，如此達到刻烙印象的效果。

《山之音》卻不是，從頭到尾就是幾個一般日本人生活中經常出現的場景——家居、辦公室、火車上，如此而已。

《山之音》開頭第一段的一句話，先出現尾形信吾這位主角的名字，然後描述他的模樣，刻意接連用了兩個「少し」，那有音韻上的作用。中文翻譯應該要跟隨著川端康成的設計，重複「稍微」或「微微」。我們看到的，是平常時候就顯得眉頭微皺、口微開的一個老人，但同樣的表情出現在別人臉上，一般看起來會像是在思考，可是信吾給人的感覺卻是好像在為了什麼事情悲傷。

這第一句就很複雜。不是簡單地、客觀地描述信吾的外表，而是設定了一雙主觀的、有感受的眼睛，對信吾進行評斷。不只有「少し」、「少し」的評斷，而且感覺他和別人有著不同之處，感覺他總是在悲傷著。

然後進一步，我們才知道這是信吾的兒子修一的眼睛，他看到的父親模樣。因為他習慣看到父親這種模樣了，所以他不會因此而特別去問他為了什麼悲傷。到此才轉入信吾的內在，的確，這時候信吾的心情並不是悲傷的，而是在思考，不過是特定的而非一般的思考，他試著要回想什麼。這是他當前的典型處境，人年紀大了，常常忘東忘西，周遭的人也逐漸習慣他這種狀況了。

但信吾自己很在意，他會要身邊的人幫他提醒。早上他和兒子修一搭車要去辦公室，很細膩的行為互動——上了車，信吾將帽子摘下，用手指夾著帽沿，將帽子擺在膝上。這時候修一就將父親的帽子接過去，放到行李架上。那是他現在習慣做的，察覺父親失常，沒有將帽子放到該放的地方，他也不提醒父親了，直接將帽子擺上去。

信吾因為在意自己遺忘了不該遺忘的，因而當下遺忘了應該要將帽子擺到行李架上。這是老人的反應，老人的問題。

信吾會露出那種近乎悲傷的表情，因為他不安地在想，回去放假的女傭叫什麼名字？已經來家裡幫忙半年的女傭，他竟然想不起她的名字。於是修一就告訴他是「加代」，信吾接著又問：「什麼時候回去的？」問這句話不是因為他連女傭什麼時候回去都忘了，而是感慨地要確認，明明女傭只回去了四、五天，自己竟然就將她的名字，一定常常叫喚的，一時遺忘了。

他也沒辦法在腦中記清楚女傭的容貌和衣著，這極度困擾他。另外還有一件事困擾著他。他一直記得有一天出去散步前要穿上木屐，加代在旁邊，他自言自語說：「我的腳好像有點腫起來。」加代聽到應了一句，當下信吾認為加代在句中加了敬語，那樣的用法很文雅，他因此感動於家中的女傭竟然那麼有教養，連這樣的用法都懂。不過後來回頭一想，加代說的還有一個可能，只是說：「帶子被你磨破了吧。」只是在聲音上近似加了敬語的說法，是信吾自己誤聽誤解了。

他無法確定哪一個才是事實，甚至還叫兒子用不同的重音說說看。他對於這個忘了名字又記不得容貌、穿著的女傭最深的印象是她曾經講過那麼一句很有教養又有禮貌的話，但卻在車上突然意識到那很可能是自己一廂情願的誤認。

這一段足以構成完整的掌中小說，環繞著老人對於老化的恐懼，將好多元素連結編組起來。從不可思議的遺忘，連帶產生了他的自卑感，意識到自己到現在還弄不清楚東京的口音，自作多情將女傭看得那麼有禮貌、有教養。他努力想從腦中找到更多的記憶訊息可以準確判斷當時的情況，並藉此來證明自己的記憶沒有那麼糟糕。但當然，得到的只會是更深的挫折。

他希望能想起女傭的面貌和衣著，還有一個理由。想到女傭，就看到她跪坐在大門口，雙手著地施禮的模樣，那是對待老人的動作。正是具備這樣的老人身分，女傭加代才會恭敬地伺候他穿木屐，老化一定要付出許多代價，但至少老人可以得到他人的恭敬禮貌對待，他不希望失去了這份享受。

## 聽見「山之音」的人

下一段描述的是信吾和太太保子之間的關係。先簡單交代保子比信吾大一歲，保子六十三，信吾六十二歲，兩人的大女兒叫房子，弟弟是前面已經上場的修一。這裡的重點是，保子長得不是很漂亮，年輕時顯得比信吾年紀大，所以常常不太願意和信吾一起出門。可是不知從什麼時候開始，情況改變了。看到兩夫妻一起出現，大部分的人都會理所當然認定丈夫年紀一定比妻子大。

然後有了這麼一段話，說：「倒不是說信吾看起來多老，而是一般總認為妻子應該比丈夫小，自然而然產生這種感覺，而且和信吾個子雖矮卻結實健康也有關係吧！」這段話不是客觀描述，而是信吾的主觀自我解釋、自我安慰。是他面對老去的另一種方式。

信吾其實很在意老去這件事，在此時有很多現象干擾、困惑著他。他生病了卻不願意去看醫生。接著注意到保子睡覺時會打鼾，那是婚後不曾有的毛病，保子身體上的變化也同樣提醒他時間催人老的壓力。他因為要阻止保子打鼾，因而碰觸了妻子的身體，有了短暫的性慾，卻又立即消逝了，也讓他察覺自己的老化，因而心情更壞了，壞到睡不著。

後面這個段落，又像是可以獨立的極短篇，既像小說也像散文詩。信吾睡不著，就去將紙門外的木頭套窗推開，一開看見了月亮，又在月色中看見一件女性的連身襯衣掛在那裡。被月光照著，襯衣呈現的是令人討厭的灰白色。為什麼令人討厭？因為延續了剛剛碰觸妻子身體的感覺，有了對女人的一種禁忌，而且灰白色又讓人和年老聯想在一起。

然後從視覺轉到了聽覺，耳朵裡有嘎嘎嘎的聲音響著，那是蟬的叫聲，怎麼會在這種時刻連蟬都發出那麼難聽的叫聲？更像是跟他過不去似的，從打開的套窗間飛進一隻蟬，反而是不會叫的。他就起身將不會叫的蟬丟了出去。

丟出去之後，他意識到時令，再過十天就八月了，蟬還在叫。接著從蟬的叫聲連結到一個不一樣的聲音，剛開始很細微，那是夜露從一片葉子滴落到另一片葉子上的聲音。正因為他那麼專注地運用聽覺，那一瞬間，聽到了山的聲音。

那一瞬間，所有的一切都靜止了。他原先以為是從江之島那邊傳來的波濤聲，但不是，像是耳鳴般的內在的聲音，也不是風聲。終於他確認了，那是「山之音」。山會有聲音，那不是平常會聽到的，有傳說：聽見「山之音」表示生命快走到終點了，才會聽見別人聽不到的聲音。

其實他之前就知道這樣一個聽過了「山之音」沒有多久就死去了的人。他心中當然有恐懼，潛藏的恐懼使得他試圖否認自己聽到的是「山之音」，而是耳鳴或波濤或風聲，然而這些可能性都被排除了，在他心中認命地確證了自己真的聽到了「山之音」，於是那個死去的人才浮上記憶。

## 「意識流」的書寫

這個過程，是在顯意識與潛意識的複雜互動、互相影響中進行的，濃縮在很短的篇幅中運用了表現與暗示的交雜寫成的。

二十世紀經典小說作家，愛爾蘭的詹姆斯．喬伊斯（James Joyce）開發並鍛鍊了「意識流」的書寫技巧，來逼近、掌握人真正的現實思考與感受。意識流沒有明白的結構與邏輯，毋寧是以聯想的方式形成的，帶著無秩序的混亂。然而無秩序的思緒卻絕對不是無意義的。喬伊斯的小說翻轉了原先的價值，刺激我們認知、理解：這種無秩序的意識，才更接近人生命的真實。生活的大部分時間處於這種意識流狀態中，而不是有組織有邏輯、經過整理的思考與體驗。他用意識流的方式追摹了一個角色所度過的一天，就寫成了厚厚一大本的《尤里西斯》，充分證明了在那裡面有著比整理過後的思想、體驗更豐富、更精采的內容。既然更真實又更豐富，我們有什麼道理捨混亂無秩序的意識流不顧，而去書寫整齊的想法與經驗呢？

探觸到潛意識的小說寫法，微妙之處就在如何進行意識的連結，從這個意象到那個意象，從這件事到那件事，沒有明確的關係，但又有著曖昧的鄰近類似之處。

這一段碰觸到了信吾對於老去與死亡的恐懼，但並不是直接表述出來的，在呈現恐懼的同時，川端康成還要處裡更真實也更豐富的對於恐懼的壓抑，以及壓抑不住的失敗挫折等過程。

之前信吾曾經遇到一位藝妓，在等待客人到來時和這位藝妓聊天，講起了興建他們所在那棟房子的木匠包工。這位藝妓差點就和那個木匠包工去殉情。那男人準備了兩包劇毒的氫化劑，女人卻忍不住懷疑提問：「這樣的分量，那麼少，夠讓人死掉嗎？如果不夠死不了怎麼辦？」她堅持一定要確定分量是足夠的，追問男人藥劑從哪裡弄來的，男人卻不回答，於是她反悔不殉情、不死了。這是件很嚴重的事啊，牽涉到生死，而且是個很奇怪的故事，為了取信於信吾，藝妓還從身上拿出氫化劑紙包來。

川端康成讓信吾回想起這件事，作為這一段的結尾。沿著老去與死亡的主題，小說一層一層往裡走，最後走到對於究竟什麼是死亡、人要如何去死的探討。人在生死之際如何做決定，要活著還是不要？殉情原本是最強烈的態度，表明了感情比生命重要，然而即使做了殉情的決定，都還會受到奇特的、不預期的因素干擾了死之意志。

這個藝妓受到的第一項干擾是對於事情要成功的期待，既然要死，就得確保能死得成。從這裡接著引發了破壞原本殉情意志的關鍵因素：兩個人感情深刻到願意一起去死，但這個男人竟然不告訴她藥是怎麼來的。即使選擇不要活下去，只要還留著一口氣，還有一份意志，就沒辦法不在意、不計較這件事。因而不得不產生了對於這個男人的懷疑，一旦懷疑，也就不會再如此堅定地想和他殉情了。

她不願別人懷疑她曾經有過的求死決心，所以要留著、甚至隨身帶著那包藥來強調證明。她之所以沒有死，並不是缺乏死之決心，而是被連自己都無法控制的生之力量干擾了。這是真實的人生，或說更真實的人生，決定殉情就一心一意實現了殉情，反而是不自然、不真實的。

聽見了不該聽到的「山之音」，遭逢了死亡的前兆，使得信吾想起這件事，死與生拉鋸的故事。然後現實回來了，他又聽見妻子的鼾聲，卻不能將妻子叫醒，讓她也聽聽「山之音」。不是因為他憐惜妻子，或不願意和妻子像殉情一般一起面對死亡，而是和「山之音」綁在一起的，是自己對於死亡的恐懼，他不願意讓妻子知道，無法對妻子啟齒。

進而回頭體會了：決心殉情的藝妓何嘗不怕死呢？她難道不是找了一個讓自己可以不要死的理由？但她也一定要掩飾自己的恐懼，要說服別人，其實更是要說服自己：「我是真的準備好要去死了，不是因為怕死才沒死成！」

「山之音」在這一段出現，成了整本書的標題，川端康成以這個主題貫串全書。開頭的一段描述生命正在流失，第二段是聽見「山之音」引發對死亡的恐懼，如此定調了。之後信吾和兒子、女兒還有媳婦之間的所有互動，可以說都在這種信吾討厭的灰白底色上進行著。

## 被處理過的海螺

第三段的場景換到了辦公室。兒子修一進到父親的辦公室，從小書架上抽出一本書來翻，接著又拿著書到女職員桌邊，將翻到看到的那一頁給女職員看。信吾覺得很有趣，好奇地問兒子在書中看到了什麼。

修一拿的那本書，是永井荷風的《歐洲紀行》，裡面說：在這裡，貞操觀念仍然有效，但貞操，也就是忠於對方的概念，和在日本很不一樣。在日本，忠於對方就是不能有別的男人或別的女人，死心塌地認定唯一的對象，要用這種方式讓一個女人持續愛一個男人，一個男人持續愛一個女人。但這裡的人不這樣想，他們認為如果沒有別的情人，不論是男人或女人不可能有耐心一直愛同一個對象。要能維持男人和女人一直忠於對方，反而必須有別的情人、其他短暫的感情作為調劑才有可能。

因為修一都是說「在這裡」，信吾忍不住問：「這裡是哪裡啊？」答案是巴黎。然後川端康成形容了信吾的感受。到這樣的年紀，累積了許多生命經驗，信吾已經很難被警語或「逆說」打動了。意思是有些刻意抱持語不驚人死不休態度，或裝模作樣要讓人注意，藉誇張語氣或逆反讀者預期來製造效果的寫法。可是即使是懷抱這樣的質疑習慣，他竟然還是被永井荷風的這段話打動了，認為是有道理的洞察。

日本的這種天真、單調思考方式：一個男人一輩子就愛一個女人，完全守著一個女人，這是不可能的。他覺得自己領會了永井荷風在巴黎得到的洞見，然後察覺，注意到這段話的是兒子修一，突然心裡多了一層曲折，認定兒子不可能有像自己的這種體會。兒子注意到這段話，只是為了拿來逗那位女職員而已。如此而在心裡將自己和兒子區劃開來。

然後小說轉換到信吾下班回家，早上跟他一起出門上班的修一沒有和他一起下班。這件事讓他很不舒服，他希望要嘛修一一起回家，不然寧可自己更晚一點，等修一已經到家了再回去。所以回家之前他先繞去市場買東西，在海產店買了三隻海螺。

在海產店時有一段小小插曲：店裡來了一個打扮得很豔麗，態度大剌剌的女人，要跟老闆買竹筴魚。老闆問：「幾尾呢？」女人說：「一尾。」老闆問她：「一尾？」她說：「對。」老闆重複再問一次：「一尾？」

這對話的重點在於竹筴魚很小，一般不會只買一尾，老闆明白表現不高興，意思是：「只買一尾妳也好意思跟我開口？」但那個女人不予理會，就是要買一尾。然後那個女人做樣子看看大明蝦，對老闆說：「這大明蝦到星期六還會有嗎？如果還有我會來買喔！」

怎麼會有這樣的人？

魚店老闆忍不住對信吾抱怨說：「現在鎌倉也有這種人了。」這種人是指陪伴美軍、賣身的女人，在時代氣氛中，他們對自己從事的工作，有一種以前從未見過、無法想像的態度，似乎有美軍做靠山，可以超越、睥睨原來日本社會的所有規範。

情勢逆轉過來了。本來認為自己做正常、正當生意而看不起「這種人」的店主，卻硬是被女人的氣勢輾過了。有意思的是信吾的反應，他並未如店主預期的站在傳統觀念那邊，而是被那女人的強悍打動了，無法贊同店主的立場。

這裡幽微地連繫到他聽到永井荷風對巴黎人貞節觀的描述時的反應；更幽微地連繫到老去和死亡帶給他的鬱結。他被那麼直接、強悍的青春活力直覺地感動了。在這種心情下，他看著店主處理他買的海螺——將海螺肉抽取出來，切過之後，再塞回螺殼裡，想著：這幾個螺的肉現在都混雜在一起了，塞回殼裡的不可能是原來的肉。他在混亂心情中如此無意識地想著。

海螺的情況是對於戰爭處境的象徵。尤其是戰敗之後家庭受到的衝擊，外殼的模樣雖然還在，裡面似乎也還是螺肉，但本質上卻已經徹底改變了，舊元素經過了外力殘酷的切割重組，不可能維持原本的結構。

這件事還有一重現實意義。看著店主作業，他無法不算出來，那是三隻海螺。他下意識用這種方式發洩對於兒子的不滿。兒子不跟他一起回家吃晚餐，他故意買特別的好料，而且一般是按人頭安排的海螺，三隻意味著不替兒子準備。

## 菊子的貼心

《山之音》以微觀的角度寫家庭。家庭裡每個人有確切的角色，然而在共居生活中，人與人之間卻會有不同的距離，那不只很難拿捏，甚至往往不是個人能自主控制的。《舞姬》小說中凸顯了母親和女兒、父親和兒子形成的組合關係，以及到後來女兒更加疏離父親，兒子卻向母親靠近的變化。表面上看，家庭的成員、結構不變，但就像海螺所象徵的，裡面其實已經有了不同的排列組合。

而且家庭內部的變化，發生在日日時時的互動間。那不是明白的事件造成的，而是無法說清楚的積累，或許從量變到質變的過程。川端康成選擇用像掌中小說般的段落模式來寫《山之音》，正是應對顯現這種積累變化的最佳形式。

小說第一章第四段告訴我們，信吾不是一個平常下班會帶食材回家的人，這天卻特地去買了海螺和銀杏。這牽涉到做父親的覺得自己在身分上失職，沒有將兒子一起帶回家和媳婦吃飯。他已經感受到兒子婚姻的問題，因而特別有面對媳婦的壓力。所以在兒子下班不回家的狀況下，他一方面要拖延回家的時間，另一方面也有著懲罰兒子的用意，去買了兒子吃不到的好東西回家。

做出了不尋常的事，回到家的效果會是什麼？會是更凸顯了兒子沒一起回家的反常現象吧！於是在家裡的兩個女人也必須及時調整反應，保子與菊子她們似乎就很有默契地壓抑了驚訝的表情，選擇裝作好像沒有什麼特別的，藉以掩藏修一沒回家的事實。

信吾將買回來的海螺和銀杏遞給了媳婦菊子，順便就跟著菊子走進廚房要一杯白糖水，同時查看了一下菊子原本安排的晚餐食材。這是細膩的感情轉折。修一沒回來，抱持著對媳婦的歉疚感，卻同時才有了機會進入平常不會進來的，有媳婦菊子工作的廚房。更進一步看到菊子準備的是明蝦，信吾心中生出欣慰、得意之感——自己買的是海螺，和明蝦很配啊！於是他忍不住藉機稱讚菊子會買蝦，買到的是有光澤、漂亮的蝦。

但接著菊子處理信吾帶回來的銀杏，卻發現裡面是壞的。正稱讚媳婦會選蝦子，倒過來被媳婦抱怨自己買到了不能吃的銀杏，連帶地本來覺得自己海螺買得正好的心情也逆轉了，出口對媳婦說的是：「唉，家裡有蝦，我又多事買了海螺。」

菊子的反應是吐了吐舌頭，說：「江之島茶店。」這反應很直接卻又很可愛，意思是像在江之島的茶店，都是海產，要變化出不同的料理來。她帶點自豪，也是體貼要安慰信吾，找出了辦法，那就是將海螺拿來烤，明蝦則做成天婦羅。

在這短暫瞬間互動中，讀者體會了信吾為什麼會喜歡這個媳婦。她知道公公買了不能吃的銀杏一定會很懊惱，她用了巧思來緩解：今天晚上就當作我們家是江之島的茶店吧！人家什麼海鮮都能做，我也可以！而且接著帶點撒嬌地請信吾去院子裡摘茄子和紫蘇，彌補他覺得自己買錯東西的懊惱。

其實後來證明了，信吾真是給菊子添了麻煩。終究她還是得將準備好的明蝦留下來，又出去買了松茸來搭配。但她照顧到了信吾的感受，整個過程沒有覺得不愉快。

吃晚餐了，菊子端了兩份烤海螺上桌，信吾狐疑地問：「不是還有一份嗎？」他明明買了三隻海螺啊。菊子有備而來，立刻回答：「這是特別為孝敬老人家準備的，讓老人家吃好一點。」雖然三個人吃飯，餐桌上只有兩個老人家，所以只準備兩份。

婆婆聽了笑著說：「我們有那麼老了嗎？家裡還沒有孫子，也沒有爺爺、奶奶啊。」菊子倒是沒有料到這樣的回答一來會變成將公公、婆婆形容得太老，二來又被拿來凸顯嫁進來還沒生小孩的事實，招架不住，只好去將第三份海螺端出來，趕忙解釋自己不是那個意思。

過程中信吾理解了，而且覺得後悔，所以他不作聲，想著自己不應該只買三隻海螺，變得強調今天只有三個人吃飯，還要媳婦幫他彌補。媳婦故意當作給長輩的特別待遇，只拿兩份出來，掩飾了信吾只買三隻海螺回來。

這種情況讓菊子難堪，面對三隻海螺她一定費了一番心。如果三個人吃三隻海螺，就認定了修一不會回家，沒有將他當作家中的一分子，所以無論如何必須留一份給修一，才必須找到一種說法自己不吃。

媳婦用心良苦，卻被破壞了，婆婆保子不只是否定了給老人家特殊款待的說法，甚至還白目地將矛頭指向信吾，強調質問他怎麼才買三份？不只破壞了媳婦要掩藏這件事的努力，還陷信吾於極度尷尬的情境中。

於是信吾乾脆賭氣攤開了說：「因為修一不回家，他不需要。」故意頂回去，讓作媽媽的保子也不舒服。果然保子懂了，只能露出苦笑。看在信吾的眼中，妻子的表情是「連苦笑都不像苦笑」。其實他沒有認真注意妻子的反應，他更關心的是媳婦菊子，發現菊子臉上沒有任何陰影，也沒有問：「修一去哪裡了，為什麼不回家呢？」他放心了，還更覺感動。

## 替代品婚姻

再下一段解釋菊子的家世背景。對信吾來說，他印象最深的，菊子是一個大家庭中的么女，她的兄姊們都結婚了，還都生了很多小孩。菊子在跟公公撒嬌時會假裝抱怨：「我哥哥姊姊他們的名字你到現在都記不得喔！」這對比了菊子嫁入一個相對人丁單薄，冷冷清清的小家庭，而且菊子和修一又遲遲還沒有生小孩。

信吾又知道，菊子在原來的家中，是不預期來的女兒，生產過程還有波折，最後是用產夾硬夾出來的，頭上因而還留下了痕跡。知道這件事，信吾的感受是：怎麼會有這種媽媽！為什麼要跟女兒說自己本來考慮過要墮胎，後來又難產？這樣對女兒很殘酷吧！

重點不在媽媽是不是殘酷，而在於第一他心疼菊子；第二對於菊子會跟他說這樣的事，顯然對他有特殊親近的信任，讓他很感動。他印象最深的是菊子撥開瀏海將產夾的痕跡露出來的模樣，神情有著一份天真，對信吾如此信任，不是一般公公和媳婦很有距離的互動關係。

菊子嫁入尾形家，原先一定像個陌生人，需要經過相當時間，才真的變成自家人。信吾清清楚楚記得那個轉折點。那是他發現菊子靜止時肩膀一帶顯現出的美感。那是信吾過去從來不曾體認過的一種女人之美。因為菊子完全沒有要表現出女人的媚態，她處在完全正常放鬆的狀態下，她在這個家中不需要再隨時刻意有端莊姿態，才可能露出這樣的美。

菊子對信吾顯露了一種新的媚態，幾乎是讓他重新認識女人。他想起了自己年輕時的感情經歷。他原本愛上的，是保子的姊姊。保子家只有兩個女兒，兩姊妹長得很不一樣，姊姊比妹妹漂亮多了。所以父親作了一個決定，要由妹妹來承擔家業，意思是顧慮妹妹比較難嫁出去，既然沒有兒子，就由二女兒招贅來繼承。

這其實對妹妹是一份恆常的壓力，等於一直被提醒自己是嫁不出去的，表面上看起來爸爸顧念妹妹，但爸爸對姊姊的婚姻有信心，也比較喜歡姊姊，當然給了妹妹強烈的自卑感。

妹妹羨慕姊姊，也羨慕姊姊的婚姻。然而姊姊婚後沒多久就去世了，當時還沒結婚的妹妹自然地將感情投射在姊夫身上，積極地去幫姊夫照顧家務和小孩，但姊夫始終對她很冷淡。她移情於姊夫，但姊夫相對卻無法有同樣的移情作用。卻是原本愛上姊姊的信吾，後來將感情投射轉移到妹妹身上。信吾和保子婚姻的起點，其實是保子的姊姊，兩個人對這個姊姊的感情糾結。

信吾和保子結婚了，但保子的心還在姊夫身上，信吾也深深懷念保子那個死去了的姊姊。所以這段婚姻對兩個人來說都是替代品。所以小說裡才會有這句話：「三十多年後，信吾並不認為自己的婚姻是錯誤的。」這是他勉強的自我安慰，儘管起點是錯誤的，畢竟也如此走過來了，就變成了正確的。

本來讓他們的婚姻可以變得「正確」，信吾的預期是如果保子生下了女兒，那就會有保子姊姊的遺傳因子。保子後來真的生了女兒房子，但讓信吾大失所望，因為房子一點都不像保子的姊姊，只帶給信吾第二次的失望，沒辦法有補償的效果。

一直到兒子娶了菊子，信吾才在媳婦身上看到了那個早早就去世，因而也就不會老去，在記憶印象中常保年輕的愛戀對象的姿影。於是他一部分未曾滅絕的年少情感，無可避免地有了新的投射，投射在媳婦身上。

菊子讓他重新燃起年少的感情火花，帶來了如同閃電般的光明。過去的回憶本來已經在時間中變得晦暗，卻在菊子完全靜態的安定中，以一種全然不預期的美的感動，被重新點亮了。

## 對媳婦的心疼

菊子像是他年少時愛過卻得不到的戀人，穿過三十多年的時光再度進入他的生命。然而讓他痛苦的，是他的兒子修一卻顯然並不珍惜這個妻子。婚後不到兩年的時間，兒子就有了外遇。這讓信吾大感震驚。

於是我們明瞭了，為什麼信吾對修一不回家那麼在意，為什麼他會覺得有義務將兒子一起帶回家，他如此痛苦地一方面逃避回家面對媳婦，另一方面必須找到方法發洩對兒子的氣憤。

到後來，信吾甚至逼著公司裡的英子帶他去找兒子外遇的對象。信吾不只和兒子住在一起，還一起工作，使得他就算想裝聾作啞都沒辦法，一定會知道兒子的外遇。而這對他來說，不是單純的兒子婚姻問題，牽涉到他對菊子的心疼感情。

這件事真是糾結難解，給了信吾太多複雜的情感衝擊。他覺得兒子修一和自己那麼不一樣。自己是從鄉下來的，所以有著對保子姊姊那樣一份純真的愛；兒子卻變成了一個沒有真情，不曾在男女愛情上認真、有過任何掙扎的登徒子。在這方面，兒子比媳婦更像個陌生人，他完全無法了解、更絕對無法同情兒子的感情經歷與態度。

他內心忍不住指責兒子真是不了解女人，要不然怎麼會如此對待像菊子這麼好的女人呢？完全出於私心主觀，他又想：像兒子那麼沒有眼光的人，能找到的新歡一定只會是那種在外面賣的。兒子沒有能力分辨女人好壞，很容易被這種女人的虛情假意欺騙，而且大概也只有條件吸引這種人。

他愈想愈生氣。想到修一竟然還約爸爸辦公室的祕書英子去跳舞，這算什麼？要欺騙爸爸，以為爸爸不知道他實際上是要去跟別的女人幽會嗎？

吃海螺的那天夜裡，修一到很晚才回家。更晚一點，信吾醒來時聽見了菊子的聲音。深夜中怎麼會聽到並不在身邊的菊子的聲音？川端康成很含蓄卻不避諱要表達因為同住在一個房子裡帶來的感受。知道了兒子有外遇，信吾卻察覺這段時間中兒子和媳婦的性關係非但沒有疏遠，反而變得比以前活躍。

這讓信吾更生氣。他覺得兒子一定就是在外面找了很有經驗的女人，學會了這些床上的本事，帶回來用在妻子身上，以至於菊子都被改變了，甚至連體態上都看得出來。

這並不是說菊子看起來像是懷孕了，而是她變得更有女性的魅力了，和之前的少女天真模樣不同。因為關切菊子，信吾無法不察覺這方面的變化，但發現了卻不知該如何應對，只能將念頭放在對兒子的抱怨上。

讓他回想起自己年少戀情的天真女孩，在共同生活的環境中，逐漸成了一個女人，但使得她煥發女性魅力的，卻是因為丈夫有了外遇。這件事深深困擾了信吾，他希望自己能夠不要去注意、不要去想，卻做不到。

困擾中似睡非睡，天亮了，信吾起床去拿報紙，結束了這一段。篇幅很小，但處理了信吾身上這麼複雜的經驗與情感。從買海螺的心情，到回來菊子如何處理海螺，想起保子的姊姊，再回到現實為了修一和菊子的關係傷腦筋。

## 修一的外遇

從這一段的早報，連接到下一段的晚報。下班時分在電車上，這天修一會和爸爸一起回家，所以他先進車廂裡占位子，爸爸坐下來時，還將晚報遞給爸爸，盡到了做兒子照顧爸爸的責任。

還不只如此，修一身上經常帶著一副老花眼鏡，因為爸爸會忘了帶眼鏡，兒子有備份的可以給爸爸用。父子倆人的互動其實很密切。在車上兒子提起了，英子想要介紹一個女傭來家裡幫忙。爸爸立刻表示不同意，說如果是英子的朋友那不太方便。兒子不了解有什麼不方便，惹惱了爸爸，只好挑明了說：「女傭和英子熟，會從英子那裡知道你在外面的事，難道你不怕女傭說溜嘴告訴菊子？」

信吾受不了兒子這麼粗心大意，完全沒有要小心防範外遇的事被菊子知道。修一還真的好像沒怎麼放在心上，即使爸爸這樣提了，他也只是反應：「討人厭啊，這有什麼好說的？」信吾很不高興，他無法接受這件事。

不過爸爸挑明了講到外面女人的事，修一還是心裡翻騰了一下，到鎌倉下車時，他就問爸爸：「是你辦公室的古崎英子說了什麼嗎？」信吾說：「她嘴巴很緊，什麼都沒說。」但修一還是嘟囔了一聲：「討人厭！」意思是他聽出來爸爸話中的諷刺，當然是英子說的。換成修一不高興了，他質問爸爸：「你辦公室的職員東說西說，你不會覺得討厭嗎？」

對信吾來說，他關切的重點是：兒子怎麼可以一副不怕菊子知道的態度？他的立場都是衛護媳婦的。於是就說得再明白一點：英子可能是出於嫉妒所以會說出來，但根本問題在於修一自己太不小心了，外面有女人還要招惹英子，真是太不像話了啊！

這是沒有保留的譴責口吻了。修一被罵了，只好說：「快結束了。」意思是和外面那個女人的關係快要結束了，但爸爸一聽就知道那不是真話，是隨口敷衍的。所以信吾就說：「這種話慢慢再說吧。」現在說太早了，等到真的會發生、要發生時再來說吧！

修一聽懂了，只好補一句：「好，真的結束時，到那個時候我會告訴你。」信吾還是覺得兒子沒有抓住重點，不得不再說第三次：「無論如何不能夠讓菊子知道。」對他來說這才是真正的重點。但兒子還真的沒將這件事看得那麼嚴重，回應說：「菊子說不定已經知道了。」

到這裡，爸爸不說話了。不只是生氣，而且是擔憂，很不願意去想像菊子知道了這件事會受到多大的傷害。

然後小說寫著菊子將西瓜切好了端出來，婆婆保子在後面說：「啊，忘了拿鹽。」要撒鹽吃西瓜。這時候信吾和菊子、保子三個人無意間，不是刻意安排的，一起坐在走廊上。保子用輕鬆的口氣，以小孩的稱呼方式叫信吾「爸爸」，問他：「菊子剛剛在喊西瓜、西瓜，你沒聽到嗎？」

意思是菊子切好了西瓜，先叫公公，告訴信吾說有西瓜喔，來吃西瓜喔。這是菊子貼心的習慣。可是這一天反常地菊子如此叫喚，信吾卻沒有反應，讓保子覺得奇怪。

信吾回答：「我沒聽見，本來就知道有西瓜，但沒聽見。」此時婆婆保子驚訝地對媳婦說：「他說沒聽到欸！」因為三個人坐在走廊上，保子要轉過頭來對菊子說話，動作變得格外明顯，一副要媳婦責怪信吾的模樣。但菊子說：「爸爸好像為了什麼事情在生氣。」

難怪信吾會那麼疼這個媳婦。切西瓜一定先想到公公，還敏感地察覺了公公心不在焉的理由。信吾是在生氣，延續了前面從車站走回家的情緒，他在氣兒子修一的態度，以至於真的沒聽到媳婦叫他。

他終於心靜下來，需要找個藉口解釋為何沒聽見菊子的叫喚，很自然地提到自己最近耳朵不太好，從這裡想起了在那個情境下跟保子和菊子說自己聽見「山之音」的事。但他說完了，菊子轉頭看了一下後面那座山，竟然說：「我之前聽媽媽說過媽媽的姊姊在去世之前曾經聽見山之音？」

這裡的「媽媽」，指的是在場的婆婆保子。信吾嚇了一大跳，聽見「山之音」時，他沮喪地覺得似乎是死期近了的預兆，現在才意識到原來這樣的感受真正的來歷，是自己曾經如此深愛過的那個女人。可是這樣的來源，自己怎麼可能忘掉了呢，都不記得保子的姊姊聽見了「山之音」後就死去了這件事。

在這個節骨眼上，保子姊姊的形象和菊子有了奇特的連結，竟然是由菊子提醒了信吾他不應該遺忘卻偏偏遺忘了的重要感情事跡。另外，他明確聽出來菊子說這話時的口氣充滿了擔憂，給了他很大的安慰。他又再次看見菊子一動不動，在靜態中顯現得如此之美的肩膀。

和全書同名的第一章「山之音」就結束在這裡。

## 銀杏樹的比喻

接著來讀〈栗之實〉這一章。

第一段是對話，雖然沒有標明是誰在說話，然後從口氣和內容，我們毫無困難地能夠辨認出是菊子說的。〈栗之實〉這章的前面，描述了颱風侵襲的情況，過了一陣子，菊子發現樹葉被暴風雨吹落的銀杏樹又發芽。信吾說：「現在妳才發現嗎？」意思是銀杏幾天前就發芽了。

菊子帶點撒嬌地回答：「爸爸每天都對著銀杏樹坐著，當然會看到。」

這指的是家裡吃飯時的位子。兩個對著窗戶的座位給老人家各坐一邊，這樣爸爸會有最好、最開闊的庭院景觀，媽媽的位子則比較靠近廚房，方便進出工作。於是每次吃飯時，信吾不只是對著窗外的銀杏，也對著菊子。菊子撒嬌的意思是：我總是背對著銀杏樹啊，當然不會看到樹上發出新芽了。

不過信吾的問題反映的是很不一樣的關切。他覺得如此明顯的自然現象，菊子怎麼會遲了幾天才注意到，會不會是因為她心中有什麼憂慮嗎？是不是因為修一的事讓菊子過得痛苦，才會對周遭視而不見，沒有發現銀杏發芽了？

所以信吾不放心地又追問：「菊子每天要開開關關面對銀杏樹的那些窗子啊，要負責做這些工作，怎麼也都沒注意到？」菊子回應：「說得也是啊。」信吾更不放心了，近乎執迷地離不開這個話題，又補一句：「妳從外面走回來也是這個方向啊，應該可以看得到。除非妳回來時都低著頭在想事情？」這次菊子也真不知該如何回答了，只能說：「真是困擾啊！」自己竟然沒有及時發現那麼大一棵銀杏發芽了。

雖然只有表面的對話，但中間反映了信吾深刻的感情。對於兒子的外遇他無可奈何，卻一直掛心憂煩，極度害怕如果菊子知道了會受到多大的傷害。而菊子是那麼體貼、得體的人，她如果知道了很可能會將痛苦壓抑在心裡自己承受，想到這樣的可能，使得信吾更難過。因而在他心中產生了忍不住探問菊子是否知情的衝動。

而媳婦菊子卻誤會了公公所在意的。她帶點耍賴地說：「好啦好啦，以後爸爸看到的，我一定會先注意到。」她以為公公在怪她在這件事上和公公有那麼大的差距。菊子如此說，引發了信吾另外一番感傷的聯想。先是想，在正常的愛情關係中，不就是會有這種期待嗎？你會希望你看到的她也會看到，你感受到的她也同樣會感受到。繼而又想：自己這一輩子從來沒有過這樣的一個情人，和任何人有這樣的情感連結，竟然只在媳婦身上找到了。

兩人關於銀杏發芽的對話還沒結束。颱風是在「二百一十日」來的，就是從元旦算起第兩百一十天，那是七月底。到了夏末，颱風過後，樹怎麼還會發芽？照道理說，再過一點時間，入秋之後銀杏的樹葉就要變黃然後掉落了。但這棵樹卻反常地抽長出新葉來。

接近秋天時卻還長葉子，這樣的現象使得這棵銀杏和信吾的生命階段發生了隱喻關係。不該長葉子時長了葉子，信吾想，那要比春天時長葉子多費很大力氣吧？還有，不對的季節再一次長出嫩芽，這些葉子不會覺得寂寞嗎？他們會像春天長出來的正常葉子長得那麼大片嗎？

我們可以感受到信吾和這些遲來的葉子之間的關係：他在納悶思考，老年萌生出來的感情，和年輕時大家視為當然會有的感情衝動，倒底是一樣的還是有著不同的性質？

他不得不承認兩項不同。年老時的感情不自然，所以會耗費很大的、更大的力氣。這種感情沒辦法自然、健全地成長，會長得小小、稀稀落落的，葉片很薄、呈現近乎透明的淺黃色，給人一種寂寞孤單的感覺。當秋日陽光照射時，明明樹上有葉片，看起來卻還好像樹枝是光禿禿的，有一種無奈感傷。

第二，這種情感不被承認，就算有，別人也看不到，就像人們假定秋天不應該發芽長葉子一樣。甚至連自己都很難承認。這是寂寥寂寞之感的另一個來源。

菊子為了辯護自己沒有那麼粗心大意，就說現在不只看到銀杏發芽，還看到神社後面另外一些樹也發芽了。但其實她錯了，信吾知道，那些是常綠樹，這個時節樹頂還會冒出新芽是正常的。這樣的對照，正常的、年輕的新葉，和反常的，感覺是秋天掙扎冒出來的葉子，反而更添信吾的感慨。

## 彈飛的栗子

接下來的這一段中，信吾和菊子的對話被打斷了，保子從廚房發聲，但因為水龍頭開著，聽不清楚保子說了什麼。後來菊子傳話才知道保子在說院子裡花開得很好。但信吾的反應是不高興地叫保子不要再說了。他不高興，因為提醒了他聽力變差的事，而且相較於他正在思索的銀杏、季節與年歲，這樣的話題顯得很庸俗。

但是菊子以為公公是因為被水龍頭干擾，才要婆婆先別說了，便自告奮勇繼續幫忙傳話。保子近乎自言自語地說到了昨夜的夢，夢見老家的房子破破爛爛的。信吾還是不太起勁只「喔」了一聲。水龍頭關上了，保子去將ハギ（萩）和ススキ（薄）摘下來，讓菊子去插花，自己坐了下來，繼續關於花的話題。

保子的夢讓信吾想到了他們兩人的婚禮就是在那個房子裡舉行的。信吾是入贅的，所以婚禮在女方家裡舉行，而他記得婚宴上在舉杯時，剛好看到有一顆栗子從樹上落下，掉在一塊大石頭上，石頭的斜面將栗子又彈飛出去，飛到溪邊去了。

那樣的景象，有動態和若有似無的聲音，很美，看得信吾差點驚訝地叫出聲來。然後他看周遭的人，沒有任何人察覺這顆栗子。在婚宴中，他一直記掛著那顆栗子，卻無法對任何人說，也不會對新婚的妻子說。第二天，他特別去了溪邊，看到了那顆栗子。他一眼就確定地上的是那顆栗子，將那顆栗子撿了起來，想要回去告訴保子。

但這個經驗只讓他感受到最深的寂寞。雖然藉由婚禮，保子成了他生命中應該最親密的人，但將如此感動他的栗子拿去給保子看，她不會有任何感覺，她或任何其他人都不會了解栗子落下情景給予他的感動。

再回想，那為什麼自己沒有在當下將這份感覺告訴保子或其他人呢？因為保子的姊夫在場。他對那個男人有太糾結的敵意了，他娶了信吾所愛的女人，又拒絕了現在信吾要娶的保子。保子將姊姊和姊夫視為理想的神仙眷屬，信吾是絕對比不上的，他眼中看到的這個姊夫似乎身上有光，冷冷地俯視著一場次等的婚禮。被姊夫威嚇住了，信吾沒辦法表達栗子落下的情景，成為一道恆常的陰影始終排除不了。

這一章中的兩段是對比的。一段描述信吾對菊子的感情，以銀杏樹為比喻，是在不恰當的時機不被承認冒發出來的；另一段則對照他的婚姻，他之所以成為一棵掉光葉子的樹，必須在不對的時機費力長出新葉，源自於婚姻不祥的開端，兩人的結合對信吾來說是從深刻的寂寞開始的，由那顆栗子代表。他像是那顆從樹上掉下來的栗子，打在石頭上飛出去。他生命中的兩個重要場景，兩段截然不同的情感，用兩棵樹的現象隱喻表現出來。

《山之音》的主角信吾六十歲了，經歷過許多事，包括戰爭與戰敗投降。他要面對卻又難以處理的，是一個在戰爭中深受傷害，從戰場上回來後無法完全適應的兒子。這是小說的一項潛在背景，但川端康成寫得極其內斂，和《東京人》直接呈現戰後情景很不一樣。

小說中的修一在爸爸面前會忠實地盡到社會角色責任，但這並不表示他是一個正常的、傳統的日本男人。他在古崎英子以及外遇對象面前，有著很不一樣的表現。小說接著寫了信吾和英子的對話。

對話的背景事件是信吾的女兒房子莫名其妙跑到保子的老家去，做哥哥的修一必須去將妹妹接回來。修一出發前先繞到公司，將看起來用不到的雨傘放在公司。英子看到了修一，問他是不是要出差，之後英子的眼光就一直跟著修一。原來是修一約了英子去跳舞，這下不能去了，修一就請爸爸代替自己。信吾沒說什麼。

修一走出去時，英子幫他拎著皮箱，要送他，修一說：「不必了，這樣不成樣子。」自己拿過皮箱走出去。修一走後，而有了信吾和英子的對話。

信吾顯然是趁英子不備，突然問：「修一的情婦在舞場吧？」英子趕緊否認，但信吾不太相信，他認為修一老是找英子去跳舞一定有別的理由。他就更進一步逼迫英子，問：「妳見過那個女人嗎？」英子只好承認見過。信吾還不放過，問：「經常見面嗎？」英子含糊地說：「不算經常吧。」

就在此刻，英子為了澄清自己和修一外遇對象的關係，避免信吾再追問下去，說了一件奇怪的事。去舞場的時候，除了修一的情婦之外，他身邊還有另一個女人，英子比較喜歡那個女人。修一在那裡喝酒，喝醉了會發酒瘋，強迫人家唱歌，那個女人很順從，遇到這種情況，她真的會願意唱歌。

英子的描述顯然超出信吾的想像。那是一個他不認識的修一。在舞場裡有三個女人陪著，會喝醉酒鬧酒。這是從戰場上回來，帶著壓抑傷痕的男人，和爸爸印象中的兒子很不一樣。

## 早晨的玉露茶

《山之音》中〈海島之夢〉這一章，開頭是一隻野狗跑到信吾他們家裡來生小狗。而有趣的是：生活上發生的任何事情，現在都會被信吾利用來當作和菊子間的特殊溝通管道。他對生活細節變得極其敏感，什麼話可以說、什麼不可以，有時甚至什麼事可以想、什麼不可以，他都有了直覺的自我約束。

秋天之後，信吾養成了每天早晨喝玉露茶的習慣，喝茶時菊子端了一碗味增湯給他，他就順手斟了一杯玉露茶，叫菊子喝茶。菊子從來不曾這樣和公公一起喝茶，信吾知道自己破例要求，心中就必須合理化這樣的行為，特別強調因為是玉露茶，因為是新形成的習慣，不算破例。

媳婦也感覺到這不是尋常的舉動，所以正襟危坐喝茶。信吾解釋玉露茶的來歷，是去參加一位老朋友的喪禮，人家作為回禮送的。那是很高級的茶葉，所以讓菊子一起來品嘗。不過這玉露茶卻有著他必須迴避的聯想，和菊子一起喝茶的情景引發了心理迴避機制，使得他一時只想起那是從喪禮上帶回來的，卻忘了喪禮送別的到底是哪一個老友。

這一方面反映了到老年會經常遇見這種場合，多到記不清楚了。不過後來的追記我們才知道還有另一方面的深意。這個暫時被信吾遺忘了的老友是「極樂往生」的。這個說法指的是他死在女人身上，在性行為中心臟病發作救不回來。面對菊子，他不願意、他無法去想如此粗鄙的事，於是在心裡底層壓抑而造成了遺忘。

對話時信吾看著菊子身上的衣服，看到腰帶和外褂上都是菊花圖樣，他突然感慨：「為了女兒房子的事，都忘了菊子的生日。」菊子命名的來源，就是因為秋天菊花盛開時出生的。有趣的是媳婦用特殊的方式回應、安慰公公表現的遺憾，她故意更正公公，其實她腰帶上的圖案是「四君子」——梅蘭竹菊，四個季節的代表都有，不是專指秋天。信吾體會到了，也打趣說：「這是貪心的圖樣啊，要把四季都包羅進來。」

到這裡，川端康成才交代讓讀者知道，會有信吾和菊子一起喝玉露茶的場面，是因為修一先進公司去了。信吾的心情一直處在矛盾中，他既在意修一不跟他回家，必須自己去面對菊子；但又會覺得如果修一不在，得以和菊子如此相處很值得珍惜。

等到信吾傍晚回到家，早上談過的小狗話題又出現了。以前這隻母狗會回到名義上的主人家生小狗，這次卻改變了行為，跑到尾形家女傭房底下來。狗很機靈，顯然牠注意到尾形家這段時間沒有女傭，在那裡比較不會被驚擾。

信吾又有了細密的聯想心思。家裡沒有女傭意謂著所有的家事都落在菊子身上，讓信吾格外不高興。又從這裡想起了之前修一提過英子要介紹女傭，信吾當時反對，顧慮到怕修一外遇的事被菊子知道。現在他煩惱著那要介紹的女傭到底在哪裡？他覺得自己阻擋了那件事使得家中一直沒辦法找女傭來幫菊子。在如此煩亂心緒間，他竟然將茶倒進菸灰缸了。

## 海島的夢

信吾必須面對老年人生來日無多時，內在欲望和外在人情義理約束的糾結，此時他做了一個夢，也就是這一章標題中的〈海島的夢〉。

他夢見了號稱「日本三景」之一的松島，那個港灣裡分布了兩百多個小島，自己和一個女人在其中的一個島上。他不知道那個女人是誰，卻留下了擁抱那女人的感覺。他很討厭那個感覺，因為表示六十多歲的男人還有這種欲望，連自己都嫌骯髒。不過還有另外一項模糊不清的因素，在夢中自己是現實裡六十幾歲的老人嗎？還是夢裡的自己回到比較年輕的時代？如果在夢中變年輕了，比較不會讓人那麼難受。

這是意識到自己年紀時，逃躲不掉一再產生的心理壓力。從鈴木來訪，信吾想起來玉露茶是從「極樂往生」的水田喪禮上得到的。更進一步他被迫在意識中去檢查周遭其他六十幾歲的人。這群他的同齡人們，通常都是用文雅、讀書人的語言，講些空洞、言不及義的內容。有些人喜歡用學生時代的綽號互稱，表面上有親近懷念的效果，不過骨子裡還是源自一種逃避老去的自私心態吧！說話之間還會拿死去的朋友當作笑談之資，像水田「極樂往生」的事就會不斷被拿來取笑。

信吾不得不如此結論：「這把年紀的人未免也太不像樣了。」他明明和這些人同樣年齡，但不太願意自己被放進這個群體中，那是對於老去的另一種反感表現。

又從松島的夢而有了另一個想法，信吾感慨地說：「應該是沒機會登上富士山了。」一般的說法是身為日本人，一生總要去看過「日本三景」，也一定要登上富士神山。但隨著年歲愈來愈大，這「總是」、「一定」會變得愈來愈不實際，愈來愈渺茫。時間還有多少？還能在時間沖刷下完成什麼、留下什麼？

接著他注意到鈴木幫他帶來水田太太要交給他的兩個能劇面具，使得他產生了一份悸動：沒有生命的物體，只是外型像人，卻比真實的人更恆長，保存著超越時間的性質（timelessness），傳遞沒有時間的 sensuality（感官享受）。

他靠近細看面具，進而意識到自己很久沒有如此親近一張年輕的臉了。他將臉和面具靠得很近很近，幾乎貼上去了，感受到一種矛盾的錯置。能劇面具在舞台上的作用，是遮去演員真實的面貌，以免演員的長相影響、模糊了觀眾對於角色的認同。應該沒有人會如此逼近看面具吧，但用這種方法看，恐怕連製作面具的人都想不到的，面具會變幻出生動的影像，那或許就是製作面具者所愛的人的真實面孔穿越時空再現出來？這麼看這麼想，面具有了非人間的邪戀——不正常情感的激動。和他靠得那麼近的面具顯得比人間的女子更加妖豔，使得他徬徨困惑，不知該如何處理這樣的感受。

下一段，到了十二月二十九日這天，信吾看到了母狗帶著五隻新生的小狗到稍高一點的地方，然後讓小狗一隻一隻從坡上滾下來。這情景給了他強烈的既視感，覺得自己以前就看過這樣的景象。仔細一想，是來自一幅畫，現在眼前的實景改變了他對那幅畫的認知。他原來以為那不過是慣常的畫法，此刻卻體會到了畫中高度的寫實性。

這個經驗和能劇面具的作用是彼此接續的，模仿人臉的面具比現實中的女人更具體，眼前小狗是現實的，在他眼中卻反而看成像是在畫中的。

現實和「再現」並不是簡單的關係，並不只是「再現」模仿現實，藝術的「再現」很多時候會和現實混淆，甚至改變了、決定了我們對於現實的認識。

信吾從英子那裡聽說了修一在外面如何對別人形容妻子菊子。谷崎英子過年時來拜年，藉機向信吾表達她要辭職的意念。她辭職其中一個因素，是看到了菊子、看到了他們家，英子不由自主地對修一產生了反感。她因而提到了有一次她和修一及叫絹子的那個女人在一起，聽到修一表示他在家裡娶了一個小女孩，而不是女人。意思是菊子沒有足夠的女人味，菊子的身體無法給修一欲望上的滿足。

信吾聽了很生氣，修一不只是和絹子有外遇關係，還在她面前這樣批評自己的妻子。這件事連繫上前面能劇面具和匠師宗達畫的小狗，細膩地探觸了信吾所處的迷離情境。他當然清楚自己和媳婦菊子之間的情感，不能有任何肉體性質，菊子對他來說應該有著像是面具那樣的非物體性，必須排除菊子肉體的任何現實性、具體性，然而也像是那面具或那畫中的小狗一樣，如此非現實性的形象反而更真實，帶有更大的擬真吸引力。

這又和信吾的年紀有了關係。他覺得在老化的過程中，自己逐漸無法清楚區辨現實，更特殊的，自己似乎主觀上也不怎麼願意去區辨清楚。如果弄清楚了，他和菊子之間，只能是、只能有人情義理規範下的公公和媳婦的互動，但他不想受限於這樣的現實，他寧可進入那樣的迷離狀態，像在看小狗的畫，在貼近面具時，抹煞了真實性的基本界線。

菊子不只是現實中的媳婦，信吾不要菊子只是現實中的媳婦。菊子牽連到他曾經愛過的，保子的姊姊。清晨時，信吾聽到後面有叫聲，誤以為聽到了保子姊姊在叫自己，因而醒來，忍不住起身去查看。事物與現象都不是簡單地存在於現實中，而有著重重纏結，他不可能用任何清楚明白的方式來體認、來表達。他的真實感情本來就不符合現實人情義理，不管是以前對保子的姊姊，或是現在對菊子。那都是不對的情感與欲望對象。

# 第八章
# 愛恨交織——讀《美麗與哀愁》

## 舊情人

寫完了《山之音》之後，一九六一、六二年間川端康成寫了小說《美麗與哀愁》，一九六五年出版。在創作時間上，《山之音》和《美麗與哀愁》相隔七年。

《美麗與哀愁》從年底十二月二十九日寫起，主角大木有了想到京都去聽歲末鐘聲的衝動，引發小說情節的關鍵背景。有一個二十三年不曾見到的舊情人住在京都。大木三十三歲時和她有了情緣，那時候她才十六歲。對一個十六歲的女孩來說，那是一段悲慘的經驗，和比她大得多的男人有了一場激烈戀情，十七歲早產生下一個小孩，小孩只在世間存活了三十六小時就去世了。過程中，她還經歷了嚴重精神崩潰，在精神病院中待了三個月。從醫院出來後，母親為了讓她徹底遺忘這個男人和這段經驗，帶她從東京搬到了京都，之後就一直待在京都。她和大木分手後，沒有再聯絡，也沒有再見過面。

不過兩人之間用一種奇特的方式延續了這段戀情關係。大木是作家，他將和這位少女情人音子之間的故事，寫成了一本書，書名叫《十六、七歲的少女》，書名很直接明白，書中的情節內容也很直接明白。這本書不只幫助大木在文壇成名，而且許多年來都維持是他作品中最受歡迎、最暢銷的一本。

十六、七歲時音子的形影與感情，被留在這部作品中。因而不會像平常的記憶那樣隨著時間而磨淡、消蝕。這就是為什麼二十多年後，大木還會動念想要去找音子。另一個重要因素是，這時候的音子仍然單身，變成了一個有名的美女畫家，她在畫壇上取得了名聲，引來了好事之徒揭露、議論她就是《十六、七歲的少女》這本暢銷小說的真實世界女主角。

在這年的年底，大木找到了音子，他們相約到京都鴨川畔，一個可以看得見知恩院的樓上一起聽跨年鐘聲。音子顯然不願意單獨和大木重逢相處，所以帶了一名女弟子同來，還有兩名熟識的藝妓。

小說如此開場，但很快地，敘述的核心轉到了音子帶來的弟子圭子身上。圭子的年紀與當年和大木相戀的音子差不多，而她和音子之間有著一份強烈的、超越師生關係的感情，甚至有接近蕾絲邊的肉體親密挑逗。

圭子當然知道《十六、七歲的少女》這本書、這個作者，以及背後和老師音子的關係。二十多年過去了，在歲末的場合，圭子見到了大木，直覺清楚的感覺到老師原來還愛著大木。

接著川端康成細膩地描述當時十七歲的音子被帶離東京，母親原意是要讓她徹底離開、徹底遺忘那段孽緣，然而卻產生了反效果，讓那段強烈激情的時間停留不再變動。大木在沒有和她聯絡也不可能取得她同意的情況下，不顧會如何影響到音子，將他們的故事寫成了作品，這件事又使得音子很難得到正常的愛情與婚姻生活了。

大木要去京都找音子時，心中有著強烈的罪咎感。他覺得到了四十歲還單身的音子是被這兩件事——少女時期和他的不倫戀情，加上他寫的那本書——斷絕了正常生活的希望。不過從音子這邊的經驗，卻是自己十六、七歲的經驗、情緒、心境被用這種方式硬是保留了下來，使她無法遺忘、擺脫對於大木的天真、單純少女情懷。

多年之後，另外一位少女圭子非常敏感，立即體會掌握了老師還愛著大木的事實。在她心中產生了強烈的嫉妒，進而有了強烈的報復動機。小說中最精采的部分，是川端康成竟然能夠描摹少女近乎非理性的言詞與舉動，顯現她自己無法真正理解、掌握的快速情感變動。

從混亂多變的言行，我們能體會的是好幾種強烈情緒衝擊、折磨著圭子。一種是受不了自己所愛的老師竟然還對舊情人難以忘懷，仍然抱持款款深情。另一種更強烈的，是這個男人曾經如此可惡的傷害了老師音子，明明應該受到懲罰，怎麼可以還享有老師的愛呢？

於是她選擇了去誘惑大木，要反過來對大木始亂終棄來施予懲罰，並且為音子報仇。她精心設計特別跑去東京找大木時，剛好大木不在，遇到了大木的兒子，於是刺激她有了新的念頭、新的對象，她也要誘惑大木的兒子，多增一條對大木報仇的途徑。

## 少女復仇記

這是一個奇特的少女復仇故事。圭子剛開始顯現一副復仇女神的模樣，但她復仇的動機很不一樣，充滿了矛盾張力。在日本那樣的社會規範下，她和音子的同性愛戀和兩人外表的師生關係是不應該並存的。更非比尋常的是她復仇的手段，在日本社會價值中，更是不可容忍的、甚至是不可思議的。

她要勾引大木和她有不倫關係，同時又要勾引大木的兒子，這是自覺地冒犯禁忌創造亂倫。而且和大木的兒子太一郎的互動中，圭子完全逆反了慣常的男女權力安排，近乎是在兩天之中強勢地綁架了太一郎。

不過川端康成並不是要寫一個復仇女神的故事。他追索描寫了圭子情感的波動。她是人，而不是復仇的工具；更重要的，她是一個少女，從〈伊豆的舞孃〉開始就是川端康成最著迷反覆書寫的角色類型。川端康成要探索、彰示她內在那不定的少女性質，也就是美麗與哀愁的矛盾結合。

圭子和老師上野音子有一段互動，使得圭子對太一郎有了新的感情，所以在去琵琶湖時她坦承告訴太一郎自己是抱持復仇的動機接近太一郎的。此時太一郎的反應完全超出圭子的預期，他說：「妳難道不覺得真正應該要報復的人是我嗎？」

圭子從來沒有這樣想過，從大木家人的角度會如何看待這件事。她忽略了，大木的妻子、太一郎的母親，也是這段孽緣的受害者，而且和音子一樣長期受害。不只是丈夫有了外遇，而且愛上的竟然還是一位少女；情何以堪的，丈夫還將這段不倫經過寫在書中，妻子想要不知道、想要放掉遺忘都不行，所有的讀者都知道這些應該是最私密的事，社會長期對這位妻子投以各種異樣的眼光。

太一郎的母親還要經歷一段冷酷恐怖的過程。大木寫作的習慣，是將原稿交由妻子整理抄寫後才送去雜誌社或出版社的。後來他寫了《十六、七歲的少女》，怎麼辦呢？他可以選擇打破習慣，不將原稿交給妻子處理，那麼小說變成是祕密發表的了，也就等於明白宣告那其實不是小說，而是告白。這不符合大木當時被那段戀情強烈衝擊的心情，所以他決定還是假裝這份原稿和過去其他作品一樣，按照一樣的程序整理、發表。

簡直不能想像他的妻子如何熬過那一字一字抄寫的過程。太一郎問圭子：「我媽媽的痛苦誰該負責呢？不也是妳老師造成的嗎？我才應該尋求復仇吧！」聽了太一郎這樣的心聲，圭子的心情又改變了，做出了不同的決定。

我可以用這種方式簡介《美麗與哀愁》，挑出小說中的重點，讓大家很快對這部小說有印象，卻不可能用同樣方式處理《山之音》。這是重點。雖然前後不過只差七年，但《美麗與哀愁》就不是用《山之音》那種風格、那種方式寫成的。

《美麗與哀愁》可以摘要、簡介，因為其中有明確的事件，事件導引、決定了角色之間的關係，是正常的「有事小說」，對照之下，《山之音》最特殊之處，在於那是一本「無事小說」，並不是以情節事件為主要動力的，小說的主要成分是日常細節中引動的情緒波動。小說中最難寫、最關鍵的，是鋪陳出一個具備說服力的情境，讓在其中的人感官與思想變得格外敏銳，因而原本的生活慣習，突然之間都帶上了刺激性，等於是逼著他重新看待周遭、重新和自己的微型世界發生關係。

## 異常狀態下的創作

《美麗與哀愁》從一九六一年開始連載，但中間一九六二年連載卻因續稿未到而中斷了一期。川端康成從二十歲出道就進入日本文壇，很快成為職業作家，早已嫻熟文學刊物的運作模式。他會寫出那麼多作品，也是這個環境中編輯積極邀稿要求刺激出來的。換句話說，以他累積的長期經驗，竟然會讓長篇連載脫期，近乎不可思議。

日本現代文學和報刊雜誌的連載形式，有太強太緊密的關聯。在日本稍有名氣的作者，都會接到連載邀請；稍有地位的作者，就會有接不完的連載要求。川端康成最熟悉、最喜歡的是月刊的連載形式，他可以將每月連載的部分當成一篇完整的短篇小說來寫，使得長篇小說同時帶有短篇連篇呼應的性質。《雪國》是如此連載完成的，《山之音》也是。

相對地，《舞姬》和《東京人》是在日報上連載，每天刊登一小段，川端康成的寫法會受到影響而有微妙或明顯的不同。例如《舞姬》中可以感覺到他必須更用力安排、控制小段落之間的連結，避免小說敘述鬆脫。寫《東京人》時則是川端康成自覺意識到自己慣常以短篇連結方式寫小說，沒有真正的長篇敘述作品，所以為了尋求突破，決定接受日報連載邀請，並且刻意地鬆開敘述上的嚴格管控，因而寫出了那麼長大的篇幅。

從這個背景看，《美麗與哀愁》斷稿，絕非小事。一九六二年初，這位職業作家健康出了問題，而且不會是感冒咳嗽之類的問題。他之所以無法交稿，因為睡不著，嚴重失眠導致了精神崩潰不能正常生活、工作。這個狀況或嚴重或緩和，將持續困擾川端康成到他去世。他的直接死因是吸入大量瓦斯，而家人始終拒絕接受他是自殺的，其中一項理由就是他長期服用安眠藥，劑量很大，有可能是在安眠藥強烈作用下，忘了關的瓦斯外洩造成了致命的遺憾意外。

川端康成沒有留下遺囑，因而是否自殺這麼多年沒有定論。但有很多跡象顯示他人生後來的幾年活得很痛苦，例如說在《古都》出版時寫的一篇解釋性文章中他帶著歉意地提到了：從一九六二年開始，受到失眠和必須吃安眠藥的困擾，使得他進入一種異常、恍惚的狀態，這段時期內有些作品因而不是正常的川端康成寫出來的。

比對之前之後的作品，我會將《睡美人》視為這種異常創作的代表性產物。那樣的病態與自虐，尤其環繞著睡眠建構起小說敘述，老人對少女的癡迷沒有真正的互動，甚至不是人與人的情感，和以前川端康成的細膩內斂風格有很大的差距。

討論川端康成的作品，不能不注意其創作年代。我們至少應該知道作者自己認為《美麗與哀愁》及其後的作品，是處在異常狀態下寫出的，讀者如果在其中看到了什麼不太對勁的地方，可以追索理解其來源。

從《山之音》到《美麗與哀愁》，川端康成的寫法真的很不一樣。《美麗與哀愁》仍然是一部傑作，設定了一位小說作者將和少女的不倫戀情寫成由妻子經手抄寫的作品，這部作品引發了所有相關人物的非常反應，甚至在二十多年後影響了下一代的圭子與太一郎。大的故事架構很吸引人，在一些描寫上也很細膩。例如大木三十三歲和十六歲的音子相戀，兩人第一次發生關係之後，音子替大木打領帶時逆反年齡差距稱他「小朋友」那一景；或是妻子妙子幫他處理原稿時的內在強大壓抑的寫法。

但這樣一本小說在寫法上變得極具戲劇性事件，以至於很難收尾。即使是重讀，我每次都還是會在小說明明只剩下二、三十頁的地方生出不敢相信的感覺：這樣的情節走到這裡，怎麼可能在二十幾頁內收場？而且的確，小說是草草結束的，突兀得令人愕然，不敢相信川端康成就這樣處理。

只能回歸作者給我們的歉意提醒，體會到在那樣的異常狀態中，他應該已經對這部小說失去了興趣與創作動力，所以違背了成熟職業作家的紀律，連載會斷稿，成書出版時也還是讓小說戛然而止，沒有更多的餘韻修飾。

## 《美麗與哀愁》中的角色自覺

《美麗與哀愁》不只是充滿戲劇性，和《山之音》或《舞姬》或《雪國》相比，更不對勁、不像川端康成的地方，在於小說裡的角色對自己的情感都很明白。小說裡寫的是直接而強烈的情感，一種自覺層面的明顯情感。

大木知道自己為什麼要在二十三年之後去京都找音子，音子知道自己內心仍然有著對於大木的餘情，圭子知道自己對大木家產生了強烈的報復敵意，也知道自己和老師之間的關係如何被大木介入而改變了。

這些是清楚明白的感情，但也就不是「新感覺」，不是原本形成川端康成文學主要印記的那種迷離幽微。

日本社會最為講究「人情義理」，人與人相處的許多細節都必須符合「義理」，「義理」一直貫徹侵浸到日常動作和語言中，川端康成的小說建立在對於這些細節的熟悉，再從中挖掘出不同的個人情感、個人意義來。他的小說是在龐大的集體「義理」背景之上，持續不懈地表現個人不同的「感覺」，不能被集體動作、語言同化、取消的高度個別性，所以他的小說都在日常中，不需要、不依賴戲劇性情節、事件。重點不是一個人遭遇了什麼新鮮事，而是一個人如何內在地產生了和別人不一樣的「新感覺」。

《山之音》開頭，特別寫信吾努力要弄清楚女傭到底如何說話，有沒有用敬語，因為人最真實的感情是藏在這一點點細微語言差異間的。是單純的行禮如儀，還是帶有內心的關懷，會表現在這種地方，如果不注意、如果錯過了，生活就只會是一連串的模式反覆而已。川端康成擅長寫的，是內在於人情義理卻無法被人情義理取消，或外於人情義理卻還是受到人情義理拘執的關係。信吾和菊子之間的互動，正是這兩種主題最好、最豐富、最深邃的交會。

相對地，《美麗與哀愁》寫的都是「失格」的關係。大木和音子、音子和圭子、圭子和大木及太一郎都是人情義理所不允許的關係，產生極端的叛逆愛情。是「不管別人如何看待、如何評斷我就是要」，這樣的態度。這種感情格外堅決、濃烈，因而經常成為戲劇或小說的題材，相對也比較好寫、好表現。放在眾多類似題材的戲劇、小說作品中，《美麗與哀愁》還是寫得很精采、很感人，所以很多年輕讀者容易被吸引，容易留下深刻印象，有些人甚至視之為川端康成最傑出的作品。

然而放在川端康成的文學系譜中，我不得不說，《美麗與哀愁》太取巧、太偷懶了。這裡的濃烈感情都是角色自覺的，把他們的想法和盤托出就可以了。而正常狀態下的川端康成寫的卻是人以其內在感覺與外在的人情義理要求相拚搏，繞著人情義理試圖找出可以安放感情之處。被人情義理纏捲著，他們甚至自己都不能、不敢確定這份感情是什麼，但會有那樣的瞬間逼著他們不得不凝視內在的感動或衝動，然後掙扎著讓感情成形，給感情找一個內外之間的曖昧位置。

掌中小說寫的、捕捉的，是那樣猝不及防的突破性瞬間；較長的小說刻畫的，則是瞬間之後如何面對、處理這成形了的「新感覺」，如何將「新感覺」放入原有的人情義理世界中。

川端康成有一份執著的文學信念，誕生於和西方文學的糾結、角力中。西方文學潮流進入日本，很直接的一項衝擊是自由，許多日本作者覺得西方人不會受到層層拘束，可以表現出真感情來，所以新的日本文學也應該如此擺脫禮數、剖白內心。

但川端康成沒有走這條路。他選擇了比較困難、比較少人行走的那邊。他相信：那些高喊要反抗人情義理的日本作家，不會因此就真的可以擺脫人情義理的影響；倒過來，站在另一邊的人，也不會因此就只是人情義理的奴隸，完全沒有真情，完全找不到表達內心的迂迴方式。還有，「直接」不必然比「迂迴」更有效，甚至不一定更真實。

## 直接了當的愛戀

川端康成小說中最有價值的，他最珍惜因而要以小說去摹寫挖掘的，是那種在重重限制下，卻還能保有真情的人。《雪國》裡的駒子，以她的身世、以她當時的處境，她沒有條件、沒有資格主動選擇去愛一個男人。但她就是對島村真心付出。她常常喝醉酒，一方面那是工作上的不得已，但另一方面又是她的選擇，喝醉酒了去找島村，她就能自由地表現最強烈的真情，她堅守自己這份擁有真情並表現真情的權利。這裡面有一份和她的身分完全不相襯，因而格外感人的高貴。

《美麗與哀愁》裡的大木是大膽將和少女不倫戀情公開寫成作品的小說家，音子和母親相依為命，沒有婚姻，後來又成了藝術家，兩人都和社會的人情義理保持了相當距離。雖然他們的感情是危險的，但他們有很大的空間去處理、甚至去表達。圭子也一樣，她沒有雙親，只有疏遠的姑姑和表哥，形成了徹底獨立的個體。

這不是日本社會的現實，也不是我們任何人生命中的現實。《美麗與哀愁》是一部幻想小說，發生在川端康成打造出的不真實時空中。當川端康成正常、有力氣時，不會這樣寫小說。正常、有力氣時，他寫的是一個六十三歲的老人如何在人情義理的老年歧視中艱難地去面對自己的情感，想辦法安放自己最深切的情感，讓自己和老去、死亡的憂鬱共存。

那麼多年前的作品，《山之音》的主題卻有著愈來愈強烈的現實性。老年人和社會體系間產生的種種問題，在今天的日本，乃至今天的台灣，都只會愈來愈嚴重、愈來愈尖銳。那個年代，六十三歲的信吾已經是不折不扣的老人了，不過那個社會基本上還保留了對老人的表面尊敬。現在的變化是，老人的年齡標準往後退，七十五歲、八十歲才算公認的老人，但屬於老年的歲月，一直到去世，這段時間仍然不斷延長；另外老人受到的歧視只會比以前更加厲害。

其中一項歧視，是否認老人有愛情與性的需要。老人不應該還有欲望，老人的欲望不只被視為反常的，甚至是汙穢的。隨著年齡，信吾被人情義理推向年長者的位置，從父親到祖父，在公司裡成為不需要負擔任何責任的資深成員，在社會上很多年輕時可以做的事、可以說的話，逐漸都變得不適合、不可以了。他還要面對過去真實記憶、情感的褪色消逝，留出無法填補、不允許被填補的空白來。

信吾的這塊空白中，出現了共同生活的媳婦菊子。但人情義理不允許這份情感存在，人情義理只會將這樣的情感歸納為最不堪的「扒灰」，醜陋而骯髒。在老化過程中，信吾承受雙重失落、也是雙重考驗。過去所有的感情都過去了，進而任何新的感情都變得不可能；要如何繼續存記過去，又要如何珍惜現在對菊子的愛意？一個人如何在老去、死亡迫近中，堅守住生命僅存的依賴，那是自己都不知該如何說出口的幽暗迷離情愫。

《美麗與哀愁》中拿掉了這些限制，可以大剌剌地直接講，不像在《山之音》裡，信吾連對自己，都必須透過象徵才能掌握那份幽暗迷離，如此決定了小說的表現方式，有著個別象徵的一小段一小段，連結起來形成了一個大萬花筒。

# 第九章
# 京都之美——讀《古都》

## 毫髮無傷的京都

寫作了《山之音》之後，川端康成進入他自己所說的異常時期，嚴重的失眠狀態、對於安眠藥的高度依賴，然而身為職業作家又繼續維持寫作交稿的紀律，使得他連帶地寫出了「異常」的作品。

異常時期間，川端康成在一九六一到六二年，同時寫作《美麗與哀愁》和《古都》兩部小說。將《美麗與哀愁》和《古都》放在一起讀，就會發現川端康成將這兩部小說的場景都移到京都了。《美麗與哀愁》中，京都是作為對應東京的空間存在的。十七歲的少女音子離開東京，在這裡開始了新生命。但這位媽媽選上的是一座歷史與記憶之都，換到京都來生活的音子非但不會遺忘大木，反而讓大木及那段戀情在心底沉澱下來，她自己被磨掉了時間感與現實感。京都作為一個避開東京的處所，真正發揮的作用卻是將應該被遺忘的事情在記憶中固定住了。

小說開始於大木要離開東京去京都，去尋找音子以及自己過往的記憶。東京和京都形成了現實與記憶的相對結構關係。接下來小說有很多情節都發生在旅程中。大木去京都見到了音子，要回東京時圭子去送他；圭子後來又從京都到鎌倉拜訪大木而遇見了太一郎，換成太一郎送圭子去車站搭車回京都。到了小說結尾處，最重要的事件是太一郎要去京都，大木想像兒子會在京都和圭子見面感到極度不安。太一郎在大阪機場一下飛機，圭子已經在等他了，兩人一起進入京都。

關於大木和音子的故事，屬於過去；現實上，尤其和圭子有關的，則都發生在東京到京都的路途上。小說的主要場景在移動中。大約同時期書寫的《古都》，也就毫不意外地徹底離開了東京，換到京都去了。

從《舞姬》、《東京人》和《山之音》的東京，換到京都去，最主要的是沒有了戰爭的煙硝背景。在第二次世界大戰中，基於對古老歷史文化的尊重，美國基本上放過了京都，除了一次空襲轟炸了東山馬場這一帶外，不曾以京都為目標空投炸彈。因而戰後京都成了奇特的無傷景觀。這件歷史事實對思考著「餘生」的川端康成尤其寓意深遠。

要如何讓戰敗的日本繼續在世界上存留？很顯然地，京都的完整無傷是明確的指引，靠著日本的傳統，尤其是歷史上保留下來的美，可以一直到戰爭近乎瘋狂動用核武器的階段，都還是解救了京都。保存日本之美可以同時保存日本這個國家，並且給予日本所需要的集體救贖。京都是象徵，也是明證。

我不知道川端康成在思考、書寫京都時，有沒有聯想到法國巴黎？如果拿二次大戰的巴黎來對照，會有更深的意義。德國納粹在一九三九年九月發動了戰爭，以閃電戰吞併著波蘭，快速進軍東歐，然後回軍向西攻打法國。到一九四〇年六月，曾經在第一次世界大戰中和德國纏鬥四年並得到最終勝利的法國，這次卻早早就投降了。法國近乎不戰而降，逼著英國必須單獨面對德國，讓邱吉爾難以承受。面對邱吉爾的質疑指責，法國人的態度是：「沒辦法，我們有巴黎。」意謂著必須保護巴黎，不能冒著巴黎毀於戰火的危險。

一八七〇年德國人曾經進入巴黎；一九一四年戰火一起，德國人也是快速推進尋求打到巴黎。因為巴黎是法國的心臟、法國的命脈，到這時候更成了法國的主要把柄。法國人理直氣壯地為了保存巴黎而選擇投降，不只是巴黎的古蹟建築得以保留，連巴黎的文化活動、思想論辯在德國占領期間也仍然繼續絃歌不輟。這是法國所自豪的，戰爭無法摧毀巴黎的文化，德國人也無法。

日本人展開侵略戰爭時，當然不曾有為了京都而不要打仗的念頭，他們不會想到在戰爭的終局，廣島、長崎被投下原子彈、東京遭受反覆的燒夷彈空襲毀滅，京都卻一直是安全的，不在美軍空襲目標考慮範圍內。而且保護京都不被戰火燒毀，不像保護巴黎是法國人自己的態度，竟然是來自於敵人美國。京都的特殊地位，必然在川端康成的「餘生意識」追求中發揮了特殊作用。

在「餘生」中，川端康成找到的答案是：必須以日本傳統之美的價值來說服這個世界，不管日本犯下了多麼嚴重、多麼可怕的戰爭錯誤，日本這個國家還值得存在下去。確定了這個答案促成了川端康成小說的決定性改變——京都變得愈來愈重要。

# 川端康成的作品脈絡

《美麗與哀愁》是從東京到京都的過渡，顯現了藝術的兩面性，由小說中的兩位主角代表。大木以藝術來記錄「哀愁」，將生命中最痛苦的經驗寫成了《十六、七歲的少女》，二十多年過去了，他後來的作品都沒有超過這一部得到的注目與成就。圭子明白地對太一郎說：「你父親應該沒有機會寫出比《十六、七歲的少女》更有代表性的作品了。」換句話說，大家都認為那就是大木的代表作。

被記錄在這本書中的音子，則是去了京都沉澱了之後，成為一位畫家。她最重要的作品，是以母親為模特兒，但很多人看了卻以為是音子的自畫像。她畫的不是現實的母親，而是年輕時的母親，她也不否認在刻畫形象時，她的確將自我也投射了上去。那是一幅表達對母親複雜愧疚之情的畫作，將自己和母親的形影在其中重疊了。

音子的畫作不是寫實的，有了非常濃厚的情感投射，所以圭子一直纏著老師，希望音子為她畫像。音子畫圭子時，她投射的是當年懷胎八個月早產早夭的那個孩子。她曾經用類似聖像畫，畫聖嬰的風格，表現過對於那個孩子的感受，現在她進而將畫女人和畫嬰兒的兩種主題，都用在對於圭子的畫像上。這寓含了音子對圭子的感情認知與想像。

這是如何以藝術表現「美麗」，卻又不只是「美麗」，不會停留在「美麗」而已。《美麗與哀愁》完成了從東京往京都的過渡，到了《古都》，就只剩下「美麗」而沒有「哀愁」了。《古都》是一部甜美而天真的作品，甜美天真到近乎一廂情願。放在川端康成的作品脈絡中來看，《古都》很不世故，也不細膩。

小說中的核心故事，是千重子和苗子這對雙胞胎姊妹失散多年後重逢。她們相遇完全是偶然，而且是兩次偶遇，突然就相見相認了。在《古都》中，川端康成塑造了一種甜美、天真的腔調，方便讀者接受這份一廂情願。如果只讀《古都》，或者只讀「諾貝爾三部曲」——《雪國》、《千羽鶴》、《古都》——我們可以將這樣的腔調與一廂情願視為理所當然，可是換從《舞姬》、《東京人》、《山之音》這樣一路讀下來，我們認知、理解了川端康成小說世故、細膩的那一面，卻不得不將《古都》同樣列入異常時期異常作品的清單上。

讀《古都》時會一直有一個奇怪的聲音干擾我，那聲音反覆地說著：「好可惜啊，好可惜啊！」也就是在小說中明顯出現許多missed opportunities，沒有被好好掌握、利用的機會，意思是在架構中應該可以有更好發揮的地方，也是想像中在正常、巔峰狀態的川端康成應該會以更細膩手法處理的地方。

例如千重子的身世經歷了從被丟到門口的棄兒變成驕女的大轉變。以《山之音》的格局、寫法為標準，我們必然會好奇她和養父母之間的複雜情感。小說裡父母編了一個故事，說他們是在祇園將千重子偷抱來的，但千重子一聽就知道那不是真話。然而川端康成沒有再追索刻畫父母為什麼編這樣的故事，他們如何掙扎地考慮、猶豫、摸索該如何讓小孩知道或不要知道自己是棄兒的過程。

千重子的家庭表面正常，內在卻是苦心經營才聚攏起來的，這原本是川端康成最擅長寫的題材，卻在《古都》中草草帶過，沒有展開來寫。

## 力不從心的川端康成

千重子和父親太吉郎是社會性的父女，實際上沒有血緣關係，其內在性質與信吾和菊子的關係有著類似之處。而這個父親又被設定為和服世家中沒有天分的一位繼承者，他年輕時曾經為了要畫出像樣的和服圖案尋求靈感而吸大麻，後來沒辦法時就躲到尼姑庵去假裝自己很努力，實質逃避痛苦的創作過程。

還不只如此，更加深他痛苦的，是他擁有那樣的眼光看得出秀男的天分。千重子送給父親現代抽象畫冊帶到尼姑庵去，他模仿保羅・克利（Paul Klee）的畫作設計了一條和服腰帶。那是他要送給女兒的禮物，先將設計圖交給秀男，秀男有意見，氣得他衝動打了秀男一個耳光。那會那麼生氣是因為他知道秀男看出那不是原創的作品，他感到受辱了，一走出來就將設計圖丟進水裡。不過後來秀男竟然在完全沒有設計圖的情況下，全憑記憶將這條腰帶織出來，讓太吉郎很感動。

這場景裡有多少感情糾結！太吉郎對千重子的感情，身為沒有天分的設計師的掙扎痛苦，意識到名義上的徒弟比自己有天分的壓力，知道徒弟一眼看出自己的設計不夠原創、不夠好的尷尬，乃至於到比自己有天分的徒弟喜歡女兒帶來的複雜反應。

但川端康成只寫了這個場景，沒有後續，是另一個令人遺憾的 missed opportunities。

小說中繞著千重子有三個男人，各有清楚、突出的形象，讓人當然會預期是有特別理由，在小說中有特別作用的。真一最早出現的場景是平安神宮的神苑，他大刺刺地躺在草地上，是個長得像「一把刀」般的男生。後面又出現一個矛盾的形象，回溯他七歲時曾在「祇園祭」裡扮過女生。千重子一直記得那個情景——自己是小女孩，追著前面另一個小女孩，但其實那不是女孩，而是男生真一扮成的。

真一的哥哥龍助也很精采。一上場就表現了他的直率與能幹，告訴千重子家裡管家和掌櫃都有問題要注意，應該自己去看帳查帳。後來他爸爸去替他向太吉郎提親，理由也就是他管帳管得好，可以用婿養子的身分去繼承家業。

再加上秀男。前面做好了人物設定，安排了醒目的出場，但很可惜，三個人後來都沒有更多的開展刻畫，又是missed opportunities。

千重子和苗子重逢之後，最感人的是苗子反覆說：「我絕對不願意以任何方式干預、破壞小姐的幸福。」即使知道了兩個人是姊妹，苗人仍然堅持用敬語稱呼千重子。

苗子非常傳統，而千重子家中則正在經歷傳統和服設計製造遭受嚴重挑戰的狀態。苗子的家境，也是特別選擇安排的。在京都觀光上，最有名的是東山，以至於很多人不知道北山的意義。京都是依照嚴格的風水方位建成的，當年從奈良遷都是為了祈求平安，又將京都命名為「平安京」，由此開啟了「平安朝」。

「平安京」北有船岡山，南有巨椋池，東北鬼門方位另有比叡山和延曆寺。北山發揮了屏障京都的重要作用，後來又在這裡發展了杉樹造林事業，所種的杉樹特別稱為「北山杉」，大約四十年左右樹齡的木材特別好，適合用來蓋寺廟、蓋神社、蓋茶室。一般認為北山杉不只材質好，長得特別直，而且受到風水庇蔭特別吉利，可以用在具備特殊意義的建築上。

不只是千重子家關係到日本傳統技藝，苗子也是。川端康成將苗子放到北山上辛苦磨木頭，不單只是要凸顯她可憐進入了破落的家庭中，對照千重子的富裕生活。最主要是藉兩姊妹，將和服和茶室，兩項日本傳統美學的核心代表放置進小說裡。這樣的設定其實很清楚，然而還是令人遺憾的，在小說中並沒有得到足夠的發揮，又是另一個missed opportunity。

《古都》原先是要寫人與傳統文化複雜糾結的故事，將保留在京都時空交錯環境中的日本之美呈現出來，但很可惜，後來完成的作品，比這樣的預想、設定簡單、粗糙多了。

回想《山之音》中寫能劇面具那一段，由其來歷連結到信吾對生命與無生命物體間的辯證迷惑，就了解川端康成所具備的深厚功力。比對《古都》中關於太吉郎設計的衣帶，經過了秀男和苗子的誤認，再到秀男特別為苗子設計的有杉樹與松樹圖案衣帶，很奇特的，衣帶與女性身體的關係，手織衣帶的男人對女人身體的想像，竟然完全沒有觸及。可以很明確地說：在正常狀態中的川端康成，不會如此處理傳統和服衣帶的。

從這個角度看，《古都》固然是川端康成的名作，但畢竟是他異常時期寫的，留著異常時期作品一些力不從心的痕跡。

## 古都的觀光指南？

在設想《美麗與哀愁》與《古都》時，川端康成還是正常的。《美麗與哀愁》要寫兩個來歷糾結的藝術家，小說家和畫家的故事。《古都》則是要藉這對雙胞胎的家庭來呈現日本傳統工藝的現代價值。然而開筆之後沒多久，失眠與安眠藥聯合作用，使得《古都》嚴重變質了。變成一本最了不起的京都觀光指南。小說一開頭從樹寫起，那是千重子他們家的樹，家宅位於四條上。然後小時候的回憶場景帶到了平安神宮，進入神苑愈寫愈仔細，從平安神宮出來又經過知恩院，進入圓山公園，從寧寧之道轉一年坂、二年坂往清水寺去。很容易可以按照《古都》小說設計一趟「古都之旅」，會經過所有現在觀光客人滿為患的大景點。

出現在《古都》中，目前還能保持安靜的地點，是很難找得到，而且只在秋天短暫開放幾星期的「厭離庵」。那是在嵯峨野，先要經過人山人海的車站前街道，轉入同樣人山人海的竹林道，經過在《源氏物語》具有神聖意義的野宮神社，朝向落柿舍的方向走。基本上愈往前走，人會愈來愈少，也才能比較接近川端康成描寫的那個尚未淪陷於觀光客的京都。

《美麗與哀愁》小說中特別提到二尊院，那是太一郎特別要去研究的地方。結尾處他和圭子先去了二尊院，然後轉往琵琶湖。從常寂光寺到二尊院，通常觀光客就少得多了，再朝清涼寺和大覺寺，那一般就能擺脫大部分的觀光客了。

到二尊院之前，另有一條路通向化野念佛寺，那是一個符合谷崎潤一郎「陰翳」美學的特殊地點，川端康成也很喜歡。那裡供奉的，是所謂的「無緣佛」，其實也就是無緣成佛的孤魂野鬼，所以氣氛格外森冷。

怎麼讀小說讀一讀變成了談京都觀光呢？因為《古都》最大的問題，卻也是最大的成就，在於以乾淨清晰的筆法呈現了京都，而且是一個活著的京都。小說中的人情故事，很多都發生在祭典中，那是人們體會、感受京都的主要方式。而作為「古都」，京都主要的意義在於將日本文化最美好的一面保留著。

川端康成能夠這樣寫京都，不完全是因為他對京都很熟悉，更不是他突然決定轉換跑道當「旅情小說」作家，而是抱持著更迫切、深刻的心理動機。他要說服自己，進而能夠安慰日本人，日本是在世界上唯一擁有京都的國家，所以值得被原諒。

《古都》這樣的小說如果是由別人來寫，仍然是很高的成就——將一個甜美的故事放進充滿了文化歷史之美的情境中推展，故事和環境彼此有效呼應。但放在川端康成「正常」的文學風格中來檢驗，卻很不搭調。因為川端康成原本最擅長利用場景營造複雜聯想來逼近角色心中無從直接表達的情感，沒有任何一個景物在小說中單純作為背景存在的。然而《古都》的街道、風物與祭典卻常常只是讓人物走進走出，讓情節發生而已。

千重子在平安神宮遇到了真一，但平安神宮與他們兩人的感情模式、變化，沒有必然關係，也不構成象徵意義。真正具備象徵力量的，是真一在老太太身邊大剌剌地躺到草地上，但這個舉動在任何觀光地——圓山公園大櫻樹旁或南禪寺的三門下——都能有同樣的象徵作用，沒有非發生在平安神宮不可的精準要求。

對照《舞姬》中的東京御苑。從如何意外偶然去到御苑，一直到在護城河裡看到了白鯉魚，因為日暮時分而注意到美軍總部的燈光，公園裡選擇藏在黑暗處幽會的人們，川端康成選擇描述的任何一個場景，都和波子與竹原的曖昧關係、動盪感情密切結合，沒有任何一點敘事上的浪費。

這才是川端康成的典型寫法，相較之下，《古都》中有太多為情景而情景的段落，雖然可以幫助我們了解京都、感受京都，但在小說的作用上，卻反而沖淡了人與人之間的感情連結與變化。

《古都》不是川端康成最好的作品，甚至比倉促以一死一獲救方式草草結尾的《美麗與哀愁》更鬆散。《美麗與哀愁》對於藝術與現代的辯證關係，在描述圭子的個性，在探索大木近乎病態的創作心情方面，還是有很強的力道，只是不像《舞姬》或《山之音》提供了那麼濃稠可以供人不斷考掘開展的文本。真的，川端康成一生寫了很多比《古都》更好更細緻的小說。

## 千重子與三個男人

和川端康成同輩，比他早兩年出生的一位作家大佛次郎，在日本有很大的名氣，甚至到今天都還有重要的文學獎以大佛次郎命名。大佛次郎的代表作之一，是《鞍馬天狗》，以維新幕末為背景，似乎從來不曾有中文譯本。這部小說曾經在日本大為暢銷，今天讀來還是很刺激好看，然而如果被拿來和司馬遼太郎的《坂本龍馬》或《宛如飛翔》比較的話，那無論是戲劇張力或史識史觀，當然就瞠乎其後了。

戰前世代的作家寫歷史小說，一方面缺乏堅實的考據，另一方面不會有自己的史觀，到戰後遇到司馬遼太郎他們這輩作家興起，像《鞍馬天狗》這樣的作品就被比下去了。

大佛次郎另外寫過一部通俗流行小說，叫《京都之戀》，這本書出現在川端康成的《古都》中。千重子一度想起了《京都之戀》裡有一段講的就是苗子所在的北山村。這件事反映了當時川端康成的想法。飽受失眠折磨中，他沒有正常的耐力能再寫像《山之音》那樣的小說，於是他轉而想寫比較輕薄清淡的通俗小說，像《京都之戀》那樣的小說。

從一個角度看，《古都》的內容不也是「京都之戀」嗎？除了千重子和苗子的雙胞胎身世主線外，寫的是千重子和三個男人之間的故事。讓大佛次郎的書出現在《古都》中，形成了有趣的互文關係。不過，畢竟川端康成不會是大佛次郎。從一邊看，相較於他巔峰時期建起的文學經典大山頭《山之音》，《古都》顯得很鬆散、很小巧；不過，換從另一邊看，相較於《京都之戀》，《古都》卻還是有許多不那麼通俗、不那麼理所當然的寫法。

《京都之戀》完全按照讀者的預期，在小說中描述男女愛情如何開始、如何轉折、如何受到考驗、如何接近毀滅深淵邊緣，最後在小說結束時，愛情有了一個明確的結局。叫做《京都之戀》的小說就應該這樣寫，對比下，《古都》不是這樣的小說。

《古都》的核心人物是千重子，三個男人和她之間形成了三種完全不一樣的感情。千重子對真一的感情非常純真，從七歲時的祇園祭開始，當時真一扮成女孩，千重子跟在他的花車後面跑。但那樣的感情基本上是無性別的，甚至接近同性的吸引，千重子對真一那種和她一樣漂亮、甚至比她還漂亮的女性美留下深刻、難以磨滅的印象。

《古都》中最完整的感情故事，是秀男對千重子的愛。秀男對千重子有著一份崇拜，使得他不太敢真正去接近千重子，始終有來自於太深的愛反而無法克服的距離。因而後來他的愛轉而投射到苗子身上，因為苗子那麼像千重子，卻又不是千重子。

龍助則是在小說進行了三分之二處才正式上場。不過龍助是最積極追求千重子的，甚至動員了父親來拜託讓他到千重子家去幫忙生意，如果他表現得好，可以進一步成為婿養子。

但這樣由三男一女形成的「京都之戀」，卻都只有開端沒有結尾。勉強只有秀男發展出了和苗子的關係，離開了對千重子的追求。抱持著看愛情故事期待的讀者難免會疑惑：後來呢？川端康成後來經常被問到這個問題，他給的回答只有：「愛情如果繼續寫下去，只能是悲劇。」《美麗與哀愁》有奇怪、突兀的結尾，《古都》則是讓人感覺沒有講完，甚至故事沒有來得及充分展開便收掉了。不過這樣的結束，或許可以提供我們從愛情故事以外的角度來看待、理解《古都》。

## 二十歲的少女

回溯《古都》的開頭，我們會發現，這部小說從春天開始，到冬天結束。川端康成寫的不是《京都之戀》，而是像林文月的書名所顯示的——《京都一年》。而且刻意選擇了千重子二十歲，正式成年這一年，三個男人只是這一年發生在千重子身上種種事情的一部分。

或者再對照《美麗與哀愁》書中大木的代表作《十六、七歲的少女》，那麼最能代表《古都》內容的書名，也許該取為《二十歲女性的一年》。這才是重點，也是這本書結構安排的方式。選擇寫千重子二十歲這一年，設定了這是少女青春的最終，凝視、記錄一個少女如何在二十歲這一年告別了青春成為女人。

放在京都的環境中，小說透顯出傳奇的色彩，然而傳奇並不完全來自於千重子的身分，重點不在她是誰，毋寧在她二十歲。二十歲這一年不需要其他的理由，從少女到變成女人，這個時間的過程本身就具備有文學的合法性與吸引力。

甚至不需要什麼複雜深思的手法，只要將二十歲這年發生的事，從年初記錄到年尾，就足可以撐持起其文學的價值。這是川端康成的青春觀。

在青春的最後，這段過程必然是感人的、戲劇性的，會有很多值得終生存記的經驗。小說中近乎莫名其妙地一再提到千重子是一個幸福的人。在神苑，真一說自己和一個幸福的女孩在一起。苗子也反覆對千重子說：「妳是幸福的，我絕對不會妨礙妳的幸福。」千重子不知道自己的幸福，然而將這一年記錄下來之後，卻清楚地顯示了，二十歲這年如此奇特，離開了青春之後的人生再也不可能像這一年那麼幸福。

從女孩到女人的二十歲這年，如果用對的眼光當下記錄，都會煥發出奇特的幸福之光。二十歲時，即便哀傷都是幸福的。千重子意識到自己是一個棄兒，這當然帶來哀傷，她懷抱著這份哀傷和真一走到了清水寺，遠離了有著漂亮視野的「清水舞台」、遠離了熱鬧，在後院裡對著夕陽，她將這件事告訴了真一。真一沒有聽懂，他將千重子的話轉成了哲學的、普遍的感慨——我們每個人都是棄兒，都是別無選擇被拋擲到這個世界上。從這個角度看，千重子就沒有理由哀傷了，反而感受到自己被「拋棄」到這個家庭的幸福本質。

千重子一直覺得對家裡的老式格子門有特別的沉重之感，因為她聽說自己是被丟在格子門外面的。可是母親繁子卻始終堅持她是從祇園祭裡被偷抱過來的。而且一次又一次，繁子那麼熱切地講著聽起來明明誇張得不可信的故事，說看到一個小嬰孩對著她笑，太可愛了，忍不住將嬰孩抱起來，剛好旁邊大人不在，就問丈夫：「太喜歡這嬰孩了怎麼辦啊？」丈夫太吉郎回答：「趕快跑啊！」兩個人就一直跑一直跑，緊張地跑了一段路跳上公車。

太荒唐的故事，當然是繁子編出來的，為了要說服女兒她不是被拋棄的，而是被父母偷來搶來的。更感人的是繁子說的這句話：「人生偶而也得做這種會下地獄的壞事。」話中的意思是，就算必須下地獄才能換來妳這個女兒，我和妳爸爸也都甘願啊！

被拋棄這件事，到後來又引出了遇到失散多年的姊妹苗子，那又是另一份幸福。

和三個男人的三段不同感情到了冬天戛然而止，從川端康成回答問題的說法我們可以體會：在這一年中，這三段感情對千重子都是幸福的。愛情的開端相對清純真誠，還來不及牽扯到更複雜難以控制的因素。相較於這樣的感情，以任何方式發展下去，不論是失戀或結合，無可避免一定會有苦澀、糾結、傷痛、悔恨或麻木、無聊，那是悲劇，只能是悲劇。

二十歲這一年，不只是男女感情，而是所有的感情在青春迴光返照下都染上了傳奇色彩。

## 京都的變與不變

以「京都一年」來理解《古都》，閱讀上比較不會覺得突兀，而會注意到小說中不斷凸顯季節，時間而非情節構成了小說的主體。京都的時間有著獨特的弔詭，我們今天之所以去京都，往往也是為了享受這份時間的弔詭。我們所處的世界變化那麼快，快得令人暈眩不安，只有在京都這座城市會得到一種抗拒時間、隔離變化的穩定。不過京都並不是真正不變，而是用一種奇特的方式將變化包藏起來。

《古都》書中充滿了變與不變的對比。一開頭寫了大楓樹，千重子看到了楓樹上長著一上一下兩株朱槿花，雖然寄託在同一株樹上，但更覺隔絕，因為它們從來無法相見。這當然是她和苗子命運的隱喻，不過另外楓樹代表的是漫長彷彿不會變化的時間，而朱槿花則反映著快速變化的季節，從開花到凋零。

接著又講千重子養鈴蟲，養在壺裡，牠們一輩子都在裡面，一代又一代出生、死去，生命快速地流變，但所居住的壺卻是不變的，一直都有蟲聲從裡面傳出來。

秀男建議到植物園去，看見了鬱金香，感受到迫人之美，也感受到了季節。秀男突然對吉太郎說：「千重子比廣隆寺的佛像還要美。」這是秀男的生命情調，鬱金香那麼美，因為是活的，如果將鬱金香之美固定下來不讓它變動，那就如同佛像一般，遠遠沒有活著的千重子那麼美。在時間變化當下，鬱金香的花瓣不會是完美的，帶著時間的印烙痕跡，所以才美。千重子不是佛像那樣固定不變的造型，她是活的，會變化的。

在時間流變中活著，表現出風姿，也就必然會老去、會衰敗。一邊是千重子在秀男眼中展現的活著之美，另一邊也必然會有千重子自身感覺到衰敗的威脅。她去到熱鬧的嵯峨野，卻偏偏選擇了最冷清的化野念佛寺，而那份冷清也是源自對於死亡的提醒，死亡的印記聚集堆疊在那裡。

京都很美，用盡了各種方式，從建築到庭園到祭典，將傳統保留下來，超越了時間，讓人錯覺時間在這裡被克服了。我們去京都能夠享受這份集體不變的美帶來的安全感。然而即使在京都，個別的生命、個別的家庭還是要接受時間的淘洗。《古都》小說裡所寫的，半個世紀之後仍然是我們去京都會感受到的現實，平安神宮的神苑，祇園祭和鞍馬寺的伐竹會都原樣還在那裡。

京都是千年皇城，又是千年佛都，花了很久的時間形成了特殊的傳統。從第八世紀末建城作為平安朝的中心，到豐臣秀吉進行一波大改造，再經歷了江戶時代到倒幕勤王的騷動，整個京都有了落實在城市生活中的豐厚肌理。

讓京都看起來總是不變的，主要是寺廟與神社建築及空間。但這不是要寺廟不變就可以維持不變的，需要有很多條件配合。首先要有完整的寺廟與神社組織，有錢有人可以長期保持運作，還要有維護工匠記錄的敬謹態度，以及讓傳統工藝不至於失傳的辦法。在京都，寺廟或庭園要翻修時，必須去找出原來的計畫圖錄，修得和三十年前或半世紀前一模一樣。很多神社建築會安排固定年限重建一半，為了是讓老師傅可以手把手教下一代如何工作，同時還能對照留下來的另一半看應該怎麼做、做出什麼樣子來。

祭典是保持舊貌的重要手段。有那麼多居民參加的祭典，每一個細節都要講究。《古都》小說中有一段人們就在爭議，以前祇園祭中花車會走進巷子裡，但是一些巷子太窄了，以至於花車都弄壞了。還有以前不是從車上撒種子，是將種子遞給路邊站在陽台上的人。這就是京都的精神，人人都覺得有責任了解過去，找出盡量最接近傳統的作法。

## 太吉郎的困境

但在這背景中浮上來的，是一家沒落中的和服店。六〇年代正是京都傳統「吳服店」要在西陣徹底重整的關鍵年代。秀男他們家原本由家人操作三台人工織布機，算是中等規模的西陣工匠，但和太吉郎他們家的地位、財富頗有一段距離。然而西陣的次級工匠們卻有了較高的危機感，在六〇年代之後組織起來，成立了會館，積極推動「西陣織」，相對地原本占據京都核心區域的高等吳服店，在這波變化中快速沒落了。

二十多年前第一次去京都時，四條街上還有兩家吳服店，是僅存的兩家，沒多久之後，這兩家也消失了。太吉郎他們家正處在這種將被隱隱然襲來的變化吞沒的際遇中，必須找出新的辦法來。

太吉郎的吳服店沒有能力自己設計並製造和服，他們的做法是去找西陣的織品工匠，提供他們圖案，然後放在自家門市裡展示，提供給其他各地的吳服店進貨銷售。他們的角色比較接近是中盤批發商。

他們比不上那些等級更高自有品牌的店家，然而太吉郎仍然堅持自身的京都品味，意思是不像大阪那邊的店家純粹只在意買賣，和服對他來說仍然有一部分是藝術，不能馬虎。雖然做的是批發生意，但他會強調自家的和服並不是為向大阪那樣的外地人做的，京都人也還買、還穿他們家的和服。自己做的絕對是在京都賣得出去，能受到尊重的和服。

太吉郎的悲哀是，主觀上他如此堅持、如此追求，但在客觀上，他繼承了家業卻在設計和行銷兩方面都缺乏足夠的能力。要維持家業都有困難了，遑論還要應付激烈變化，西陣快速轉型崛起的新環境。太吉郎常常覺得自己無用，覺得自己屬於前一個時代，即將被淘汰的時代。

京都不會真的不改變。秋天的時候，北野的老電車，明治時期京都出現的第一條電車線要被拆除了。很多人抱持懷舊心情去搭最後的北野電車，很自然地會顯現帶有明治風的打扮。太吉郎在電車上看到了一個身上完全找不出一點明治風的女人，納悶這個女人幹嘛來搭北野線？

後來發現這個女人是上七軒的茶室女主人。上七軒是次等藝妓聚攏的地區，除了藝妓之外另有舞妓。太吉郎認出這個女人是一度和他很熟的藝妓，此時升級成了茶室女主人。兩人過去曾經那麼熟，重逢後可以立刻百無禁忌地開玩笑。女人身邊帶了一個小孩，發現太吉郎在看那個小孩，女人就說：「這小孩不是你的，不過有人還以為是我跟你生的。」明明知道不可能，太吉郎還是忍不住問了一下小孩幾歲。

小孩十二、三歲，但他不去上七軒的時間更久了，他就也對小孩開玩笑說：「啊，要當我的小孩，得等下輩子投胎了。」接著引出女人說起北野天神投胎的故事。

這一段引出了太吉郎年輕時的記憶，他的時代留在有北野線電車、有上七軒藝妓與舞妓的那個京都。別人感受的京都如此悠久恆常，太吉郎的京都卻充滿了消逝的殘影。

## 腰帶的特殊意義

太吉郎的挫折感深到得和妻子、女兒討論生意還要不要維持下去。他設計的腰帶沒有銷路，到後來等於只剩女兒還在穿他設計的腰帶，以至於他都還要擔心：女兒會不會因此而失去了光采。

每年他躲到厭離庵，說是要去設計腰帶，其實是為了逃避生意的壓力，在這段時間中將店務都丟給掌櫃、店員。在這種情況下，雇來的這些人當然很有空間可以上下其手，使得店裡的生意更難獲利。這種情況一下子就被有生意眼的龍助看穿了。

吉太郎逃避到厭離庵的做法已經很多年了，不過千重子二十歲的這一年不一樣，他帶著女兒給他的西洋現代抽象畫畫冊，還有書法的法帖，感覺到自己似乎有了足夠靈感，又可以設計出像樣的腰帶了。

那是專門為女兒設計的腰帶，畫草圖時便灌注了對女兒的摯愛。畫好了拿到佐田家要交給他們來織，卻偏偏遇到了很有天分又很死心眼的秀男。秀男看著設計圖，腦筋轉不過來，那不是他所受的美學訓練能夠接受的，以至於終究只能吞吞吐吐說出真話：這腰帶的設計有一種荒涼之感，讓人覺得格格不入。

太吉郎當然被冒犯了，雙重冒犯。既冒犯了他的設計能力，好不容易重建的設計信心；又冒犯了他特別運用女兒給他的畫冊內容，為女兒設計的深摯用心。秀男的意見不只是批評了腰帶設計得不好，更讓太吉郎受不了的，是指出他竟然為女兒設計出一個不吉祥的圖案。他被激怒了，氣得動手打了秀男一巴掌，但這巴掌其實很大一部分是打在自己身上的。走出來後，他就將設計圖隨手丟進水裡。那是激烈的自我放棄的舉動。

被打的秀男當然也受了很大的刺激。太吉郎在暴怒動手之前，是客客氣氣拜託秀男，希望他能夠為千重子織這條腰帶。這個印象深烙在秀男心中，所以秀男運用了自己的高度天分，在太吉郎不知情，也沒有設計草圖的情況下，還是將這條腰帶織出來要交給千重子。

一條不應該存在，連設計圖都被毀掉了的腰帶，竟然出人意表地出現了，和小說中原本失散的姊妹得以重逢一事互相呼應。

這條腰帶原本投射了父親對於千重子的情感，秀男因為深感歉疚而費心去製作，過程中又將自己的情感也投射到了千重子身上。於是他藉機以要另外為千重子設計織造另一條腰帶來表白，然而陰錯陽差，聽見這話的不是千重子，而是雙胞姊妹，被誤認了的苗子。

小說中當然運用了雙胞姊妹長得一樣帶來的偶然誤會。不過川端康成在這裡顯然有別的指涉用意。苗子和千重子非但不是在同樣的環境長大，甚至成長中不曾有一天一起生活，兩人的家境天差地別，秀男竟然還會在要對心上人告白時，將苗子誤認為千重子？比較合理的解釋是：其實苗子比千重子更符合秀男心中所想像的愛慕對象，尤其是苗子從素樸家庭養成的姿態，不像千重子家給秀男帶來那麼大的壓力。

在秀男心中到底如何看待苗子？苗子是千重子的化身嗎？在小說中維持曖昧，沒有深究，也沒有清楚的表現。因為這是「京都一年」，所以往後的事川端康成就擱下了。不過從他鋪陳的前後因素，我們有理由相信：秀男自認愛上了千重子，就算不是誤認，後來遇到了苗子，他也應該會轉而選擇苗子吧！以秀男家三台織布機的規模，那是去高攀千重子，如果有另一個像千重子卻來自卑微村家的選擇，秀男沒有道理要繼續堅持追求千重子。

小說寫出了在日本的男女距離現實中，腰帶的特殊意義。那是能被人情義理接受最接近女性肉體的物件，太吉郎以設計腰帶感受和女兒的親近，秀男則透過織造腰帶感受和一位女性之間的特殊關係。投射的對象使得他格外用心織造這條腰帶，織造過程中動用的工匠技藝與專注認真，反過來又使得他日日夜夜摸著那逐漸成形的腰帶產生了對於投射對象更深的感情。那是帶有高度身體性而非精神性的愛，所以很容易移轉以和千重子有著同樣身體模樣、同樣長相的苗子為對象。

川端康成對於千重子和苗子之間情感的描述，先是放進了誇張的巧合中。兩人相認之後，苗子卻為了保護家世高得多的千重子，絕對不願讓別人看到兩姊妹在一起。苗子其實一直都知道自己有一個姊妹被送走了，所以千重子出現時她立刻知道了是怎麼一回事，但那時候千重子的反應是否認，堅持自己是獨生女，沒有姊妹。得到這樣的反應刺激了苗子的自卑感，再加上對於姊妹的保護心情，苗子就一直小心不要和千重子同時出現在別人眼前，而且不斷強調絕對不會破壞千重子的幸福。

在這方面千重子陷入矛盾。一方面苗子的態度讓她很痛苦，然而另一方面，當她發現秀男在和苗子說話時，她立即逃開，不能讓朋友發現有兩個人長得一模一樣。

就連到了北山村，苗子都要將千重子帶到沒有人會看見的林子裡。在那裡遇到了大雨，苗子用整個身體覆蓋著千重子，將她的頭用包巾覆蓋，完全是犧牲自己來保護千重子不能有任何損傷的態度。這件事的另一面後來延續到苗子終於來到千重子家中住了一夜，這對雙胞胎姊妹正因為感情長期被隔離疏遠，此刻彼此產生了要將身體盡量貼近作為補償的衝動，不單純是姊妹、甚至不單純是兩個女性之間的身體吸引。抱著另外一個自己，既是愛戀對象也是自身的迷亂狀況。

林中大雨停歇後，千重子對苗子說：「原來在媽媽肚子裡，妳也是這樣保護我吧！」苗子開玩笑回應：「不會吧，我們應該是妳擠我、我推妳，我打妳、妳踢我呢！」她們之間有了一般姊妹不會有的互動，因為離開了家庭環境，甚至在苗子的堅持下，隔開了社會的眼光，回歸到非常單純、直覺、感官、身體性的親密。

後來因為秀男的誤認，才逼著千重子下了決心。她第一次讓人家知道有一個雙胞胎姊妹就是告訴秀男，她要求秀男為被誤認的苗子另外織一條腰帶。因為有秀男牽涉進來，使得千重子去面對孿生姊妹的社會性、而非只是生物性的事實。

## 川端康成何以代表日本文學

《古都》是川端康成晚期的重要作品，反映了他在「異常時期」寫作上的調整。原本《舞姬》、《山之音》中那種濃密纏捲，既像詩又像掌中小說連結而成的寫法不見了，取而代之的是將容易看得到、容易體會到日本傳統的美好事物放進小說裡。他原本在小說中會不斷挖掘人與藝術的關係，人的情感與藝術的糾結呼應，這時也沒有力氣做了。他將小說搬到京都，自己也去住在京都的老旅館「柊家」，讓京都幫他省去了許多經營內容的力氣，直接在小說中呈現京都的傳統之美。

於是如此寫出的《古都》在一個意義上，更有效地傳遞了「餘生意識」中的主要訊息，讓更多的人，尤其是日本以外的人能夠體會什麼是日本的傳統、日本的文化、日本獨特的人情與美學。到這個階段，川端康成寫得很鬆，將小說中的故事貼到了以京都藝術之美的背景上，於是他在日本文學上的地位更加明確。他是一位最能表現日本傳統之美的小說家，這個身分確立了，再加上有對的譯者與出版社，於是川端康成很快地超越了一直不斷追求創造國際讀者的三島由紀夫，成為在西方代表日本文學的第一人。

川端康成這個階段的作品，透過翻譯都能讓外國讀者領受。相較於川端康成呈現的日本傳統之美，其他日本作家，包括三島由紀夫都沒有那麼日本了。所以到一九六八年，正好是「明治維新」百週年，諾貝爾文學獎適時地頒給日本作家，就跳過三島由紀夫而選擇了川端康成。

單純從文學的角度看，這裡面有一份弔詭。如果川端康成沒有因為身體狀況而進入「異常時期」，如果他保持原來寫作的風格，沒有鬆開來寫像《古都》這樣的作品，說不定最早得到諾貝爾獎的日本作家仍然會是三島由紀夫吧！從文學、小說的標準上衡量，《古都》、《千羽鶴》遠遠不是川端康成最好的作品，然而正是這樣鬆散帶有奇情意味的小說，得以幫助國際讀者越過文字與特殊 sensitivity 的障礙，能夠進入那樣的幽微人情美學世界。

《千羽鶴》講的是一個很不堪的亂倫故事。在主角的父親過世之後，曾經和他父親發生過愛情、肉體關係的兩個女人，也都和他有了男女關係。透過父親的情人，他甚至又愛上了人家的女兒。這裡面充滿了各種欲望，各種倫理人情糾結，在小說中不是直接呈現描述，而是以日本的傳統茶道作為中介。

太田先生死後將一件茶具傳給了太田夫人，接著由太田夫人送給了主角的父親，父親將茶具帶回家，和妻子一起喝茶。等到父親死後，這件茶具傳到主角手中，再用來和太田太太喝茶，而此時泡茶的，是一個別人替他安排的相親對象。光是一件茶具，就集合了那麼複雜並且跨越時間的人際關係。

後來太田太太自殺，留下了另一個杯子，杯口上有一點殷紅，據她女兒回憶，太田太太曾經說那是她的口紅印。但怎麼可能口紅會印染存留在一只有三百年歷史的骨董杯子上呢？只能說那是嘴唇所象徵的欲望與罪惡，隨著杯子在人死後仍然沒有消滅。

《千羽鶴》小說情節並沒有太多戲劇性轉折，但就像《古都》彰顯了京都風情，《千羽鶴》成功傳達了日本茶道帶有神祕性質的美學傳統。

川端康成另外有以圍棋為背景的小說《名人》，也寫過《伊豆溫泉瑣記》，這些都是指向日本傳統，用來組構現代日本人的故事與情感。

川端康成在現代經濟起飛的環境中，創造了一個個古典日本的幻影。經濟的發展與國際交流使得全世界快速同質化，但在新的日本中，川端康成仍然堅持他的「孤兒」位置。活在現代之間，卻又自覺地和現實的日本人都不一樣。

他運用了特別的文字來表達帶有濃濃日本特性的經驗，以他的敏銳感官去挖掘出主客之間曖昧混同的美，雖然悲哀瀰漫他的小說作品，但其間卻一定有美，一定有奇特的溫柔，不會是殘酷冷酷的。對川端康成來說，哀愁是所有感情中最適合和美共存，並經常互相刺激形成的。

因為有川端康成，我們體會了美麗與哀愁之間千絲萬縷的不解糾結，更深化了我們人生中對於時間與感官互動的體認。

# 川端康成年表

| | | |
|---|---|---|
| 一八九九年 | 出生 | 六月十四日出生於大阪市此花町。父親名叫榮吉，是醫師，喜愛漢詩文、文人畫。母親名叫元，姊姊芳子。 |
| 一九〇一年 | 兩歲 | 一月，父親過世。與母親一同搬到大阪市豐里村的老家居住。 |
| 一九〇二年 | 三歲 | 一月，母親因肺結核過世。與祖父母同住於大阪府豐川村，姊姊寄養於姨母家。 |
| 一九〇六年 | 七歲 | 大阪府三島郡豐川小學入學，雖然因為體弱多病而常常缺席，但學校成績很好，也展現出寫作才能。九月，祖母過世。 |
| 一九〇九年 | 十歲 | 七月，姊姊芳子過世，川端因病未能參加葬禮。和姊姊自從三歲之後就沒有見過面。 |
| 一九一二年 | 十三歲 | 四月，以第一名的成績進入大阪府立茨木中學。每天走六公里的路上學，改善了虛弱的體質。 |

| | | |
|---|---|---|
| 一九一三年 | 十四歲 | 立志成為小說家，開始大量閱讀文藝雜誌，也嘗試創作新詩、短歌、俳句等不同文體。 |
| 一九一四年 | 十五歲 | 五月，祖父過世，將祖父臨終的過程寫成〈十六歲的日記〉。葬禮過後，到伯父家豐里村居住。 |
| 一九一五年 | 十六歲 | 一月，搬入學校宿舍，大量閱讀文學書籍，包括《源氏物語》、《枕草子》，以及杜斯托也夫斯基、契訶夫等俄國作家的作品。 |
| 一九一七年 | 十八歲 | 三月，自茨木中學畢業，在《團欒》雜誌上發表〈倉木先生的葬禮〉。九月，進入東京第一高等學校英文科。同學包括石濱金作、鈴木彥次郎、守隨憲治、辻直四郎等人。 |
| 一九一八年 | 十九歲 | 十月，首次到伊豆旅行，結識許多藝人。之後每年固定前往湯島旅行。 |
| 一九一九年 | 二十歲 | 結識今東光，受今東光父親的影響，對靈學產生興趣。在《校友會雜誌》發表短篇小說〈千代〉。與十三歲的伊藤初代相遇。 |
| 一九二〇年 | 二十一歲 | 七月，自第一高等學校畢業，東京帝國大學英文科入學。與一高的同學石濱、鈴木和今東光創立第六次《新思潮》雜誌，拜訪菊池寬，希望取得其同意，日後常受到菊池寬的照顧。十一月，開始在東京淺草借宿。 |
| 一九二一年 | 二十二歲 | 二月，第六次《新思潮》發行。四月，發表〈招魂祭一景〉，受到好評。在菊池寬的引介下結識芥川龍之介、久米正雄、橫光利一等人。十月，與伊藤初代立下婚約，隨後遭到悔婚。 |

| | | |
| --- | --- | --- |
| 一九二二年 | 二十三歲 | 六月，轉至國文科。於《時事新報》發表創作評論，此後長年持續撰寫評論。將十九歲於伊豆旅行時的見聞寫成〈我在湯島的回憶〉，為日後短篇小說〈伊豆的舞孃〉前身。 |
| 一九二三年 | 二十四歲 | 一月，菊池寬創辦《文藝春秋》，川端與新思潮的友人共同加入編輯群。九月，遭遇關東大地震，今東光、芥川龍之介前來探訪。 |
| 一九二四年 | 二十五歲 | 三月，東京帝國大學國文科畢業。發表畢業論文序章〈日本小說史研究〉。十月，與横光利一、中河與一、片岡鐵兵等人創刊《文藝時代》。新感覺派文學興起，在日本文學中加入了西歐的前衛思想。 |
| 一九二五年 | 二十六歲 | 幾乎大部分時間都住在伊豆湯島旅館。遇見松林秀子。八月，發表舊作〈十六歲的日記〉。 |
| 一九二六年 | 二十七歲 | 一月，發表短篇小說〈伊豆的舞孃〉。四月，住在菅忠雄的家，與松林秀子共同生活。與貞之助、横光利一、片岡鐵兵等人組成「新感覺電影聯盟」，編寫電影劇本《瘋狂的一頁》。六月，第一本小說集《感情裝飾》出版。九月，開始在湯島居住。 |
| 一九二七年 | 二十八歲 | 三月，第二作品集《伊豆的舞孃》出版。四月，為了横光利一的婚宴來到東京。在府下杉並町馬橋居住。八月，開始連載新聞小說《海的火祭》。十二月，移居熱海。 |
| 一九二八年 | 二十九歲 | 五月，接受尾崎士郎的建議移居大森。 |

| | | |
|---|---|---|
| 一九二九年 | 三十歲 | 四月，參與中村武羅夫的雜誌《近代生活》。發表許多文藝評論。九月，移居上野櫻木町。連載第二部新聞小說《淺草紅團》。這個時期開始飼養狗與小鳥。 |
| 一九三〇年 | 三十一歲 | 四月，《我的標本室》出版。五月，《有花的照片》出版。十二月，《淺草紅團》出版。以講師身分在文化學院、日本大學講課。 |
| 一九三一年 | 三十二歲 | 向梅園龍子學習芭蕾和英文對話，對舞蹈的興趣在日後影響了許多小說中的人物設定。結識畫家古賀春江。十二月，與松林秀子結婚。 |
| 一九三二年 | 三十三歲 | 梅園龍子開始正式的舞蹈表演，熱中於觀看舞蹈表演。 |
| 一九三三年 | 三十四歲 | 二月，〈伊豆的舞孃〉改編為電影上映。六月，《化妝與口哨》出版。七月，發表短篇小說〈禽獸〉。十月，與林房雄、小林秀雄等人合創《文學界》雜誌。十二月，發表隨筆〈臨終之眼〉。 |
| 一九三四年 | 三十五歲 | 一月，文藝懇話會成立，川端成為會員。四月，《水晶幻想》出版。六月，首次前往越後湯澤，在湯澤的旅館開始撰寫《雪國》。十二月，《抒情歌》出版。 |
| 一九三五年 | 三十六歲 | 一月，芥川賞、直木賞創立，川端擔任芥川賞的甄選委員。六月，身體不適，經常住院。十二月，移居至鎌倉町淨明寺。 |
| 一九三六年 | 三十七歲 | 二月，在鎌倉認識北条民雄。五月，再次前往川越，繼續撰寫《雪國》。九月，《純粹的聲音》出版。十二月，《花的圓舞曲》出版。 |

| | | |
|---|---|---|
| 一九三七年 | 三十八歲 | 六月，《雪國》出版，於七月榮獲文藝懇話會獎。九月，在輕井澤購入別墅，往後經常在此度過夏日。十二月，《女性開眼》出版。 |
| 一九三八年 | 三十九歲 | 四月，《川端康成選集》（全九冊）開始出版。成為日本文學振興會理事。 |
| 一九三九年 | 四十歲 | 七月，開始連載少女小說〈美麗的旅行〉。十一月，《短篇集》出版。 |
| 一九四〇年 | 四十一歲 | 五月，為了〈美麗的旅行〉的取材，到盲人學校、聾啞學校拜訪。十二月，《正月三天》出版。 |
| 一九四一年 | 四十二歲 | 四月及九月二度應《滿州日日新聞》之邀前往中國東北。十月，開始自費在中國各地旅行，因聽聞二次世界大戰即將爆發的訊息而歸國。十二月，《有愛的人們》出版。 |
| 一九四二年 | 四十三歲 | 和島崎藤村、志賀直哉、里見弴、武田麟太郎、瀧井孝作共同編寫季刊《八雲》，並於創刊號上發表〈名人〉。在十二月八日（開戰紀念日）發表〈英靈的遺書〉。 |
| 一九四三年 | 四十四歲 | 三月，收養親戚的女兒為養女，以此為主題撰寫〈故園〉。在《滿州日日新聞》連載〈東海道〉。四月，為了取材前往東海道旅行。 |
| 一九四四年 | 四十五歲 | 四月，因〈故園〉、〈夕日〉等作品獲得第六屆菊池寬賞。 |
| 一九四五年 | 四十六歲 | 八月，與久米正雄、小林秀雄等人共同創辦「鎌倉文庫」書店，日後也開始經營出版事務。十月，《朝雲》出版。 |

| | | |
|---|---|---|
| 一九四六年 | 四十七歲 | 一月，雜誌《人間》創刊，刊登三島由紀夫的短篇小說〈菸草〉。十月，移居鎌倉市。 |
| 一九四七年 | 四十八歲 | 十月，發表〈續雪國〉，《雪國》歷經十三年完結。十二月，橫光利一過世。 |
| 一九四八年 | 四十九歲 | 一月，誦讀橫光利一葬禮祭文。三月，菊池寬過世。五月，新潮社編輯的《川端康成全集》（全十六冊）開始出版。 |
| 一九四九年 | 五十歲 | 五月，發表長篇小說《千羽鶴》。八月，發表〈山之音〉。十二月，《哀愁》出版。 |
| 一九五〇年 | 五十一歲 | 四月，赴長崎、廣島探視原子炸彈災區。十二月，《舞姬》於《朝日新聞》連載。鎌倉文庫破產。 |
| 一九五一年 | 五十二歲 | 四月，《少年》出版。 |
| 一九五二年 | 五十三歲 | 二月，《千羽鶴》出版，獲第二十六屆藝術院獎。 |
| 一九五三年 | 五十四歲 | 二月，《再婚者》出版。五月，《日月》出版；堀辰雄過世，擔任葬禮委員長。十一月，與永井荷風、小川未明共同擔任藝術院會員。 |
| 一九五四年 | 五十五歲 | 一月，《河邊小鎮故事》出版。五月，開始連載《東京人》。六月，《山之音》出版，獲野間文藝獎。七月，《吳清源棋談・名人》出版。 |
| 一九五五年 | 五十六歲 | 一月，《東京人》出版。四月，《湖》出版。 |

| | | |
|---|---|---|
| 一九五六年 | 五十七歲 | 自一月開始出版《川端康成選集》（全十冊）。英文版《雪國》出版。三月，開始連載《生為女人》。十月，《生為女人》（一）出版。 |
| 一九五七年 | 五十八歲 | 二月，《生為女人》（二）出版。三月，成為國際寫作執行委員會會員。 |
| 一九五八年 | 五十九歲 | 三月，第六屆菊池寬賞受賞。四月，《富士的初雪》出版。十一月，因膽結石住院治療。 |
| 一九五九年 | 六十歲 | 十一月，開始出版《川端康成全集》（全十二冊）。 |
| 一九六〇年 | 六十一歲 | 一月，開始連載《睡美人》。五月，在美國國務院邀請下訪美。七月，前往巴西。接受法國藝術文化勳章表揚。 |
| 一九六一年 | 六十二歲 | 為了撰寫《古都》、《美麗與哀愁》旅居京都。十一月，《睡美人》出版。獲文化勳章。 |
| 一九六二年 | 六十三歲 | 二月，因安眠藥禁斷症狀住院。六月，《古都》出版。十一月，《睡美人》獲每日出版文化賞。 |
| 一九六四年 | 六十五歲 | 六月，開始連載〈蒲公英〉。 |
| 一九六五年 | 六十六歲 | 二月，《美麗與哀愁》出版。十月，《片腕》出版。 |
| 一九六六年 | 六十七歲 | 因肝臟炎住院。五月，《落花流水》出版。 |
| 一九六七年 | 六十八歲 | 四月，擔任日本近代文學館的名譽顧問。十二月，《月下之門》出版。 |

| | | |
|---|---|---|
| 一九六八年 | 六十九歲 | 七月，擔任今東光的選舉事務長。十月，獲諾貝爾文學獎。十二月，發表諾貝爾得獎演說〈日本之美與我〉。 |
| 一九六九年 | 七十歲 | 六月，獲選為鎌倉市榮譽市民。七月，《美的存在與發現》出版。 |
| 一九七〇年 | 七十一歲 | 十一月，三島由紀夫自殺。 |
| 一九七一年 | 七十二歲 | 一月，擔任三島由紀夫葬禮委員長。 |
| 一九七二年 | 七十三歲 | 三月，因盲腸炎入院，身體逐漸衰弱。四月十六日，在神奈川的工作室自殺身亡。 |

GREAT! 7206

# 壯美的餘生：楊照談川端康成

日本文學名家十講4



| | |
|---|---|
| 作者 | 楊照 |
| 封面設計 | 莊謹銘 |
| 協力編輯 | 陳亭妤 |
| 責任編輯 | 徐凡 |
| 國際版權 | 吳玲緯 |
| 行銷 | 闕志勳　吳宇軒　余一霞 |
| 業務 | 李再星　李振東　陳美燕 |
| 總編輯 | 巫維珍 |
| 編輯總監 | 劉麗真 |
| 發行人 | 凃玉雲 |
| 出版 | 麥田出版<br>地址：10483台北市中山區民生東路二段141號5樓<br>電話：(02)2500-7696<br>傳真：(02)2500-1967 |
| 發行 | 英屬蓋曼群島商家庭傳媒股份有限公司城邦分公司<br>地址：10483台北市中山區民生東路二段141號11樓<br>網址：www.cite.com.tw<br>客服專線：(02)2500-7718｜2500-7719<br>24小時傳真專線：(02)-2500-1990｜2500-1991<br>服務時間：週一至週五09:30-12:00｜13:30-17:00<br>劃撥帳號：19863813 戶名：書虫股份有限公司<br>讀者服務信箱：service@readingclub.com.tw |
| 香港發行所 | 城邦（香港）出版集團有限公司<br>地址：香港灣仔駱克道193號東超商業中心1樓<br>電話：+852-2508-6231<br>傳真：+852-2578-9337 |
| 馬新發行所 | 城邦（馬新）出版集團【Cite(M) Sdn. Bhd.】<br>地址：41-3, Jalan Radin Anum, Bandar Baru Sri Petaling, 57000 Kuala Lumpur, Malaysia.<br>電話：+603-9056-3833<br>傳真：+603-9057-6622<br>讀者服務信箱：services@cite.my |
| 麥田部落格 | http://ryefield.pixnet.net |
| 印刷 | 前進彩藝有限公司 |
| 初刷 | 2022年04月 |
| 初版二刷 | 2023年10月 |
| 售價 | 450元 |
| ISBN | 978-626-310-184-5 |
| 電子書 | 978-626-310-190-6 (epub) |

國家圖書館出版品預行編目(CIP)資料

壯美的餘生：楊照談川端康成（日本文學名家十講4）／楊照著 -- 初版. -- 臺北市：麥田出版：家庭傳媒城邦分公司發行, 2022.04

面；　公分. --（Great! ; RC7206）

ISBN 978-626-310-184-5（平裝）

1.川端康成　2.傳記　3.日本文學　4.文學評論

861.57　　111000274

城邦讀書花園

www.cite.com.tw

Printed in Taiwan.